妈，救人命

红刺北 / 著

长江出版社
CHANGJIANGPRESS

图书在版编目（CIP）数据

妈，救命 / 红刺北著.—武汉：长江出版社，2024.5
ISBN 978-7-5492-9438-1

Ⅰ.①妈… Ⅱ.①红… Ⅲ.①长篇小说—中国—当代
Ⅳ.①I247.5

中国国家版本馆CIP数据核字（2024）第078866号

妈，救命 / 红刺北 著
MA JIUMING

出　　版	长江出版社	
	（武汉市解放大道1863号）	
选题策划	奔跑的小狐狸制作组	
市场发行	长江出版社发行部	
网　　址	http://www.cjpress.cn	
责任编辑	向丽晖	
特约编辑	酒　酒	
印　　刷	大厂回族自治县德诚印务有限公司	
版　　次	2024年5月第1版	
印　　次	2024年5月第1次印刷	
开　　本	880mm×1230mm　1/32	
印　　张	10.5	
字　　数	310 千	
书　　号	ISBN 978-7-5492-9438-1	
定　　价	49.80元	

目 录
Contents

目 录

Contents

第一章

倒霉蛋 & 手术刀 & 小奶猫

炎热的七月，整个S市如同被架在火炉子上，洒水车往地面刚洒完水，就能听见嗞嗞的声音，水珠瞬间被蒸发了。

崔脆脆正拎着一袋桃子慢慢地往楼梯上走。不是她想在炎炎夏日锻炼身体，而是电梯门上贴了"正在检修"四个大字。

崔脆脆一只手拎着袋桃子，另一只手搭上扶手，一步一个脚印地朝上面走着。不像其他年轻人走路还要玩手机，她不但不碰手机，还要低头看路才放心抬脚踩上楼梯，像极了一个老太太。

崔脆脆喘了一口气，抬头看向楼梯，还剩下最后一层就到了。她租的房子在最高层，也就是十二层。走到十一层和十二层楼梯中间，崔脆脆忽然听见十一层楼传来熟悉的叮的一声。她低头看去，电梯已经好了，有人坐电梯上来了。

处于楼梯中间的崔脆脆，连一层电梯都蹭不到。崔脆脆微微叹了一口气，继续埋头爬楼梯。走到自己的房门口时，她背部已经湿透了。

关上门，崔脆脆抬头看了看墙上的挂钟，打算吃两个桃子当午饭。

崔脆脆将袋子里的桃子洗净，拿了两个放在碟子里，将其他的装入保鲜盒放进冰箱。如果有人在这里，一定会发现崔脆脆的动作宛如放慢了两倍速，就连吃桃子，也不如隔壁邻居的鸡吃得快。

是的，隔壁邻居家里养了一群鸡。

崔脆脆租的房子在新谷小区，是五年前政府给东城一些拆迁户的补偿房，地理位置不太好，地铁没通。愿意过来住的都是些老头儿、老太太，大部分房主直接将房子出租了，这里也成了刚毕业参加工作或没多少积蓄的租客的首选。

崔脆脆在这里住了快半年了。她在网上接笔译，不出去上班，不用考虑通勤的问题，只要附近生活设施齐全便可。唯一麻烦的就是这栋楼的大爷大妈过多，还有，她的邻居养鸡。

隔壁奶奶快七十岁了，是个正儿八经的高级知识分子，一年前突发奇想要养鸡，专门将一间房间改成了养鸡房。这间养鸡房干干净净，地面铺了一层泥土，上面种了青草，还有通风设备。隔壁奶奶养的鸡，从五只到现在的十四只，每只每天起码下三个鸡蛋。

为什么崔脆脆知道得这么清楚？因为半年内她去养鸡房喂食起码有十次。隔壁奶奶有时候要去跳舞，有时候和老姐妹见面，不出门的崔脆脆是帮忙喂鸡的最好选择。隔壁奶奶说了，远亲不如近邻，十分大方地给了崔脆脆钥匙，上个月还送了两只鸡给她炖汤喝。

接过两只鸡的崔脆脆内心复杂，这鸡也算是她看着长大的。不过，肉鸡除了被吃，还想怎么样呢？当晚，崔脆脆将一只鸡炖汤，另一只切成两半，半只爆炒，半只做成烧烤，搞了个小全鸡宴，还把好友叫了过来。

想起上个月香喷喷、嫩生生的鸡肉，崔脆脆登时觉得手里新鲜的桃子没味道。可惜，她急性肠胃炎刚刚好，不适合吃油荤的东西。

对付完午餐，崔脆脆便去书房工作了。

这套房子她是整租下来的，因为房主不想做成隔断房，也不想同好几个人签合同。当时崔脆脆刚被公司开除，但工作一年半下来，有一点儿积蓄。新谷小区这套房子三室一厅，家具齐全，整租的价格也不及市中心的单间贵，她就没再去别的地方看房子，直接和房主签了一年的合同。

三室一厅就住崔脆脆一个人，她干脆用一间房当书房。

书房里到处都是打印纸，若是有人捡起来，会发现有一大半纸上是英文。

崔脆脆的专业并不是英语，而是金融。她一毕业就进入大公司，工作了一年半，学到了不少东西，眼看生活要步入正轨，职位也要往上挪一挪，从一个新手成为成熟的职场人，谁料出了事，差点被全行业封杀。

崔脆脆叹了一口气，弯腰将被风吹掉的资料捡了起来。大概是上午路过那家公司，她又被勾起了回忆。其实现在她活得也不错，比以前清闲多了，也能挣到一些钱。

她打开电脑，消息不停弹出，全是老客户和他们介绍过来的新客户。国内笔译工作不好做，现在翻译软件发达，许多英语专业的学生也做兼职，将笔译的价格拉得极低。半年前，崔脆脆进入这行的时候，什么单子都接，一方面是要熟悉笔译的工作，另一方面是要大量积累人脉。

她价格公道，翻译准确，速度快，在笔译网的名气就慢慢打出来了。起到关键作用的，是那一次急单。

那是一份金融行业的急单，客户要求一周内翻译出来，但翻译量大得惊人，专业词语极多，而且要求高，不能有任何错误。这个急单整整挂了三天，酬金翻了三倍，没一个人敢接。七天都完成不了，剩下四天更没人接。国内笔译环境不好，有这个翻译水平的人不会干线上笔译这种廉价的脑力活。

那一天，崔脆脆刚完成几个客户的单子，上线就看到了这份挂在网站最上方的急单。她试译了一下，觉得四天时间，熬熬夜还是能赶出来的，便接了下来。崔脆脆这一接，让网站潜水的笔译人员或常年在此发任务的中介都注意到她了。

四天后，这份急单的主人支付了高额的翻译金，还在网站上给崔脆脆打了五星好评。自此，崔脆脆在笔译界的金融方向出了名，有源源不断的此类笔译工作找上门。

一般来说，笔译也是有方向的，各行各业的专业词语都需要下功夫学，才能翻译好，否则，做的人翻译一句查一个单词，效率不高。所以，网站上有名气的笔译者都有一个固定的方向，比如金融行业、医药行业或建材行业。下单的人想要质量高的翻译稿，要找对口的翻译者。

崔脆脆在网站上接单半年，一直没有固定的方向，什么稿子都接。金融方向的翻译稿对她来说没有难度，毕竟学的专业就是金融。她每天都在家里待着，为了吃饭，自然要努力接任务，来者不拒。不过，从上个月开始，崔脆脆开始调整方向。

她做了个横纵向曲线图进行比对，发现医药行业发布任务的数量远比金融行业的要高，而且周期不像金融行业那么短，酬金也不低，后面翻译顺手了，完全能节省一半的时间翻译其他的东西。是的，为了生计，崔脆脆还注册了一个日本笔译网站，捡起了自己学的第二外语，有空就接个单子。

　　好友说过她有病，别人学第二外语完全是因为兴趣，或者是按规定选课，都是应付。他们学的是重点大学的热门专业，本专业的课业重，上这种课就当放松心情，只有崔脆脆认真学，还把证考了下来。

　　日语课是那种一周一节的选修课，还是系统出错把她分配过去的，崔脆脆总共学了一个学期，把大部分日语专业的学生学四年才能考下的N1考了下来。

　　技多不压身，现在日语即将成为崔脆脆糊口的一门技能。她登录日语笔译网站看了看，发现没有特别难或者重要的翻译工作，比英语笔译网上的流量少太多。发布者大多是年轻人，发布的任务一般是番剧或歌词翻译，酬金较低。

　　她在完成英语笔译之余，做日语翻译，能挣几百上千元，也够一个月伙食费了。崔脆脆觉得不出意外，她可以一辈子这么活下去。

　　"脆脆，你在不在呀？"晚上九点，门外忽然有人在喊她。

　　说也奇怪，新谷小区年轻人很多，尤其是刚毕业的，但崔脆脆这栋楼住的大都是老爷爷、老奶奶。除了她自己，就只有十一楼住了三个年轻人，早出晚归，一年到头见不到几面。通过隔壁奶奶的介绍，整栋楼的爷爷奶奶辈的人都认识崔脆脆了，平时有什么事，都喜欢来找她帮忙。

　　"来了。"崔脆脆按了按鼠标，将笔译任务接了下来，便起身去开门。

　　十楼的叶爷爷正笑眯眯地看着她："脆脆，我家客厅的电灯泡坏了，我买了一个，怎么也装不上去。"

　　崔脆脆看了看老大爷微微弯曲的背，笑了笑，说道："我帮您去装吧！"

　　"好，好，谢谢脆脆了！"老大爷跟着她走进电梯，"吃饭没，要不要在我们家吃？"

　　"不用，我吃了，叶爷爷。"

　　十楼的门还开着，崔脆脆一进去，叶奶奶就迎了出来："脆脆来了，我都叫老头子不要去麻烦你了。"

"没关系。"崔脆脆摇头，一眼看到放在桌子上的电灯泡，"叶奶奶，有什么事就来找我，不用客气。"

叶爷爷应该是刚刚试了试，椅子正对着电灯下面，崔脆脆拿起灯泡踩上椅子，叶奶奶就拿着手机照着天花板。

崔脆脆先将坏掉的灯泡取下，再拿起新灯泡，对准螺口一把拧了上去，然后笑着准备跳下椅子："幸好是这种普通的灯，要是那种吊顶灯，我……"

话未说完，椅子便啪的一声从中间裂开，崔脆脆直接从上面摔了下来，她的腰部清晰地传来咔嚓一声。

叶爷爷和叶奶奶连忙将人扶起来，着急地问道："脆脆你摔着没有？这……这好好的椅子怎么会坏呢？"

怕吓着他们俩，崔脆脆压下口中的痛呼声，勉强对着叶爷爷和叶奶奶笑道："我没事。"幸好叶爷爷没强行继续装电灯泡，不然摔下来可没她这么简单。

谢绝了叶爷爷和叶奶奶的挽留，崔脆脆咬着牙回到房间。在电梯里的时候还能动一动，等她回去关上房门，她撩起衣服一看，整个人都麻了，腰部肿了一大块。扶着墙站了一会儿，她确定腰真的扭了，人也行动不便后，只能给好友打电话。

"小米，你有空能上我家一趟吗？"崔脆脆疼得一身汗，靠墙都站不太稳。

"你个万年倒霉鬼又怎么啦？"对面传来好友无奈的声音，"等着，我现在过去！"

黄米接到电话时正在加班，整个科室的人忙得脚不沾地。她的工作平时安逸闲适，一到了特定的日子，彻夜加班都是常事。但现在崔脆脆打电话来，肯定是需要人帮忙，她立刻向上司请假，急急忙忙地打了出租车来到新谷小区。她一路上提心吊胆，生怕崔脆脆出什么事。

不是黄米夸张，她到的时候，崔脆脆浑身都在发抖，连扶墙都站不稳，一脸虚汗，面色苍白得吓人。

"能走吗？"黄米搀扶着崔脆脆，小心往门口走着，"前面就是电梯了。"

崔脆脆想说自己没事，但腰部不断传来的刺骨疼痛让她开不了口，只能咬牙一点点往前挪。

"干脆叫救护车来，你这样不行。"黄米不赞同地说道，头一回见到崔脆脆脸色这么难看。

崔脆脆拉住黄米拿手机的手摇头，声音因为疼痛而有些哑："不用救护车，走下去吧！"她的腰不是骨头出了问题，而是肌肉一直刺疼。

拗不过崔脆脆，黄米认命地扶着她慢慢挪着，看见她额头前的碎发被打湿，也只能当没看见。要是她管多了，崔脆脆下次再有什么事，指不定就不会求助她了。

两个人这么挪着出了小区，再打出租车去省中心医院。

一番折腾下来，两个人到医院已是晚上十一点多，这个时间点，急诊科的人非常多。

崔脆脆靠在黄米的身上，不停地流汗。排队挂号时，几个实习护士上前问是否需要帮忙。

"怎么了，这是……？"一位捧着保温杯路过的大爷多问了一句。

"哎呀，是赵医生。"

"赵医生，病人说扭了腰，但看样子现在好严重。"

几个年轻的实习护士叽叽喳喳地说着，让出空间要赵医生看。

赵医生已经交班了，只是刚才路过接杯热水。他看了看崔脆脆的脸色，再伸出一只手戳了戳她的腰："这儿疼？这里呢？"

崔脆脆咬着牙感受到赵医生的手戳过来，犹豫了一会儿，回道："不疼。"

"拿着。"赵医生把手里的保温杯塞到旁边一位护士的手里，接着双手掐紧崔脆脆的腰，猛地用力一扯，在咔嚓一声之后，赵医生拿回了保温杯，问，"还疼吗？"

崔脆脆额头上冒出的虚汗还没掉，她直起身摸了摸自己的腰，刚才那股刺骨的疼痛感突然消失了。她明明几个小时都缓不过来，现在突然就好了。

"不疼了。"崔脆脆摇头，要谢谢对面的老医生。

赵医生笑了一声："腰没太大问题，主要是扯到了筋，所以一直疼。小姑娘这是从哪儿过来的？平时要加强运动。"

黄米说是从新谷路过来的。

赵医生打量了一下崔脆脆，说："疼了这么久还没晕过去，也是一条汉子。"

小护士们都捂着嘴笑，哪有这么形容人的？

"挂了急诊号？腰不用看了，去做个血常规，我看你八成有贫血的毛病。"赵医生也没多逗留，说完就朝医院大门走了。

"你待会儿一定要去做血常规检查，我们赵医生可是人形检测仪，他说的话得听。"一旁的实习护士好心嘱咐道。

黄米也坚持让崔脆脆去做检查。一般血常规检查出结果只需要半个小时。

"我陪着你，你把检查做了。"黄米继续去排队。

"谢谢！"崔脆脆望着挂号回来的黄米，认真地说道。

黄米摆手："这有什么好谢的？不过，你今天怎么回事？"

崔脆脆简洁地说清了事情。黄米皱起了精致的眉："你那儿太偏僻了，出了什么事也没个人帮你，不如你搬过来和我一起住。"

崔脆脆垂下眼帘不说话，一副油盐不进的样子。这个榆木脑袋，总是在钱财的事上看不开。

黄米叹了一口气："你每个月付我租金不就行啦？"

崔脆脆抬眼看向好友，认认真真地说道："按照市场价，你的房子每月的租金起码在八千元以上，我现在租的三室一厅，每月只需要一千五百元，还包网费。"

黄米忍不住在心里骂人，崔脆脆简直就是挑战她的世界观的存在，在大学时就这样!

"我跟你说……"黄米正要摆出架势说她,包里的手机忽然响了起来,她打开一看,是顶头上司打的电话。

"事情处理完了没?"科长在电话那头焦急万分地说,"赶紧回来!少了一份资料,之前一直是你管的那块。"

黄米把电话挂了,没走。

"你先回去,我自己去检查就好啦!"崔脆脆坐在长椅上,脸色比刚来时好多了。

黄米不同意:"我看着你检查完再走。"

崔脆脆犟不过她,坐在长椅上等叫号。这时患者开始少了,焦脆脆很快看上了医生。

"你先回去吧,我自己检查完就回去。"崔脆脆一出来便对黄米说道。

"行,你自己多注意,走路记得看脚下。"黄米在外面等候的时候,又接到了科长的电话。

崔脆脆一个人坐在等候区长椅上,神色恢复了平静。她低头打开手机,在各大平台上"冲浪"。晚上是网友的活跃期,这时候遍地表情包,是最好的下手时机。崔脆脆埋头苦存表情包,时不时被网友的表情包逗乐,笑得诡异,心中最后一点儿不好的情绪慢慢消散。

崔脆脆笑得肩膀一颤一颤时,并不知道背后门口路过了一个男人,男人朝着她颤抖的背影多看了一眼。

检查结果出来后,崔脆脆拿给医生看。

医生低头看了一眼单子,说:"轻微的营养不良和贫血。像你们这个年纪的女孩子,爱美是天性,但也不能……"医生抬头,扶了扶眼镜,看向崔脆脆时,突然沉默了。

对面是个二十多岁的女孩子,一张素白干净的脸,黑色的双眸清澈有神,不艳丽但绝对好看,只是着装打扮不像爱俏的女生,很朴素,不是减肥过度的人。

"主要是吃食上注意点儿。"医生咳了一声,转移了话题,"平时可以吃点儿猪肝。"

崔脆脆一一应下。她忙起来就懒得吃饭，都是随便对付，其实主要还是底子差。

出了医院已是凌晨，公交车都停了。崔脆脆想坐出租车回去，结果门口一大段路都被围了起来，好几辆大型的挖土机一起工作，附近的候客出租车全散了，只有一条小道留出来给救护车通过。

城市公共建设为了不扰民，总是在夜里施工，明明几小时前这里还是车来车往，现在崔脆脆一眼望过去，全是蓝色的铁皮护栏，根本分不清东南西北。

她站在门口愣了半晌，左右看了看，见有一辆救护车从左边开过来，便慢慢朝左边走去。一路都是挖掘机轰隆隆的声音，崔脆脆越走越糊涂，好在走了十几分钟后，终于走了出来。

崔脆脆对中心医院附近并不熟悉，只觉得自己已经走到了大马路上，应该能找到出租车，结果张望了半天也没见到出租车的影子。

她拿出手机准备叫网约车，忽然瞥到转弯路口处的镜子里，自己身后跟了一个男人。他站在巷口阴影处，脸上戴着口罩，手上套了手套，身影模糊不清。这时，那男人手指间有一道白色的反光，被镜子照了过来。

那是刀！崔脆脆心下咯噔，脑海中瞬间浮现出各种事故新闻，什么深夜女子被刺，路边女子被袭击……

以崔脆脆多年的倒霉经验来看，她八成碰到了那种人。不待崔脆脆多想，后面的男人已经快步朝她这边走过来。

崔脆脆脸色发白，一边抖着手想去拨打110，一边望着那路口的镜子。男人越走越快，两个人的距离拉近了一半。

来不及了！崔脆脆立即转进旁边的拐弯路口，前面大路虽宽，但三更半夜行人极少，反倒是现在她走的巷子里可以看到附近有居民区，零星有灯光。

没有了镜子，崔脆脆根本看不到背后的男人，也不敢回头去看，只能听见脚步落在地面上的声音，不远不近地跟着，嗒、嗒、嗒……

崔脆脆同样不敢跑起来，只能加快步伐，生怕她跑起来后面的男人会跑得更快。

后面的脚步声越来越近，崔脆脆不敢回头，迅速走进了一片居民区，直接朝一栋有灯光的房子奔去，狂按门铃，大声喊着："妈，我回来了！"

她企图吓跑背后的男人。

崔脆脆连喊了好几声，里面的人都没出来开门，背后的脚步声却越来越近，越来越快。

正当崔脆脆以为自己要被后面的男人抓住时，门忽然打开了，一位中年女人茫然地望着崔脆脆身后不远处的男人，又看了看她，不知道是什么情况。

"阿姨，背后有人追我，能不能让我进去躲躲？"见门被打开，崔脆脆心中的慌乱情绪得到缓解，又怕后面的男人会伤害自己和里面的阿姨，一边迅速解释，一边使眼神，让阿姨把门关上。

这时，男人已经走到崔脆脆的身后，有那么一瞬间，她甚至觉得自己能感受到后面的人的呼吸声。

"妈，我回来了。"男人低沉磁性的声音突然在崔脆脆的身后响起。

崔脆脆听到男人的声音后，一时间脑子有点蒙，鼓起勇气回头看了过去。

背后的男人没有长着一张凶神恶煞的脸，反倒生得俊美，长身于昏暗的灯光下玉立，像极了水墨画中走出来的陌上公子——如果忽略他手上的东西。

男人戴着手套的右手握着一把刀，崔脆脆借着身后屋内透出的灯光，清晰地看见了刀尖上沾着血迹。

刚才的恐惧情绪还未退散，又见到带血的刀，崔脆脆吓得往后退，唇紧紧地抿着，这样子落在对面男人的眼中，像极了一只受惊的小猫。

"哎呀，空青你拿着手术刀干什么？大晚上怪吓人的。"被崔脆脆挡在身后的阿姨从旁边探头出来，嗔怪道。

叶空青淡淡地瞥了一眼旁边脸色煞白的人，扯掉手套，将手术刀裹了起来。

他疏离的声音富有磁性："刚才给动物做了个手术。"

"给动物做手术？"叶母温和地问道，"刚才给你发短信时，你还在医院吗？"

"没有。"叶空青微微仰头，修长的脖子上凸起的喉结随即露了出来，他利落地将下巴上的口罩扯了下来，"就在巷口。"

听到这儿，崔脆脆反应过来是自己误会了，有些尴尬地挪开了位置："不好意思，我……我误会了。"她朝旁边的阿姨弯腰道歉，又转身要给男人道歉。

"是我们家空青太吓人了，要是我见到陌生人这一副打扮，也会吓得够呛。"阿姨慈眉善目的，显然不在意之前发生的事，伸手拉住崔脆脆，不让她弯腰道歉，"该说对不起的是他。"

"没事。"崔脆脆松了松手，之前被捏在手里的检查单变得皱巴巴的。

叶母可怜这女孩子被吓得惊魂未定，对自己的儿子说："天太晚了，你送这小姑娘去打车回家。"

叶空青嗯了一声，走进房间，将刚才用过的工具放好，洗了洗手才走出来。

他对茫然的崔脆脆说道："走吧！"

崔脆脆稀里糊涂地跑进这个居民区，现在又稀里糊涂地跟在刚才把她吓得够呛的男人身后，被他领着走到了大马路上。

"家在哪儿？"两个人刚出巷口，一辆空的出租车便出现在他们的视线中，叶空青抬手招停车子后，扭头问道。

崔脆脆眨了眨眼睛，觉得自己运气还不错，一出来便能打到出租车。

"在新谷小区。谢谢你！"崔脆脆见叶空青拉开了车门看着她，赶紧坐上车。

叶空青关上车门，示意出租车司机可以走了，等车子消失，才转身回去。

"妈给你煮了面，要不要垫垫肚子？"叶母听见儿子回来的声音，马上从厨房里端了一碗热乎乎的汤面，"里面的汤是今天早上吊的鸡汤。"

叶空青抬手揉了揉眉心，稍微缓解如潮水般涌上来的疲倦感，才端起碗吃了起来。

"你爸的申请批下来了，我们准备下个月就去东省，妈以后可能一年半载都回不来。你注意身体，按时吃饭，别老像你爸一样。"

叶母说起来都有种无力感。她自己是一名小学老师，去年刚刚退休，儿子又这么大了，本来早该享福，但自己家那位闲不下来，向上头申请去东省一个县当驻院医生。她离开这么远，以后不能天天给儿子改善伙食。按儿子一头扎在医院里的状态，叶母很担忧他的身体。儿子完全随父亲，但父亲有自己照料。而且，儿子都二十八岁了，她也没见他说有喜欢的姑娘。

想到这儿，叶母不由得长叹了一口气。

"知道。"叶空青放下碗筷，"医院里的饭菜都不错，营养均衡。"

叶母心想算了，有他父亲的经验在前，自己也管不了儿子。

第二天，叶空青起来上班的时候，叶母还在房间里休息。他拎起一个挎包，像往常一样朝医院走去。

他的住处所在地是离医院最近的一片居民区，虽然建造的年头很久，结构老式，不过设施还算完善。左右不过是一个住处，叶空青对这些东西都不在乎。

走了一小段路，叶空青转弯绕到一个巷口，如果崔脆脆在这里，便能发现是昨天她见到的那个巷口。

往里走是一条死胡同，堆了各种杂物，墙面上还有各种涂鸦，地上散落着塑料瓶。

叶空青慢慢走到巷道内，在一堆杂物最多的地方蹲了下来，里面有些窸窸窣窣的声音。他拿出一个小盒子，里面装了些食物。

很快，里面的动物闻到香气，试探地伸出小脑袋，犹犹豫豫地往前探了探——是一只奶猫。

叶空青伸手摸了摸它的毛，奶猫似乎嗅到了熟悉的味道，安心了一些，又慢慢探出了半个身子，急切地舔着食物，渐渐暴露出绑着绷带的后肢。

五天前，叶空青在回家的路上听见奶猫细细的哀号声，当时他犹豫了一下，才转入巷口。他借着月光看清了奶猫的伤势，左后肢断裂腐烂，全身也有感染的趋势，这种伤势即便他将它带去兽医院，它的腿多半也保不住，再加上处理不好，还有感染的风险，奶猫的死亡率高达八成。

奶猫的伤势或许严重能致死，但叶空青能将死亡率降至四成，他"黄金手"的称号是靠着一个又一个的成功案例堆积起来的。

那晚，叶空青没有动它，只是找了支消炎药给奶猫打了进去。他回家查了查奶猫的身体构造及注意事项，第二天下班后才给奶猫处理伤口。

他先把腐肉刮去，再接好里面的骨头，最后缝针。叶空青动作熟练至极，任谁看了，都会以为他是真正的兽医。

昨天晚上，叶空青拿着刀是给奶猫拆线，并重新上了药，正好叶母发短信问他怎么还不回家，他起身便快步赶回去，哪知道让人误会了。

叶空青再一次摸了摸小奶猫软软的耳朵，脑海中却浮现出昨晚那个误会自己的女生的样子。如果他没记错，她应该是叫崔脆脆，和他是同一所大学的校友。

他们中间差了好几届，又不是同一个专业的，按理根本没有交集。叶空青之所以记得她，是因为两年前得空和好友回母校，两个人作为优秀校友，被邀请回去给优秀毕业生颁证书。

好友不停地在自己的耳边感叹后生可畏，说要把崔脆脆捞到自己的公司。后来那届学生毕业了，好友根本没把人捞到自己的公司，被人抢先一步。两个人只要有空见面，好友总要提一嘴。半年前，他大半夜还给自己打了个电话破口大骂，说那家公司糟蹋人，他要去把崔脆脆挖过来。最后他也没能挖成功，听说崔脆脆消失了。

现在看来崔脆脆还在 S 市，只是不知道身体出了什么问题，昨天晚上他在医院的候诊室见到那个背影，原本只是有些怀疑，未料后面怀疑得到了证实。

叶空青起身，有一瞬间想给好友发短信，告诉对方人在哪儿，到最后还是罢了。

在家中的崔脆脆并不知道自己被人认出来了，正忙着接单。

一大早十楼的叶爷爷和叶奶奶就来敲崔脆脆的门，崔脆脆给客户回复完消息，便急忙出来开门："叶爷爷、叶奶奶，你们这是……？"

"我们煲的蘑菇鸡汤，熬了一晚上，很养生的。"叶奶奶端着一大碗汤进来，"昨天摔了，现在还疼不疼？"

崔脆脆连忙将汤接了过来："不疼，没太大事。"她没说自己去医院的事，这些长辈向来不愿意麻烦她，很多时候是借口让她帮忙，从而给她送特产吃食。她要真说了，以后想给他们帮忙，估计他们也不让了。

幸好晚上楼里的住户都在家，没人看见她和黄米一点点地挪出来的身影。

"那就好。"叶爷爷牵着老伴，"脆脆，你趁热喝，凉了就不好喝了。"

"谢谢叶爷爷、叶奶奶。"崔脆脆一大早起来，QQ 上不停有消息，她还没来得及吃早点，闻着香气四溢的鸡汤，肚子不由自主地叫了起来。

叶爷爷和叶奶奶都忍不住笑了起来，让她赶紧吃饭。

粥熬起来时间太久，崔脆脆从冰箱内拿出面包，就着鸡汤吃面包。

这鸡汤熬得不油，蘑菇和鸡肉的味道混合得恰到好处，即便在清早吃，她也不觉得油腻，味道刚刚好。

崔脆脆刚刚吃完早饭，黄米便打来了电话，声音有气无力："脆脆，你检查怎么样啦？"

崔脆脆弯了弯眼睛："没太大的事，医生说多吃点儿补血的东西就好。你怎么这么早起来啦？"

说到这个，黄米简直快哭出来了，愤愤不平地说道："脆脆，我现在才下班，刚到家。"

"加班到……"崔脆脆抬头看了看墙上的挂钟，现在是早上七点。

黄米对自己的工作抱怨了一通，才挂了电话要去洗澡睡觉。

黄米家境优越，和崔脆脆是同一个专业的，毕业后黄米说金融行业太累了，就当了公务员。谁料公务员平时工作清闲，有事的时候忙成狗。

有人问她为什么不做自己的"二世祖"，不用工作，平时就吃吃喝喝，满世界游玩，反正她家有钱。黄米则义正词严地说道，自己要工作，拿社保，最少得工作十五年。

知道黄米家有钱的众人："……"

崔脆脆刚挂掉黄米的电话，还没放下手机，又有一个电话打了进来——是之前接触的一个医疗方向的翻译客户。

"日语口译？"崔脆脆握着手机，有些为难地说道，"我是做线上笔译的。"

"当然不是。"面对客户的询问，崔脆脆还是如实回答道，"口译也可以，只是……"

对面的客户说道："你的英语水平我还是放心的，这不是见你简介说可以接日语翻译嘛。刚好同事这边有个国际会议视频，需要英日翻译，原本已经找了两个专业的翻译人员，不巧那两个人临时都出了问题，没办法过来。英语的话，要是进去开会的人多，就不用太担心，医生对专业词语还是比较了解的，主要是日语你能够大概翻译出意思就行，到时候还会有视频回放。"

崔脆脆听到这位客户的报价，有点儿心动。毕竟还要吃饭，这单生意接下来够她两个月的生活开销了，她正好也检测一下她复习后的水平。

"什么时候？"

"今晚十一点开始，一直到次日凌晨两点结束。"客户叹气道，"这也是事出突然，那两个翻译之前答应得好好的，谁知道赶不过来，我们也是找不到人，没办法才想来问问你。"

口译和笔译到底是两个不同的方向，更别提还是双语翻译，那客户打电话来，完全是死马当活马医。

"地址在省中心医院六楼三零四室，最好晚上十点钟过来。"电话那边的客户彻底松了一口气，"那两位翻译人员把他们整理好的专业词语发给了我们，待会儿我传给你看看。"

"好。"崔脆脆挂掉电话，忍不住发了一会儿呆。她凌晨才从省中心医院回来，没想到晚上还得去一趟。

她走去书房，QQ上已经传来客户发的文件。她点开一看，是整理好的十几页专业词语，而且是两份。

好在崔脆脆习惯了临时出状况，出去拿了两块面包和一个桃子放在桌子上，又定了一个晚上九点的闹钟，便坐在电脑前开始看那些专业词语。这一坐，她便坐到了晚上闹钟响起，其间只吃了桌子上放的东西，只上了一趟厕所。

晚上九点一到，崔脆脆合上电脑，揉了揉发胀的眼睛，起身收拾，背着包下楼。

这个时间点还有公交车，崔脆脆没有直接坐到省中心医院，在中途一个大学城站下来，吃了点儿东西，才重新上了车。她到医院时正好是晚上十点。

"哎，小姑娘你怎么又来啦？"赵医生正好从扶手电梯上下来，老远就见到了崔脆脆。

医院里人来人往，做医生的人自然不可能记得每个人。赵医生之所以能记住崔脆脆，一来是因为崔脆脆是昨天他下班见的最后一位"病人"，二来是因为这小姑娘看着太干净了，他想忘记都难。

"过来有些事。"崔脆脆对赵医生笑了笑，说道。

赵医生点了点头，没有继续问，两个人毕竟不相熟。

上了六楼，崔脆脆找到三零四室，敲开了门。

一位老医生听见声音，抬手扶了扶自己的眼镜："你是……崔脆脆？"

上午给崔脆脆打电话的客户并不是这次她的客户，对方是替人寻翻译员，这点崔脆脆早上都知道了，所以不吃惊。

"嗯，我是这次的翻译员。"崔脆脆点头关上门。

老医生让崔脆脆坐，接着告诉她这次视频会议的大概情况。

这场会议是几个国家的医生一起讨论一个病症，专业词语特别多，之前医院给请了专门的翻译员，难度不低。这也是这次费用高的原因。

崔脆脆一天能囫囵吞枣地准备好，得益于那两位翻译员准备好的专业词语文档。

老医生在等待会议开始，也没闲着，时不时有年轻的医生进来问些问题。崔脆脆见状，拿出手机，重新过一遍那些词汇，省得待会儿开会时出状况。

"你下去问问神经外科谁有空，能进来听就进来听。"老医生翻完了资料，对上来的一名年轻医生说，"中间会谈一些神经外科的内容。"

"好。"年轻的医生连忙点头答应，他胸前的牌子上赫然写着"心外科"。

晚上十点五十五分，三零四室内除了老医生，又进来四位心外科医生，所有人进来，安安静静地等着，视频已经开始连线了。

晚上十点五十七分，日本那边率先接通，视频内可见五六个医生。

两国医生互相打了招呼，继续等待美国那边的医生接通视频。

晚上十点五十九分，三零四室的门再一次被打开。

来人身材修长，一身白大褂，像是 T 台上的模特，碎发上面带着汗珠，显然刚下手术台不久。他抬手摘下口罩，露出一张俊美的脸。

"叶医生坐那儿。"老医生看见来人，指了指自己对面的椅子。

叶空青率先将目光落在椅子旁坐着的人身上，很快收回眼神，坐了下来。

晚上十一点零三分，三个国家的交流会议正式开始。

众人先是谈论了最近新出的一种心外科技术，谈论是否可以用机器人代替，中间果然谈及神经外科的事。

其他两国的医生还在思考时，叶空青说了说自己的看法，用的是英语，不需要崔脆脆翻译。

美国那边的医生代表看着叶空青，忽然指着他喊了一句："Dr.Ye！"显然那人是认出了他。

崔脆脆下意识地扭头去看叶空青，她做医疗方向的翻译，也了解过一些医院的资料。能让国外心外科的医生知道名字的神经外科医生，一定不会太简单。

叶空青点了点头，表示是自己，并没有说多余的话，只是将自己在神经外科方面的见解说完就沉默下来。

整场会议开了三个小时，其间崔脆脆最主要是翻译日本那边的医生说的话，至于英语，三零四室内的医生自己都能听懂，大部分人是用英语交流的。不过，美国那边的医生说话时，在不妨碍其他医生说话的情况下，她还是会翻译。

口译比起笔译时间要更紧迫，大脑需要不停运转，将专业词语一一对应起来。崔脆脆还算适应良好，三个小时内除了两个专业词语一时间没想起来，其他的都还算完成得不错。

只不过……那两个词她得了叶空青的提示。

想起凌晨发生的误会，晚上又得了他的帮助，崔脆脆在散会后见叶空青要离开，便跟了过去。

"叶医生。"崔脆脆朝前面的人喊了一声，见他回头看向自己，便立刻说道，"今天谢谢你，还有……凌晨误会你，不好意思。"

叶空青的记忆力向来不错，他转身回头，看着对面的女孩子，忽然觉得她比两年前上台领奖时清瘦不少，衣袖外露出来的腕子白皙细瘦。

男人的目光一直停留在她的身上，他也不言语。崔脆脆站在原地，有些手足无措，但转身走人更不行。

叶空青忽然向前走了两步，站在崔脆脆的面前，抬手摸了摸她的头发。

崔脆脆一时间呆住了，嗅着萦绕过来的淡淡消毒水味，说："叶医生？"

叶空青放下手，自然地问道："平时洗头用不用护发素？"

总感觉事情在向奇怪的方向发展，崔脆脆双眼露出了迷茫之色，但她仍然老实回答："用的。"

初中化学她就学了，用完洗发水要用护发素，达到酸碱平衡。

"嗯！"叶空青收回手退后，"你应该有点儿营养不良，头发很粗糙，发黄易断，平时吃食方面要注意。"

崔脆脆才被检查出贫血和营养不良，没想到今天又被一个医生逮着说自己营养不良，她垂下头，眼睫颤了颤。

"你是不是……"

叶空青看着对面的女生洗得发白的衣裤，再联想到好友说的事，觉得明白了什么。

"什么？"崔脆脆抬头不解地望向叶空青。

"无事。"叶空青朝崔脆脆点了点头，转身回了休息室。

崔脆脆看着叶空青离开的背影，下意识地抬手摸了摸刚才他碰的地方——她的头发很容易断吗？

凌晨两点了，叶空青懒得回去了，直接在医院的休息室住下。

盯着微信里好友的名字，叶空青回想起自己见到的人，终于给赵远志发了一条信息："我见到了崔脆脆。"

半年前赵远志打电话来，说自己看中的好苗子被人害了，整个行业都要封杀她，他要去把人找回来，让她跟着自己干。只是后来人忽然失踪了，赵远志只能作罢。

早上叶空青认为自己没有理由干涉别人的选择，所以并不打算告诉赵远志自己碰见崔脆脆的事。

昨天晚上在等候室见到崔脆脆颤抖的背影，再加上今天她的穿着打扮，以及营养不良的症状，叶空青在脑海中拼凑出了一个女孩子被行业封杀，后面过着糟糕的生活的画面。

现在，他一冲动便告诉了赵远志见到崔脆脆的事。

十、九、八……三、二……叶空青在心中默数着，抬手准备将刚才发的信息撤回。

"你说什么？！"

"谁？！"

没等叶空青撤回消息，那边的人已经连发两条信息过来，他还未来得及解释，赵远志已经打了电话过来。

"崔脆脆，你见到她啦？！她在哪儿？"赵远志才把公司的材料看完，睡前刷一下手机，谁知道就看到叶空青发来的信息，便急忙给叶空青打来电话。

"医院。"叶空青皱眉，把手机挪远了点儿，等赵远志说完话后才说道。

"医院？她生病啦？"赵远志想起好友所在的科室，心中咯噔一下，"她脑子出了问题？"

"心脏外科有个国际交流会议，请了她来当翻译。"叶空青解释道。

赵远志这才松了一口气，在电话那头嘀咕了几句，又问叶空青："你有她的联系方式吗？她之前的联络方式全都注销了。"

叶空青只和崔脆脆有过两面之缘，无端从哪儿得来对方的电话？

"明天我帮你问主任，是他请崔脆脆过来当翻译的。"

"谢了，要是能把她拉过来，改天我请你吃饭。"赵远志打电话前的疲惫样子早消散了，语气中难掩兴奋之意。

叶空青靠在医院休息室的铁架床边，低着头，神色不明："不必。"

听见电话被挂断的声音，赵远志并不觉得叶空青冷漠，认识这么多年，对方也只是表面看着不近人情。一想到有可能挖到自己心心念念两年的人才，赵远志精神亢奋，甚至开了瓶红酒。

清晨四点五十二分，叶空青被电话铃声吵醒，是夜班护士打过来的电话。

"叶医生，双江路发生了重大交通事故……"

只听了前半句话，叶空青便将电话挂断，起身用冷水泼了泼脸，穿上白大褂朝大厅急诊科跑去，俊美的脸上布满冰霜。

重大交通事故意味着今天死在中心医院手术台上的人数可能会直线上升。

叶空青赶到急诊科时，里面到处是伤者。医生护士全在喊，手外科的一些实习医生更是忙得脚不沾地，主要的医务人员都被调了过来。

"叶医生，这个人还有意识。"一个小护士一见到叶医生，便连忙喊道，指着一个头部出血的伤者说道。

叶空青扫了一眼伤者，翻开他的眼皮照了照，又抬起他的手突然松开。小护士还在旁边看着。她从医院门口拉来的这位伤者，在场就他看起来情况最好，应该是能救好的。

叶空青抬头看了看时钟，然后退开一步，转身朝小护士背后走去："赶紧进行抢救！"

"叶医生？"小护士一脸茫然的表情，不知道怎么回事。

叶空青拉上口罩，丢下一句话："你先去帮其他伤者，他情况十分紧急。"

小护士是今年进来实习的，也知道神经外科的叶医生在几年内靠着一双手救活了许多人，当时一起来的护士还常常结伴去偷看叶医生。

实习不到三个月，这是她第一次直面如此大规模的伤者，接手这位伤者时，她心中便涌起一股浓厚的责任感，但现在叶医生只是随便看了一眼，就说生命垂危啦？

"他只是头部出了点儿血！"小护士一时情绪激动，指着另外一个伤者，"那个人头都扁了，还怎么救？"

叶空青没有停下一步，根本没理会她，推着急救床离开。

小护士眼眶通红。

"怎么了，这是？"宫寒水刚刚给病人紧急做了个环甲膜切开术出来，一回头便见到小护士冲着快离开的叶空青喊。

"叶医生随便看了看，就说……就说得抢救了，明明他还好好的，刚才还和我说话了。"护士哽咽着说道。

宫寒水是心外科医生，上前看了看这位伤者，确实看起来还有意识，嘴里发出唔唔声，伤势比起急诊室里的其他人好太多，只有头部出了点儿血。

宫寒水正想摸摸伤者的胸腔，观察是否有内出血的基本症状，伤者忽然浑身一颤，七窍开始出血，前后不到十秒便彻底失去了意识。

小护士被吓了一跳，上前探伤者的动脉，却已经感受不到任何跳动。

宫寒水正想开口宽慰小护士，有医生喊他去帮忙，只能把小护士留在原地。

手外科、心外科、神经外科……今天医院的每一个外科都忙得不可开交。最紧急的伤者大概分到各个手术室后，走廊上的转运车上或坐或躺着一些伤势较轻的病人。

几乎所有的手术室都亮着红灯。

叶空青脑中没有任何多余的想法，眼中、手下全是这个被推进手术室的伤者。

病人被开颅后，站在旁边的一位助手医生明显出了一口气。这是凹陷性颅骨骨折——在神经外科手术中只是二级手术。叶医生是四级手术都曾做过好些例的年轻一代"黄金手"，这个伤者肯定能活了

"准备清创。"叶空青说完，低头开始清理颅内碎片。

"糟了，碎骨穿破了硬脑膜。"助手医生在旁边帮忙，一下就看到了伤者的情况。

叶空青动作不停，在拉出最后一块碎片后，头也不抬地喊道："电刀。"

助手医生有些着迷地看着叶医生的动作，以前有前辈便说过，看叶医生手术就好像在看一场盛大华丽的魔术表演，总会让你感受到不可思议，叶医生总会将不可能变为可能。

做完一台手术，叶空青并没有休息的时间，还有伤者等着救治。从清晨到深夜，叶空青只喝了两瓶水，含了一块糖，剩下的时间都在连

轴转。

不止他，今天医院的大部分医生都是这个状态，尤其是外科医生。像那些年纪稍微大一点儿的医生，出了手术室脚都打飘。叶空青到底年轻，底子好，即便一整天这么忙下来，面上只有些疲倦之色。

"叶医生，这么晚了你还要回去？"同科室的医生见叶空青换了衣服，身上还背着挎包，吃惊地问道。

大部分做了一天手术的医生选择了留院，医院那边安排了外卖，有科室的人领了盒饭，蹲在地上吃了起来。

"嗯！"叶空青点点头，继续朝电梯走去。

"空青，你这是……要回去？"宫寒水举了举两个盒饭，"我还给你带了盒饭。"

省中心医院这些年有好几位医生男俊女美：神经外科的叶医生、心外科的宫医生、还有儿科的喻医生，三个人直接拉高了省中心医院医生的颜值。

和冷淡沉默的叶空青不同，宫寒水在医院是出了名的为人幽默风趣，体贴人。据说，和他同台做手术是最愉快的，他的水平在同期医生中居高，在手术台上他还能讲些有趣的事。

众所周知，外科医生在漫长的手术中，经常会讲些小段子，一来是为了消除疲惫感，二来也能让整个手术氛围轻松一点儿。只不过叶医生在手术中从来不说多余的话，每次都严谨得就像在录制一个教科书级别的手术视频。

叶空青接了过来，饭盒上还贴着他的名字。"谢谢！"他的声音因为长时间没有说话而显得有些沙哑。

"不如先吃完再回家？"宫寒水虽用疑问句结尾，但已经拉着叶空青坐到电梯前面的长椅上。

叶空青懒得拒绝，也确实饿了，吃饭的时候没有讲究什么姿态。做医生的，碰到手术时，能多扒拉一口饭是一口，叶空青从毕业到医院实习后便一直如此。

"今天清晨那个病人，你应该和护士好好解释一下。"宫寒水看着旁边的叶空青说道，"刚才我去领盒饭的时候碰见她，她的眼睛到现在都是红的。"

叶空青吃完最后一口饭，合上饭盒，起身将饭盒扔进了旁边的垃圾桶内："我只负责对我自己带的实习医生解释。"

"还真是……"宫寒水看着叶空青走进电梯的背影，将手上的筷子攥得紧紧的。

大盈子："出来聚一聚吧！"

崔脆脆正在厨房里炒菜，想给自己加点儿营养，大理石台上的手机忽然振动了一声。以为是哪个客户的信息，崔脆脆连忙擦干净手，拿起手机。

不是客户发来的信息，崔脆脆抬眼看着手机界面上的"203的仙女们"，愣了愣。毕业两年后，寝室的人早各奔东西，这个群有一年多没人说过话了，即便四个人都在S市。

琦可休："月盈请客，我就去。"

大盈子："我请，周六江南馆。"

琦可休："月盈你发财了，去江南馆？"

大盈子："发财谈不上，最近转正了，请你们出来聚聚。"

琦可休："转正？你跳槽啦？去年你不是在瑞龙信托工作得好好的吗？"

瑞龙信托是S市有名的金融公司，里面竞争力还是比较强的。去年孙月盈去了瑞龙工作，当时把周琦羡慕坏了。同一个学校同一个班的毕业生，她连笔试都没过，后来考了教师资格证。她是本地人，就找了一所小学当数学老师。

大盈子："我现在已经是高思银行的正式员工，很久没见到你们了，找个由头聚一聚呗。"

琦可休："高思？！是我知道的那个高思吗？请客，请客，我周六一定去！"到底是金融专业的人，即使周琦没有进入这个行业，对高思这种跨国金融公司还是有所耳闻的。

高思是一家在全球范围内提供投资银行、私人银行股权管理服务的金融公司，旗下还有分公司提供财务分析、私募股权、证券以及房地产服务的全能性公司，数学、金融出身的人都以进入高思为荣。

琦可休："哎……我记得脆脆不就是在高思吗？那以后你们俩可以互相照应了。这么说来，我们一个寝室有两个人进了高思，厉害了！"

孙月盈没有立即回复。

崔脆脆被高思封杀的消息，只要还在这行工作的人都隐约听到过消息，只不过周琦没真正进入过这个行业，后面一直在小学教书，寝室的人也没联系过，班里也没有人特意和她说这件事。

崔脆脆拿起铲子翻炒了几下菜，将火关小，然后拿起手机回复："我没有在高思工作，半年前被辞退了。"

"辞退"这个词用得十分……周琦立刻明白有事发生了。

当年毕业的时候，高思那边过来要人，让崔脆脆瞬间在全系出了名。高思当时的举动分明是说有多看重崔脆脆，她都工作一年半了，高思突然把人辞退，这中间肯定发生了什么事。

周琦有点儿不知道怎么回复。

这时候，群里又弹出一条信息。

超大一粒米："去江南馆吃饭？周六几点？"

大盈子："中午十二点怎么样？"

超大一粒米："行，我和脆脆一定去。"

大盈子："那就这么定好了，脆脆你一定要来呀！"

在她们定时间的时候，崔脆脆关火盛好了菜。一盘小炒牛肉，再加上熬的一钵苦瓜排骨汤，这算是她这个月吃得最正式的一餐。

她刚将饭菜端上桌，黄米就打了电话过来，连带着铃声都有一股气势汹汹的感觉。

"那人肯定是故意的！"

崔脆脆一接通电话便听到这么一句话，愣了一会儿才反应过来黄米说的意思。

"小米，别这么说话。"崔脆脆摘下围裙，对着电话那头的人说道，"不要再说了。"

"我说错了吗？孙月盈不就是想装吗？转个正她就在群里显摆。"黄米十分不解，甚至有点儿委屈。

崔脆脆站在餐桌前眨了眨眼睛。

"嗯，没错。"崔脆脆试图转移话题，"你打电话来，有什么事吗？"

"她不是要请我们吃饭吗？我刚才叫了同城快递，给你送了一条裙子，周六你就穿这条。还有两个盒子，一个装了高跟鞋，一个装了首饰。"黄米兴奋地说道，"上周逛街的时候买的，一定特别适合你，我本来还想什么时候送给你呢！"

"不准拒绝！"黄米提前警告，"你那小破屋我还能不知道？里面除了以前的那几套正装，就没有拿得出手的衣服。我们周六绝对不能让孙月盈显摆成功！"

"好。"崔脆脆答应下来。

崔脆脆没那么强的自尊心。黄米买的那些衣服、首饰，对普通人来说，贵得离谱，但在她眼中，只是像随手买了水果那么简单。如果自己拒绝多了，只会伤她们的感情。

周六上午九点，黄米打电话过来，说要来接崔脆脆，上午十点前后到，让她打扮好。

崔脆脆先是穿上那条浅绿色的长裙，再将化妆包里的化妆品全部拿了出来。她学过一段时间化妆，毕竟在高思那种地方，淡妆总是要化的，起码要让自己看起来成熟一些。不过，自从半年前被辞退后，崔脆脆又像在大学里一样了，不再碰化妆品。

一年不到，化妆品都还能用，崔脆脆淡淡地化上一层妆，戴好首饰，穿上高跟鞋。

这么长时间没穿高跟鞋，崔脆脆站起来的那一刻，有些站不稳，不过，在房间里走了几步后，就重新习惯了。

"脆脆，换好了没？快出来让我看看。"黄米有一把崔脆脆的房门的钥匙，这是她强行配来的，就是怕崔脆脆出意外。

崔脆脆听见黄米的声音，立刻从卧室里出来："现在去，会不会太早？"从这里开车到江南馆最多一个小时，现在才上午十点。

"我就知道这裙子你穿起来好看。"黄米见到崔脆脆的瞬间，眼睛一下子亮了，她相当自豪地说道，"我的眼光从来没错过。"

崔脆脆皮肤白，腿又细又长，浅绿色的长裙穿在她的身上，简直像带着仙气。长裙下露出来的一小截脚踝，干净白皙，让人忍不住想伸手握上去。

"不早，我们先进去吃点儿好吃的东西。"黄米噔噔噔地走到崔脆脆的身边，拉着她的手说道，"江南馆真正好吃的东西，就凭孙月盈，还接触不到。"

原本江南馆只在小圈子内有名，后来老板扩大了一圈店铺，外面传的都是新扩建的外围菜，真正的特色菜在内圈。

"我保证你吃了之后，根本看不上外围菜。"黄米表面是个兢兢业业、勤勤恳恳的公务员，内里作为富家子弟，该花的钱没少花。

两个人下楼，直奔黄米的车。

今天黄米打定主意要比孙月盈还会"装"，从车库里开了一辆豪车出来，光是停在路边，来往的人都忍不住停下来多看一眼。

崔脆脆还在高思工作的时候，见过不少豪车，见到黄米的这辆车，倒也没有太吃惊。

两个人到了江南馆门口，立刻有人过来带黄米进去，江南馆的员工都会记住老客户的资料，以便快速为他们提供服务。

江南馆外围是仿江南小桥流水人家的构造，而老江南馆是真正的苏式园林，人置身其中，根本察觉不到任何仿造的痕迹。

"这里还可以吧？"黄米有些得意地冲崔脆脆笑道。

老江南馆算是黄米比较喜欢的一家店，以前她就想带崔脆脆过来尝尝，可惜一直找不到合适的时间。

两个人在里面吃了几样特色菜，等时间差不多了才出来，往约定的桌号走去。

"这里。"孙月盈见到崔脆脆和黄米，立刻挥手。她穿了一件齐膝短裙，腰间的面料上有一个十分明显的logo。她长鬓发披肩，站起来便能让人感受到职场丽人的气质。

"不知道的人还以为她是在商场上混了多少年呢！"黄米凑在崔脆脆耳边吐槽。

孙月盈热情地站了起来，拉着黄米和崔脆脆入座："周琦早到了，就等你们俩来呢！"

"你们的变化都这么大。"周琦坐在位子上，见到崔脆脆今天的打扮，惊艳地说道。教师工作稳定，和同事之间也没那么多钩心斗角。

孙月盈转了转眼睛，摇了摇铃，喊来服务生："今天我请客，你们想点什么随便点。这江南馆的位子，我花了一个月时间才订到的。"她的言语间不无炫耀之意。

"我还是第一次来江南馆，托月盈你的福。"周琦没什么城府，笑着感叹。

"那待会儿多吃点儿。"孙月盈挺直上身，精致妆容上的美目看向崔脆脆："脆脆，你也别客气。"

黄米靠在沙发上，环抱双臂，对她这种行为相当不满，正要发作，大腿却被崔脆脆拍了一下。

"好。"崔脆脆微笑着点头。她在高思工作了一年半，什么牛鬼蛇神没见过，只是有些事不放在心上罢了。

菜刚一上齐，孙月盈便开始殷切地给三个人介绍菜品，仿佛她来过了无数次。

"转眼两年了。"孙月盈根本停不下来，介绍完菜品，立即进入下一个话题，"大家现在都有了各自的工作……对了，忘记问脆脆你现在在哪里高就？"

埋头吃菜的周琦筷子一顿，她来了没一会儿，孙月盈还没来得及给她"科普"，崔脆脆和黄米就到了，但任谁都知道这时候最好别向崔脆脆提工作的事。

黄米上半身前倾，显然是要攻击的趋势，被崔脆脆拉住了手。

"在家高就。"崔脆脆抬头，认真地看着孙月盈，"你这种拐弯进入主题的方法太直接了，在高思这么跟客户讲话，我觉得大概一个月你就可能被辞退吧！"

孙月盈脸上的笑僵了僵，她正要反驳，崔脆脆又说道："作为被辞退的人，我还是有经验的，相信我。"

崔脆脆神情认真，眼神真挚，成功地让旁边的周琦相信了。

周琦扭头，看着孙月盈说道："那这样，月盈你可得好好听脆脆的话，毕竟脆脆有经验。"崔脆脆被高思辞退也正常，每个月都有人从里面出来，周琦倒也没有多想。

孙月盈气得呕血，准备说崔脆脆是因为什么被辞退，还被高思给封杀的事。

黄米吧嗒一声摔了筷子，冲孙月盈笑道："这饭还让不让人吃了？我们一个公务员，一个老师，根本搭不上你们的话。"

"对啊，可怜一下我们两个人吧！"周琦觉得氛围有点儿怪，但在学校就学习一般，出了校门直接当了老师，现在十分赞同黄米的话。

孙月盈看到黄米的眼神冷了下来，知道对方在警告自己，心中一股怨气生起，又被强压了下去。

孙月盈心想，大学时就是这样，明明一个寝室自己最先认识黄米。自己提前来学校，把所有手续都办好了，还热情地带着黄米办校园卡、办学生卡、领被子、逛校园。大一的时候黄米和自己是最好的朋友，什么都会和自己分享，谁知道大二的时候，崔脆脆不知道使了什么阴招，让自己和黄米生了嫌隙。

别以为她不知道，今天崔脆脆身上那条裙子肯定是黄米买的，崔脆脆根本不会买那么贵的裙子，一个被行业封杀的人能有多少积蓄？

孙月盈低头笑了笑，正准备换个话题，黄米又开口了："你们不知道，现在我可羡慕脆脆了。她现在就在家里做翻译，同声传译还是什么的，钱哗哗地来。"

同声传译，还在家里？孙月盈心中觉得好笑。

"不是同声传译，只是笔译。"崔脆脆对黄米的"闭眼吹"也很无奈。

"那也挺好的，金融这行做多了，也容易秃头。"周琦一脸感叹的样子，"翻译做得好，工资也高，像我们老师就不行了。"

"月盈，你真的出息了！这款式的车，怎么也要一百万元吧？"周琦绕着白色车子走了一圈，郑重地拍了拍孙月盈的肩膀，"苟富贵，勿相忘。"

孙月盈不着痕迹地退后一步，垂下眼，眼里闪过一丝厌恶之色，脸上却带起了笑："这是我辛苦了快两年攒下来的。"

"那也够厉害的了，这车平时应该也挺费油。"周琦左摸摸右摸摸，十分羡慕。

黄米不爽了，见不得崔脆脆落下孙月盈一点儿，以迅雷不及掩耳的速度，把钥匙塞给了崔脆脆，并装作不经意地说道："脆脆前段时间也买了车。"

孙月盈闻言，在心中嗤笑了一声。

崔脆脆对黄米如同小孩子攀比的行为十分无奈，但为了不落她的面子，还是抬手按了车钥匙。

江南馆外面的停车场中不乏豪车，但那辆闪起灯光的车子仍然显眼。

"不是吧，这是脆脆你的车？"周琦瞪大眼睛，吃惊地问道。

这车子保守价在两千万元左右，像这种明显高配版的，起码要三千多万元。

"现在做笔译的，这么挣钱了吗？我都想去做笔译了。"孙月盈开玩笑地说道，第一反应是不相信，说这车是黄米的还差不多。

崔脆脆都接下了黄米夸下的海口，自然不会下她的面子，继续把话圆了过去："还有之前在高思存下来的钱，笔译挣不了这么多。"

周琦朝着这车流了一阵口水，完全没有质疑她的话。

崔脆脆当年在学校太出色了，毕业那会儿各大公司过来抢人，闹得沸沸扬扬。本来这行就来钱快，以她的能力，也不是不可能买这车，即使她被高思辞退了。

孙月盈脸色彻底难看起来，因为她也相信了。高思的工资有多高她是知道的，尤其是对那些优秀的人才，奖金数目一度高到令业内人咋舌。

孙月盈在这个年纪能够进入高思并且转正，在同行中来说确实不错，只是对比起来，跟之前的崔脆脆完全不是一个等级，她现在业务经手的数额都没到三千万元。

原本一顿炫耀的请客餐，结果被别人炫耀了一脸，孙月盈打碎了牙齿往肚里吞，仍然笑容满面地挽着黄米的手："小米，以后常联系，下次咱们去太平温泉玩玩怎么样？"

"以后再说吧！"黄米无所谓地回道。

看着孙月盈吃瘪远去的背影，黄米今天憋的气终于散了，她哼哼地说道："不就是一个高思的正式员工？非要到我面前炫耀。"

"她炫耀的对象是我。"崔脆脆将钥匙还给黄米，拍了拍她的背，"回家吧！"

话音刚落，一辆车从两个人的身边疾速开过，地面的一摊水溅在了崔脆脆的身上。

第二章

又遇到了

"什么毛病？没看到这里有人？"黄米见到崔脆脆一背的泥水，整条裙子根本见不得人，气炸了。可惜那辆车根本没有停下来的迹象，车主人自然也不知道背后有人骂。

黄米拿出手机把车牌给拍了下来："等姑奶奶找到他，非扒了他的一层皮。"对方开车开得太快，黄米只能看到是个男的，一头绿毛。

这人八成脑子有问题，男人谁没事给自己头上搞个"绿帽子"？

崔脆脆抹掉嘴边溅到的一些泥水，问黄米车上有没有水，想要漱漱口。

"我带你回江南馆。"黄米气得浑身发抖，今天脆脆一身漂漂亮亮的衣服，就被毁成这样，"你先擦擦。"

崔脆脆倒不以为意，反正聚会都结束了。她接过纸巾，一边擦脸，一边跟着往回走："那车底盘低，估计他没看到地上有水。"

黄米没回话，沉默地带着崔脆脆去找江南馆内馆的经理，借用了一间员工洗漱室和一套干净的衣服。

"那衣服的钱转给你。"黄米对经理说道。

经理连忙摆手："只是一套旧衣服，不值什么钱。"

等崔脆脆换好衣服出来，黄米还是一脸郁郁寡欢的表情。她盯着崔脆脆，上上下下看了一遍："为什么你总是那么倒霉？"

这句话黄米不是第一次问了，在大学期间也问过无数次，她始终百思不得其解。

上课时同样坐在靠窗的位子，同样是将手肘搭在窗沿上，崔脆脆就能被楼上的墨水倒一手。好好的自行车，崔脆脆一坐上去，踏板就断了。诸如此类鸡毛蒜皮，不会严重伤害到人生命的事，她总会遇上。若谁和崔脆脆相处时间久了，便能发现她这个人如同衰神附体，一件事总要生出波澜。

有果必有因，有些人做事马虎大意，所以比别人倒霉。但了解崔脆脆的人都知道，她做事条理清晰，什么事都会思前顾后，倒霉就真的是倒霉。

034

"还好吧！"崔脆脆早就习惯成自然了，在她看来，只要不危及生命，不妨碍要做的事，就没什么大不了的。

黄米依然不开心，一不开心就想去商场购物。她强硬地带着崔脆脆去双江路的大型商场购物，美其名曰——消霉气。

双江路不久前才发生重大交通事故，现在依然人流如织。

黄米拉着崔脆脆从一楼逛到六楼，什么都要买，还给崔脆脆又买了一条裙子。

崔脆脆拗不过她，最后出钱给黄米买了一双鞋。

两个人逛累了，坐在休息长椅上舔着冰激凌。黄米忽然精神一振，想起什么来："我听同事说附近有一条巷子里的萝卜饼特别好吃！你等等，我问问她在什么地方。上次她带了萝卜饼，冷了都特别好吃。"

黄米咬着冰激凌，双手飞快地发着短信，不一会儿就收到了同事给的地址。

"走，走，走，我知道在哪儿了。"黄米拉起崔脆脆，提着一堆购物袋，风风火火地走了出去。

将东西放在车子里，黄米又收到了同事的短信，说那附近在修路，开车进不去，最好把车停在商场内，再走过去。

"巧了，我现在就在商场停车场内。"黄米得意地收起手机，对崔脆脆说道，"那边修路，脆脆我们走过去。"

距离不算太远，两个人走了十来分钟，但因修路，周围围了起来，她们有点儿找不着方向。

"是那家吗？"崔脆脆先看见左边小巷子内有一个不算特别显眼的招牌，上面用黑色毛笔写了"萝卜饼"三个字。

"过去看看。"黄米眼睛一亮，已经在分泌口水了，比之前去江南馆激动多了。

小巷子里就一家小店铺，不算太大，但亮堂，店铺看着收拾得干净，只有最前面一个铁板上面有一层薄薄的油。斜后方，一个奶奶在面团里包萝卜丝，再用擀面杖擀平，最后精准地扔在铁板上，发出刺啦一声。

"就是这个味道。"黄米扯着崔脆脆的衣角,开心到要昏过去。

"奶奶,我要十个萝卜饼!"黄米意气风发地说道。

"好哟,侬等一下。"奶奶做饼动作利索,说话却慢腾腾的,有股江南水乡的韵味。

"脆脆,你要几个?"黄米扭头问崔脆脆。

崔脆脆一时间愣住了。

黄米眯起眼睛,忽然小气起来:"不行,这十个都是我的,你要吃自己买。"

崔脆脆对她变化无常的行为十分无奈,对里面的奶奶说道:"我要两个。"

黄米又不答应了:"两个太少了,我保证你吃了嫌少。"

"那就四个。"崔脆脆只能改口,黄米叽叽喳喳起来,能没完没了。

等萝卜饼出锅的时候,崔脆脆看着周围的环境,越看越觉得这里有些眼熟,对黄米说自己出去看看。

这时候,黄米眼里只有萝卜饼,眼巴巴地等着生面团变成香喷喷的萝卜饼,十分大方地将人放走了。

崔脆脆走出来,环顾周围的环境,果然觉得眼熟。上次她从医院出来,应该就是走到了这条路上,只是晚上被吓了一跳,没怎么看清楚。

为了确认,崔脆脆特意去找那个后视镜,果然在一个拐弯处见到了一个红色的大圆镜。

下意识地走到之前的位置,崔脆脆扭头去看当时叶空青站在巷口的那个地方,当时他手里拿着刀,还戴着口罩,确实挺吓人的,后来他是说干什么……手术?

崔脆脆想不起来了,那时候她被吓得够呛,没太听清楚,只知道对方并不是针对她来的。

"脆脆!脆脆?"黄米的声音从不远处传来,崔脆脆回头便见到她捧着两个萝卜饼过来。

"先尝尝,我保证好吃。"黄米像个炫耀自己的玩具的小孩儿,举着饼子要给崔脆脆尝。

"嗯！"崔脆脆接过一个饼咬了一口，"很好吃。"

"一锅差不多做好了，奶奶在那里打包。"黄米拉着崔脆脆要走。

崔脆脆没动，反而低下头。

黄米疑惑地回头："怎么啦？"顺着她的目光看过去，一只不知道从哪里来的小奶橘猫，正躺在崔脆脆的脚下碰瓷。

崔脆脆试图挪开脚，小奶橘猫立刻黏了上来，叫声又细又软，样子可怜又可爱至极。

"这是野猫？"黄米看着小奶橘猫打了结的毛发，问道。

"嗯！"崔脆脆将手里的萝卜饼递给黄米，自己蹲下，伸手摸了摸小奶橘猫的身体。

小奶橘猫看着状况不太好，身上的毛发打了结，崔脆脆甚至看到了凝结的血迹，下肢有一块地方毛被人剃了，里面红色的肉露了出来，像是新长出来的。不过，她看小奶橘猫的眼睛，还算精神。

"城市里野猫都活不长，尤其是这种猫。"黄米显然也看到了小奶橘猫下肢的伤口，有些同情地说道，"天这么热，大概是渴了。"

黄米去前面一家便利店买了一瓶矿泉水，回来拧开，倒了一些水在瓶盖里，想要给它喝。谁知小奶橘猫根本不理她。

"是不渴吗？"崔脆脆随手接过黄米手上的矿泉水，刚将瓶盖拿过来，小奶橘猫立刻喵喵地叫着，声音又软又长。

黄米瞪大眼睛，盯着一只爪子搭在崔脆脆的鞋子上，快速舔水的小猫，震惊了："它这是嫌弃我？"

崔脆脆不由得笑出了声。

黄米不信邪，伸手想去摸它，结果小奶橘猫立刻弓起身体，喉咙里发出奶凶的警告声，眼神警惕。

"脆脆，你之前认识这只小猫？"黄米收回手，求证道。

崔脆脆摇头："第一次见。"

"那就是缘分了。"黄米怨念地说道，"我不善良、不可爱吗？水还是我买的！"

小奶橘猫并不理会黄米，喝干净三瓶盖水后，又开始蹭着崔脆脆的手撒娇，奶声奶气地讨好她。

现在的小猫都这么不要面子的吗？黄米表示十分妒忌。

"你要跟我回家吗？"崔脆脆揉了揉小奶橘的耳朵，弯着眼睛问道。

小奶橘猫当然回答不出来，只知道贴着崔脆脆撒娇，还躺下来，朝她露出小肚皮。

崔脆脆轻轻地皱眉，七月的马路温度，基本在40℃以上。她伸手垫了垫小奶橘猫的背，想了想，又将它抱了起来："如果你不反对，我就带你回去了。"

小奶橘猫没有挣扎，依然望着崔脆脆，软绵绵地叫着。

"你这算不算哄骗？"看崔脆脆抱着小奶橘猫走，黄米扭头笑道。

崔脆脆轻轻地安抚小奶橘猫，扬了扬唇，没说话。

多了一个小东西，两个人对萝卜饼的兴趣顿失，先去商场的超市买了点儿猫粮和猫砂等必需品，黄米又开车送崔脆脆去宠物医院给小奶橘猫打针。

"野猫？这是受伤刚好不久吧？"医生摸了摸小奶橘猫受伤的腿，看了看腿上缝合的痕迹，觉得给小猫治疗的医生技术十分高超，要不是他有多年经验，还真看不出这地方缝过针。

崔脆脆点头，一只手不停地摸着小奶橘猫的脑袋，减少它对周围环境的陌生感。

"它倒是黏人。"医生给了崔脆脆一个猫玩具，让她吸引小奶橘猫的注意力，随即一针打了下去。

小奶橘猫下肢的伤口恢复得很好，不用担心沾水，医生给猫打完疫苗，问要不要清理一下再走。

崔脆脆犹豫了一下："小猫怕水？现在就让它洗澡……"

医生从头到尾都见这小奶橘猫甜甜软软地叫，觉得这猫性子好，便说道："没事，我们有专门的清洗工具。你这么把它带回去也不好，可以再驱一下虫。"

崔脆脆看了一眼小奶橘猫身上的各种不明污渍，觉得洗干净比较好，便抱着它过去了。

谁知道崔脆脆一放手，小奶橘猫就开始尖叫，甚至想攻击人，抱着它的医生被挠了一爪子，幸好医生戴了手套，奶猫爪子也不够锋利。

"这么凶？"医生吃了一惊，才意识到小奶橘猫确实是一只野猫。

好在医生常年面对各种猫，娴熟的手法减轻了小奶橘猫的警惕性，只是在洗澡的时候，它还是挣扎得厉害。

医生长出了一口气："终于弄完了，以后是一只漂漂亮亮的小家猫了。"

小奶橘猫现在毛发蓬松而细软，眼睛又黑又湿，整只一小团看着可爱得紧，旁边的黄米激动得想上去摸它，结果它立刻就要给一爪子，幸好崔脆脆拉过黄米的手。

"太过分了，摸都不给摸。"黄米妒忌到快要流眼泪，转身去摸宠物医院里其他的小猫小狗。

崔脆脆低头看着桌面上的小奶橘猫，以后……她也有小伙伴了。

医生跟崔脆脆说了一些注意事项，才开了发票给她："记得准时来打疫苗。"

黄米还沉迷在各种貌美的猫咪中，走前恋恋不舍。

"以前没见你这么喜欢猫。"崔脆脆抱着小奶橘猫，见她这个样子，不由得问道。

"喜欢是喜欢。"黄米站起来，叹了一口气，"你也知道我这人不长情，喜欢的东西得到手后就是个负担，好歹也是一条生命，我欣赏就够了。"

黄米看着崔脆脆手里的那小团子："反正你养了这小没良心的，以后我想逗猫，就上你家去。"

双江路一场重大交通事故，给省中心医院的外科医生带来一个星期的加班加点手术。叶空青忙得脚不沾地，自从那天深夜回去给小猫拆了线后，有四五天没有回家了。

这天晚上好不容易没有加班，晚上九点就出了医院，叶空青特意拐到那条小巷子，却发现小猫不见了。

叶空青站在巷口，到底还是没忍住，回去又看了一眼，或许小猫藏在某个地方睡着了，但最后也没听到细细的猫叫声。

它是自己跑了，还是被哪个好心人领回去养了？他没有生过收养那只小猫的想法，即便是给它做手术，也只是在周围铺了干净的布，进行简单消毒再做手术，并没有带去医院或者家里。

叶空青清楚地知道，自己是一名医生，作息时间都把握不了，养它……完全不可能。

他晚上九点多回了家，算这大半年第一回这么早回。叶空青倒了一杯水，才想起要给赵远志回信息。

叶空青："我问了心外科主任。"

赵远志仿佛一直捧着手机，叶空青按了发送没多久，对面立刻就回了消息过来。

赵远志："哥，您终于出现了！"

这两周赵远志都没催叶空青，不是他不在意崔脆脆的电话号码，而是看新闻知道双江路发生了重大车祸。省中心医院就在附近，出事的人肯定全被拉了过去。以叶空青的脾性，如果忙得过来，他一定会帮自己问，不给自己发信息绝对是太忙了。

叶空青："主任说翻译是临时托人找来的，他也不知道崔脆脆的电话号码。"

赵远志当即回了个大哭的表情包，握着手机叹气：难道这就是命？

这时候，叶空青又发了一条信息。

叶空青："她住在新谷小区，你可以去那边问问。"

赵远志："瞧您这说话大喘气的……明天我就去找她！"

叶空青只知道赵远志特别想崔脆脆去他的公司，却不知道崔脆脆到底有什么厉害之处，毕竟隔行如隔山。

将手机扔在沙发上，叶空青起身去了浴室。

脱去医生的装备，叶空青显得比工作时更为冷淡，镜子中的男人面容俊美，眼神清冷，不含任何多余的情绪。

莲蓬头放出来的冷水打在男人的脸上，溅落的水珠顺着凸起的喉结朝下滚落，顺着胸膛来到了线条分明的腹部。

赵远志第二天一大早就开车去了新谷小区，离目的地越近，他的脸色就越难看。他们这一行的人，穿着打扮要光鲜靓丽，住处也不能远离市中心，否则就是失败。

崔脆脆这种天赋的人，沦落到这种地步，赵远志对高思那群扒皮魔厌恶上了。

赵远志不知道崔脆脆住在哪一栋楼里，就在小区外把车停好，走到门卫处，敲了敲窗户，要塞一根烟给门卫大爷，问一些信息。

赵远志甚至都想好了，待会儿如果找到崔脆脆，就给大爷塞一条烟。

谁料门卫大爷抬起眼皮淡淡地看了他一眼，问："来干什么的？"他根本不伸手接赵远志的烟。

赵远志一路上对高思气愤非常，饶是刚才敲窗户的时候已经收拾好了情绪，门卫大爷仍看到了他脸上没完全退去的黑气。

"我来找个人。"赵远志愣了愣，显然没想到这样一个周边设施不全的小区还有个正儿八经的门卫，一时间有些犹豫。

他的样子落在门卫大爷的眼中，就更可疑了。

门卫大爷眯了眯眼："找人？男的女的？"

"女的。"赵远志立刻回道，想顺势问问门卫大爷知不知道崔脆脆，"我两年没见过她了，她叫……"

话还没说完，门卫大爷猛地一拍桌子，喝道："两年了还来找她？"

赵远志呆住了，随即自动代入了自己的思维，解释道："我也知道现在来有点儿晚了，但我想再尝试一下……"

"试什么试？！她两年前不愿意，两年后肯定也不愿意。"门卫大爷正气凛然地说道，"我是不会放你进去的。"

难道崔脆脆知道自己要来，和门卫大爷打过招呼？赵远志觉得门卫大爷的种种行为得到了解释。

这么一来，赵远志收了身上社会人的"油气"，认真地对大爷说道：

"我知道我这边的条件没那么好，但以后会发展的。"他的公司虽然比不上高思这样顶尖的跨国公司，但在国内还是搞得生机勃勃的，现在正向国外发展。

"瞧你这劲儿。"门卫大爷越来越严厉，"人家女孩子不愿意跟你，你就不能放过她？"

这话听着怎么不对？赵远志愣在原地好半天，才指着小区里面说道："大爷，我就是想进去找一个人。"

"我不会放你进去的。"门卫大爷沉下脸，"瞧着你也算人模狗样的，人家女孩子不愿意和你在一起怎么啦？非要逼着在一起，不答应就拿刀子捅人……你再不走我报警了！"

门卫大爷挺直了腰杆，觉得自己保护了一个女孩子。他最近看到好几起因情杀人的新闻，全是女孩子受了伤害，上个月也有一对刚毕业的小年轻在小区里闹。门卫大爷就觉得，自己有必要对这些外来的人"审查"一番。这不就查出来一个？

"不是……大爷，您误会了，听我……"赵远志才反应过来，两个人牛头不对马嘴。

"不听！"大爷吼了一声，站起来，拿起一个扫把冲了出来。

这阵势，赵远志再不跑就是傻子了。他顾不上什么精英身份了，拿出大学参加运动会的劲头拼命地跑，一直到躲进自己的车里才敢大喘气。

等回过神，赵远志脑门前竖起了好几个问号：这门卫大爷搞什么鬼？

但赵远志要是这么容易放弃，就不会两年过去还对崔脆脆"念念不忘"了。

赵远志在车子里开着空调，休息了大半个小时，这时候，来往的人也多了起来，一大半是上班的人，还有出来买菜的大爷大妈。

赵远志开车去附近的店里买了一顶帽子，那种年轻男女喜欢戴的渔夫帽，还把西装换了，穿上地摊 T 恤。大夏天的，打伞、戴帽子的人又多，赵远志不信那门卫大爷还能认出自己，又不是他家那小区的门卫，请的是退役兵。

赵远志大摇大摆地顺着人流走进小区，一直走过了门口通道，脚步不由得加快了。

"给我站住。"门卫大爷凉凉的声音在赵远志的背后响起。

赵远志身体一僵，立刻拔腿往小区里跑，却被大爷一个扫堂腿踢过去。

赵远志这么多年在办公室里工作，但反应底子还在，躲过了门卫大爷的脚，只是紧接着被门卫大爷拿扫把打中了头："让你跑！"

赵远志：我只是个善良的人……

门卫大爷瞧着他丧气离开的背影，扬扬得意地说道："还想骗过我的眼睛，我儿子可是退伍兵。"

赵远志三番五次想进新谷小区，都被门卫大爷认了出来，最后蹲在小区外面，打量进出的人中有没有崔脆脆，依然没见到人，问了几个年轻人也都不知道是谁。

浪费好几天时间也没见到人，赵远志干脆再浪费半天时间去找好友诉苦。

赵远志去的时候，正好是午饭时间，熟门熟路地摸到医院食堂，在那群穿着蓝色衣服的外科医生中轻而易举地找到了叶空青。

叶空青同样见到了与所有人格格不入的赵远志。

每一个科室都是一个圈子，同科室的人吃饭自然都坐在一起，今天叶空青身边却坐着心外科的宫寒水和儿科的喻半夏。

今年九月，S大医学院有个院庆活动，他们几个人算优秀的毕业生代表，无论往上数，还是往下数，都是最合适的人选，刚才正在商量演讲的事。

做医生的人，要医术好，有科研能力，有输出能力，三者齐全，才是一位杰出的医生。

赵远志和他们三个人都是一届的，全是当时本专业的风云人物，而且赵远志和叶空青走得近，宫寒水和喻半夏自然都认识赵远志。

"好久不见。"赵远志挤在叶空青身边,朝宫寒水和喻半夏打招呼。

叶空青淡淡地瞥了赵远志一眼,从衣服口袋里掏出饭卡:"自己去刷。"

"好嘞!"赵远志刚从新谷那边过来,还没吃饭,立刻屁颠颠地去了。

赵远志丝毫不客气,拿着叶空青的饭卡狠狠地刷了一顿,端过来的盘子里面大多是荤菜,有一只鸡腿和一只鸭腿。

"你十天没吃饭?"叶空青接过自己的饭卡,态度随意地说了一句。

"我过得太累了。"赵远志叹气,拿起鸡腿啃的速度却没有受到半点儿影响。

喻半夏看着赵远志,轻轻地笑了起来:"空青只会对你这么好,我们这些人他都看不上。"

"叶医生应该嫌我们烦。"宫寒水将手指搭在筷子上,英俊的脸上露出玩笑的神色,"那天晚上我多问了一句,空青好几天没理会我。"

赵远志摇头:"得了吧,我是长年见不到面的朋友,你们天天朝夕相处。"

喻半夏的美目中露出好奇之色,问道:"说了什么?空青这几天不是很忙?他连吃饭的时间都没有,哪来时间和你们心外科的交流?"

"开个玩笑,我道歉。"宫寒水拿起手边的可乐,碰了碰叶空青的水,"还是因为上次车祸那个小护士,空青那时候急着救人,没时间给她解释,后来我多嘴问了一句。"

"是之前那个和护士长大吵了一架,后来回老家的小护士吗?"隔壁桌的医生好奇地扭头问了一句。

"她心理素质太差了,怪不得别人。"宫寒水摇头,"当时谁也不可能丢下病人跟她解释,已经死了的人,当然没有还活着的人重要。空青,你说对不对?"

赵远志不知道他们医院是什么情况,但总感觉怪怪的。他放下筷子:"叶医生,你们医院哪里有卖汽水的?我想喝。"

"医院门诊部有一架自动贩卖机。"叶空青深深地看了一眼宫寒水,才转头说道。

"我不知道在哪儿,叶医生,你刚好吃饱饭了,带我过去买呗!如果医院是你家，那好歹我也算是你的客人。"赵远志一通搅浑水，隔壁桌子边的医生也都拿看好戏的眼神去看叶空青。

叶空青端起盘子，放在回收处，便带着赵远志出去了。

走出了食堂，叶空青才开口："过来什么事？"

两个人的工作都不清闲，没什么特别的事，生活中他们很少见面。

"唉——"赵远志长叹了一声，"我前几天去了新谷小区。"

"她不答应？"叶空青挑眉问道。

"不是，我还没见到她。"赵远志一口淤血憋在心里，现在不吐不快，"我把那小区的门卫大爷得罪了，他死活不让我进去。"

叶空青沉默了片刻，说道："这几天你都耗在那边？"

赵远志对崔脆脆的执念有多深，叶空青早已领教。没邀请到崔脆脆，但凡她有一点儿风吹草动，赵远志都要打电话来说，什么帮高思抢了他们公司的客户，又干了什么大单子。这导致叶空青第二次看见崔脆脆，就觉得仿佛认识了很久。

"我就想要一个人，怎么就这么难？"赵远志这几天一直压抑自己的情绪。他等了两年，眼看着没人去抢崔脆脆，都知道她住哪里了，现在居然进不去小区。

"让你们公司的人进去找找？"叶空青弯腰从自动贩卖机中拿出汽水递给好友。

赵远志一口拒绝："不行，我要有诚意。当年刘备三顾茅庐，如果我都不能亲自去找她，还有什么意思？"

赵远志在工作方面精明得很，但一旦离开那个充满算计的地方，其智商就像被扔了一样。在叶空青看来，想要一个人，就要用尽各种方法得到。

"我多问了一句，心外科主任虽然没有她的联系方式，但听说她之前是在网上做笔译，临时被请过来当口译员。"叶空青半靠着墙。在医院内，他除了吃饭的时候能休息一会儿，就是在不停地做手术，从早站到晚。

"脆脆果然厉害，还能做口译。"赵远志见不到崔脆脆，就在这里使劲夸，好像这样就能让崔脆脆多一分意愿去他的公司。

"水平确实不错。"叶空青点头肯定了崔脆脆的双语翻译能力。她能做到准确翻译各种冗长的专业名词，这不是简单的翻译工作，有时候他们这些医生都会忘记用英语怎么说。

赵远志发泄完，神清气爽地回了公司，顺便在下属努力工作的时候，"摸鱼"登录各大笔译网站，看能不能发现崔脆脆。

叶空青去医院安排栏那边看了看自己的手术时间表，下午三点和下午六点三十分各有一台手术，不是特别难的手术，完全是导师为了让他保持手感安排的。

一个主刀医生最起码要培养十年才能上手术台，叶空青才二十八岁就能担任主刀医生，并且已经是神经外科年青一代中的中流砥柱，原因有二：其一是他高出常人的医学天赋和深厚的医学世家背景；其二，也是最重要的一点，叶空青的导师——陈冰，是省中心医院神经外科的"大牛"，也是全国顶尖的那一批人之一。陈冰破除规则，让叶空青提前上手术台，再辅以高强度的但难度不高的手术磨炼他，提高他手术时的手感。经过几年努力，最年轻的"黄金手"出现在了省中心医院里。

陈冰今年快七十岁了，是省中心医院返聘的医学教授，是当年建立国内神经外科的那批人之一，经验丰富，经常在医院指导新人医生，解决各种疑难杂症。

他比任何人都明白神经外科医生的一双手有多重要，比所有人都知道神经外科医生的黄金时期。或许五六十岁经验丰富，做起手术来得心应手，但要说巅峰，陈冰认为二十多岁的医生到底是年轻人，双手最为灵活好用，而理论知识运用最灵活要到五六十岁。

陈冰破格培养叶空青是有私心的，他希望叶空青能为医学界做出更多的贡献，希望叶空青能更早地燃烧自己去拯救病人。

"导师。"叶空青在办公室里整理完病历，出来准备手术，见陈冰迎面走来。

"正好碰上。"陈冰拉住叶空青，"周日有个县城义诊活动，许医生说有点儿事去不了，我就给你把名额要了过来。主要是和那边的医生交流医术，然后去附近的敬老院、孤儿院看看。"

休息日义诊是很多医生最不愿意去的，医生也是人，也有自己的生活，有子女、父母需要照料，总希望能有一点儿休息时间。

"好。"叶空青没有犹豫，直接答应下来。

陈冰欣慰地拍了拍他的肩膀："老师知道你好，那边医生条件不行，你尽量多给他们讲讲。"

"耳耳？"崔脆脆趴在地板上往沙发底下看，果然发现小奶橘猫缩在沙发底下的角落里。

听见崔脆脆的声音，耳耳才喵了一声，从沙发底下挪出来，被崔脆脆抱起来后，马上蹭着她的手撒娇。

小野猫的警惕性比家猫要大很多，只要崔脆脆进了书房工作，它在客厅里就会缩进各种角落里，似乎这样才能得到一丝安全感。已经一周了，耳耳还是不习惯这个家。

崔脆脆摸了摸小奶橘猫耳朵上的白点。自从耳耳第一次钻角落钻了一身的灰，屋内的各种角落都被她重新打扫了一遍，现在耳耳即便在沙发下待好几个小时，身上也是干干净净的。

"明天带你一起工作。"崔脆脆揉了揉耳耳的小脑袋，轻声说道。

崔脆脆没有急着做饭，从快递盒中取出一个外出篮，把耳耳放进去："试试透不透气。"

崔脆脆没有买那种爆火的太空猫包，现在天气热，那种太空包透气性太差，不适合耳耳用。这种外出篮丑了点儿，但舒适度高，比较适合带着耳耳出去。

原本崔脆脆在家放了自动猫粮喂食机，想着自己临时外出时，可以让耳耳独自在家，但目前看来还是不行，得带在身边。

"后天我们出去一趟，去看很多爷爷、奶奶，还有小男孩儿、小女孩儿。"崔脆脆重新把耳耳抱了出来，在猫盆里倒上猫粮，挠了挠它的下巴，"吃吧！"

耳耳乖乖低头吃了起来，但等崔脆脆一走到厨房门前，它又跑了过来，黏在她的脚上不动。

"怎么这么黏人？"崔脆脆无奈，将耳耳抱进了厨房里。

S市面积大，经济繁荣，基础设施和生活水平在全国名列前茅，但围绕都市圈的那些地方没有同样高速地发展起来。

陈冰告诉叶空青义诊地点在附近的县城，但实际上到达县医院要在高速公路上行驶三个小时，再加上前后的时间，一趟差不多需要五个小时。除了电脑和清单，随行的医生都背了一个大包，里面还有换洗的衣物，他们要待到周二才回去。

"陈老居然舍得让叶医生过来，医院里还有那么多手术呢！"坐在叶空青旁边的骨科医生笑道，"换谁都不应该换你过来。"

"医院还有其他医生，他们的水平并不比我差。"叶空青修长干净的手指搭在窗沿上，玻璃车窗外的阳光照在他的脸上，他垂下眼睫，样子安谧又俊美。

骨科医生往后调低了椅背，舒服地躺了上去："出来义诊也有好处，有时候能见到一些特殊的病例……躺着好好休息吧，后面有够受的。"

车上大部分是有过义诊经验的医生，上车第一件事就是调整座椅，接着躺下睡觉，剩下的几个第一次出来的医生，一脸兴奋表情地四处打量，并不清楚后面的路程多累。

叶空青学着旁边的医生把座位调低，靠在窗户边上闭目养神。他每天工作的时间太长，像今天这种轮休日，原本是要在家睡一天的。

在高速公路上的三个小时，医生休息得还算不错。但下了高速公路之后，路便不太好走了，司机时不时刹一下车，车上颠簸得难受。

"这边的基建怎么回事？"第一次来的医生抱怨道。在他们看来，临近S市的县城即便不繁华，起码道路应该是通畅的。

"这还算好的，这几年附近都在发展，以前去义诊的地方……"有经验的医生摇头说道。

义诊一共由三个部分组成，先去医院和负责人见面，和他们挑一些病例讨论，然后去县里的养老院和孤儿院看看，最后回到县医院开个总结研讨会。

一车医生在负责人的接待下，分散去了各个科室。市中心医院为了不影响医院的运转，每个科室只派了一名医生过来。

县医院的神经外科医生见到叶空青，一时间有些生气。

本来他们小地方的资源就不好。很多复杂大型的外科手术，尤其是神经外科这种在脑子上动刀的，病人更倾向去大城市治疗，这导致他们接触不到更多手术，水平得不到提高，医院也没资格拿到拨款。

义诊也算是县医院能够和这些有水平的医生接触交流的一个渠道，整个医院都十分重视，神经外科早就听说这次义诊会有许峡医生过来，整个科室的人今天都到齐了，连轮休的人都特意到医院来，谁知道来了一个这么年轻的神经外科医生。

这医生看着就是刚毕业的，就算气质沉稳，但那张年轻俊美的脸根本掩盖不了。

"叶医生，今年多大啦？"领着叶空青去神经外科的医生到底没忍住，扯着笑问。

叶空青淡淡地看了一眼这位医生，明白市中心医院那边的人没有和这边的人完全对接信息，他被质疑医术也不是第一次了。在医院这个地方，年纪大是经验丰富的代表，只是很多人不知道医院设备不断更新，技术也日新月异，年纪大的医生有时候并不能很好地应用，尤其外科。

"二十八岁。"叶空青知道对方不信任自己，但仍然说清楚了自己的年龄。

二十八岁？这人是真刚毕业的了。县神经外科医生的脸色越发难看，待会儿他要怎么和一科室翘首以待的医生解释？

县医院医生到底还是快速收敛了表情，他们这种小地方的医院，能不得罪上面那些医院就不得罪。

叶空青进门，看着一科室的医生站在那里等待，愣怔了片刻。他倒不是觉得自己受到了这么多人的重视而不习惯，而是想为这些医生解决实际问题。

"时间有限，你们有什么不懂的问题，都可以问我。"在一科室医生见到他，各种复杂的情绪还没完全消化前，叶空青站在门口，直接说道。除去路上的时间，他们满打满算也就在这里停留一天半的时间。

本来医生们就有些不舒服，这个大城市里来的医生还这么"狂"，当即有个老医生站了出来："那医生就和我们去看看八号床的病人吧！"

这个来义诊的医生这么年轻，像个刚毕业的学生，谁敢真和他讨论？那不如让他看看之前被治好的病人，证明他们医院也是有好医生的。

后面的医生都没有跟过来，只有老医生和刚才的医生一起陪着叶空青过来。

病房里有四张病床，左边七号床、八号床，右边九号床、十号床。

八号床的病人是个年轻的女孩子，二十多岁的样子，半坐在床上，精神状态还不错，见到老医生很高兴，立刻站了起来。

"先坐着休息。"老医生立即按下她。

"这是一个月前入院的一个病人，来的时候整个人都站不起来，恶心、呕吐，说腰疼、屁股疼、大小便功能不好。"老医生扭头，对叶空青说这位病人的情况，"她发病突然，症状来得很快，疼起来像在水里泡了一遍。"

老医生说到这儿就没再说了，看着叶空青，想让他发表自己的意见。

其实老医生这几句话没有说清楚什么，很多病能套上这些症状，叶空青既没有亲眼见到病人发病的情形，手里也没有检查结果，按理根本说不出什么。

"以前都正常，只有这次突然发病？"叶空青看了看病人的四肢和头，问道。

八号床的病人大概是第一次见到这么俊美的医生，呆坐在病床上，很久才嗯嗯地点头。

"后来我们给她做了一个 DSA，才发现了问题。"老医生说起病人的情况，有些自豪。这手术不好做，也算他们医院的一次突破。

"先天性血管畸形？"叶空青将目光移向老医生，向他确认道。

老医生啊了一声。他也知道自己说的那些症状能对上好几种病，刚才只是想压一压年轻人的傲气，没想到对方从这么点儿信息中就能猜出是什么病。

"血管压迫，波动性跳动才会腰疼、屁股疼。"叶空青淡淡地说道。

从老医生提供的这么点儿信息，当然不能知道病人的情况，叶空青是从病人身上以及老医生脸上的自豪表情中猜测出来的。先天性血管畸形手术不算特别难的手术，其中特殊的情况便是病人有血管压迫，这种情况就比较复杂。

两个县医院医生对视一眼，眼底都有吃惊之色。连 CT 片子都没看就能知道病人是什么情况，现在大医院的医生都已经到了这个水平吗？

"以前碰见过这种病人，有些症状很明显。"叶空青说完，指着病人旁边七号床的陪床家属，"医生或许应该让这位家属做个核磁共振。"

正在给自己生病的丈夫喂饭的中年女人，表情茫然地抬头看着叶空青。

中年女人原先坐在七号床的旁边，正对着这群医生，在他们说话的时候，还时不时看过来，谁知道一转眼，话题就转移到自己身上来了。

老医生顺着叶空青的话看了过去，七号床病人的家属是县城中常见的中年妇女，身材中等偏壮，手掌粗长，坐在陪床的凳子上，腰部的肉能清楚看到好几层。

"做个检查，可能是垂体瘤。"叶空青随意说完，便低头翻看刚才医生递给自己的手术资料，是刚才八号床病人的。

从结果上来看不错，主刀医师考虑到病人还是年轻女性，采用了介入治疗和开刀结合，保证了病人未来的生活不会受到影响。

"什么体瘤？小医生你可别瞎说，我身体好着哩！"中年女人把碗筷一放，瞪大眼睛看向叶空青。

"垂体瘤，大姐您得去检查检查才知道。"县医院医生挡在叶空青的面前，对中年女人认真地说道，"这事说大不大，说小不小。"

其实垂体瘤症状很明显，这病和内分泌有关，患者最常见的几种症状就是肢端肥大，易出现巨人症，有时候会造成不孕不育。如果父母身材不高，生出来的小孩儿身高长得过快，极有可能就是这方面的问题。

神经外科医生看见这类人很好区分，症状太明显了，只是中年女人身材胖，再加上明显常年干粗活，这类人手指粗大是必然的，是以医生都没有往这方面想。

现在被叶空青一说，他们再去看中年女人，确实有些不对。

才进了一个病房，叶空青作为神经外科医生的素养赫然呈现在老医生面前，他不知道大医院比他们这里的水平到底高多少，为什么连一个刚出校门的医生都能这么强？

从病房出来后，老医生情绪有些不对，同样是年轻医生，自己科室那几个还在磕磕绊绊地学着，人家大医院的医生光用眼睛就能看出很多问题。

"叶医生眼睛真锐利，刚才那位大姐在医院守了七八天，我们也没注意到。"医生笑道，心底却对叶空青有了重新的估量。

"以前在学校专门学过一段时间画画。"叶空青淡淡地说了一句。

两位医生都没有反应过来，看着他的眼神中都透出不解之意。

"人体的肌肉分布走向，包括根据身体某部位来推断其他正常肢体，在画画的时候都需要用到。"叶空青解释道。

这也是为什么他能一眼看出七号床病人家属的问题，她的肢体和其他正常部位不相符合，胖和病导致的肿胀是两回事。

阳县的孤儿院和养老院，是十多年前S市规划时划过来的，这么多年下来，规模不小，有S市那边扶持，设施很完善，资金来源也多。

但崔脆脆去的孤儿院，是阳县自己建立的，小太多，资金来源少，很多时候只能靠长大出去的孤儿救济。但这几年来还是熬不住，院长养不起这些孩子，想要把人送到县里大的孤儿院去。

只是大孤儿院不一定收，他们每年要吸引人来领养孩子，所以那些严重病患或四肢残疾的孩子不一定进得去，院长也只能拼了一把老骨头，到处拉资金。

"要是没有你，我这里怕早就坚持不下去了。"院长看着崔脆脆带过来的钱，苦笑了一声。

"院长有没有想过换个人管理隔壁的养老院？"崔脆脆坐在院长对面，问道。

大概五年前，院长拉到了一笔大资金，正好隔壁几栋房子空了出来，他便想建一个养老院，学S市划过来的那个养老院，挣点儿钱，从而能自立养这些孩子。谁知道养老院人没来多少，交钱时却一拖再拖，还有专门过来蹭吃蹭喝的人。

院长人善良，但性格老实，没有商业手段，被县里的无赖一搞，就彻底慌了。

"唉，这事再说吧！"

崔脆脆见他不愿意提此事，也就不说了，带着耳耳去见见小朋友。

孤儿院有从小被遗弃的婴儿，还有各种原因下被扔到孤儿院的孩子，有七八岁的，甚至有十三四岁的半大少年。比如说，崔脆脆就是后者。

"姐姐，这是小猫咪吗？"一个先天只有一只眼睛的小女孩儿，趴在外出篮上面，咯咯地笑着，"好小呀！"

耳耳的野性和对陌生人的防备还刻在骨子里，崔脆脆便没有将它放出来，就让小孩子隔着外出篮和它说说话。

这些孩子比外面被宠坏了的熊孩子敏感、乖巧太多，都好好地蹲在旁边，细声细气地和耳耳说话，也不会去猛地拍篮子。

"小猫咪，姐姐，可不可以带着小猫咪去给东东弟弟看？"小女孩儿扯着崔脆脆的衣服，小声地问道。

"东东弟弟在哪儿？"崔脆脆揉了揉小女孩儿的头，"我们去找他。"

"我带姐姐去。"小女孩儿拉住崔脆脆的手说道。

崔脆脆被拉到房间里的时候，发现东东弟弟只有几个月大，躺在摇篮里，小小一团，却笑得开心。

"东东弟弟，快看，小猫咪哟！"

崔脆脆随即小心地抱起东东，让他看着篮子里的耳耳。耳耳被拎着走了一路，大概是见崔脆脆还在身边，一直很安静，没有焦躁。

"东东很可爱吧！"院长处理完事过来，见到崔脆脆抱着东东，"他很乖，又爱笑，不像几个月的孩子那样爱哭闹。"

崔脆脆看着怀里几个月大的婴儿，男婴被弃养的概率要比女婴低很多，不知道东东为什么被抛弃？

"他父母离异了，谁都不想要他，就把他扔到这里来了。"院长苦恼地说道，"我拒绝过，可是没他们狠得下心。"

崔脆脆在心里叹了一口气，这里有她成长的回忆，但院长的管理方式确实不行。

"对了，我刚才接到一个电话，是那边的孤儿院打来的，说今年有一批医生到县医院来义诊。"院长脸上露出笑容来，"他们孤儿院没什么需要看的病童，所以就把我们这儿推荐给了医院，免费治疗！"

除了先天性的肢体残缺，还有些小孩子的病是能治的，只是缺少钱。

崔脆脆单纯为院长和孩子们高兴，没想到第二天见到了认识的人。

叶空青到了义诊的孤儿院，不由得皱了皱眉。不止他，随行的医生一时间也都陷入了沉默之中。

即便只是在县城，这孤儿院未免太过"简陋"。一个空荡荡的院子，只有两架年头久远的秋千和一个塑料滑梯，从褪去的颜色看，依稀能看出滑梯原本是大红色的。大大小小的孩子原本挤在那里玩，见到有人来，立刻停了下来，拘谨地看着医生们。

"今天院长有事，你们要乖乖的。"院长摸了摸最前面的小孩儿的脑袋，继续带医生们去看另外几个小孩儿。

院长也不指望能把孩子们全部治好，治好一个孩子他就很满意了！

"刚才那个孩子有先天性心脏病，父母治不起，所以就把人扔在这里了，其实这些年也没怎么发病，只要注意情绪就好。"院长边走边说，"唉，当父母的想生就生，生了之后他们又不负责。"

"我记得当地政府有一笔专门款项拨给孤儿院，刚才院子里的那个滑梯应该换一换了。"有医生没忍住，暗示道。

另一位医生扯了扯那位医生，示意他别说了。

院长愣了愣，苦笑道："我们这个孤儿院是民办性质的，那边说民办能盈利，不给拨。平时也没什么捐款的人，孩子们穿衣吃食都要花很多钱。不过那个滑梯很结实的，我将周围都固定了。"

叶空青站在最左边，环顾整个孤儿院，这地方占地面积不小，建筑规格也不过时，可以想象至少以前"繁华"过。

他将目光落在院长温良的面孔和略微佝偻的背上，这样的人大概并不适合做生意，和人打交道也没什么技巧。民办孤儿院最重要的就是善款，没有固定的数额较大的善款，根本做不下来。

院长带着医生们去见早在房间里等着的几个小孩儿。

没有叶空青的事，神经外科多数需要仪器辅助才能看出病人有什么问题，他便站在门口等着。

这时候，一个穿着花裙子的小女孩儿跑过来，见到叶空青，犹豫了一下，还是悄悄地朝房间里看了一眼。她见到院长在和别人说话，只能失望地收回眼神。

转身走了几步，她又大着胆子，转身看向靠在墙壁上的叶空青："大哥哥，你能不能帮我一个忙呀？"

叶空青朝房间内正在交谈的医生们看了一眼，才扭头对小女孩儿点头。

小女孩儿抿着嘴，笑了起来，很高兴的样子，边走边仰头跟这个大哥哥解释："我和洲洲的羽毛球飞到树上去了，姨姨今天放假回去，院长爷爷也在和医生说话。"

孤儿院的小孩儿都知道今天有医生来这里，那房间内的大人她都不认识，肯定就是医生。想到这儿，小女孩儿抬起头，扯了扯叶空青的衣服："大哥哥，你也是医生吗？"

叶空青点头："嗯！"

小女孩儿显然对叶医生十分好奇："大哥哥是哪里的人呀？"

对一个小孩子，叶空青还不至于冷漠以待，全都耐心地回答："S市。"

小女孩儿忽然又蹦又跳："大哥哥也是S市人吗？姐姐也在S市，院长说姐姐是他带过的小孩儿中最有出息的，在S大上过学。以后我也会考去S大的，嗯……也像大哥哥一样当医生好啦！"

S大？叶空青微微挑眉，这所孤儿院里有人能考取S大，那倒是不容易。

两个人走到一棵大树下，那里有个小男孩儿在等着，见到他们，眼睛一亮："甜甜你要再不来，我就要去找大姐姐过来帮忙了。"

小女孩儿就是甜甜，立刻叉腰，瞪着小男孩儿："不许去，姨姨让大姐姐照顾东东弟弟，我们不能给姐姐添麻烦。"

两个小孩子拌嘴的时候，叶空青已经走到树下，抬头看见卡在树枝上的羽毛球，伸手轻而易举地拿了下来。

"给我添什么麻烦？"崔脆脆刚喂了东东奶粉，哄他睡着了，一走出来，就听见两个小孩儿在争论什么。

她刚说完，树下的那人便转身看了过来，这一眼，两个人都愣住了。

"叶医生？"崔脆脆想起昨天院长说有医生要来义诊，原来是省中心医院来的。

叶空青眉眼淡然，微微点了点头，却不自觉地回想起之前小女孩儿说的话，她……在这里长大的？

"哇，谢谢大哥哥！"甜甜看见叶空青手里的羽毛球，立刻和小男孩儿洲洲和解，两个人欢呼着，过来拿羽毛球。

"不要在这里打了，待会儿又飞树上去了。"

"嗯，我们去外面好啦！"

两个小孩子拿回羽毛球，便开开心心地商量着离开了，后院只留下了崔脆脆和叶空青。

两个人不太熟悉，崔脆脆客套地朝叶空青笑了笑，转身便要离开。

"等等。"叶空青喊住她，迈着长腿，朝崔脆脆走过来，"能不能加个微信？"

崔脆脆一时间没反应过来，微微仰头，看着对面俊美的叶医生，眼神中透着不解之意。

叶空青难得有一丝犹豫。他刚才是为了赵远志问的，并不确定对方听了原因是否真的愿意加。

"上次你日语翻译得不错，我们科室有时候也会和日本那边交流。"叶空青拿出手机说道，言下之意，是要找崔脆脆做翻译。

崔脆脆当然不能放过有生意做的机会，立刻从口袋里拿出手机："你扫我，还是我扫你？"

"我扫你。"

两个人成功加上微信，叶空青下意识地看了看对方的头像和昵称，头像是一张黄色道符的照片，昵称则是她的真实名字"崔脆脆"。

叶空青的微信头像是一块切开了的蓝色矿石，中间有液体流动，是最罕见的空青宝石。空青石是中药材中的一味，生成条件特殊，因而极难寻。叶父得了一块，便给叶空青起了这个名字，还送给了叶空青当护身符。他用的也是自己的真名。

"如果你们要我去翻译，提前几天联系就好。"崔脆脆抿了抿唇，"可以打折的，我价格不高，可以比市场价低一些。"到底不是专业的翻译人员，崔脆脆的时薪不可能高出市场价。

没有等到叶空青回话，崔脆脆似乎听见了什么声音，回头看了一眼，匆匆地对他说："叶医生我先走了，东东应该醒了。"后半句话纯粹是崔脆脆自言自语。

叶空青看着崔脆脆的背影，好看淡然的眉宇慢慢蹙了起来。他并不是多热心的人，除了父母和好友，其他的事并不在他的考虑范围内。但是，一个孤儿院出身的人考上了S大，好不容易摆脱过去，却被行业大公司封杀，难怪好友一直义愤填膺。

叶空青低头，点进微信中赵远志的消息框，将崔脆脆的微信号推荐给了他。

赵远志发了一排感叹号。

叶空青："她做了什么，被高思封杀？"

赵远志："能做什么？就是被套路，她撞枪口上去了，又被上司拿来当替罪羊，都是些糟心的事。"

赵远志："哥，你从哪儿弄来的微信号啊？我这几天都快把那些翻译的联系方式加完了，也没找到人。"

赵远志这些天一直在"钓鱼"，随便从公司中找出一些没用的英文资料，在翻译网站上到处找翻译，然后加翻译的联络方式，试探着问。

叶空青："刚才碰上，就要了过来。"

赵远志："为什么你们俩总能碰上？我和她才是一个行业的。"这是什么道理？赵远志想不通，实在想不通。

叶空青没有再理会赵远志，将手机放回口袋，转身回去。

中午医生们都在这里吃饭，院长昨天特意买了好些菜回来，就为了招待他们。

"几个小孩儿下午我们带回医院再做个检查，还有，S市前年设了一个阳光基金会，那个有先天性心脏病的孩子可以把名字报过去，百分之九十的患儿是可以通过手术治愈的，如果达到标准了，基金会会拨款让你们带孩子去手术。"有个心内科的医生对这方面的事比较了解，饭间特意将这事说了出来，包括一些需要办的手续都给院长详细讲了讲。

这次来的医生多半是内科的，外科医生没来几个，来也是为后面的研讨会议做准备。

"我们只要申请就好了吗？"院长没有料到还有这种好事。他以前在网上查过，还给红十字会打过电话，但人家说不符合捐助标准。

"小孩儿早治疗早痊愈，阳光基金会是S市自己建立的，救助范围包括阳县。"

好消息不断，院长红光满面，不断招呼这些医生。

孤儿院有食堂，饭菜是院长的妻子负责，小孩子们坐一桌，医生们坐另一桌。

叶空青环顾整个食堂，没看见崔脆脆：她这个时间点不过来吃饭，是回去了？

正想着，叶空青余光看到崔脆脆抱着一个小婴儿走进来。

院长也看到了人，站起来拉过崔脆脆，自豪地给医生们介绍："这也是我们院里的孩子，她考上了 S 大，我听说你们省中心医院的很多医生是 S 大的，说不定是校友呢？"

省中心医院确实一大半医生是 S 大出来的，但来这里的医生，正好没什么人是 S 大的。

"我记得叶医生是 S 大的吧？"坐在叶空青旁边的医生问道。

"嗯，是校友。"叶空青放下筷子，看向站在那里的女孩儿，目光中带着自己难以察觉的深沉之意。

崔脆脆照顾了东东一上午，院长将人抱了过来，笑呵呵地哄着："看，这里都是大医生，东东以后长大想要干什么呢？"

"小孩子笑得可真好看。"同行中有做了妈妈的女医生，忍不住凑过来逗小孩儿。

院长立刻赞同："可不是，我们东东可乖了，从来不会哭闹，见谁都笑。"

女医生碰了碰东东的手，果然，他开始咯咯地笑。

女医生忍不住感叹："好乖。"

叶空青原本注意力在崔脆脆身上，听见小孩子不停地笑，不由得皱眉："他今年多大？"

崔脆脆在叶空青的对面，最先听见他说的话，扭头说道："三个多月了。"

叶空青站了起来，盯着东东的笑脸："他有点儿不对劲。"

叶空青此话一出，院长心中有些不高兴，但一想到对面的年轻人是医生，便压下心中的不快情绪，问道："东东哪里不对劲？"

"三个多月的小孩子不会笑成这样。"叶空青望着院长怀里的小孩儿，说道。

医生中正好有一位儿科医生，听了叶空青的话，点头说道："确实，叶医生说得对，这么大的婴儿，一般不可能笑不停。"

东东完全听不懂这些人的话，只知道在院长怀里笑，没有半点儿不开心的样子。

这些人都是医生，院长登时慌了："那怎么办？我们要给他吃药，还是……？"

叶空青看了看义诊医生中的负责人，转头说道："先去医院做个脑部检查。"

本来好好的一顿午饭，临时出了这样的事，再没有人有心思吃饭。

"院长，我带着东东去医院吧！"崔脆脆从院长怀里抱过小孩儿，"您留在这儿照顾其他人。"

院长点了点头，说道："脆脆，你……带好东东。"

这事是叶空青发现的，他自然也要一起去，但来的时候所有医生都是坐一辆车过来的，其他医生下午还要去敬老院，现在不能单独送他们两个去。

"叶医生能骑电动车吗？我这里有一辆电动车。"院长还没缓过来，脸色还是有些难看。他领着人走到门口。

叶空青看了看崔脆脆和她怀里的小孩儿，点头应道："可以。"

叶空青将电动车推出院门口时，院长手忙脚乱地找到了两个安全帽。

"院长，还有没有其他的帽子？"崔脆脆低头看了一眼东东。这种天气，坐在没有遮拦的电动车上，小孩子的脸容易被晒伤。

"你们先等等，我现在去找。"院长急急忙忙地又转身回去。

叶空青戴好帽子，便看见崔脆脆一手抱着小孩儿，另一只手扣下巴上的扣子，怎么也扣不上，便下意识地伸手去帮她扣扣子。

崔脆脆被叶空青突然伸过来的修长干净的手指吓了一跳，呆呆地仰着头，任由他帮自己扣上。

"谢谢！"崔脆脆看着叶空青跨上了电动车，才后知后觉地说了一声。

这时，院长找来了一顶软的旧帽子："脆脆，路上小心，东东……照顾好东东。"

"知道了，东东不会有事的。"崔脆脆安慰院长道。

几个医生出来送，看着电动车慢慢远去，感叹道："这都叫什么事？！"

叶空青很少骑这种电动车，开始时速度放得很慢。他微微扭头，对后面的崔脆脆说道："你坐稳了。"

"嗯！"崔脆脆抬手给东东压了压帽子，挡住直射过来的阳光。

等差不多熟悉了电动车，叶空青便加快了速度，而崔脆脆在后面时不时给他指路。

"现在转弯过去，那边有个……"崔脆脆话还没说完，叶空青便转到了前面的交叉路口。

前面直行的路口有一个红绿灯，在他们骑过来时，突然亮起了红灯，叶空青只能急刹车。

院长的这辆电动车没有后备箱，崔脆脆一直离叶空青有一段距离，整个人没有任何固定的位置靠着。叶空青急刹车，崔脆脆便径直撞上了他的背，鼻梁被撞了个正着，鼻子一酸，崔脆脆的眼眶瞬间就红了。

叶空青皱眉回头，便看见崔脆脆的眼泪掉了下来。

"不好意思。"崔脆脆抬头，为撞到叶空青而道歉，一只手揉了揉被撞疼的鼻子。

叶空青也察觉到问题所在，下颌微微收紧："你搂着我。"

绿灯亮起，叶空青重新启动电动车，往前骑去。

崔脆脆犹豫了一会儿，到底担心安全问题，才慢慢伸手扯住叶空青的衣服。

在被她伸手扯住衣角的那一刻，叶空青便有所察觉，垂眸看了一眼腰间那细瘦的手。

路程不短，崔脆脆扯着叶空青的衣角，时间久了，指尖便有些发酸。实在坚持不了了，她就会微微松开手，再悄悄扯上去。

两个人本来就不熟悉，叶医生看着冷冷淡淡的，崔脆脆不觉得对方会愿意自己碰他。

只是，崔脆脆虽然放轻了动作，小心翼翼，但叶空青还是发现了。

做外科医生的人很少有拖泥带水的性格，叶空青蹙了蹙眉，目视前方，手却按住了崔脆脆酸涩得快松掉的手指，直接将她的手拉过来，放在自己的腰上。

"坐好，别乱动。"

两个人刚到门口，便碰到了之前的老医生。

"叶医生这是……？"

"这孩子需要做个脑部检查。"叶空青利落地说道。

老医生知道这些义诊的医生上午去了孤儿院，打量了叶医生旁边的女孩子一番，又看了看她怀里的小孩子："这么小，有五个月了吗？"

"三个多月。"崔脆脆抱着东东回道。

老医生左右看了看："你们跟我来。"

有了老医生带路，东东的检查很快就开始了。

叶空青在里面看检查的情况，崔脆脆则下楼挂号。

"这是……垂体瘤？"老医生惊讶地看着屏幕上的脑部影像，"怎么会？……这么小的孩子。"

垂体瘤的手术大部分不难，县医院的医生也是可以做的，但这么小的孩子，脑部没有完全发育，要怎么开刀去切除？

叶空青盯着东东的脑部检查结果，没有说话，放在桌子上的手指却微动。

"有没有空的手术室？"叶空青突然问道。

"什么？"老医生一时没反应过来。

"空的手术室，今晚我来做手术。"叶空青向后推开椅子，站了起来，神色冷静地说道。

老医生当即反对："孩子这么小，怎么做手术？一不小心就会出事。"

叶空青目光冷凝："正因为孩子这么小，脑部的垂体瘤已经开始影响他的身体机能，必须尽快切除，这样才不会影响他未来的生活。"

老医生行医多年，不可能不知道事情的严重性，着急地说道："手术怎么可能一定成功？孩子太小了，这手术我来做，成功率也不到两成。"

"所以我来做。"

叶空青俊美的面容上一片冷静神色，目光中却显露出几分自傲之意，那是对自己的专业领域能绝对掌握的自信。

第三章
是女朋友吗

"做什么？"崔脆脆挂完号，一上来就听见叶空青后面的一句话，心中咯噔一下。

"病人脑部有一个垂体瘤，如果不尽快切除，未来的生活势必受到影响。"一旦涉及手术，叶空青便进入医生的角色，东东再小，在他眼中也是一个病人。

崔脆脆眼中闪过茫然之色："什么时候做手术？"

叶空青不理会旁边老医生欲言又止的样子，目光冷定："今晚。"

今天晚上？崔脆脆下意识地扭头往窗外看了看，外面的天还是亮的，但他们从孤儿院骑电动车过来，再加上检查和等待检查结果的时间，现在是下午五点三十分了。八月的天，要到下午七点才会完全黑，也就是说，距离手术没有几个小时了。

"家长得考虑清楚，小孩子现在还太小，手术风险大。"老医生虽然之前对叶空青改观了，但还是不知道他在省中心医院的水平，并不相信叶空青的话。年轻的医生容易冲动也正常。

那边的护士把东东抱了出来，崔脆脆从她手里接过孩子，东东还在乐呵呵地笑着。不过，知道了他是因为生病才变成这样，她现在只觉得可怜。

"一定要今天晚上做？"崔脆脆碰了碰东东细软白嫩的脸，抬头问叶空青。

"病人脑中的垂体瘤会随时间推移变大，进而压迫脑中的其他部位，越早手术越好。"叶空青顿了顿，又说道，"明天我们要回去，今天晚上做最好。"

老医生不由得皱起了眉毛，这年轻人未免太张狂了，说得好像只有他能做这手术一样。

崔脆脆低头，犹豫地看了看怀里的东东，最后在老医生震惊的目光中点了点头："那就今天晚上做吧！"

她不了解省中心医院神经外科的医生，但之前翻译的时候，不会看不出其他医生看叶医生的眼神，全是对一个同行的欣赏和称赞。

叶空青转头看向老医生："麻烦您腾出一间空的手术室。"

家属都同意了，老医生还能阻止不成？他的心情有点儿沉重，他甚至想说要不就让自己来主刀，到最后还是放弃了。

手术要准备一些材料，崔脆脆抱着东东在外面等着，顺便给院长打电话说明情况。

"垂体瘤？那是什么东西？"院长慌得在原地打转，"怎么今天晚上就要动手术？叶医生他来主刀？他那么年轻能做手术吗？"

院长一番话朝崔脆脆问过来，好在这时院长旁边都是省中心医院的医生，没等崔脆脆开口，电话里就传来其他医生解释的声音。

"叶医生主刀？那院长先放下一半的心，叶医生可是我们省中心医院神经外科未来一代的'黄金手'。"

"对，这手术叶医生主刀再合适不过。"

不过，东东才几个月大就要做手术，院长在电话那头还是急得团团转，想要过来。

"院里还有那么多小孩儿要照顾，医院里有我在就行了。"崔脆脆不让院长过来，外科手术时间向来不短，院长现在年纪大了，熬不住。万一有什么不好的后果，有她在中间，还能缓冲一下。

"我抱着他。"叶空青应该把手术必要的东西都检查完了，走到崔脆脆的面前，伸手抱起东东。

"叶医生，现在就要开始啦？"崔脆脆挂掉电话，微微仰头，看着戴上了口罩的叶空青。

"嗯！"叶空青抱着东东要往手术室走，忽然停住脚步，对崔脆脆说了一句，"不用担心。"

叶空青大半张脸被口罩遮住，额头也被手术帽挡住了一大半，崔脆脆只能看到他一双黑色的眼睛，里面深沉如渊。

原本晚上县医院有一场义诊研讨会，几个外科医生就是为了研讨会来的，谁知道叶空青现在要去做手术。

刚从孤儿院回来的医生合计了一下，决定按原来的安排，只不过把叶空青的部分砍了，其他几个外科医生的问答环节多延长一点儿时间。

崔脆脆在手术室外的长椅上坐着，放空自己，这应该是她第二次这样了。周围有其他家属在等，他们情绪外放，有人不停掉眼泪，有人不停嘀咕祈祷，没人发现崔脆脆手有些抖。十年前的场景像慢帧影片，不停地在崔脆脆的脑海中回闪。

这时候，手机忽然振动起来，崔脆脆回过神一看，是院长打来的电话。

"手术怎么样？"院长等得心焦，对叶医生还存疑，这时候身边也没了义诊医生，就把真心话对崔脆脆说了出来，"怎么让叶医生做手术？县医院有好几个年纪大的医生，他们经验丰富……"院长是老一辈的人，奉行的是"年龄＝经验"，医生越老越受追捧。

崔脆脆握着手机，站到外面去："叶医生很厉害的，他……他在国际上都很有名。"

应该是吧？崔脆脆回想着当时在会议室，那几个国外的医生对叶医生的称呼和眼神。

"国际上？"院长愣了愣。

"嗯！"

老一辈的人还有个错觉，那就是国外的比国内的要好，院长一下子安了心。

挂了电话，崔脆脆没再走回去，而是在走廊外面站了许久。

手术室内，东东被装上了呼吸器，叶空青站在他的头部正前方。

周围几个助手都不熟悉叶空青，对他的习惯不了解，叶空青需要什么，每次都必须开口，除此之外，开颅还算顺利。

叶空青有这么大的把握，和他昨天到县医院神经外科参观看到的一个设备有关。这是美国那边出的一种设备——NICO Myriad，现在广泛应用于临床方面。这种手术刀专门用于处理大脑中难以接近的区域，不会散发热量，可以保护脑部组织，在美国那边上市后，省中心医院便进了三台，用了好几年，效果很好。

叶空青昨天在这里见到一台。

几个月大的婴儿要开颅剥离出里面的肿瘤，即便用 NICO 刀，也需要医生有精湛无比的技术。叶空青还没什么反应，旁边的医生和护士都出了一头的汗。

崔脆脆等了四个多小时，手术室的灯变绿，里面的门被打开，从中走出一道挺拔修长的身影。

崔脆脆听见声音回头，有那么一瞬间，感觉仿佛又置身于十年前，恍惚之间，只能看见对面的人摘下口罩，张口说了些什么，她却完全没有听清。

手术室前的男人俊美沉静，目光深沉，似乎在说着什么。

崔脆脆没有听清楚，神思恍惚。

叶空青在手术室里连续站了四个多小时，在为一个几个月大的婴儿做手术都没有皱过眉毛，现在看见崔脆脆一副魂不守舍的样子，却皱起了眉。

被封杀，又没有亲人，只能做翻译为生，似乎还生病了，叶空青看着对面恍惚的女孩儿，怀疑她心理上出现了问题。

叶空青站在崔脆脆的面前，重复了一遍："手术成功了。"

"谢谢叶医生！"崔脆脆微微睁大眼睛，强硬地让自己回过神，就要朝叶空青弯腰道谢。

"不必。"叶空青侧了侧身上前，扶住崔脆脆的双臂，不让她弯腰。

叶空青完全是下意识地做出这动作的。他作为一名极优秀的外科医生，在手术室外甚至能见到要下跪感谢自己的家属，习惯性地便上前扶住崔脆脆。

一个刚低头，一个太快上前用双手扶住对方，崔脆脆直接撞上了叶空青的胸膛，被淡淡的消毒水味道围绕。

两个人俱是一愣，叶空青率先松开手，退后一步。

老医生过来看手术做得怎么样了，就看到两个人抱在一起的场景。

按理说，在医院，尤其外科手术室外，这种场景不少见，患者抱着医生哭或笑极为常见，只不过叶空青和病人家属的颜值都高出常人，老医生不由得在心里嘀咕：这咋跟演电视剧一样？

"手术怎么样？"老医生走近，还是没能从两个人的脸上看出喜悦或者伤心的情绪，忍不住问道。

"等伤愈。"叶空青简短地回道。

崔脆脆恢复了正常的情绪，站在一旁给院长发消息。那边院长到现在都没有休息，一看到消息，就回拨了电话。

"东东以后不会有事了，对吗？"院长在电话里还是没放下心，"孩子们差不多都睡下了，我现在过去。"

东东刚做完手术，自然需要住院观察，要人陪床照顾，崔脆脆原本想着今天晚上先在医院待一晚。

院长在电话那头说道："我去换你，明天你就要回去，不能耽误你。"

崔脆脆想说自己留在阳县一段时间也没事，被院长拦住了："正好明天照顾孩子的阿姨回来，你就不用担心了，你回来休息，明天一早回 S 市。"

老医生和崔脆脆一起站在病房内，叶空青去休息了。

"这真是……"老医生看着病床上的小东东，语气中带着感叹，大医院的医生水平高到这个地步了。

刚才趁叶空青不在，老医生特地问了同做手术的助手医生，知道当时手术并不是一帆风顺的，那个垂体瘤是真正意义上的"小瘤子"，极难取，稍有不慎，便会造成脑部其他组织出血。偏偏叶医生做完手术，整个颅腔内干燥得像根本没有动过，最后顺利关颅。

叶空青年纪轻轻就能做成功这样一台手术，老医生觉得后生可畏，甚至有些忌妒。对神经外科医生来讲，能治疗特殊病例是一种荣幸，做成功后的满足感更是做世界上的其他事情无法相比的。

回 S 市的路上，崔脆脆打开手机想要看看有没有单子，却发现有人要加自己好友。看了看对方发来的验证消息，她才从记忆中翻出对方的脸，是同专业的优秀学长，老师在课堂上提过，后来给自己颁过优秀毕业生奖。

崔脆脆同意了对方的好友请求，一连串消息便不停地发过来。

赵学长："嘿，脆脆，你要来我们公司吗？"

赵学长："国内大公司，绝对不会亏待你。"

赵学长："给你提供我们公司最好的资源，薪资高出同行零点八个点。"

赵学长："来吧！"

崔脆脆被这位学长丝毫不陌生的语气震惊了。他们应该只见过一面，甚至都没说过一句话。

赵远志握着手机，紧张地盯着手机屏幕，心怦怦地跳着：这可是他一直想要的苗子，尤其她在高思待了一年半。即使赵远志瞧不上高思对崔脆脆的做法，但不得不说，在业内，高思就是标杆，从里面出来的人完全不一样，十分能打。

一时半会儿没等到崔脆脆的回复，赵远志退出界面，去找好友抒发自己的紧张情绪。

赵远志："她加我了！我已经问她要不要来，紧张。"

叶空青拿起手机便看到这么一句话，赵远志一直找他倾诉，他从来没有发表任何意见。想起昨天晚上见到崔脆脆的状态，叶空青认为，她如果能进入赵远志的公司，或许能够解决她的心理问题。

叶空青："嗯，祝你成功！"

罕见地得到好友的支持，赵远志忽然自信心膨胀。他站起身，准备亲自下去找人事部谈谈新同事的办公室问题。

崔脆脆："谢谢学长！目前还没有再入这一行的想法。"

拒绝了？她拒绝了？赵远志还没走出自己的办公室，握着手机看见上面的消息，呆住了。别人不知道，他当初可是在模拟赛上见到崔脆脆的眼睛里带着光，那种对这行的热爱和自信神色，他绝对不会看错。

赵远志立刻停住脚步，站在原地，低头给她发消息。

赵远志："为什么不来？我不在乎高思有没有封杀你，我知道你绝对不会干出那种事来。"

崔脆脆靠在车窗旁，一瞬间有些失神。才过了半年，她却觉得自己仿佛远离金融圈万年。

崔脆脆："我现在在做翻译，时间自由，比起以前高强度的工作要轻松很多，所以不想在这行打转了。"

什么叫更轻松？赵远志急得在原地转了好几个圈，一个字都不信！

当年那个眼睛里有着璀璨光芒的女孩子，绝对不可能因为"不轻松"就放弃了这行。

崔脆脆："学长，我还有事，先下线了，再见。"

赵远志："……"

没来得及再发消息，赵远志公司那边有客户找他，他只能先将此事搁置下来。

等和客户谈完话，赵远志左思右想，还是觉得不甘，但又不敢再找崔脆脆说话，怕惹她烦，被拉黑。

赵远志："空青！叶哥！我怎么办？脆脆她说不想再进这一行了。"

叶空青并不比赵远志空闲，一回医院便马不停蹄地进了手术室，出来还要写报告，后天要准备研讨材料。他第二天早上才打开手机看到赵远志的那条信息。

叶空青单手将衬衣的纽扣慢慢地扣上，垂眸望着手机屏幕，给赵远志回了一条信息，然后双手扯了扯衣领，才动身上班。

早上七点，医院大厅还没有太多人，叶空青去安排栏看了一眼手术安排，见没有改动，便朝自己的办公室走去。

办公室里只有一台电脑、病历本和笔，还有摆在柜子上的好几罐咖啡。外科医生不会经常待在办公室里，只是写报告或准备科研报告才会过来，他们平常不是在手术室，就是在值班室。

"我们叶医生出去义诊都能出个风头。"路过送材料的医生敲了敲门，进来笑着说道。

叶空青接过材料，听见对方的话，眉尾微挑，给整张冷峻的脸上带来一丝生气。

"看来我们叶医生根本没把在阳县医院做的手术放在心上。"那位医生摇摇头，"我们在这边听了，都激动得想要飞过去参观。"

阳县的手术？叶空青低头翻了翻手里刚拿到的病人资料，淡淡地说道："只是一个小垂体瘤。"

大部分垂体瘤是良性的，分级是按体积来分的，有三种——微腺瘤、大腺瘤以及巨大腺瘤。叶空青并未觉得手术有多难，只是小孩儿太小，才几个月，风险确实高。

"确实只是小垂体瘤。"医生撇了撇嘴，对叶医生的淡定表示无奈，"但这是 S 市第一例年纪这么小的垂体瘤病人，叶医生知不知道？"

"嗯。"叶空青依然冷静地看着手里的资料。

"算了，我们和叶医生就不是一个等级的，您将来是注定要打破无数纪录的'黄金手'。"同事自讨没趣，摇着头，走出叶空青的办公室。

医院就这么大，医生、护士每天生生死死见太多了，总要找点儿八卦消息消遣减压。

神经外科的叶医生出去义诊，就在人家的医院里做了一台打破 S 市年龄最小患者纪录的手术——实习的医生、护士又被老油条们抓住机会，科普了一轮叶医生的"功绩"。

"手术做得不错。"上午连陈冰都过来找叶空青说了几句话，"我打电话问了他们医院的医生，说病人状态不错。"

叶空青点头，对这个消息并不吃惊。他做的手术，基本一放下手术刀他便能知道后面患者恢复的情况。

陈冰欣慰地拍了拍叶空青的肩膀："这次义诊没白让你去。"他言语中有着对自己让叶空青替许医生义诊的决定的自豪之意。

即便面对一手提拔自己的导师，叶空青的情绪也没怎么变化，有礼且疏离。只是他待人向来如此，脸上难得见到开怀的笑容，陈冰便没在意。

"下午手术好好做，不能放松。"陈冰看着自己的得意弟子，最后带着笑容走出办公室。

叶空青抬眼，淡淡地看着导师离开，低头继续处理资料。

医院不少人认为叶空青运气好，得了陈冰的青眼，却看不到青眼之下的高压政策和强势。

当年陈冰力排众议，让二十二岁的叶空青上台主刀。同年，叶空青表现太过优异，陈冰又主张让他脱离实习医生队伍，进入真正的神经外科一梯队。

这些叶空青一直记在心中，如果没有陈冰，他不会在二十八岁就能有这样的地位。

只是陈冰太强势，很多时候并不在乎叶空青个人的想法，强行让他加班，不打招呼便塞手术过来，这种事情太多。又比如，这次在阳县的手术，他们刚坐大巴回到医院，陈冰便已知道叶空青做了什么手术。

显然陈冰一直在关注叶空青的动向，哪怕只是下县里去参加两天义诊活动，也恨不得在他身上装监控。

或许正因为这种性格，陈冰这么多年没有带出一个优秀的学生。

叶空青不在乎陈冰安排给他的工作，只是不喜欢导师的掌控欲。

叶空青刚整理好所有的资料，桌上的手机便响了起来，是微信视频通话的铃声。

现在是工作时间，叶空青下意识地皱了皱眉，拿起手机看向屏幕，眼神一顿——"崔脆脆"三个字赫然显示在屏幕上。

崔脆脆回来后，院长又突然给她打电话，嘱咐她去谢谢那位叶医生。

"是省中心医院吧？脆脆我给你转钱过去，你帮我买点儿礼物，送给叶医生。"院长在电话那头笑呵呵地说道，"县医院的主任说了，应叶医生的要求，东东的手术费不用出，我们出药费就行。"

今天上午院长才得知叶医生将东东算进了义诊名额中，给他免除了手术费，要知道，对孤儿院来说，这开颅手术费可是不小的一笔钱。

"院长，现在医院不让送礼。"崔脆脆没答应，现在医院对这方面的事抓得严，有些医生连水果都不敢收。听说有病人故意送了一袋水果给医生，转眼就去举报医生受贿，而且成功了。

院长在电话那边沉默了一会儿，又说道："那怎么办？"总要谢谢人家叶医生，要不是他，也没人发现东东有问题。

崔脆脆想起自己加了叶医生的微信，便说道："院长，那我给叶医生打电话道个谢。"

"你有叶医生的联系方式？那好，脆脆你帮我谢谢他。"

崔脆脆只有叶空青的微信号，从通讯录中翻了出来，想给对方发信息，最后还是拨了语音电话。

铃声响了大概五秒电话便被接通。

"叶医生？"崔脆脆握着手机，犹豫着喊了一声。

"嗯。"叶空青有一瞬间以为对方知道自己将她的联系方式给了赵远志，罕见地有一丝心虚。

崔脆脆嘴角露出干净真诚的笑容："院长说您给东东免了手术费，所以想谢谢叶医生。"

叶空青重新翻开资料："不算免，本来我就是去义诊。"

两个人互相沉默了一会儿，崔脆脆先出声："要谢的。"

"叶医生，十八号病床……"

叶空青的办公室外有护士在喊，崔脆脆在电话这头隐隐约约听见了。

"那……叶医生您先忙。"崔脆脆看了看墙上的挂钟——中午十二点，叶医生还要工作。

周五，崔脆脆在隔壁金奶奶家被要求"参观"新进的一批小鸡崽。

"和之前的好像不太一样。"崔脆脆犹豫了一会儿，说道。半年前她搬进来时，正好赶上金奶奶养第一批鸡崽，肉鸡长得很快，所以金奶奶楼上楼下地送。

崔脆脆还因为帮忙喂过食，得了好几只。

"当然不一样啦！"金奶奶语气带着自豪，"上一批鸡养得太快，没有挑战性，这次我养的是斗鸡。"

金奶奶头发雪白，打理得一丝不苟，鼻梁上架着一副金边带线眼镜，走出去没人不认为是个高级知识分子，谁能想到她在家里养鸡呢？！

斗鸡……崔脆脆低头，沉默地看着底下欢快地吃着鸡食的小鸡们，感觉自己的心理素质有待提高。

"不用担心这些鸡崽吵闹，这间房间的墙壁，全是我重新请人用隔音材料装修过的。"金奶奶笑眯眯地说道，"脆脆以后看中了哪只，抱走就是。"

"我不养斗鸡。"崔脆脆连忙摆手拒绝。她该庆幸金奶奶喜欢养鸡，而不是养蛇、养蜘蛛。

好不容易摆脱了金奶奶的一窝鸡，崔脆脆又接到大学老师吴周济的电话。

差不多有一年没联系了，吴周济原本想要崔脆脆继续深造，以后能走得更远，谁知道高思搞了那么大的阵仗，领导层亲自来要人，后面深造自然没了下文。

"你们这些人，一离开学校就不和我这个老头子联系了。"吴周济说完，等着崔脆脆回应，结果对面的人半句解释也没有。

"你好歹说一句老师不老。"吴周济恨铁不成钢地说，"我们这行的人最重要的就是见人说人话，见鬼说鬼话。脆脆，找个时间你回学校，老师给你重新上上课。"

"好，我回校看看老师。"崔脆脆走到客厅，坐下来说道。

这话还差不多，说得吴周济心里妥帖。

"行，那就定个时间你回来看看老师我，老师请你吃饭。"吴周济带着笑意说道，"学校外面新开的一家馆子，特别火爆。"

他们这个专业，老师普遍年龄不高，像吴周济这样五十多岁的老师不常见，相应地，心态也年轻一些。

老师突然打电话过来，自然不是为了叙旧。崔脆脆放下手机，靠在沙发上发了一会儿呆。老师应该是有事情跟自己谈，只是不知道会说些什么，如果是高思的事，都过去半年了，以老师在这行的势力，他第一时间就能知道。

这个月第二次，赵远志跑到省中心医院来找叶空青。

这回他没在食堂找到人，叶空青站在值班室内，正和另一个医生讨论什么，旁边打开的外卖，看样子还没动过，胸前沾了不明的深色污渍。

"那套新进的设备先别用，病人不能冒险。"叶空青皱眉，扫了一眼赵远志，继续和身边的医生说完，才示意赵远志进来。

赵远志看着大中午走来走去的医务人员、端着盒饭边跑边往嘴里塞饭的医生，不禁摇头："你们可比我们忙多了。"

做金融这行的人苦就苦在背后，人前全是一派光鲜靓丽的样子，吃饭怎么高档怎么来，哪像医务人员，吃个饭蹲在角落里。

桌上的外卖凉透了，菜油凝成一团，叶空青懒得吃，从口袋里剥了一颗糖放进嘴里，算是补充了能量。

"来看病？"叶空青半靠着桌子，抬眼问赵远志。

"我看什么病啊，身体好着呢！"赵远志大大咧咧地拉过桌子后面的椅子，"我过来讨教的。"

那天赵远志看到叶空青回复的信息，想了想，便去找大学老师帮忙，要他劝说崔脆脆。

"现在老师说下个月初和崔脆脆在学校见一面，你说我该不该去？"赵远志期待地望着自己的好友，将他怎么请到老师去约崔脆脆出来见一面的事，告诉了叶空青。

"我只是医生，不是 HR。"叶空青冷冷地看了一眼赵远志，嫌弃他来妨碍自己工作。

"不是，当初不是你给我发信息说，要请人就要不择手段地请吗？"赵远志双脚用力一蹬，椅子移到叶空青的身边，"我连工作都没心思，就来找你。"

叶空青从桌子上找到一支笔，在病历本上签上名字："找我就为了告诉我这件事？"

果然，赵远志嘿嘿一笑："那什么，我后来问老师，他们约的时间正好是你们院庆那天。"

叶空青抬眸，静静地望着赵远志，等着他的下一句话。

"要不你去学校的时候把我也捎上，我们和他们来个巧遇。"赵远志搞这么多事，就是不想崔脆脆觉得他纠缠不清，到时候败了好感。

"我们院庆有什么理由带你？"叶空青放下病历本，站直身体，整个人修长挺拔，"你确定她会问你为什么在学校里？"

"我们不是好友吗？什么理由都行。到时候正好偶遇我老师，我再和他们一起吃个饭。"赵远志认为，只要老师能在一旁劝说，他再和崔脆脆亲自面谈，这事估计就能成。现在他就是要想好如何不着痕迹地在那天"偶遇"老师和崔脆脆。

叶空青低头整理衣袖，嗤笑一声："不知道你在想些什么。"

赵远志还想解释自己的行为，叶空青已经往外走了，留下一句话："五日八点十五分来找我。"

他答应啦？赵远志在后面握拳，仿佛见到了胜利的曙光。

五日上午，赵远志早早去叶空青家门口等着，没有开车过来，只让司机送到小区门口。他要蹭着叶空青的车去学校。

"这车不赖。"赵远志看着好友开出来的车，感叹了一句，接着吹捧，"就哥您今天这打扮，再加上这车，谁能看出你是医生？你比我还要像总裁。"

因为今天要上台给学生演讲，叶空青穿得正式，上身着宝蓝色西装，系一条红条纹领带，下身着笔挺熨帖的西装裤，衬得身材越发修长，一双大长腿，像是刚从时尚片场走出来的模特。

院庆办得隆重，正好六十周年，医学界的"大牛"来了不少，叶空青将车停好下来，几乎走一步打一个招呼。

"你们当医生的人也不比我们穷啊！"赵远志看着一溜儿的豪车，觉得自己长见识了。

叶空青瞥了一眼赵远志，懒得开口解释，这些"大牛"，科研成果奖励多，平时忙着手术和研究，也只能把钱花在车子上。

"空青。"宫寒水和喻半夏从对面走过来，看到旁边的赵远志，都有些吃惊，毕竟他不是医学院的毕业学生。

"听说你们院庆，我跟着过来，凑凑热闹。"赵远志率先开口解释。

喻半夏今天穿得干练，妆容精致完美，笑道："今天确实热闹，很多人带了家属过来。"

宫寒水挑眉，望着叶空青："我们在路上还在猜，叶医生会不会带女朋友来，没想到……"

女朋友？赵远志被逗乐了："就他还有女朋友？怕只有病人才是最重要的。"他完全不在乎旁边站着本人。

一行四人朝大礼堂走去，赵远志和另外两个人相谈甚欢。

"当初在学校，我们一直认为空青这辈子只对大体老师感兴趣。"宫寒水扬眉，朝叶空青看了看，说道，"他从来不理会那些表白的女生，不知道伤了多少芳心。"

明明讨论的话题中心是自己，叶空青却仿佛完全置身事外，宫寒水看着他无动于衷的模样，嘴角的笑容渐渐地淡了下来。

赵远志还在哈哈大笑："现在也没见他对谁感兴趣啊！"

倒是喻半夏在旁边为叶空青辩解了一句："叶医生平时忙于手术和钻研学习，哪里有多余的时间去处理私人感情？"

"那倒是。"赵远志自豪地揽住叶空青，"要不是我们叶哥这么刻苦钻研，提升医术，上哪儿去找这么年轻帅气又有实力的主刀医师呢？"

医学院的院庆和赵远志想象中的完全不一样，才落座一个小时，他就开始后悔了。

几十年庆典不搞节目，全是人上去讲话，讲完一个又来一个，关键还全是听不懂的术语，赵远志一大清早起来，现在坐在位子上直打瞌睡。

"你什么时候上去？"赵远志低声问旁边的叶空青。

"还早。"叶空青注意力全在台上讲话的医生身上，这些人经验丰富无比，对病例信手拈来，对他而言，这是长见识的好时机。

台上的人讲完，还需要回答下面的人提出的问题，整个大礼堂仿佛大型的会议研讨室，根本没有半点儿庆典的味道，赵远志在下面一度崩溃。

快到十一点三十分时，终于轮到省中心医院三位 S 大的年轻代表上台。

最先上去的是喻半夏，底下年轻的学生一阵起哄，还有人在台下大喊"学姐，我喜欢你"。他们显然被压抑太久了。

喻半夏作为儿内科医生，讲的自然是儿科方面的知识，包括一些趣事，整个会场笑声连连，一扫之前严肃沉闷的气氛。

"哎，这喻医生挺不错的。"赵远志撞了撞叶空青的手臂，"和你一样是医生，对你的职业也有认同感，你不考虑考虑？我看她……"

叶空青打断他的话说道："没兴趣，闭嘴。"叶医生眼中只有学术。

到了宫寒水，他更是将欢乐有趣的气氛提升到极致。

宫寒水一副轻佻贵公子的模样，身上又有外科医生独有的幽默细胞，不光是台下的学生，还有很多在这行多年的医生对他的话有认同感，会场上鼓掌声、叫好声不断。

"啧啧，这兄弟不来我们这行，算可惜了人才。"赵远志闲得无聊，好不容易上去几个讲话他稍微能听懂的人，便在下面不断点评。

最后轮到叶空青上台，他不幽默，也没什么心情照顾底下低年级的学生，只简单讲了一些在神经外科需要注意的问题。

"没有人会照着教科书生病，只有进入这行，你们才能真正理解。"叶空青话不多，也不幽默，但莫名其妙地带给学生们力量。他下去的时候，大礼堂静默了十秒，才轰然响起了掌声。

"叶医生不愧是叶医生。"赵远志抬头，对过来的叶空青竖起大拇指，

"要我是这里的女同学，现在就能爱上你。"叶空青一番简单的话语说得他都想投身医学。

上午的庆典刚结束，吴周济老师就给赵远志发消息，说见到了崔脆脆，两个人在谈话，待会儿去吃饭。

赵远志还打算叫上叶空青一起去巧遇，谁料叶空青被外地来的几位神经外科的"大牛"叫走谈话了，赵远志只能自己往吴周济发的地址赶去，一路上还在想：亏了，白浪费一上午时间坐在这里听讲座。

吴周济刚给赵远志发完消息，妻子就打电话来说家里长辈出事了，情况紧急，他只能和崔脆脆说抱歉，下次再约。

"老师您有事先走，我没关系。"崔脆脆摇头，表示不介意。

吴周济匆匆忙忙地离开，崔脆脆在原地站了一会儿，才抬步慢慢往校门口走去。八月，学生都放暑假了，学校里空空荡荡的，零星有些老师留校办公。

不过，她看到一路上停的车很多，不知道今天学校有什么活动。

"哎，你，就你。"背后忽然传来一个声音，喊住了崔脆脆。

"你跟着我，把这箱盒饭送到礼堂一百零二号桌到一百一十四号桌，快点儿啊！"老师模样的人将一个大箱子递给崔脆脆，自己抱起了另外一个箱子。

"你几年级的？哪个专业代表？"老师模样的人抱着大箱子，边走边问。

暑假期间，学生全走了，今天来院庆活动的学生都是各班级选出来的代表，这位老师想都没想就把崔脆脆叫住帮忙。

崔脆脆刚想说自己毕业了，只是路过这里，就被这位老师打断了。

"待会儿机灵点儿，把便当放好，悄悄坐在角落里就行，别发出声音。"老师快步走在前面，嘱咐道，"这可是唯一听业内顶尖水平的'大牛'一起讨论的机会。"

崔脆脆现在就没听懂这位老师在说什么，不过还是好心地跟着他走，打算将便当送到就离开。

整个大礼堂里少了一大半的人，学生差不多走完了，只有少数像崔脆脆这样端着大箱子分发便当盒的学生，他们脸上都是一副谨慎又兴奋的表情。

大礼堂前后左右各四道门，前面两扇门被关上了，只有后面两扇门开着，崔脆脆跟着这位老师从后门进来。

"在最前面，你过去发完，就找地方坐好。"老师把机会让给学生，最前面那些人全是"大牛"，在那边讨论最前沿的医学问题。

崔脆脆闻言，便抱着箱子朝一百零二号桌走去。不是所有人都坐在位子上，有站在位子旁说话的，还有走出来，站在一旁讨论的。

她不是医学院的学生，对这行完全不了解，根本不知道桌子上贴着的一排排名字有什么分量，只是低头将便当一一放好。

崔脆脆想着发完就能出去。

等放下最后一个，崔脆脆刚转身，便见到一批头发花白的人朝自己这边走来，这时候伸过来一双手，将她拉到礼堂侧面贴墙而立。

是在第二排发便当的学生代表，他朝崔脆脆比了一个噤声的手势，津津有味地看着各大佬在旁边吃饭、说话。

崔脆脆抬头看着周遭，发现礼堂里发完便当盒的学生，都贴着墙静静地站在一边。这时候如果她从最前面经过，走到门口，势必引起礼堂内所有人的注意。

崔脆脆不想生出事端，左右也没有其他的事，便想着再站一会儿，等人散了再说。

庆典发表讲话一结束，叶空青便被叫到第一排来说话，好几位神经外科的"大牛"站在台角下等他过来。虽然不是一个医院，但医学界有什么事情都是互通的，哪里有优秀的青年医生，这些老教授、老医生一清二楚。

"最近那档手术做得不错，我看了病人的资料和手术流程记录，你小子胆子很大啊！"A省一位神经外科医生看着叶空青，表扬道，"不过，我们这科室就是要人胆子大。"

"他整天就知道上台做手术，大半年了，也就发表了一篇论文。"陈冰这时候走过来，说话带了点儿恨铁不成钢的味道。

"陈主任你这就有点儿要求高了。"有同资历的医生摇头感叹，"叶医生这年龄就能上台做手术的，放眼全国也没有几个，更别说他手术做得并不比正常培养的医生差。"

"是那篇关于颞叶肿瘤的论文？"秦正礼开口问叶空青。

他一说话，围着的医生都不再开口了，这是一种面对顶尖医生的尊敬态度。神经外科在国内兴起时间不长，满打满算也才几十年，国内一提起神经外科便能想起的名字屈指可数，陈冰算一个，还有一个永远绕不过去的人，就是秦正礼。

秦正礼不像陈冰一直在S市，他早年辗转西部城市，又去南方待了十年，由于年轻时身体损耗太大，现在已经退休，在高校当教授，但他带出来的学生如今分散在全国各地的医院，个顶个优秀。

神经外科虽然只研究脑颅，但医生精通的方面有所不同，这和医生所在地也有关系，由于饮食习惯、气候地理不同，人群高发病也不同。神经外科讲究临床治疗，哪种病高发频发，医生做得多了，自然就精通。

陈冰精通脑部肿瘤，各种疑难复杂的肿瘤他都能切干净。而秦正礼多年四处辗转，各种病例都接触过，比起陈冰，他对脑颅了解得更全面。他编写过一本书，卖到脱销，神经外科医生人手一本。不光是医术，他的医德、他带出来的学生……都让所有医生对他给予足够的尊重。

"是。"叶空青同样尊敬这位医学界的"大山"。

秦正礼宽慰地笑了笑："我看了几遍，那篇写得很不错，继续努力。"

叶空青向来冷淡沉稳的脸上难得起了涟漪，能得到这位大佬的肯定，差不多是神经外科所有医生的梦想。

"正礼，你这么夸他，他的尾巴都飘了。"陈冰冷哼了一声，警告地看了一眼叶空青："论文要发，手术也不能出错。"

"你太严厉了。"秦正礼笑着摇头，"如果我能有这么个学生，每天都要笑醒。"

那是当然，陈冰在心中得意。他年纪这么大了，当初为了收叶空青为学生，才同意省中心医院的返聘请求。

秦正礼带出来的嫡系学生有七八个，更别提这么多年指点过的实习医生。陈冰早年挑剔，没有带过嫡系，后面带了几个嫡系学生，都半途和他断了关系，现在好不容易得了一个听话的叶空青。想想叶空青的天赋和能力，陈冰觉得一定是老天爷在补偿他。

"好了，好了，先吃饭。"见到学生发了便当，大部分人回到座位。

"空青你过来一起。"秦正礼和蔼地说道。

叶空青的位子在后几排，他点头去自己的位子上拿过盒饭，刚一转身便望见第一排靠墙站立，一脸茫然表情的崔脆脆。

她……不是和她老师去吃饭啦？

叶空青目光落在崔脆脆脚边的大箱子上，再移向她干净且还带着几分稚气的脸上，她比周围的学生还要像学生。叶空青眼中露出一丝恍然之色，应该是出了什么问题，她被院里的老师当成了发便当的学生。

"空青，我看过你发表的论文。"秦正礼招呼叶空青坐过来，"你天赋好，一点就通，不要把自己局限在某一方面，虽说越钻越深，但有时候要用宏观的眼光看待问题。现在神经外科和其他科室也一起联合研究，病人是一个整体，不是脚有问题就治脚，头有问题就看头，很多情况下是多方面原因造成的。"

神经外科也分很多小类，每个医生擅长的方面不同，但叶空青不光头脑聪慧，胆大耐心，还手指灵活，敢于多方面着手治疗病人，这样的人才单擅长一方面有些可惜了。

秦正礼这番话真诚，饱含爱惜人才之意，是一位前辈能给的最大的善意指导。

叶空青自然答应着，旁边的陈冰脸色却有些不好看，他认为秦正礼越俎代庖了。

十几分钟后，崔脆脆被旁边的学生拉着过去收拾桌子上的饭盒，有些学生太紧张，一边抖着手收拾饭盒，一边偷瞟各位"大牛"，出糗的不在少数。

崔脆脆倒是完全没反应，低着头只想着赶紧收拾完东西，离开这里。

叶空青听着导师和其他人说话，目光不自觉地落在从左边慢慢收拾过来的崔脆脆的手指上。她的手指细瘦白皙，左手无名指上有一道疤痕。

做医生的职业本能让叶空青开始分析那道伤疤，疤体深长发白，像是被什么尖锐的东西高速划过，不是刀，刀造成的伤疤不是那样的，这种伤疤是……

"哎，小姑娘，你也是我们学院的学生？哪个专业的啊？"突然，后排传来一个中气十足的大嗓门声音。

崔脆脆开始没反应喊的是自己，结果后排那位医生大步走过来："没想到你也是我们学院的。"

崔脆脆茫然地抬头望去，发现是之前帮自己正骨的赵医生："赵医生，我不是……"

"什么？"赵医生脾气爽利，嗓门大，这时候礼堂也没那么安静，他一时没听清崔脆脆说什么。

崔脆脆有些说不出话，因为这一排的人都看着她。

"她不是我们学院的学生，临时被老师喊过来帮忙的。"叶空青不知道赵医生怎么认识崔脆脆，不过不妨碍他开口帮她解释。

赵医生一直对这女孩子印象深，人看着干净剔透，还坚强："不是学生，那是家属了，叶医生你带来的啊？"

不怪赵医生这么想，庆典带家属来的人也不少。叶空青知道得这么清楚，两个人明显认识。

"是叶医生的女朋友吗？"第二排有医生笑道，"我们叶医生平时工作忙，你要多担待些啊！"

事情的发展让崔脆脆一时间蒙住了，她甚至在叶空青出声前都没有发现他在。

"我不是……"崔脆脆连忙摆手，下意识地看向叶空青，"我是经管学院的，刚才只是路过被拉过来的。"

"哦——"后排刚好过来几个医生，都发出了然的笑声。

叶空青也懒得否认，这帮外科医生比起内科医生要糙太多，平时满嘴段子，要真解释起来也是白解释。他干脆站了起来，从自己这边收拾饭盒，帮着放进崔脆脆的大箱子里。

"我带你出去。"叶空青朝崔脆脆点了点头，帮着提起箱子走出去。

崔脆脆跟着他走出礼堂，随着学生去处理垃圾。

"刚才，他们……不要紧吗？"崔脆脆没想到会在这里碰上叶空青，还起了误会。

"过几天就忘记了，他们开玩笑，你不介意就好。"叶空青侧头看着简单扎了一个马尾的女孩儿，想了想跑出去的赵远志，带了一些试探之意地问道，"你怎么回 S 大啦？"

"老师原本可能找我有事要谈，不过临时家中有事回去了。"崔脆脆看着叶空青帮着将箱子放在回收车上，说了一声"谢谢"。

叶空青转身："谢什么？上次手术的事你谢过了，这次收拾本来就不用你来帮忙，该说谢谢的也应该是我们。"

崔脆脆眨了眨眼睛，呆住了。

"你实在不像金融这行的人。"叶空青若有所思，垂眸看向崔脆脆，"你们这行的人心思都这么单纯，对人完全不设防？"

从第一次见面起到现在为止，叶空青从未见过崔脆脆掩盖过自己，无论是言语、神情还是姿态，或许这是她身上那股干净气息的来源，但叶空青实在想不明白这样的人值得好友花费大量时间去邀请加入自己的公司。

做金融的每一个人都是人精，就连赵远志也不例外，他在叶空青面前还能嘻嘻哈哈，一旦在外人面前便是雷厉风行、说一不二的人物。

叶空青并非讨厌崔脆脆的意思，只是想不通为什么赵远志要这么不厌其烦地找她。

"我好像没说过自己是哪个专业的。"崔脆脆眼中罕见地浮起一丝警惕之色，她甚至下意识地退后了一步。

叶空青察觉到她的举动，眉尾稍稍上挑，俊美面容在阳光下显得格外凌厉："在阳县你们院长说的。"他没有说出和赵远志的关系。

崔脆脆回忆那天的场景，否认道："院长只说了我是 S 大的。"经管学院也不在医学院隔壁，只是之前老师带她去的馆子要经过医学院这边的校门。

这会儿她倒警惕起来了，叶空青莫名其妙地觉得有些好笑，目光一凝，上前拉住崔脆脆的手腕往自己这边带。

崔脆脆被吓一跳，还来不及反应，后面突然传来惊呼声。她仓皇回过头去，原来是刚才她身后竖起来准备搬上回收车的一堆箱子倒了，所有装起来的剩饭剩菜全部散落在地上。

叶空青手脚灵活度强，再加上职业病，总习惯观察周围环境，刚才箱子只不过是微微晃了晃，他便猜到后面要塌，伸手便将人拉了过来。

崔脆脆常年倒霉惯了，像这种情况早就司空见惯，这还是头一回没受到波及，不由得看向将自己拉过来的叶空青。

叶医生的手温暖干燥，一点儿也不像自己的手全年都是冰凉的。

"你没事吧？"有人围过来问崔脆脆，更多的学生则找来扫把，处理地上的一片狼藉。

崔脆脆摇头："没事。"

叶空青松开了崔脆脆："我先进去了，你回去吧！"

客套的话落在旁边学生的耳朵里又是另一番意思，这不是典型的情侣之间的对话？

叶男神有了对象，那学校一干女生的梦差不多该醒了。

赵远志先是蹲在饭馆外面，想要等老师和崔脆脆进去后再来一个巧遇。谁知道半天也没见人过来，他还以为他们先进去了，心急火燎地走进饭馆，还是没发现人，给吴周济老师发消息也没收到回复。

叶空青："你们老师临时有事走了，她大概还有三分钟走出西校门。"

赵远志见到手机上叶空青的消息，在饭馆里坐不住了，顾不得想为什么叶空青知道得这么清楚，抬手就回复："叶哥，要是这回能成，下次一定请你吃饭。"

叶空青照样没有理会他。

赵远志这回是真不要脸面了，数次出状让他有点儿急躁，他也不等崔脆脆路过这家饭馆再巧遇，直接朝西门口走去。

他老远就看到崔脆脆从西大门走出来，脑子一下兴奋起来，整理了领带，咳嗽一声，气派地朝她走去："脆脆，好久不见。"

又被人拦住，崔脆脆还是好脾气地看向来人："赵学长？"她勉强算认出他来，还多亏了她的记忆力。

"你今天怎么来学校？"赵远志还是想挽救一下自己的形象，"我刚好路过这边。"

崔脆脆目光清透："赵学长不是为了我特意来的？"

赵远志：这要怎么接话？她居然不按套路来。

气氛单方面有那么一点点尴尬，赵远志正要说点儿什么话缓和一下气氛，崔脆脆又开口问道："吴老师今天叫我来，是受了学长所托？"虽是疑问语气，但她的眼神中透着肯定之意。

赵远志："实话和你说吧，在你大学毕业的时候，我就看上你了。"

刚收拾好打翻的箱子，出来吃饭的医学生代表，路过听到这句话……

医学生代表内心波涛汹涌，这个男人他们太眼熟了！学校论坛上但凡有"叶神"留下的活动照片，这位必定在边上，是整个医学院学生公认的"叶神"的好友。

被后面追上来的同学拉去吃饭的代表，只能不情不愿地一步做三步走，耳朵却竖得高高的，想得到更多的八卦信息。

崔脆脆几番张口，最后说道："谢谢赵学长抬爱！"这是连话都不想多说的节奏。

赵远志急了："我说真的，你毕业前一天我就来学校了，打算邀请你去我们公司，结果吴老师说你被高思要去了。"

高思来要人，吴周济甚至不再劝崔脆脆继续进修，可见高思在业内的地位，在高思工作的经验比一纸文凭的分量来得更重，所以赵远志听吴周济说崔脆脆去了高思后，便打消了念头。

提到高思，崔脆脆垂眸，掩盖住眼底的情绪，再抬眼，又是干净透彻的模样："我暂时不想再入这行，而且……赵学长，我在业内替你工作，或许还会给公司的一些合作方带来不好的影响。"当初的封杀可不是简单说说的。

"你……"赵远志脸上露出张扬的狂气，"这里是华国，是S市，高思会被人拿捏，我不会。"他好歹在S市也是地头蛇，正所谓强龙不压地头蛇。

崔脆脆仍然摇头："抱歉，赵学长，我暂时还没有这个想法。"

当面聊这套也没用，赵远志看着崔脆脆离开的背影，觉得自己的心受到了一万点暴击伤害。他是真的眼馋崔脆脆的能力，她天生适合在这行里面当操盘手。

赵远志站了许久，最后愤然地给叶空青发了一条信息："你的饭没了。"

叶空青在学校礼堂里和这群医生讨论到晚上，回去后才看到这句莫名其妙的话，转念一想，便明白过来赵远志邀人失败。

S市这段插曲过后，崔脆脆恢复了正常的翻译生活，每天在网站上接些笔译工作，有时候接一接同市的口译工作，剩下的时间便是照顾自己和耳耳。

也不知道是多了一个小生命陪伴，还是因为上次去医院检查出了营养不良和贫血的问题，崔脆脆现在一日三餐变得规律，时不时加餐，脸上也多了一丝血色。

耳耳也不再是瘦骨嶙峋的样子了，现在毛发顺滑蓬松，叫声绵软，爪子粉嫩，是一只好猫咪。

"十只橘猫九个胖，剩下一个压塌炕。"黄米蹲在耳耳的面前，对旁边的崔脆脆说道，"好好珍惜它这段'袖珍'时光。"

耳耳似乎听出这个人在说它的坏话，龇牙咧嘴，冲黄米凶狠地叫了起来，一点儿也不可爱。

"叫得再凶也没有用。"黄米一边说，一边悄悄地伸出自己的魔爪，想要揉耳耳看着就很好摸的屁股，结果还没碰到尾巴，耳耳就蹿到崔脆脆的脚边去了，还不停地蹭着她，发出细软的撒娇声。

崔脆脆递了一盘切好的水果给黄米，弯腰将耳耳抱了起来，顺势揉了揉它的小脑袋。

"没必要，真的没必要。"黄米被耳耳的差别对待气得头疼，又眼馋地看着崔脆脆抱着它像撸娃娃一样，耳耳根本没有任何反抗的举动，甚至将猫脸贴在崔脆脆的手心上。

黄米一边气得要死，一边又被耳耳的撒娇动作萌得心肝儿颤，咽了咽口水，说道："你说，我要是穿上你的衣服，用你家的沐浴露洗澡，它是不是就会把我当成你？"

"你可以试试。"崔脆脆抱着耳耳到桌子上，放了一个小玩具给它玩。

耳耳背朝着黄米，小小的背影，再加上毛茸茸一团，黄米犹如被摄了心魂，缓缓伸手要去摸它，心想就一下，一下也好。

前肢正抱着小球玩的耳耳，左耳一动，像察觉到了什么，立刻喵了一声，扔下小球，跳到旁边刚打开电脑的崔脆脆的怀里。

"它是成精了吗？！"黄米恼羞成怒。

得不到的越想要，黄米甚至放弃了周末跟一群姐妹去做 SPA 的时间，就为了看看耳耳，还给它带了各种进口猫粮。它吃猫粮倒是吃得起劲，就是不给摸。

崔脆脆低头抱起耳耳，示意黄米过来："给你摸一下。"

黄米冲耳耳露出狞笑，伸出"安禄山之爪"，在它的脑袋上揉了一把，又摸了摸圆乎乎的屁股，甚至想摸猫胸，被耳耳一爪子挠开了。

不太满足的黄米这才退后，脸上荡漾的笑容怎么也挡不住。

耳耳有些生气，抓起崔脆脆的衣角咬了好一会儿，等到崔脆脆给它揉下巴，才慢慢地收了爪子。

"过几天我过生日，聚会你一定要过来。"黄米过了一把瘾才说明来意，"我不管你有什么事，都必须过来，我可就你这么一个好朋友。"

"嗯！"崔脆脆点头答应，实际上，礼物她早早准备好了。

"今年在游轮上举办生日宴会，这是邀请函。"黄米拿出金边描红的邀请函放在桌子上，笑嘻嘻地说道，"到时候给你介绍靠谱的男人，脆脆你也该谈谈恋爱，不然在这间屋子里要发霉了。"

崔脆脆给客户回了一条"收到"的信息，头也不抬地说道："留给你谈，我不用。"

周一，省中心医院一如既往地忙碌，但今天医院气氛格外凝重。医务处组织了一场全院会诊，神经外科、心外科、心血管内科以及麻醉科等科室都进行了多学科的会诊和讨论。

昨天神经外科收治了一名七十三岁的女性患者，该患者患有高血压、糖尿病、陈旧性心梗，左侧颈动脉重度狭窄、右侧中度狭窄，冠脉三支重度狭窄，曾经在行冠脉支架未成功。

对颈动脉重度狭窄合并冠脉多支重度狭窄的病人，如果先做搭桥手术，极易造成脑梗和偏瘫，而先行颈动脉手术则极易心梗。按照以往的经验分期两次手术，不但风险极高，而且增加病人痛苦和所需花费。

最后，经过神经外科和心外科多次讨论，决定采用同期手术，即颈动脉内膜切除术联合不停跳冠脉搭桥术。

大家确定好治疗方案后，接下来更为重要的是手术医生的人选。这次手术需要多科室联合，医生人数众多，每一步都不能出差错。

"必须抽调最优秀的医生！"张主任指示各个科室。

"神经外科的话，许涛教授、郑常副教授，还有叶空青主治医师。"神经外科选人很快，张主任刚说完，他们就把人选出来了。

"心外呢？"张主任扭头看向心外科主任。

"张嘉耀教授、赵峰教授，还有万城医生吧！"

"万城医生今天手术排满了。"医务处那边有人举手说道，"需要换一位医生。"

心外科主任为难地皱起了眉，心外科顶尖的医生就这三个了，其他厉害的医生也都安排了手术，宫寒水……在这种大场面上就有些不够看了。

"那就宫寒水医生。"心外科主任想来想去，最后把宫寒水顶了上去。

也不是说宫寒水不优秀，在同期进来的心外科医生中，他是最优秀的一个，但要比神经外科的叶空青，还是逊色一些。

全院会诊结束后，心外科主任找到张嘉耀教授和赵峰教授，说了手术的事。

"你们俩合作我放心，这种手术，宫医生还差了点儿火候，万城医生来不了，就让他帮忙打个下手，长长见识也是好的。"心外科主任嘱咐完，摇摇头，说道，"让他多见见大场面，人家神经外科的叶空青丢出来就是，咱们心外科也不能落后，以后也要给年轻人多点儿机会。"

一上午所有医生要被通知到位，将下午的档期排出来。

叶空青刚做完一台手术，正好中午十二点，洗完手出来，也没去食堂吃饭，做手术的医生管饭，会有人送到这边来。

他从自己的桌子上拿起盒饭，椅子可能被其他医生拿走了，走廊的地上坐着好几位医生和护士，低头扒饭，也没心思看过往的人。

叶空青走到楼梯口，坐在台阶上，打开盒饭，还未动筷子，宫寒水找了过来。

"就知道你躲在这儿。"宫寒水手里也拿着盒饭，应该刚下手术台不久。

"有事？"叶空青脑子里还在回想刚才手术的过程。

宫寒水在叶空青旁边坐了下来："看你的样子，就知道医务处那边没通知到位。你们科室昨天进了一位病人，今天院里开会决定要做同期手术，你和我都去。"

"什么时候？"叶空青低头夹起煎蛋咬了一口。

"下午两点开始，院里很重视这台手术。"宫寒水笑道，"说起来，这应该是我们第一次同台手术吧！没想到从当初分科后，我们还有一起做手术的机会。"

叶空青皱了皱眉，不太理解宫寒水的想法："心外科和神经外科联合手术的机会不少。"

宫寒水低声笑了笑："也是，期待以后我们继续合作。"

很多医生出身医学世家，比如叶空青和宫寒水。

叶空青的父亲也是神经外科医生，名气比不上陈冰，但也是极优秀的。宫寒水的父亲曾经也是优秀的神经外科医生，不过，后来下海经商，创办了一家民营医院，经营得不错。

在分科的时候，宫寒水选择了心外科，但当时整个临床学的人都以为他会和叶空青一样选择神经外科。

叶空青、宫寒水、喻半夏都是 S 大本博八年制的学生，本科五年，三年在省中心医院进行博士阶段的学习。去年省中心医院毕业了一批本博连读的学生，其中就包括他们。这批博士毕业的人当中，叶空青是唯一未毕业就能独立做手术的医生，而且是在神经外科。

众所周知，神经外科医生培养周期最长，有时一个硕博毕业的医生只是"一助"，学了十年，最后只会开颅解压。

下午要做联合手术，叶空青吃完饭，去休息室睡了一觉，为后面的手术养精蓄锐。

下午两点，在麻醉科和手术室的配合下，神经外科和心外科的医生相继进入手术室。

"叶医生主刀。"许涛教授站在旁边，显然要给他做"一助"，旁边的郑常副教授也没反对。

神经外科率先要做的是切除颈动脉内膜，叶空青神情冷静，并没有因为这台手术规模大而有任何情绪波动，手稳得像程序定好了的机器。

镇定、强大、手稳，这是叶空青站在手术台上呈现给所有人的印象，他一步一步，细致完美地切除了患者的颈动脉内膜，旁边递手术刀的器械护士看得着迷，旁边两位神经外科的教授也都在点头。

手术进行到一半，心外科的张嘉耀教授和赵峰教授合力同时取下肢血管，开始做开胸冠脉搭桥。

宫寒水站在旁边干看着，他的位置是"二助"，只负责缝皮，和手术台上正在进行切除颈动脉内膜的叶空青相比，完全是一个天上，一个地下。

手术历时五个小时，顺利完成，接下来只等病人术后恢复。

一台手术做完，天已完全黑了。

"做得不错。"许涛教授满意地拍了拍叶空青的肩膀，"都说你有一双'黄金手'，果然如此。"

叶空青精力集中了几个小时，下了手术台后，眼睛有些泛酸。其他医生离开后，他没有立刻洗净手上的血，而是仰头靠在墙壁上，微合着眼。

宫寒水缝皮结束出来，准备洗手，却见到叶空青靠墙而立的样子，心中妒意翻滚。他知道自己的水平，在这种手术能进来当个"二助"，有机会亲眼参观已经不错，但没想到神经外科那边竟然敢让叶空青当主刀医师，更没料到叶空青真的成功完成了这台手术。

"我们叶大医生的医术越来越精湛了。"宫寒水弯腰低头，一点点地洗干净手，看着泡沫顺着水流流向下水道，低声说道。

宫寒水没抬头看镜子中的自己，因为知道镜中人是什么样的脸色。

"嗯！"叶空青脱下手套，站在洗手台前，挤了些洗手液，慢慢洗净手，并不对宫寒水的话谦虚。

宫寒水和叶空青在大学同班五年，曾经是室友，饶是这样，也受不了叶空青这个样子。

实际上，神经外科的医生普遍不懂谦虚，他们这些人在学校就是头脑顶尖的，分科后进行的手术对象又是人体最复杂的脑部，很多事情在他们眼中都是水到渠成、自然而然的。

叶空青犹甚，他在神经外科中能出类拔萃，可见本人有多优秀，他习惯被注视，习惯掌控全局的感觉。

宫寒水越想越觉得心中不舒服，尖锐的妒意在胸口处快要爆炸，他自己也是别人口中的天之骄子。

"多做手术，少想其他的东西。"叶空青慢条斯理，按照洗手七步法洗完手，直起身，对宫寒水丢下一句话，便往外走去。

黄米的生日聚会向来举办得隆重，黄家就这么一个女儿，父母完全舍不得亏待她，每次生日都要弄得 S 市整个上流社会的人都知道。

这次的游轮一个月前就停靠在港口，就为了这一天举办生日会。

黄米敷衍着来往祝贺的年轻男男女女，一只手拿着手机给崔脆脆发信息。

超大一粒米："脆脆你出门了没，要不要我让司机去接你？"

崔脆脆："还没有，耳耳有点儿黏人，不让我走。我马上就过去了，不用让司机过来。"

超大一粒米："不如你带着耳耳一起过来，我想在我过生日的时候摸一摸耳耳的屁屁。"

崔脆脆："行……"

崔脆脆抱着耳耳一块儿下楼。她今天穿了一身深绿色的长缎裙，脚上是红绑带高跟鞋，长发披肩，像是森林中走出来的精灵。

她这一身完全是为了黄米的宴会准备的，或许在游轮上不会打眼，但在正常生活中还是引人侧目。

比如，崔脆脆刚下电梯时，这栋楼里下班回来的年轻的职场人，看向崔脆脆的眼光透着稀奇。住在这里的年轻人都是为了省房租的，崔脆脆穿着这一身，实在不适合出现在这里。

宴会被黄米压着没开始，崔脆脆赶到游轮上时，黄米才让人准备开始聚会。

"刚才路上堵车了。"崔脆脆左手抱着耳耳，右手有些不适地撩开垂下的头发。

"没事，能过来就行。"黄米眼睛发出精光，盯着耳耳不放，"脆脆，你按住它，让我摸摸它。"

崔脆脆："……"

黄米还是没摸成功，那边有人喊她过去切蛋糕。

"烦。"黄米吐出一个字，但还是无可奈何地过去了，留下一句话，"小耳耳，待会儿再来摸你的屁股！"

所有客人都站在甲板上，崔脆脆没走到最中间去，而是靠在栏杆旁，在后面望着台上的黄米。海风微动，缎裙裙摆也随之轻轻摇曳，耳耳安静地趴在她的手臂上。

"我能请你喝杯酒吗？"崔脆脆右边忽然响起一个年轻磁性的男声。

第四章

谢谢叶医生

聚会人多，栏杆周围也站了好些人，崔脆脆原本以为不是对自己说的，谁料对方直接走到了她的面前。

"我自己拿就好。"崔脆脆没太明白对方的逻辑，伸手在路过的服务生手里拿了一杯酒，举杯示意。

年轻男人在情场上算老手了，知道宴会上能认识的人都是"二代"，不认识的人大部分是蹭关系的，这种人最好钓，没想到第一句话就被莫名其妙地岔开了。

"你说话真有意思。"年轻男人一身酒红色西装，衬衫衣领上两颗扣子解开，露出点儿胸膛，似笑非笑，一张脸还算英俊。

崔脆脆莫名其妙地想起在 S 大见到的穿正装的叶医生，再去看对面的年轻男人，便觉得他太过油腻，毕竟珠玉在前。难道这就是"人间油物"？崔脆脆突然明白了网上"冲浪"时见过的一个词。

年轻男人见她不理会自己，也不在意，总有些女人喜欢端着，等她知道自己的身份能给她带来多少好处，一样会扑过来。

"黄家每年都要举行一场这么大的宴会。"年轻男子学着崔脆脆靠在栏杆旁，屈起膝盖，仰头喝了一口酒，手上的那块手表显露出来，撇嘴道，"年年来，都腻了，不知道为什么黄大小姐每年都搞这个阵仗，都二十好几的人了。"

这话一说完，年轻男人就等着旁边的女人变脸色，黄家独女的生日宴会，每年都能来的人可不多。

果然，旁边的女人直起了身，看向他的眼神变了。年轻男人抬手扯了扯领口，让胸膛露出更多，等对方开始对自己示好。

"来腻了可以不来。"崔脆脆讨厌其他人说好友的坏话，皱着眉上上下下打量对方，"您不如先把衣服穿好，那种干瘪的胸膛露出来，让人看着觉得可怜，差点儿以为您刚从难民营回来。"

年轻男人脸白了又红，最后彻底沉了下来："你是什么东西？"

"你又是什么东西？"黄米刚切完蛋糕，给了父母两块，端着第三块就冲崔脆脆过来，谁知听见一个不知道哪里来的男人骂人，当即骂了回去。

年轻男人正想回嘴，却看清了面前的人是宴会的主人——黄米。

"什么玩意儿？在我的宴会上骂我朋友？"黄米也见不得这种"人间油物"，黑着脸说道，"你从哪儿偷偷溜上来的？保安在哪里？把这人给我赶下去。"

年轻男人被两个女人连番骂了，气不过，指着崔脆脆反驳道："是她好端端先骂我的。"

黄米顺着男人的目光看向低头摸猫的崔脆脆，眼馋地咽了咽口水，心想等会儿脆脆吃蛋糕，她就去摸耳耳的屁股，脸上却正经地说道："骂你就骂你了，怎么着？"

本来黄米端着第三块蛋糕下来便吸引了大部分人的注意力，这会儿所有人都看着呢，年轻男人的父母和大哥连忙从前面赶过来道歉。

年轻男人的父母看着眼熟，黄米稍微收敛了一些，正好对方的大哥给了个台阶下，要带年轻男人回去。

黄米顺势下了台阶，懒得再将事情闹大，转身将蛋糕递给崔脆脆。

"早知道不请这么多人来了，什么牛鬼蛇神都有。"黄米冷哼了一声。她的生日宴会还是第一次请崔脆脆过来，前几年黄米只是在宴会上走个过场，再回学校和朋友庆祝。她们俩真正认识还是在大二，到了大三才算朋友，后面越来越熟，黄米扒拉着崔脆脆不放，两个人这才成了好朋友。

崔脆脆一只手里握着酒杯，另一只手抱着耳耳，没办法接蛋糕。

"我帮你抱着耳耳！"黄米立刻提议。她都看到了，耳耳在打瞌睡，正是她摸它的屁股的好时机！

崔脆脆将酒杯放在服务生的盘子上，接过蛋糕，犹豫地说道："待会儿耳耳要闹了。"

"你慢一点儿给我。"黄米坚持说道，"慢慢的，它不会发现的。"

耳耳趴在崔脆脆的手臂上将睡未睡，被递到黄米怀里时，迷迷糊糊地要醒过来，黄米连忙抓住崔脆脆的手放在它的脑袋上。嗅到熟悉的味道，耳耳果然不再挣扎，任由黄米揉它的屁股，睡得小呼噜都出来了。

等黄米切完蛋糕，接下来就是游轮甲板上的舞会，黄米被拉走了。崔脆脆对舞会没兴趣，抱着耳耳进去，找了个沙发坐着休息，甚至想拿出手机看看翻译单子。

"这里的鱼子酱不错，你可以尝尝。"

崔脆脆刚拿出手机，又有人凑过来和她说话。她本能地皱起眉，看了过去。那是一个清爽，带着点儿闲散的贵公子模样的男人。

他坐到崔脆脆的对面，笑道："我和空青是朋友，当年在大学住一个寝室的室友。"

叶空青？才反应过来他说的是叶医生，崔脆脆犹豫了一会儿，问："你是……？"

"宫寒水。"男人伸出手自我介绍。

崔脆脆握了握他的手："你也是医生吗？"

宫寒水爽朗一笑："对，我在心外科工作。"

崔脆脆不太了解医院的情况，只觉得这些医生都很厉害，抱着油然而生的敬意看向宫寒水："那你医术应该也很厉害。"

宫寒水摇头："我只是一般水平的医生，比不上空青，他太厉害。"

崔脆脆摸着耳耳软绵绵的身体的手一顿，抬起干净黑亮的眼眸，看向宫寒水，没有说话。

这种眼神……

宫寒水搭在膝盖上的手指收了收，面上却轻轻笑了一声，语调随意温和："怎么了，我脸上有东西？"

"没有。"崔脆脆收回眼神，有一下没一下地安抚着耳耳，"只是觉得你很奇怪。"

什么？

今天晚上第二个男人被崔脆脆说得一时间反应不过来，打乱了自己的节奏。

"我很奇怪吗？"宫寒水想打探的事还没打探到，他倒把自己搭进去了。

崔脆脆摇头："不奇怪，挺好的。"

但凡是个人听话听到一半，都不会太舒服，宫寒水上半身微微向后仰，轻轻吐出一口气，重新掌控自己的情绪："你和空青还真像，难怪你们能在一起。"

崔脆脆从桌上的零食中挑了一块小鱼干，将小鱼干掰碎，递到耳耳的嘴边，看着它一点点吃下去，心情大好，这才抬头说道："你喜欢叶医生？我和他没有关系的。"

宫寒水头一回得到想要的信息却不感到高兴，张了几次嘴，都没能说出话来，最后深深吸了一口气，说道："我只是那天在 S 大见到你们俩说话，又听周围的人说了空青和你的关系……我不喜欢叶医生。"

"哦！"崔脆脆听见解释，也没太大波动，小声嘀咕了一句，"不是所有人都敢承认自己喜欢男人。"

宫寒水：这个人是什么情况？比叶空青还要让他讨厌。

崔脆脆端端正正地坐在沙发上，一边喂小鱼干给耳耳吃，一边抽空抬头看了一眼对面的宫寒水："你瞪着我干什么？"

宫寒水下颌绷紧，皱着眉站了起来，转身打算离开。

"你不喜欢他，那你忌妒他？"崔脆脆又来了一句。

宫寒水顿住脚步，猛然转身："你说什么？"

崔脆脆依然睁着黑白分明的眼睛，老老实实地用确切的语气重复了一遍："你忌妒叶医生。"

"眼睛里看得出来，但是嘴上又承认不如叶医生。"

在崔脆脆还想说什么时，黄米过来了。

黄米认识崔脆脆好几年，一眼就看出她不对劲，眼睛太亮了，坐姿过于端正。平时崔脆脆眼神都是散的，对待生活和人都是一副随便的态度，她就好像是一根芦苇，任由生活的风波吹打，在风波过后又能重新立起来。

黄米怀疑是因为她太过倒霉，所以保持这种心态让自己心理健康。

"脆脆，你……没事吧？"黄米没有注意到对面的宫寒水，伸手去拉她，结果被崔脆脆拍开了手。

"不用你扶，朕还能站起来。"崔脆脆一本正经地说道。

黄米：什么东西？

像是看出黄米眼底的疑惑之色，崔脆脆露出八颗牙齿，标准地笑了笑："朕还能继续学习。"

黄米脑子一蒙，顺着问了下去："学习什么？"

崔脆脆挺直腰，细白的颈子在灯光下显得动人心魄，说出来的话让人不太能懂："冲浪！"

"你想……学冲浪？"黄米有些怀疑崔脆脆是不是为半年前的事情绪压抑得太深，现在爆发了，想马上带她去医院，"我先带你去一个地方，后面你再学冲浪怎么样？"

"她喝了酒？"到底是医生，宫寒水在旁边看了半天，有些明白过来。

黄米愣了愣，看向宫寒水："就小半杯香槟。"那酒根本没什么度数。

"有些人体质特殊，沾一点儿酒都不行。"宫寒水皱眉，看向依然端正地坐在沙发上的崔脆脆。他刚才差点儿没绷住，居然被一个醉酒的人套了话。

她们在一起吃饭，也没喝过酒，黄米自然不知道崔脆脆还有这毛病，甚至怀疑脆脆自己都不知道，不然哪里会去碰酒。

"谢了！我带她去休息。"黄米认识宫寒水，两家有过来往。

她朝他点了点头，要带崔脆脆去房间里休息。

崔脆脆顺从地让黄米拉着，嘴上却没停："你以前觉得我很倒霉可怜。"

黄米头疼地说道："我现在照样觉得你倒霉可怜。"

崔脆脆嗯了一声："其实我觉得你很笨。"

黄米有点儿想把人扔进海里。

崔脆脆："好在知道改正。"

两个人拉拉扯扯地离开了大厅，宫寒水从起身便紧握着的手才渐渐松开，这个女人比叶空青还讨人嫌。

崔脆脆睁开眼睛时，发现自己睡在一间陌生的房间中。她起身看了看，见到黄米躺在沙发上呼呼大睡，旁边耳耳蹲在茶几上舔爪子。

是了，昨天晚上她来参加黄米的生日宴会，这里应该是游轮上的房间，不知道黄米昨天晚上玩到几点，连床都不睡。崔脆脆弯腰摸了摸耳耳，转身喊了喊黄米，要她去床上睡。

黄米迷迷糊糊地跟着她，哐的一声躺在了床上。

这是一间大套房，崔脆脆打量了一眼，便找到了洗漱间。

崔脆脆洗漱完出来，黄米彻底醒了过来，坐在床边，盯着出来的崔脆脆。

"你还记不记得昨天你干了什么？"黄米黑着脸问。

崔脆脆顿了顿，眼神又恢复了以往的干净："昨天？不是和你一起过生日？"

黄米："呵呵……你仔细想想。"

昨天晚上把人扶进来后，黄米打算让崔脆脆在房间里好好休息，谁料她拉住自己不让走，讲了一晚上人生哲理，还是用英语说的！

一旦黄米有离开的迹象，崔脆脆就开始剖析黄米这些年在她心中的形象。

"我笨？还喜欢当冤大头？"黄米一想起昨天晚上崔脆脆的话，就气得要死，昨天都给气睡着了！

崔脆脆捧了一杯水，坐在沙发上，一小口一小口地啜着，间或抬起无辜的眼睛问："你在说什么？"

岂有此理！黄米和她说不通，从床上起来，朝客厅走过来，狠狠地摸了一把耳耳的脑袋，趁它还没抓过来，立刻收回了手。

"你是不是根本沾不得酒？"黄米抹了一把脸，"不能喝酒还要喝酒，昨天晚上差点没被你烦死。"

“我沾不了酒？”崔脆脆没明白黄米是什么意思。

“你昨天发了一晚上酒疯。”黄米忽然想到一件事，“你之前在高思工作的时候，没喝过酒？”

金融这行的人不可能不沾酒，无论男女，个个强势得要命，同水平中女性比男性还要厉害。

崔脆脆想了想，说：“喝过，刚进去的时候和领导一起出去陪客户，那时候喝了一次，第二天领导也没说我喝醉了。”

黄米眯起了眼睛，不敢信：“一年半你就喝过那一次？”

还真是这样，崔脆脆点头：“领导说女孩子酒量不好就别喝了，一般让我开车。”

哪家领导会这么好说话，还酒量不好就不喝？黄米虽然没进这行，也知道金融业内人士的好酒量都是练出来的。怕是高思的领导见识过醉酒后崔脆脆的威力，才不让她喝酒。

昨天晚上且不说崔脆脆像和尚念经一样不停说说说，黄米差点没被她看崩溃了，那一双澄澈干净的眼睛，黑亮黑亮地看着你，仿佛你所有的心事都被她看了个一干二净。

“你以后别沾酒，真的。”黄米苦口婆心地劝道，“就算不为你自己，也得为我们着想。”

崔脆脆将将喝完半杯水解渴，脑子还没转过来。她到现在都没觉得自己喝醉了酒，没有头疼，也记得她走进了船舱，碰见了那个说认识叶医生的人，再然后……她就和黄米一起进房睡觉啦？

“好像是有些事记不清了。”崔脆脆顿了顿，想起那次和领导一起喝完酒，第二天领导看着自己的神色确实有些复杂，不过，她一直以为是自己任务完成得好，那是一种肯定的眼神。

“算了，你以后记着别喝就行。”黄米去洗了一把脸，“我送你回去。”

路上黄米还在说崔脆脆：“昨天晚上我本来要叫你一起去找人的。”黄米朝后视镜看了一眼，“就上次在商场停车场溅了你一身泥水的‘绿发男’，我昨天在游轮上好像看到他了。”

"这么久了，你还记得？"崔脆脆都快忘记这件事了，诸如此类的倒霉小事她经历得太多，要是每一件都记住，根本记不过来。

黄米打了半圈方向盘转到另一条道上："上次我让人去查了牌照，对不上人，估计是借给了谁。"

本来黄米想打电话问车主，毕竟都是一个圈子的人，问几个朋友就要来了联系方式，不过后来工作一忙，就忘记了，还是昨天看见那头绿发才重新想了起来。

"昨天刚好见到，就想了起来。"黄米叹气，"我怎么觉得给你的那道符完全不起作用？"

大四的时候，黄米去西城玩，正好路过一个有名的寺庙，特地给崔脆脆请了一道符，希望能给她去去霉气，就是崔脆脆微信头像上的那张符，现在看来，似乎没什么用。

崔脆脆虽然总是倒霉，但对这种东西其实不太信，只不过拒绝不了黄米的心意。

"还好，我觉得有点用。"为了不让黄米纠结，崔脆脆强行扯关系，"上次去S大，本来有一堆饭菜箱子要倒在我身上，后来被叶医生拉开了。"

黄米的注意力偏了："你去S大干什么？"

崔脆脆低头揉了揉耳耳才开口："吴老师说聚聚，应该是赵学长请他帮忙找我。"

黄米好歹和崔脆脆一起上学上了四年，第一反应就是："赵远志？"

赵远志也是他们这个圈子里的人，不过隔了五岁，两家生意也完全不沾边，黄米和他不熟。

"嗯！"崔脆脆不想说太多。

提起赵远志，黄米第一反应不是崔脆脆和他搭上关系，而是："你前面说谁拉开了你？"

崔脆脆抬头，不解地看向黄米："叶医生，你应该不认识。"

黄米脸上突然闪过兴奋之色："你说的叶医生是不是叶空青？"

见崔脆脆点头，她猛地拍了一下方向盘："我怎么会不知道他？"

大学里想混日子的学生可以过得十分舒适，黄米作为舒适区的大学生，除了和朋友到处玩，当然少不了谈论校园"男神"。其实大学那么多专业，还有不同的校区，什么"级草""系草"可太多了。

但S大总有两个人能在每一年新生入学时"洗"一遍论坛，重封"男神"之位。

一位是宫寒水，一位是叶空青，两个人都是医学院2014级的学生，以至每年开学都是医学院学生的高光时刻。

黄米早就见过宫寒水，对他没什么新奇感。但叶空青不一样，她只见到照片和仅存的几个视频，都能窥见他的俊美样子。通过以前的帖子，她还知道赵远志和叶空青玩得好，两个人除去上课的时间，基本在一起。

论坛上流传，只要有叶空青的地方，赵远志一定就在附近。大家一度怀疑他们两个人的关系。

所以黄米才有了上面这一问。

"小米，冷静点儿开车。"崔脆脆不懂她激动什么。

黄米冷静不下来："脆脆，你什么时候认识了叶空青？他是不是帅出天际？！我当时喜欢他的脸，喜欢了大半个月。"

崔脆脆听见黄米的话，第一时间脑海中浮现的不是叶医生的脸，而是他的手。

手指骨节分明，白皙修长，五指上浅浅浮着青色的经络，凸显出主人蕴含的力量，而指腹温热。

"叶医生人很好。"崔脆脆说不出叶医生有多好看，反正觉得他是个好医生，只要不是大晚上在马路上拿着刀。

省中心医院。

"叶医生今天不是轮休？"神经外科的同事见到叶空青，先是愣了愣，后反应过来，"陈教授叫你来的？"

叶空青点头："刚好今天没事。"说完，他朝陈冰的办公室走去。

他今天轮休，本来没有手术，估计导师从其他医生那边匀了手术过来。

见叶空青走远，旁边看着电脑的护士回过头，和医生闲聊："陈教授压得也太紧了，叶医生都没有正常休息的时间了。"

他们外科医生经常一台手术站几个小时，长的十几个小时都有，有时候凌晨三四点就要到医院上班，能得到一天完整的休息时间是特别珍贵的事。

医生摇头："好几年了，从叶医生一进医院就是这样，我记得有一年最狠，整整八个月，陈教授都没让叶医生休息过。也只有年轻人熬得住，要是我，早就撂挑子不干了。"

医生也是人，每天高强度工作，弦绷得太紧，如果不松一松，迟早会断。

护士恍然大悟："是大前年的事吧？听说叶医生就是那时候正式成为主治医师，能单独上手术台的。"

医生靠在护士的柜台上，随便写了几段病程记录，头也不抬地说道："对，就是那一年，叶医生从此就是这个。"医生放下笔，竖起一根大拇指。

叶空青敲门进了办公室，陈冰正在看病历，听见声音，敲了敲桌子："坐。"

叶空青等了十多分钟，陈冰终于看完手头的病历，抬头说道："待会儿去三百四十七号病房看一个病人，我刚刚接手的，他托人找我做手术。"

叶空青没有出声，等着陈冰继续说话。

"你知道规定，我现在年纪大了，不能上台，而且那个病人情况复杂。"陈冰点了点桌子上的一本病历，"我把他拦给了你。"

"什么时候做手术？"叶空青没废话，直截了当地问道。

"急什么？"陈冰示意叶空青拿起病历，"先看看再说，我和你一起去三百四十七号病房。"

叶空青手里拿着病历还没看，先和陈冰去了三百四十七号病房。

三百四十七号病房在三楼套间，每天费用不菲。

叶空青进去后，先打量病床上的男人。那个男人国字脸，眼中精光闪闪，年龄大概五十岁，罕见地没有这个年龄段的人常有的啤酒肚，看手臂上的肌肉，应该是个常年健身的人。床头卡片上的名字是何莫禹。

在叶空青打量病人的同时，病床上的男人也在看他："叶医生有什么要问的，可以直接问我。"

叶空青微微抬眼："我不查户口。"

三百四十七号病房的病人爽朗地笑出了声："叶医生这么严肃？"

"三叉神经上的一个肿瘤？"叶空青低头翻开病历，快速扫了一眼，问站在旁边的导师，"神经鞘瘤？"

陈冰点了点头："还不确定是恶性的还是良性的。"

叶空青握着病历的食指动了动："需要做个活组织切片。"

病人靠在病床上："陈教授说我需要做手术，你们不确定情况就要动刀吗？"

"是。"叶空青目光落在床头柜上的手表和平板电脑上，别开眼，说道，"只有动手术后才能确认。"

"大概要多久恢复？我只请了一周的假。"病人并没有表现出对手术的惧怕，只担心术后恢复占用的时间。

叶空青望向病人，淡淡地说道："何先生，如果是正常的神经梢瘤，四五周时间就能出院，但我并不能确定开颅后真正的情况，一切要等手术时才能确认。"

"听叶医生的。"何莫禹笑着看向陈冰，"陈教授的学生比陈教授还要严肃。"

两个人一前一后走出病房，叶空青落在陈冰后面，陈冰忽然回头："不问为什么？"

神经梢瘤手术不难，神经外科哪个医生都能拉过来做。

叶空青依旧面色如常："他既然有能力请到老师帮忙，就没有为

106

什么。"

陈冰对叶空青的态度感到满意，向他解释："何先生来我们医院检查脸部，说脸一直疼痛，后面医生建议他做个核磁共振，怀疑三叉神经出了问题。医生把他的病历送到我们神经外科，何先生就找到我这里来了。手术不难，你帮他做完手术，以后也算认识。"

叶空青不置可否，神经外科的确可以接触到很多人物，但作为外科医生，除了上手术台以及术后查看病人的情况，他向来不会和病人有过多接触。

"何先生在一家公司，快升到中国区总经理位置了，那家公司叫高思。"陈冰这次完全是想给自己的学生拉关系，做医生的人也不能太死板，能结识这么一个人物，对自己有好处。

叶空青微扬眉尾，最近这个名字出现的频率似乎过高了。

陈冰以为叶空青知道这家公司的规模，了解自己的苦心，拍了拍他的肩膀："你听老师的话，老师不会亏待你。"

手术室那边准备好后，叶空青穿好无菌服，准备进手术室。

何莫禹对手术不在意，但希望由最好的医生来动手术，所以才找上陈冰。叶空青的年龄摆在那儿，何莫禹实际上还是不太相信叶空青，因此这次手术的"一助"是陈冰，有他坐镇，何莫禹总算放下心来。

叶空青按照惯例将病人的头颅打开，在显微镜下观察脑组织，眉宇逐渐紧锁："大面积脑白质病变，不是神经梢瘤。"

陈冰站在旁边一起观看："看着也不像是胶质瘤或脑膜瘤，会不会是肉芽肿瘤？"

叶空青盯着病人脑中的弥漫性脑白质病变，看了许久，将里面的一个组织夹了出来，才点头："有可能。"

陈冰接过组织切片，递给旁边的护士："送去病理科。"

"也有可能因为年纪大了。"陈冰看着脑组织，说道，"没有肺结核的迹象。"

叶空青放下手上的镊子，看向自己的导师："老师，病人有没有做RPR 检测？"

他话音刚落，整个手术室有一瞬间陷入了沉默之中。

"你……是怀疑……？"陈冰深深吸了一口气，摇头，"没有。"

叶空青也没有太过惊讶，重新换了一把手术刀。

何莫禹醒过来时，已经回到了病房，感觉还不错，没有过于疼痛。他慢慢坐了起来，觉得陈冰的学生的水平应该还行。

他正想着，那位叶医生便推门而入，手上拿着一个病历本。

"恭喜，不是恶性肿瘤，我们将其切除干净了。"叶空青说着，上前观察病人的头部状态，见没有渗出过多的血迹，便低头在病历上写了几段话。

何莫禹在商界摸爬滚打这么多年，眼看就要站在金字塔尖。他偏了偏头，看向站在对面的叶医生："我怎么觉得……叶医生还有其他话没讲出来？"

叶空青写完最后一个字才抬头："我们在做切片检查时，又给何先生做了 RPR 检测，发现您患有无症状梅毒，已经是末期。"

何莫禹一时间没反应过来，像是听见了一个天大的笑话："你说什么？"

叶空青合上病历本，淡淡地说道："RPR 检测也叫快速血清反应素试验，何先生脑子里有大片脑白质病变，再根据检测结果，可确诊为三期梅毒。"

见叶空青眼神中带着不容置疑之意，何莫禹使劲搓了一把脸，依然难以相信，喃喃道："我结婚十几年，一直没背叛过我老婆。"

叶空青诧异地挑了挑眉，他在手术室里率先反应要做 RPR 测试，不过是想起对方的职业。因赵远志普及，他知道金融界的人在某方面算是高危人群。

"从你的脑白质病变的程度来看，并不是在结婚期间感染上的。"叶空青看着病床上的男人。五十岁了还能有这种状态，这人确实是人生赢家。

何莫禹脸色白了白，结婚前？那时他正值壮年，三十多岁的人，一边顶着压力不择手段地往上走，一边四处留情，以此排解压力。

"那我现在是不是有传染性？"何莫禹一直以来运筹帷幄的表情瞬间崩塌，他像是想起什么，急忙问道。

叶空青摇头："没有传染性。"

何莫禹重重地松了一口气，半晌才问道："那我是不是要重新做手术？"

对病人该说的话还是要说，叶空青说道："没必要，我已经帮你把病变的肿块切除了，以后不用再手术，但智力会受损。"

何莫禹刚放下的心又提了起来："智力受损？你的意思是以后我会变傻？"

叶空青依然摇头："何先生的病情得到了遏制，以后没有其他问题，一般不会出事，但由于你是梅毒末期，这么多年这病对脑部的损伤，不是我们所能估计的，或许最近何先生能察觉到记忆力有所下降。"

该说的话都说完了，叶空青也没有在病房内多停留，直接出去了。

至于导师说的那些话，被叶空青选择性忽略。他来医院学习的是医术，救治的是病人，其他的事一概不在自己的考虑范围内。

事情的发展超出了何莫禹的预料，他很快就能升为高思中国区的总负责人，谁知他在医院的事被对手捅到了上面，对手说他智力会一直退化，到时候极有可能给高思带来巨大的损失。

要知道，高思内部竞争激烈，一个头脑不清醒的人绝对不可能待在里面。

术后第三天，何莫禹接到了上面给他发的邮件，很简单的话语，却让一个五十岁，在高位多年的男人红了眼眶。

高思比所有人想象的更狠，没有任何退步的举措，不但不再考虑提拔何莫禹为总负责人，还将他的所有职务卸了，理由很简单——高思不养废物。

"我为高思工作了几十年！"何莫禹猛地将平板电脑摔在地上，嘶哑着声音喊道。

他的妻子刚从外地赶回来，拉住他的手，也不知道怎么安慰他。

何莫禹喘了许久，才慢慢安静下来，这会儿气得头疼，只能被妻子扶着躺下休息。

就这么颓废了三天，何莫禹终于只能接受现实，躺在病床上发呆。到了他这个年纪，财富早就积累够了，他更看重的是自己取得的成就和名声。谁能料到，他十几年前做的荒唐事导致现在他被炒鱿鱼。

"我的手机呢？"何莫禹哑着声音问妻子。

手机昨天晚上也被何莫禹摔坏了，妻子还没来得及买新的，只好问他："你要手机干什么，先用我的吧？"

这几天何莫禹一下子苍老了许多，原先身上还带着的拼劲早就消散，他扶着妻子的手坐了起来，下意识地说道："我让助理买了新的。"

房间里安静下来，何莫禹也反应过来，嗤笑了一声："忘记了，我没有助理了。"

妻子对丈夫的遭遇感到心疼，但又无可奈何："我现在帮你去买部新的。"

何莫禹摇头："不急。先借你的手机给我用一用。"

妻子不是金融行业的，两个人的工作领域没有重合过，除去父母、亲戚，两个人的手机里都有的联系人只有一个。

接过妻子的手机，何莫禹翻到要找的人，直接拨了过去。

"喂。"清清脆脆的女声中带着简单的疑问之意。

何莫禹握着妻子的手，笑了一声："半年不见，连师父都不喊啦？"

崔脆脆愣了愣，停下继续敲键盘的手，拿起桌子上还连着耳机的手机，一看屏幕，果然是师父："我……刚刚没看来电提示。"

"你师父也被高思辞退了。"何莫禹原本心中还觉得不平，说出这话的这一刻，却觉得也不过如此。

崔脆脆握着手机，半天没反应过来后，等反应过来，人猛然从椅子上站了起来："师父，您是不是在开玩笑？"

她师父在这行的地位可以这么说，只要提起高思，外人第一个想起的就是何莫禹，他就是高思的活招牌。高思把他辞退，不就等于自断其臂？

何莫禹听见崔脆脆还愿意叫他师父，心里稍微得了一丝安慰，叹息道："当初我没能留下你，就该想到自己在公司的地位不行了。"

眼看着要登上顶峰，却因为一次手术被人从最高处扯下，任谁心中都不会好受。

何莫禹待在医院里像是看开了，甚至让妻子重新去工作，不需要留下来照看他，实际上每晚都睡不着。

叶空青早上过来按惯例查房时，见到何莫禹，下意识地皱了皱眉。他的脑部损伤不是手术带来的，而是多年的梅毒导致脑部病变，这位病人不听医嘱好好休息，反而挂上了两个黑眼圈。

"你很幸运，情况发现得早，对寿命不会有太大影响。"叶空青警告道，"若不能按照医生要求恢复，到后面对你的身体才是不可逆的伤害。"

何莫禹闻言，笑出了声："叶医生，我都五十岁了，还怕什么死不死的？脑子不好使才可怕。要是我变傻了，宁愿去死。"

叶空青没有回复他这一句话，每个人都有每个人的想法，他只要保证对方在住院期间不出任何问题。

"按时睡觉，我会让护士过来提醒，这是你们套间应该有的福利。"叶空青丢下一句话便离开了病房。

很久没有受到冷脸的何莫禹愣了半晌才缓过来，这叶医生和他的老师似乎不太一样。

何莫禹住院第四天，妻子被他打发回去了，上午崔脆脆拎着水果过来看他。

"师父，你……"崔脆脆放下水果篮，进来看着苍老了不少的何莫禹，内心复杂。

高思的何莫禹被劝退岗位，这件事在业内引起了巨大的震动，崔脆脆即便已经不在这行工作，只要稍微进入业内的网站翻一翻，都能知道个一清二楚。谁也没有料到，最后何莫禹竟然以这种最难堪的方式退场。

感染梅毒，导致脑子智力受损，即使正常人说出这种事都会难堪，何况是在以高智商、高情商著称的金融行业工作的人，能在里面搅得风起云涌的，哪个不是头脑顶尖的人物？

"到这边来坐。"何莫禹白天又是一副看开的模样，指了指病床旁边的椅子，"难为你还愿意来看我。"

"师父，您身体有没有事？"崔脆脆直截了当地问道，对他被劝退的事提都没提。

何莫禹也不是第一天知道崔脆脆的个性，当初他把人从S大挖过来，又亲自带她，没少被崔脆脆的直言直语噎过。

"身体没事，手术已经做完了。"何莫禹对上崔脆脆，比对妻子要轻松。在妻子面前，他还要压制情绪，不让她担心。

现在在崔脆脆面前，他脸上颓气顿生，但人看着也生动了不少："你师父渴了，帮我削个苹果。"

崔脆脆依言从水果篮里拿苹果，洗苹果，削苹果。

"你师父我这两年想过好几次未来退休后的日子，想着等坐到那个位子后就退休，和你师娘一起去旅旅游，或者开个小书店。"何莫禹接过削好皮的苹果，拿在手里也不吃，"怎么也没想到，下场是这样。"

"嗯，现在刚好可以去旅游，去开书店。"崔脆脆从水果篮中挑出一个个头儿大的橘子，低头说道。

这个时候不安慰他，反而顺着他的话说下去，崔脆脆要不是自己一手挖来的，何莫禹都怀疑她是对手给他安插的钉子，专门给他找不痛快。

"师父，再不吃，苹果要黑了。"崔脆脆对何莫禹的眼神视而不见，专心剥手里的橘子。

好不容易积累起来的怨气一下子泄了，何莫禹摇着头，拿起苹果吃了起来。

何莫禹吃完了一个苹果和一个橘子，崔脆脆才说道："师父要想待在这行，换个公司也完全可以。"

"何莫禹"这三个字的分量有多重，这行没人不知道。原先何莫禹没有弱点，在这行几十年，不说只手通天，但他要做什么事，谁拦得住？

只是高思竞争太厉害，优秀的人才源源不断地进来，底下一片中高层等着上面的人掉下来，好上位。何莫禹最初带出来的徒弟吴德，才华、头脑无一不是顶尖的，结果他看上了何莫禹屁股下的位子，借着对何莫禹的了解，十年钻营，一点点挖空了何莫禹的资源。

"不了。"何莫禹是要面子的，不然也不会内部只发了一封让他换个岗位的邮件，他就直接辞职了，"我再出去，别人要笑我了。"

本来人都五十岁了，在这个吃人不吐骨头的地方自然要圆滑，不计手段，这点儿气他还是受得起的。但何莫禹没想到自己几十年兢兢业业地工作，将高思在国内的地位一步一步带到现在，高思高层竟然都没犹豫，在他术后几天就发邮件过来。

"等我出院了，就去开个小书店，以后过着清闲的日子，就当提前养老。"何莫禹对着崔脆脆笑了笑，不断开解自己。

崔脆脆将目光落在何莫禹的脸上，嗯了一声。她师父只差一步就能登上最高位，结果突然跌入潭底，这么要强的人……说不难受一定是假的。

"我觉得师父你没有变傻。"崔脆脆忽然说道。

何莫禹皱眉："我怎么就傻了？你这是什么话？"

崔脆脆摸了摸耳朵，有些心虚："投行论坛上说你傻了，所以高思只能让你离开。"

"胡说！"何莫禹气得拍床，"我只是脑损伤，对记忆力有所影响，但这在手术之前就造成了，到了我这个年纪，谁还不会记忆力变差？"

何莫禹气得大喘气了好一会儿，崔脆脆起身给她师父摸背，好让他冷静下来。

"吴德好手段。"何莫禹咬牙切齿地说道。他不但能逼自己走，还要给高思留个好名声。

"这些不都是师父您教给我的吗？"一个梳着大背头、穿着高定西装、脚踩锃亮手工皮鞋的男人站在门口，声音带着笑意说道。

崔脆脆见到来人，皱了皱眉，显然也不喜欢他。

"我们小师妹怎么见到我就是这副模样？师兄我……也不欠你的。"男人带着高高在上的目光，慢慢走进来。

"吴德，这是我的病房，出去。"何莫禹冷冷地说道。

被叫吴德的男人有攻击性地笑了："啊，差点忘记这是师父您的病房了，真不好意思。"他特意在"病"字上加重了音。

"吴德，我也不欠你的。"何莫禹面无表情，而放在病床上的手紧握了起来，"我担不起你叫一声师父。"

"师父怎么不欠我的？"吴德歪头冷笑，"师父日复一日、年复一年挡住我上升的路，要不是你，我至于花这么多年才走到现在的高度？"

崔脆脆对这位初代师兄一直看不上，奇怪地看了他一眼："你自己能力不行，为什么要怪在师父身上？"

闻言，吴德转头，冲崔脆脆嗤笑一声："我从未想过师父有一天会收你这样的人，半点儿心机没有，在高思待了一年半，别人稍微一诬陷，就能被高思封杀。师妹，你是我这么多年来见过的最蠢的人。"

"吴德，我们的事别牵扯其他人。"何莫禹听不得吴德将崔脆脆扯进来。

男人摸了摸手上的机械手表，凉凉地说道："师父，以前我一直不知道你看中了师妹什么，现在结合你的病来看，原来你对她是有这种心思，所以当初才一力保她！"

这是什么荒唐话？！何莫禹震惊了，一时之间气得头疼，捂着伤口大喘气。

"师父。"崔脆脆连忙要按铃，被何莫禹拦住了。

"我没事。"

吴德挑了挑眉："还真是'师徒情深'。"

崔脆脆直起身，伸手捏了捏自己的耳尖，放下手，面向吴德："师兄，师父没当上总负责人，你也当不上的。你要蹦跶炫耀，得当上负责人才有资格，不然我会以为你是为了吸引师父的目光，一天天地干出这种事。师兄是还没长大，没断奶？"

高思的确还没有下达对总负责人的聘任书，但在高思，除了他，还有谁能上去？无论是从能力还是资历来看，何莫禹一走，最好的选择就是吴德。

何莫禹自从崔脆脆捏了自己的耳尖起，就靠在病床上不再说话，那是崔脆脆发起攻击的标志性动作，能进高思并且待上一年半的，绝没有单纯的人。

崔脆脆不动心计，完全因为有能力光明正大地解决问题。

"我不当，难不成师妹你当？"吴德好笑地望着崔脆脆。他讨厌何莫禹自以为是、高高在上，而这个"师妹"更是深得何莫禹真传，眼里从来没有他。

如果说讨厌何莫禹是日积月累地忌妒和不甘导致的，那对崔脆脆，吴德从第一眼开始就极其厌恶。

"你还不够资格。"崔脆脆一字一顿地说道，"师兄，你还不够资格坐上总负责人的位子。"

原本春风满面的吴德，唇边的弧度渐渐落了下去。他心虚了。

崔脆脆这个只在高思干过一年半的人，当年离开时背后有好几只推手，吴德就是其中之一。她太过耀眼，没有老江湖那样老辣油滑，但根本就是算无遗策。

对一组数据，普通人看到的是一条线，吴德和何莫禹能看出这条线拓展成的平面，而在崔脆脆眼中，这组数据变成了一个三维立体模型。这也是高思内部那么多人希望崔脆脆离开的原因，谁都给她抹黑一笔，狠狠将她踩在脚底，恨不得她永远起不来。

如果给她时间成长，再加上何莫禹当时的姿态，未来高思会落在谁手上，不言而喻。

"你什么意思？"吴德心中莫名其妙地涌起不安情绪，他和高思高层接触过，那边分明一直很看好他。

吴德站在病房里，只觉得崔脆脆面目可憎，却又想试探出她知道什么消息。

崔脆脆见到何莫禹的眼神，重新坐了下来，刚才攻击的气势仿佛从来没有出现过："师兄且等等看。"

到底是千年的狐狸，吴德心底再虚，也只慌张了一会儿，很快地就收敛情绪，嗤笑一声："虚张声势。"

他这次来的目的不是崔脆脆，而是何莫禹，吴德就想让他这位"好师父"过得不舒坦，言语中全是对何莫禹的挤对之意。

偏偏这行的人说话笑里藏刀，多言外之意，吴德每句话似乎都在关心何莫禹的病情，实际上每个字都在往何莫禹的肺管子上戳。

"脆脆，你出去给我买瓶水。"何莫禹扭头对旁边要开口说话的崔脆脆说道。

看了一眼旁边的饮水机和水杯，崔脆脆还是站起了身，离开前还见到吴德对自己冷笑。

省中心医院很大，崔脆脆绕了好几圈才找到一个饮料自动贩卖机，买了一瓶矿泉水，慢慢往回走。

刚走到三百四十七号病房门口，崔脆脆便听见里面有个压低声音的男声在训斥什么。

"什么人都要放进来？"

崔脆脆一走进去便发现说话的人是认识的叶医生。他应该是在查房，穿着白色的长大褂，修长的脖子上挂着一块牌子，神色冷淡地对着旁边的护士说着话，但一旁的吴德脸色也不好看。

许是察觉到有人进来，叶空青眼神冷漠地看了过来，在见到崔脆脆时微愣了一下，转瞬间像是想起了什么，又去看了一眼靠在病床上闭眼捂着胸口的何莫禹。

"师父？"崔脆脆朝叶空青点了点头，穿过几个人，走到何莫禹的床边，将水放在床头柜上。

"我没事。"何莫禹睁开眼睛，"护士，麻烦帮我把人请出去。"

叶空青还有其他查房的任务，没在这里待太久，临走前多看了一眼坐在病床旁的崔脆脆。

两个人在这两个月间似乎见了好几次面，不过，S市最好的医院就是这里，他们碰上也不算稀奇。

崔脆脆不知道何莫禹和吴德谈了什么，只知道在人走后，她师父的心情肉眼可见地差了下去。

"之前为什么说吴德当不上总负责人？"何莫禹看向崔脆脆。他被高思高层排除出去，剩下的那些人只有吴德能打，吴德资历够，是最好的金融学院博士出身，正值壮年，才四十一岁。

就连何莫禹都下意识地认为人选必定是吴德。

对上自己的恩师，崔脆脆也没有隐瞒的意思，低头抚平裤子上的褶皱："吴德三个月前成功收购了盛隆。"

"对。"何莫禹点头，这让高思总公司的人对吴德起了兴趣。

"他在第一线能发挥更大的作用，至于掌控大方向的人……"崔脆脆随便列举了几个人的名字，全是高思分部有名的人物，"另外，高思总部的'太子爷'今年在公司实习满两年了。"

高思是一家家族公司，"太子爷"巴伦·普拉亚势必要继承这份产业。"太子爷"实习期一过，拿底下分公司练手是一贯的传统。崔脆脆更倾向于高思高层会留着吴德冲锋陷阵，再拿出一个人和"太子爷"一起空降。

何莫禹第一反应是不相信，高思在各个国家都有公司，但他们这边绝对是属于水平偏上的那种，尤其这些年国家发展迅速，很多海外公司想过来分一块蛋糕，只不过被高思全部挡了回去。

"太子爷"拿国内的高思练手？何莫禹绝对不信。

"你有什么根据？"何莫禹比知道自己被拿掉即将到手的总负责人职

位时脸色还要难看。如果真的是这样，他替整个公司的人感到悲哀。他们这么多年兢兢业业，为了什么？为的就是保住高思这个牌子。结果上面的人把他们看成可有可无，随时可以抛弃的棋子？

崔脆脆没有再说话，而是把自己之前手机里存下来的一些照片递给何莫禹。

照片信息不多，应该是她从官网上拍下来的，无非是高思海外其他几家公司的职位微调信息，就在官网的小角落里。像高思这种超级大公司，职位调动太正常了，就是国内高思，每个月都有人事调动，但何莫禹先听了崔脆脆的猜测，再来看这些调动，后背陡然一凉。

"还有一个不算证据的证据。"崔脆脆探过身，往下翻了翻，找到一张照片。

这张照片不是特别清楚，像是谁在宴会上随手拍下的。

"这是盖伦？"何莫禹在那张照片中找了很久，才在右下角找到了高思的"太子爷"。

"嗯！"崔脆脆点头，"您再看他旁边。"

何莫禹看去，照片不是很清楚，但仍然可以分辨出盖伦旁边站着一个亚裔模样的中年男人。

"这是……？"何莫禹抬头望着崔脆脆，显然不知道这个亚裔男人是谁。

崔脆脆抿了抿唇，才说道："M国那边顶尖的中文老师，很多名流要学中文时会请他过去。"

何莫禹握着手机，一时间不知道该说些什么。

盖伦总不会突然因为感兴趣开始学习中文，要学早就学了，还用等到现在？何莫禹不能欺骗自己崔脆脆猜错了。

崔脆脆这根本不是猜，分明拿出了确凿的证据，只不过谁都没有发现而已。

"你……"何莫禹脑子快炸了，他既想替国内高思的人控诉，又自豪于崔脆脆的敏锐性，恐怕总部的人还不知道国内有人看穿了他们的计划。

"师父，现在退下来挺好的。"崔脆脆认真地安慰着何莫禹，"国内高思迟早要倒，只不过是时间问题。"

高思挡住了国内太多公司的发展，一个海外公司霸占了国内市场几十年，现在国内公司想有起色，必须先让高思退出。现在何莫禹退场，总部打算拿这边公司练手，无一不在加速大厦倒塌的速度。

"嗯，脆脆你先回去，今天也耽误你太多时间了。"何莫禹像是忽然想通了，"师父我现在算是在最高峰上退下的，比其他人好太多。"

崔脆脆仔细看了看何莫禹的脸色，觉得他真的不生气了，才起身离开。

只是她到底低估了高思在何莫禹心中的地位，何莫禹在高思奉献了一辈子，早已和高思融为一体，分不开了。

崔脆脆离开四个小时后，何莫禹被送入了抢救室。

病人刚开颅做完手术不久，又突发脑出血，叶空青匆匆赶来时，何莫禹已经检查完头部，被推进手术室，等待手术。

"联系家人。"叶空青站在外面，对跟过来的护士说道。

"没有。"护士为难地回道。

何莫禹填的联系人电话号码是他自己的，没有留下其他人的号码，他妻子本就是从出差的地方赶过来的，被何莫禹打发走了，并没有人联系得到她。

叶空青顿了顿，认为或许导师知道何莫禹的妻子的联系方式，便拿出手机给陈冰打电话，没人接。

病人无意识，无法签字，必须家人或亲属来签字，而且这次手术风险比上次大太多，现在颅内情况复杂，通知家属，也好让他们有个心理准备。

叶空青想起今天在病房内碰见了崔脆脆，她或许知道。

"崔脆脆？"叶空青打的语音通话，一接通便问道。

崔脆脆正在家中浏览高思官网的页面，接到叶空青的电话，有些吃惊，但还是应道："嗯，是我。"

"病人何莫禹，你能不能联系到他的家人？"叶空青也不废话，"病人现在在手术室里，需要有人过来签字。"

崔脆脆看着电脑屏幕，脑子一瞬间变得空白，无意识地站起来："我师父他出了什么事？"明明手术已经完成，他都已经开始恢复了。

"突发脑出血。"叶空青对着手机那头的人说道，"能不能联系家属过来签字？"

崔脆脆已经在下楼了，站在电梯里说道："师娘出差去了，今天晚上可能赶不过来，我能不能过去签字？"

"需要征得家属的同意。"叶空青听见了手机里传来的车喇叭声，"你将病人家属的电话号码发给我。"

"好。"

崔脆脆招手上了一辆出租车，坐在车上，先给叶空青发了电话号码过去，再给师娘打了电话过去，先说明情况。

"我现在订机票回去。"何莫禹的妻子万万没想到他还会进手术室，整个人都蒙了，"脆脆，他不能等到我回去签字，你帮师娘签。"

"好。"崔脆脆的眼睛有些红，她并不觉得这事和她没关系，本来师父都好好的。

崔脆脆一下车便朝手术室那边奔去，最后在手术室前见到了叶空青。

他站在那边正和一个麻醉医生说话，应该在讨论病人手术的问题，见到跑过来的崔脆脆，便将手里的签字表递给她。

"护士确认好家属同意了，你签字。"叶空青从胸前的口袋里拿出一支笔递给崔脆脆。

病人家属签好字或者委托人签好字，叶空青才能做手术。他拿过签字表，准备去换手术服。

"叶医生。"崔脆脆喊住了他，见叶空青回头，问道，"我师父会没事吗？"

叶空青定定地看了崔脆脆一眼："不出意外，不会有事。"只不过手术中的意外太多。

崔脆脆脸色发白，不知道事情为什么会变成这样，前后一天都没有过去，她就不应该来看她师父。像她这种倒霉的人，沾到她的人也容易倒霉。

叶空青拉上口罩，只余一双漆黑如墨的眼睛露出来："我会尽最大的努力不让病人出事。"

崔脆脆又一次站在手术室外，脸色苍白。

等待的时间是漫长的，尤其里面躺着的人是自己的恩师。崔脆脆对何莫禹的感情很深，因为是他引领她进了这一行，并让她对这一行真正产生兴趣。

大二时崔脆脆被选上去学长的公司拉赞助。当时人去了不少，能说会道的学生更多，崔脆脆派不上用场，出来站在门外的角落里玩手机。

崔脆脆有很长一段时间活得没有目标，浑浑噩噩，玩手机是她摆脱现实的一种手段。

里面的人没谈多久，学长就被下属喊了出来，是何莫禹过来谈收购的事。对创办了几年的小公司而言，能被高思收购是一件幸事，学长估计太激动，何莫禹抛出的几个问题他都没答出来。

彼时的何莫禹意气风发，眉宇皱了起来："你们 S 大出来的学生也不过如此。"

这话，崔脆脆不爱听。她蹲在角落里，抬起头说道："他答不上来，为什么怪我们学校的学生？"

两方都没注意到外面角落里还蹲着个人，听到声音，学长看了过来，看到崔脆脆时脸更黑了：哪有人这么说话的？

何莫禹挑眉看向崔脆脆，指着对面的学长，说道："你的意思是你们比他强？"

崔脆脆站了起来："一个人的问题不能怪到学校身上。"

何莫禹当即也不管什么收购，本来过来就是调节心情的。

他站在原地，和崔脆脆对问起来。

一个觉得自己基本掌握了大学该学的东西，不自傲，但自信，结果被问得裤衩都掉干净了。另一个闲着，来收购小公司，临时碰见一个有意思的人。双方心思各异。

崔脆脆最后被问到哑口无言，沉默下来反思：是不是 S 大的学生真不行？不是她自己狂，她代表了绝大多数 S 大学生的水平。

学长最开始脸色还不好看，到最后，神情复杂地看着崔脆脆，又扭头对何莫禹说道："学长，这大二的学妹太年轻。"

学长？崔脆脆没反应过来自己听到的信息，愣愣地看着何莫禹。

"忘记说了，我也是 S 大的。"何莫禹冲崔脆脆笑得张狂，"才大二，学得还可以。不过，你既然提前掌握了这么多知识，不顺便了解一下国内的几家大公司和代表人物？连我是谁都不知道，你该好好反省了。"

崔脆脆当时很羞愧。她不知道对方是谁，但感觉对方绝对是业内领军人物，她有点班门弄斧的感觉。

这些何莫禹不在乎，他要了崔脆脆的联系方式，后面有空就和她联系，慢慢将崔脆脆带上了这条路。崔脆脆在毕业之际，他直接对崔脆脆发出了邀请——去高思。

叶空青从手术室出来，拉下口罩："病……你师父暂时脱离了危险。"

崔脆脆重重地松了一口气，抬手揉了揉发涩的眼睛："谢谢！"

就在手术的这两三个小时中，她在脑海中幻想了无数场景，每一种最后都以叶空青走出来对她说"很抱歉，我尽力了"而结束。

"先不用谢我。"叶空青神情严肃，"需要等他醒过来之后，才能知道这次突发脑出血对他造成的伤害。"手术只是拯救回何莫禹的性命，并不能弥补之前他所受到的伤害。

崔脆脆愣在原地片刻后才说道："人……没事就好。"

叶空青望着她微红的眼尾，稍稍移开了目光："最糟糕的情况是瘫痪，但抢救及时，如果肢体不能动弹，也只是暂时的。"

"还是要谢谢叶医生。"崔脆脆认真地说道。

"脆脆，莫禹呢？"一个头发有些凌乱的中年女人从走廊上跑过来，神情激动。

崔脆脆转头看去，是师母。

"师母。"崔脆脆上前扶住她，"师父手术已经做完了，医生说脱离危险了。"

见到两个人扶在一起说话，叶空青也不再停留。他还有其他的事要忙。

何莫禹是第二天上午十一点才醒过来的，他一醒，崔脆脆就发现了。

"师父，你有哪儿不舒服吗？"崔脆脆站起来靠近问道，"师母回来了，刚刚出去吃饭了。"

昨天晚上崔脆脆被师母赶回去休息，刚刚来换了班。

何莫禹盯着病房内的天花板看了许久，才说道："让你们担心了。"

短短一天，何莫禹似乎又老了好几岁，精气神全消失了，连最开始的愤懑情绪也不见了。

"莫禹，你醒啦？"师母手里端着打包的饭菜过来，一进门听见声音，差点把手里的饭菜打翻了，还是崔脆脆过去接住饭菜才没掉在地上。

何莫禹没想过让妻子和崔脆脆这么担心，只是有些事，脑子控制不住不去深想。

他微微扭过头，吃力地说道："抱歉。"

"和我说什么抱歉？你应该对脆脆说，大晚上的吓我就算了，她一个人在手术室外等你做手术，你看你这个师父当的。"妻子握着何莫禹的手，有些生气地说道，"工作没了就没了，你以前挣的钱够我们花一辈子，你还想要何莫禹名声多高？"

崔脆脆站在旁边，想起叶医生昨天的话，便按了铃："师父，你让医生再给你检查一下。"

护士最先过来，先给何莫禹检查一些最基本的指标，换了吊瓶，叶空青便到了。

叶空青翻了翻何莫禹的眼皮，用笔照了照，再把被子全掀开，抬起

123

他的四肢。

"有没有感觉？"叶空青一直在观察何莫禹的脸色，动手捏了捏他的右腿。

何莫禹感觉自己的双臂和左腿都被抬起来了，只有右腿没动，再听见叶空青的问话，察觉到不对，挣扎着要坐起来看。

"别乱动。"叶空青一把按住人，扭头对跟在后面的实习医生说道："病人右下肢麻木。"

"叶医生，麻木是什么意思？"何莫禹紧握着拳头，问道。

叶空青只是医生，不负责安慰人，该说的话还是要说："突发脑出血造成右下肢偏瘫，由于病人不算高龄，早做康复训练，即可恢复八九成。"

脑出血某种意义上等于中风，大部分病人即使被救回来，也会有失语流涎、瘫痪的症状。何莫禹底子强，不算高龄，加上抢救及时，只是右下肢偏瘫。

一时间，病房中只有叶空青让实习医生记录的声音，何莫禹躺在床上，紧紧闭着双眼，妻子握着他的双手没放开。

检查结束后，叶空青也没了理由待在病房内。他还有几个病房需要查看，临走前对何莫禹的妻子说道："病人家属应当尽快陪着病人进行康健治疗，现在情况不算严重。"

在叶空青眼中，只要病人不死，不是彻底瘫痪，就还有希望。

"我只是脸上轻微疼而已……"何莫禹闭着眼睛，喃喃道，"就被检查出脑子里有肿瘤，再到现在残疾……我做错了什么？"

何莫禹是何等骄傲的人，有着顶尖的头脑，在国内最繁华的金融中心运筹帷幄，谁见到他，不投来羡慕、崇敬的眼神？但现在——他瘫痪了。

崔脆脆站在旁边自责。她认为何莫禹后面的突发情况和自己有关，正因为她说的那些话才会导致师父情绪激动，突发脑出血。

她倒霉便算了，还要连累周围亲近的人倒霉。

124

"什么叫残疾了？你没听见刚才那个医生说，你只要尽快进行康健治疗，就能好的。"妻子握着何莫禹的手说道，"下午我就给你联系复健中心，等你头上的伤好一点儿，咱们就过去复健。"

何莫禹偏过头不说话，一时之间还接受不了这个打击。

短短不到一周，经历了两次手术，一次手术掉了总负责人的位子，一次手术变成了残疾，谁也接受不了。

"脆脆，你先回去。"师母扭头让崔脆脆走，"我陪你师父冷静一下。"

崔脆脆抿了抿唇："好，晚上我再过来。"

刚走出医院门口，崔脆脆便接到黄米打来的电话。

黄米在电话那头很兴奋："脆脆，我终于知道那个'绿毛男'是谁了。过几天有个宴会，他肯定过去，我要让他好看。"

崔脆脆嗯了一声。

"脆脆，你怎么啦？"黄米敏锐地听出不对，"不是又在哪儿倒霉了吧？"

黄米没有太紧张，毕竟脆脆倒霉是倒霉了点儿，可以说是她这辈子见过的最倒霉的人，但好在一般情况不会危及生命。

"我没事，我师父出了点儿事。"崔脆脆从心底泛起一股不愿意和黄米再来往的想法，她不想连累任何人。

"师父？那位业内有名的何莫禹？"黄米蹲在单位的卫生间里，忽然想起前几天父母在饭桌上谈论的人，"他被卸任了，是吧？"

"嗯！"

黄米轻轻眯了眯眼睛："脆脆，我怎么觉得你语气不对呢？"

崔脆脆站在车流如织的大马路上。因为前一个月刚刚修理好道路，这边的路很宽敞明亮，行人来往神色匆匆。

"师父本来快好了，但是因为我多话，又进了手术室。"崔脆脆每说一个字都觉得自己心口又沉重一分。

黄米打断她后面的话："脆脆，你师父是你师父，别扯上我啊！我警告你，千万别学那些小说里什么'离开你就是对你好'的桥段，不然我追你到天涯海角。"

"你倒霉是你倒霉，你师父倒霉是他心理素质不行，别扯在一起。不过……"黄米话锋一转，露出了好奇的本质，"你师父被你的什么话给气得进了手术室，说出来让我听听？何莫禹都能被你气进手术室，脆脆，你不得了啊！"

"我挂了。"崔脆脆黑着脸挂掉电话，但心中的压力莫名其妙地得到了一丝减轻。

晚上八点，崔脆脆到了何莫禹的病房前，还未推门进去，便见到她师父在师母的搀扶下，一点点走着路。

何莫禹右下肢完全用不上力，走了一段路，两个人没注意，直接跌倒。何莫禹坐在地上愣了许久，突然将茶几上的东西全挥下地，东西噼里啪啦地碎完了。

师母向来被何莫禹捧在手心里，没见过这种状况，一时间被吓住了，站在旁边掉眼泪。

崔脆脆立刻推门进去，扶起何莫禹。

"我已经残疾了。"何莫禹发泄完，咬牙说道，"我何莫禹是个残疾人！"

崔脆脆将人扶上床："师父，叶医生说只要你积极复健就能好，何莫禹从来不会放弃。"

"那是高思的何莫禹。"何莫禹冷笑一声，"离了高思，何莫禹什么也不是。"

崔脆脆垂下眼，盯着床单上那一点儿洗不掉的黑色污渍，说道："师父说反了。

"离了何莫禹，高思才什么也不是。"

第五章

幸运分你一半

关上病房的门，崔脆脆从三楼慢慢地走到楼道口，背靠着墙，有些站不稳。

没过几天，她亲眼看着何莫禹身上消失了一些东西，当时话随口丢了出来，只想杀一杀吴德的威风，没料到她师父将高思看得这么重。

也是……师父在高思奋斗了一辈子，见证并带领高思兴盛，任谁也接受不了亲手带出来的公司，在总部眼中只不过是一家可以随时抛弃的公司。

崔脆脆闭上眼睛，仰头靠着墙壁，白皙修长的脖颈显得那么脆弱。

叶空青在二楼拿了文件，走到三楼楼道口便见到这场景，原本匆匆的脚步顿了顿。先是有好友日复一日地在耳旁念叨，再后来几次见面，崔脆脆处境都不太好，任谁都会对她印象深刻。

大概是察觉到有人在自己面前停住了脚步，崔脆脆睁开眼睛，看向来人，只见神色冷淡的叶医生正站在对面。

"叶医生。"崔脆脆有些局促，刚才不经意露出的脆弱神色被她迅速藏了起来。

叶空青手握着文件，身上不再是绿色的手术服，而是一袭白大褂，更衬得他身材修长。

"你师父情况不严重，只要坚持复健，恢复不是问题。"叶空青顿了顿，还是说出了心里话，"他心理素质不太好。"

一开始叶空青见到的病床上的何莫禹，是个典型的成功人士，即便知道自己要做手术，依然从容不迫，言语间带着上位者的味道。谁料后面手术都做完了，他还闹出脑出血来。

崔脆脆皱了皱眉："师父只是付出了太多心血。"

崔脆脆没有否认叶空青那句"心理素质不行"的话。只要谁上网去查何莫禹的资料，便会知道这位国内金融界的大鳄，从一出生便金光闪闪，除去职业生涯中遇到吴德背叛，其余时间一直都顺风顺水。甚至连吴德公开和何莫禹断了师徒情分，何莫禹依然是高高在上的何莫禹，谈笑间接过吴德所有的攻击。

这样的人被一连串事情攻击，自然会比普通人反应更为激烈。

"师父会好起来的。"崔脆脆笃定地说道。

叶空青见崔脆脆身上带着罕见的攻击性，诧异地扬了扬眉尾。他原本还以为对方是个没脾气的人："所以你在难过什么？"或许是这几天手术太过密集，导致他对其他事情多了些情绪。

崔脆脆没有察觉到两个人如今说话少了陌生感，她一直对黄米说不出口的话，对着叶空青说了出来。

她小声地说道："和我走得近的人都容易倒霉。"就是黄米也被她连累过好几次。

这话说得太玄，叶空青一时间有些愣怔。片刻后，他竟然轻轻笑出了声，低沉带着磁性的男声在空荡的楼道口明显带着愉悦。

除去第一次见面叶医生扫过来的冷漠眼神，后面几次见面，崔脆脆并没感受到他的冷漠，但也从来没想过能见到他如此俊美的脸上带着明显的笑意，连眉宇间都带上了愉悦之意。

叶空青难得情绪外露，不过几秒工夫便平静下来。他手掌虚握，放在唇边挡了挡，放下手，便又是那个冷静持重的叶医生。

"所以你头像上的黄符是用来辟邪的？"叶空青也不知道为什么会笑出声，只是联想到对面的人去寺庙中求符祛霉运的场景，莫名其妙地觉得有意思。

"嗯……"崔脆脆被笑得有些难为情，微微垂下头，露出细白的颈子。

叶空青忽然上前一步，伸手碰了碰崔脆脆的手。

两个人都是一惊。

崔脆脆吃惊于叶医生的动作，还以为自己手上有什么东西；而叶空青纯粹吃惊于自己将刚才脑子里一闪而过的想法做了出来。

叶空青难得有这么失控的时候，压下心中的情绪，将话说完："和我走得近的人都幸运，分你一半。"

这话一半真一半假，其他人的幸运怎么会与他有关？即便有，他也不信，但叶空青确实一直都是世人眼中运道好的那个人。

崔脆脆有些不自在地看向其他地方："谢谢你！"

两个人站在楼道口，一时间沉默无语，直到叶空青被迎面而来的护士长叫走。

复健不是一件轻松的事，何莫禹又向来要强，脑部的缝合伤口甚至没完全好，就在病房中试图走动。

何莫禹的情绪很不稳定，有时候精神很乐观，但三番五次站不稳后，总有崩溃的时候，他这么骄傲的一个人，如今连路都走不稳，情绪不好再正常不过。

崔脆脆工作时间自由，便经常来医院看望何莫禹。在高思空降了一位"太子爷"和一位中国区新负责人的第二天，吴德来过三百四十七号病房，被何莫禹的妻子打发走了。

一周前趾高气扬的男人，如今比起做完手术，处于恢复期的何莫禹，脸色竟好看不到哪里去。

崔脆脆带着自己煲的汤走进三百四十七号病房时，何莫禹正坐在病床上看着电视新闻。

高思空降中国区负责人这件事引起不少轰动，新闻铺天盖地。国内很多人不满：明明是中国区负责人，为什么不是中国人担任？

电视上是对总部官方发言人的采访视频，对方并不在乎中国市场上的反应，对抗议毫无表示，冲镜头笑了笑："公司是我们的，任命谁当这个负责人，是我们自己的事。"这是很嚣张的话，但从逻辑上来说没有任何问题。

崔脆脆看着何莫禹握着遥控器的手上青筋暴出，有一种错觉——下一秒她师父就会把遥控器砸在电视屏幕上。

好在何莫禹一直到播放下一条新闻时都没将遥控器扔出去，只是闭上眼睛喘了一口气。

"就这样吧！"何莫禹睁开眼说道，"我也老了，以后没我的事了。"

崔脆脆坐在旁边，认真地说道："师父不老。"

何莫禹难得露出这些天的真心笑容："五十岁，该退休了。幸好有你这么个徒弟，以后给师父争回脸面。"

说起这个，崔脆脆又沉默下来。

"怎么，还不想出来？"何莫禹冷哼了一声，"别以为我不知道你当初怎么想的，不出来，别人就不记得何莫禹带出来的徒弟被高思封杀啦？"

崔脆脆当初负责私银这块业务，正好碰见一个客户是某豪门的情妇，后面事发，情妇被收拾了，崔脆脆也被上面的人点名批评，那豪门的正室家族势力也不小，压着给崔脆脆上眼药。何莫禹力保下了崔脆脆，以他的势力自然能做到。

崔脆脆调查过该客户的资料，只不过被人算计了，资料掺了假。自此，崔脆脆的霉运接连不断，最后被扯进一件贪污案中，没有证据证明她贪污，但也没有证据证明她没贪污。何莫禹没能保住她。因为崔脆脆自己把资料弄丢了。

"我名声不好。"崔脆脆低头看着地板，"背着贪污的名声，谁愿意找我？"她出来只会连累其他人。

何莫禹皱眉，这点倒是真的，在这一行，只要谁有贪污的名声，就仿佛被钉在了耻辱柱上，任何一个正经从业公司都不愿意和这样的人扯上关系。

当初崔脆脆明明手里有证据，偏偏关键时刻把U盘弄丢了，里面全是备份数据。

"算了，再等等。"何莫禹心里发愁，当时出事后他利用自己的势力尽量将这次事件的影响压到了最小，再等一段时间，等人遗忘得差不多，再有人去查，也查不到什么了。原本他想着等上一年，自己当上中国区负责人，便将崔脆脆带回来，没想到现在自己也变成了笑话，她如果出来，身上恐怕又会背上一个污点。

等到出院的那一天，何莫禹做的第一件事就是要去高思收拾东西。

崔脆脆也在旁边，主动要求陪着过去。

"行，你也一起去。"经过这段时间调整，何莫禹总算恢复了一些神采。

高思公司还在那个金融中心最显眼的建筑里，一走进大门，何莫禹便受到各种注视的目光。

没有像以前走专用电梯，何莫禹带着崔脆脆走进了普通员工上下楼的电梯。

"好多年没有坐过这部电梯。"何莫禹四处打量，"和我坐的也没太大区别。"

崔脆脆一心扶着何莫禹，问道："师父，要不要找人来搬行李？"

和普通员工不同，何莫禹在三十七层有一大间办公室，他在里面待了几十年。

"没必要弄那么大的阵仗，两个箱子就够了。"何莫禹洒脱地笑了笑，"其他东西全扔了。"

两个人来到三十七层，办公室里已经有人在，是吴德，还有刚空降过来的总负责人。

"师父，你好啦？"吴德恢复了原本的模样，似乎重新振作了。

何莫禹挑眉："我以为你应该离开高思了，看样子是我高看你了。"

吴德的脸扭曲了一秒，他立刻说道："师父，过来收拾东西吗？要不要我帮忙？刚好我要搬进来。"

崔脆脆扶着何莫禹，不着痕迹地在他背上拍了拍，害怕何莫禹情绪过于激动。

"不必，我怕弄脏了我的东西。"何莫禹昂首走到办公桌前，将桌面上的照片收了起来，再坐在沙发上，比站着的两个人更有主人气势。

"脆脆，你帮我把第二个抽屉和右边柜子里的东西装起来。"何莫禹拄着拐杖，看也不看两个人。

崔脆脆应了一声，拿起收纳箱，将东西一一装进去，都是些名贵的手表和袖扣，估计是她师父平时放在这儿备用的。

见崔脆脆收拾好了东西，何莫禹也站了起来："其他东西我不要了，如果贵公司没有人清理，或许我可以帮忙请人来清理。"

"这点儿钱我们还是出得起的。"一个中文口音不太标准的年轻男声在门外响起。

年轻男人一身笔挺的高定西装，面容英俊，一双天蓝色的眼睛，十足异国长相。他是高思的太子爷——盖伦·普拉亚。

"那就麻烦了。"何莫禹立刻接过话。他并没有和办公室里这几个人纠缠的心思，既然决定离开，自然不会多说其他的事。

只是盖伦显然并不打算就这么让他们走，或者说让崔脆脆离开。

"好久不见，脆脆。"盖伦学习中文的时间可能不长，语调总有些怪异，但这一声"脆脆"字正腔圆。

何莫禹微微眯了眯眼睛，看向旁边搀扶着自己的崔脆脆，听盖伦的语气，两个人似乎认识，但自己可从来没听脆脆说过。

崔脆脆礼节性地朝对方点头，并不惊讶于对方会记住自己。

当初学校选拔崔脆脆去参加一场国际比赛，她得了第一，盖伦得的第二。崔脆脆之前能得到那张照片，也是因为那时关注了盖伦的社交账号。

"我听说你之前也在高思工作过？"盖伦眼神中带着一股说不出的意味，"或许你可以考虑重新回来，这个权力我还是有的。"

崔脆脆淡淡地看向对面的年轻男人，或许职场就是要磨炼人，两年未见，对方无论是从气质还是从打扮上看，都完全变成了真正的金融人士，再看不出当初失去第一的头衔的满目浮躁之色。

"谢谢，不用！"崔脆脆直接拒绝，搀扶着何莫禹走出去。

其实如果对方不是高思的"太子爷"，或许崔脆脆早将人忘记了，毕竟她在大学时期参加的比赛数不胜数，如果要将每一个第二名都记在心中，是不可能记得过来的。

盖伦眉骨动了动，最后还是带着绅士风度弯腰退开，请他们出去。

一进电梯门，何莫禹便扭头问："你和盖伦认识？"他去过总部多次，都没见过这位"太子爷"，却感觉这两个人似乎有渊源。

崔脆脆没点头也没摇头，只是说道："以前比赛见过一面。"

何莫禹撇了撇嘴："刚才他那话说得可不只是见过一面的感觉。"

崔脆脆想了想，说道："大概是因为他觉得我抢了他的第一？"

她的语气无辜到让何莫禹侧目，他盯着电梯上的显示屏："脆脆，有时候我觉得你挺狂妄的。"她明明整个人看着平和无比，还透着一股莫名其妙的"佛性"，但说出口的话就是这么张狂。

崔脆脆觉得自己很冤枉："我说的是真话。"

"嗯嗯，是盖伦太差劲。"何莫禹被徒弟弄笑了，"你这么厉害，不能缩在家里做什么翻译。"

"师父？"崔脆脆听出何莫禹的言外之意。

何莫禹哼笑一声："前几天我还在担心没人敢要你，原来之前赵远志就来找过你。既然他敢要你，你也就别躲着了。"

当初他没有处理好那些事，崔脆脆身上永远有污点，一旦她出来，以前的事被翻出来只是时间问题。木已成舟，赵远志这边要人，崔脆脆倒不如直接出去。

"当初的事没法解，除非能找回那个 U 盘。"何莫禹叹气道，"是我想差了，总不能让你因为这事一辈子不出来。"

原先他想她等一段时间，不过既然赵远志找上门来，崔脆脆可以借此机会重整旗鼓，这也不算坏事。

崔脆脆皱眉："赵学长找您啦？"

何莫禹点头："昨天上午来看我了，和我谈了谈你的事，他说不介意，知道你不是那种人。"

赵远志的公司绝对是最优选，背后有赵家支撑，赵远志本身实力不错，靠着 S 大出身笼络了一批同校的人才，他的公司是近几年发展势头最迅猛的。

"我想一想。"崔脆脆没有立刻答应。

她对金钱的欲望其实不大，能够自己生活，有余钱捐给院长那边就行，每天在家还不用想今天会不会倒霉。她唯一割舍不下的只有站在金融中心地段，面对那些数据翻手为云、覆手为雨的澎湃心情。那些曲线在崔脆脆心中如同最完美的积木玩具，可以搭建出无数种可能情况。

"你的事我也不多插手，但师父这辈子算晚节不保。"两个人走出那栋金光大厦，何莫禹转身，看着上面"高思"的牌子，无奈地笑了笑。

"师父，我去。"崔脆脆当即说道。

何莫禹嗤笑一声："你看你，哪天师父真把你卖了，你还得帮我数钱。"

崔脆脆只是见不得她师父颓废的样子，当初他可是骄傲得不可一世的人，更何况她内心深处也想要重回这个地方。

何莫禹摇头叹气："罢了，你啊，要真回来了，就给我好好争气。到时候别人会说，看，崔脆脆是何莫禹的徒弟，果然名师出高徒。"

赵远志："哈哈哈！"

叶空青刚下夜班回家，洗澡出来，点开赵远志的语音，便听到一连串张扬如同鹅叫的笑声。

皱了皱眉，叶空青随手给对方发了一段语音："我建议你去脑科拍个CT或者去精神科看看。"说完，他便将手机扔在沙发上，坐下来擦头发上的水珠。

赵远志："光听声音，叶哥，你的声音还是比较好听的，但一听你说的话，伤人！不过今天我高兴，就不计较了。"

赵远志上面一段语音还是正常说话，接下来又是狂笑。

叶空青听见满屋子全是赵远志的笑声，空出手直接点开头像，将人拉黑。

赵远志见信息发不过去，干脆打了电话过来："哈哈，叶哥，别……您先别挂。"刚一说完，他又是一阵大笑。

叶空青将手机放在玻璃茶几上，开了免提："有事说事。"

两个人相处常年如此，叶空青对赵远志的拖沓性格十分不耐烦，但

135

每次对方不厌其烦地找上门来说话，他依然会听下去。

赵远志笑了好一阵，才恢复了正常语气："叶哥，叶神，你绝对想不到发生什么事了。"

叶空青将头上的毛巾扯下来，因为动作过大，浴袍有些散了，光洁的胸膛露了出来。他漫不经心地说道："崔脆脆答应去你的公司了。"

电话那头的赵远志忽然安静下来，片刻后佩服地说道："要不说您是我哥，这您都猜出来了。"

何莫禹是他做的手术，新闻铺天盖地讨论高思空降国外负责人，而且这几年能让赵远志笑成这副模样的事，无非是将崔脆脆招揽到公司里。叶空青靠在沙发上，长腿分开，仰头闭目休憩："你去三百四十七号病房，以为我不知道？"他因为仰头而特别明显的喉结，随着说话不停上下滑动，在暖黄的灯光照耀下，显得暧昧。

"哎，反正她师父给我打电话，说脆脆松口了。"赵远志在电话那头得意地说道，"这世上就没我做不到的事，媳妇都给我熬成婆了。"

叶空青心中对赵远志的话无语，眼睛却懒得睁开，今天在手术台上连轴站了一天，他确实有些累。

"提前恭喜你。"叶空青想起崔脆脆的模样，怎么也想象不到对方在金融行业工作的场景，她更像……

叶空青的思绪难得卡壳，一时间他想不起崔脆脆适合什么样的工作形象。

赵远志在电话那头乐了："知道为什么我老找你说脆脆吗？因为叶哥你从小到大运气就好，我想沾点儿好运气，嘿嘿！"

叶空青缓缓地睁开眼睛："运气？"

赵远志嗯了一声："你都没发现吗？和你作对的人下场都不好。"

其实家庭条件出身好的人，人生路都不会有太大波折，但人在一起，总有高低之分。赵远志很早就发现他叶哥宛如头顶有光环，无论谁的目光都能被吸引过去，做什么事都能成功，和他反着来的人都没有好下场。

叶空青无端想起那天在医院楼道口低头说自己运气差的崔脆脆，扬了扬干净好看的眉："嗯。"

"嗯？"赵远志说了叶空青运气好，听他不反驳，反而奇怪起来，"你……怎么还嗯起来了，你同意我说的？"

叶空青是个坚定的无神论者，从小如此。赵远志对这一点清楚得不能再清楚，否则对方也成不了一个优秀的外科医生。他刚才说完，就等着叶空青反对，结果对方居然同意啦？

"在概率上，你说得不错，我的确比其他人运气好。"叶空青不知道想起了什么，唇边的弧度深了深。

如果赵远志在这里，估计又要有疑问了，他叶哥什么时候有了这么有人情味的笑容？

"是……是吧！"赵远志潜意识里觉得不太对劲，但出于对叶空青的盲目崇拜，认为叶空青说的是概率学问题，而不是单纯运气。

崔脆脆在同意去赵远志的公司的前一天，还接了翻译的单子。她和赵远志还没见面，只是在电话里谈了谈，因为赵远志临时出国，两个人来不及见面。

赵远志怕到嘴边的鸭子飞了，急急忙忙地给崔脆脆来了一个视频电话。

"本来想搞个正式见面。"赵远志无奈地笑道，"反正赵学长在你面前也没有架子，你就将就一下。"

"没关系。"崔脆脆并不在意形式。她其实分析过赵远志的公司，只不过当时是站在对手的立场上分析。

"行，那我先发些资料，让你了解了解咱们公司。"赵远志也不是拖沓的人，爽快地给崔脆脆发来一大堆文件资料，"等我回去，到时候我们出来吃个饭，就当学长请学妹。刚好那几天我叶哥休息，让他一起来，你们应该早就认识了吧？"

赵远志说请吃饭，结果在国外各种会议开下来，一直拖到了十月初，正好赶上国庆放假，同时冷空气移向S市。十月一日晚上，温度一下子降到了16℃。

"不如我们去月关山泡温泉？"赵远志一回国就给崔脆脆打电话，"这天气不泡温泉有点可惜了。"

"好。"崔脆脆无所谓到哪儿，左右是个迎新饭局，以后赵远志是她的顶头上司，这点儿面子她还是要给足的。

月关山在S市郊外，最出名的是山顶空中餐厅，然后才是温泉浴，因为温泉是酒店的套餐。

十月二日下午，崔脆脆开车去了月关山，车是何莫禹前几天送的，说师父得给徒弟礼物，庆祝她找到新东家。

这车不算豪车，但开出去在金融街上不会跌面子。崔脆脆拒绝不了，她师父的意思很明白，他别的没办法帮，但撑面子还是要撑的，否则崔脆脆就是看不起他这个师父。

慢腾腾地将车开到月关山脚下，崔脆脆在接客大厅坐电梯上了山顶，一出来就看见赵远志坐在大厅的沙发上。

赵远志戴着一副墨镜，嘴里嚼着口香糖，衣着休闲，是红蓝格子外套加上牛仔裤，单脚搭在大腿上抖腿，十足的闲散公子哥气派，不像一个大公司的老板。

"哎，脆脆，这儿呢！"赵远志也瞅见崔脆脆了，立刻起身招呼她过来，热情无比。

崔脆脆过去和他一起坐在沙发上，听赵远志说还要等人来。

"叶哥这个点都没来，不会跑医院去了吧？！"赵远志看了看手表，下午六点了，有些着急。叶空青自从去医院工作后，经常性放他的鸽子，赵远志怀疑自己又一次被放鸽子了。好不容易都有空，他为了请他叶哥出来，都没叫上公司其他人。

崔脆脆看着大厅里人来人往，想了想，说道："也有可能堵在路上了。"刚才她来的时候，背后似乎堵了一大片。

赵远志拍了一下脑袋："只记得我们有空，差点忘记现在是国庆，最近来月关山游玩的人特别多。"

月关山的空中餐厅和温泉酒店只在S市少数人口中流传，大多数市民过来是为了月关山半山腰上的风景，那里有个大型的植物园和一片清湖，很适合一家人过来拍照游玩。

"我打个电话问问。"赵远志先给崔脆脆开了一瓶果汁，再拿出手机和叶空青联系。

叶空青接得很快："路上堵车，大概还要一个小时。"他刚出城就被堵得动弹不得。

赵远志："那我们先去湖边逛一圈，你到了给我们打电话。"

好在月关山还有的玩，他们不至于坐在酒店大厅干等，赵远志对这里熟门熟路，带着崔脆脆朝山下走去。

两个人越往下走人越多，全是国庆出来玩的一大家子人。

路过植物园的时候，赵远志墨镜都被挤歪了，他气喘吁吁地从人群中挤出来，回头看着同样狼狈的崔脆脆，一脸愧疚的表情："忘记现在是国庆期间，下次学长带你去其他地方。"原本他计划一起看看湖，吃个饭，再去泡温泉，简直完美，结果忘记自己能有空，别人也能有空。

"这里也挺好的。"崔脆脆远远看着那边的清湖。天暗了下来，湖边的灯光还没亮，晚霞映在湖中央，微风拂过水面，波光粼粼，飒然又唯美。

两个人慢慢地朝湖边走去，崔脆脆忽然看向不远处的亭子内的两个背影，皱了皱眉，觉得其中有一个人特别像黄米。

"看什么呢？"赵远志顺着崔脆脆的目光看去，咦了一声，立刻朝那边的人打起了招呼："郑朝晖。"

听见声音，亭子内的两个人都回过头来，崔脆脆诧异地望着熟悉的脸："小米？"

黄米原本脸上没什么表情，一见到崔脆脆，马上笑了起来："脆脆，你怎么也来这鬼地方？"

旁边的男人朝黄米扫了一眼，不咸不淡地说道："既然黄小姐认为这里是鬼地方，不知为何还要约我来这儿？"

还能为什么？自然是让你不好过。黄米心中暗暗翻白眼，嘴上却软软地说道："来之前，我也没想到这里人这么多呀！"

"对，我也没想到今天人这么多。"赵远志仿佛找到了知音，瞬间和黄米唠上了。

崔脆脆目光在对面那个叫"郑朝晖"的男人头上停了一会儿，才重新移向黄米。

这几个人平时虽然没有交集，但都认识谁是谁，黄米和赵远志寒暄完，就拉着崔脆脆在边上说话。

"脆脆，你今天来这儿干什么？"黄米摸了摸手臂。她今天穿了一条长裙，袖子只到手肘处，现在被风一吹，冷得要命。那"绿毛男"没有一点儿绅士风度，刚才见她缩手缩脚，居然特地裹紧了自己的外套。

"我之前答应去学长的公司，刚好出来吃个饭。"崔脆脆穿得多，里面是一件带帽卫衣，外面还有牛仔外套，看着像个学生。

她脱了外套递给黄米，小声地问道："那个人是不是上次……？"

黄米一看崔脆脆就知道她在想什么，立刻否认："不是我找他的麻烦，我只是被抓过来相亲的。"

谁知道相亲对象就是这个"绿毛男"，在市区的时候嘻嘻哈哈像个混混儿，一到这里来，脸忽然变了，沉得能滴出水来，要不是崔脆脆两个人突然出现，她真被吓住了。

那边赵远志正在和郑朝晖进行许久未见的寒暄。

"我前段时间就听说你回国了，一直没时间请你出来玩。"赵远志眼睛不由自主地盯着郑朝晖的头发。当年出国的时候，这位还是和他叶哥并称的，现在这品位……

郑朝晖懒散地靠在亭柱上，修长的手指拿着打火机一开一关，让人忍不住被明明灭灭的火光吸引。

"我都回国两三个月了，该玩的都玩腻了。"郑朝晖有一张英俊深沉的脸，即使顶着一头绿毛，穿着破洞衣服，靠在柱子上看着不着四六，依然好看。

"挺好。"赵远志突然词穷。这位家庭情况复杂,在 S 市这个圈子里是出了名的,现在回来,必定带着腥风血雨,就是不知道怎么和黄家大小姐扯上了关系。

黄米拉着崔脆脆过来:"你们今晚也要去上面吃饭,能不能带我一个?"

"黄小姐不愿意和我一起用餐吗?"郑朝晖懒散地站了起来,唇边勾起了一丝不太良善的笑容,"之前不是说好啦?"

有好友在身边,黄米胆也不怯,心也不虚,挺直了腰杆:"说好了不能后悔?我和你相亲,又不是结婚,事事还得听你的不成?怎么着,你还想打我?"

郑朝晖眼睛黯了黯:"黄小姐说的什么话?"

黄米双手叉腰,名门淑女风范早不要了:"你看看你,这么凶,看谁都像要打谁的样子。"

"哈哈哈,当然可以,两位能一起过来,当然好。"赵远志忽然插进两个人中间,笑道。

最后,两位男士走在后面,黄米拉着崔脆脆在前面嘀咕了一路。

原来,前段时间她姑妈说要给她介绍对象,黄米没怎么放在心上。她姑妈向来疼她,之前也介绍过一次对象,都是在圈内的尖子里挑,这回黄米自然还是要抽出时间来见一见面的。谁知道一见面,是这么一个人,也不知道姑妈在想什么,黄米打定主意,明天回去一定要问清楚。

"我还没找上他的麻烦,他倒先找上我了。"黄米还是气不过,尤其之前郑朝晖是那副阴阴沉沉的样子,川剧都没他会变脸。

正巧几个人走到大厅时,叶空青从电梯内出来,第一眼目光便落在了郑朝晖身上。

一个一米八几的高大男人,顶着一头绿发,无论在哪儿都能吸引注意。

"叶哥,你终于来了。"赵远志朝叶空青挥手,怕他认不出旁边的人,又介绍道，"这是朝晖，好多年没见了。"

"好久不见。"叶空青伸手要和郑朝晖握手，对方只是扯了扯唇，拍了他的手。

"用不着这么正式，出来吃个饭而已。"拍掉叶空青的手后，郑朝晖双手抱臂站在原地，脸上吊儿郎当的。

叶空青倒没什么太大的情绪，对郑朝晖点了点头便自然地收回了手。

"你看他那样子，咋不上天呢？"黄米嫌弃地摇头，惹得崔脆脆侧脸看去。

黄米控制好自己的情绪，低头咳了一声："最近，科室进了一个新同事……东北的。"

五个人在空中餐厅一起吃饭，其间赵远志和黄米说话最多，整个桌子上只能听见他俩的声音，到最后，两个人齐齐后悔为什么没有早点儿认识。

黄米坐在崔脆脆的左边，叶空青在右边，靠近玻璃窗户，而另外的两个人坐在对面。

和赵远志越说越起劲，黄米手一扬，不小心将手边的酒杯打翻，酒杯口直直对着崔脆脆扑来，那里面还有一小半没喝的红酒。

叶空青反应极快，左手越过崔脆脆的腰，冷白修长的手指精确无误地捏住了高脚杯的杯座，快荡出来的红酒重新被装回了酒杯中。

一时间，桌面上有些安静，黄米是被自己吓住了，刚才差点将红酒打翻在崔脆脆的身上，至于赵远志，纯粹被他叶哥这一手动作震惊了。

"谢谢！"崔脆脆都没反应过来，低头望着突然出现的叶空青的手，又扭头看了一眼他，小声道。

叶空青嗯了一声，将高脚杯重新放回桌面上，低声道："小心一点儿。"只是这话不知道是对崔脆脆说的，还是对黄米说的。

因为姿势，现在崔脆脆像极了被叶空青揽在怀里，两个人贴得极近，磁性低沉的声音仿佛贴着她的耳朵说出来的。

好在叶空青离开得也极快，崔脆脆才不至于失态。

"脆脆，对不起，你没事吧？"黄米登时束手束脚，看了看红酒杯，拉着崔脆脆，有点自责。这一杯酒倒下去，虽不会真造成什么伤害，但她不就成了让脆脆倒霉的凶手？

崔脆脆摇头，那杯红酒半滴都没落在她的身上。

"真亏了叶学长。"黄米松了一口气，探头对坐在里面的叶空青道，"不然脆脆又碰上这种倒霉事。"说完，黄米立刻想起当初在停车场的事，抬头朝郑朝晖瞪过去，这"绿毛男"也是让脆脆倒霉的人。

崔脆脆听见黄米说倒霉，想起了之前在医院楼道口叶医生说将运气分给她的话，忍不住扭头看向旁边的叶空青。

叶空青正好也抬眼望过来，两个人目光相互碰上了。

吃完饭不宜立刻泡温泉，酒店有其他玩乐场所，一行人去了棋牌室。

"斗地主还是二十四点？"赵远志拿了一副扑克，过来问道。

五个人，崔脆脆先举手说自己不会。

"先玩几把二十四点，脆脆你在旁边先学学，待会儿在一起玩。"说起来，黄米还没和崔脆脆玩过牌。

几人都无异议，崔脆脆挪了一张椅子过来，坐在旁边看，规则不难，大概一轮她便差不多看懂了。

玩了几把下来，黄米将牌收了起来："脆脆，你上来。"

叶空青率先站了起来，将位子腾给崔脆脆："你们玩。"

刚才几把都是叶空青赢了，几个人也就没有反对，看着他和崔脆脆换了个位子。

"嗯……三个同专业的了。"黄米忽然道，扭头看向郑朝晖，"你什么专业的？"

郑朝晖懒懒地撩起眼皮："你姑妈没和你说？"

说了，但是黄米没注意听她姑妈都讲了什么，纯粹过来敷衍长辈的。

凉凉地嗤笑一声，郑朝晖还是说了一句："金融。"

黄米都快习惯这个阴阳怪气的男人了，看着一桌子人，觉得很巧合：

"那我们一桌人都是这个专业的了，那就来看看谁厉害。"

玩扑克牌也是讲究技巧的，黄米认为经过刚才几盘预热，她可以发挥自己的实力了。

一把、两把、三把……

"那个位子风水是不是比较好？"赵远志看着崔脆脆问道，怎么他叶哥赢完脆脆赢？

"大家轮流坐吧！"崔脆脆站起来，和赵远志换。

赵远志也没客气，直接换了过来。结果一桌人轮完了，赢的那个人还是崔脆脆。

"你真第一次玩？"郑朝晖也忍不住问。他输给叶空青就算了，这个人一向什么都要做到最好，这崔脆脆又是什么情况？

崔脆脆点头："以前没碰过。"

会玩扑克牌得有契机，要么家人玩，要么朋友玩，这样自己才会玩，否则接触都没接触过，怎么会玩？崔脆脆大学以前的生活范围，除了学校就是孤儿院，后面大学也没有机会接触。

"不行，换个打法。"此时黄米展现出"坑友"的风范，势必要让崔脆脆输一次。

叶空青依然在旁边看着，顺带给崔脆脆仔细讲了讲新玩法的规则。

看着叶空青耐心地给崔脆脆讲规则的场景，郑朝晖诧异地挑了挑眉，目光移向旁边的赵远志，试图从他脸上看出什么，结果发现他在低头洗牌。

最开始崔脆脆出牌还有些生涩，到了后面又开始"虐"他们。

赵远志和黄米："……"

"要不你换叶医生上来？"郑朝晖淡淡地看着黄米，提议道。

黄米朝郑朝晖瞪起了眼睛："你怎么不下去？"

郑朝晖余光瞥了瞥她手上的牌："你总垫底，不是你下去，谁下去？"

就在黄米要暴起时，郑朝晖又添了一句："你不想看他们两个人一起打？"

黄米目光在崔脆脆和叶空青之间打转。想，她当然想！叶空青不用说，浑身上下透着大佬的气息，崔脆脆既然也这么厉害，高手对决，谁不想看呢？

黄米当即从位子上利落地下来了。

傻子。郑朝晖抬手挡住嘴角要扬起的嘲讽弧度，却没察觉到自己眼中的阴影散了不少。

这盘的目的就是崔脆脆和叶空青的输赢，赵远志和郑朝晖就是陪打。

"三个 A。"赵远志犹犹豫豫地出了三张牌。

叶空青和崔脆脆再一次对上目光，相视一笑，同声说："不要。"

啧！郑朝晖舌尖顶了顶右侧腮帮，看样子，时间长了谁都会变，连叶空青都不意外。

这一盘的时间格外漫长，因为叶空青和崔脆脆出牌时间慢了下来，另外两位基本放弃挣扎，有什么就出什么。

"我赢了。"叶空青忽然将手里的牌翻开压下，对着崔脆脆说道，声音里带着棋逢对手的愉悦感。

崔脆脆愣了愣，看了看手里的牌，再去看叶空青摊开的牌面，她果然输了。

"你第一次，不熟练正常。"叶空青上半身微微朝后仰，"下次我不一定能赢。"

"嗯！"崔脆脆低头，伸手将桌子上的牌收起来。

两个人与周围人之间似乎有着一层透明的膜，但赵远志几个人都没注意，因为他们准备去泡温泉了。

原本赵远志打算三个人一起泡泡温泉，顺便拉近一下距离，为了不让崔脆脆觉得尴尬，才拉叶空青过来的，当然也有顺便邀好友出来玩的意思。

不过，现在他们碰上了黄米，她们两个女生要一起泡，原先订好的两个温泉房便男女分开了。

三个男人凑在一起，水面上还有放好的饮料，叶空青没有碰。他难得出来一次，一下来便靠在鹅卵石边上闭目休息，温热的泉水确实很能解乏。

"我听说最近你家不太平？"赵远志递给郑朝晖一杯果汁，"都是朋友，有事招呼一声。"

郑朝晖抬眼看去："你把我当朋友？"

赵远志用杯子碰了碰郑朝晖的杯子："你这话说的，当初高中的时候我们不是玩得挺好？"

不知想起了什么事，郑朝晖眼中冒出了戾气，他扬眉望着赵远志，语气也差了起来："赵公子应该是和所有人都玩得好吧！"

这话赵远志就不爱听了。他在水中转过身，朝向叶空青："叶哥，高中我们三个不是朋友吗？"

叶空青在一片雾气中睁开眼睛，听见赵远志说话后，没有立刻回答。

一时间，温泉里只有水流声和淡淡的硫黄味。

郑朝晖嗤笑一声："看来只有赵公子你自作多情了。"

"左右你的人生的人，不是我们，没必要冲我们摆脸色。"叶空青说话总是利落干净，没有半个字含糊，直接得很。

郑朝晖反而低头安静下来，片刻后说道："说得也对。"

赵远志不太高兴："姓郑的，再叫一次赵公子，以后别来往。"

三个人在高中交情是真不错，赵远志除了和从小玩到大的叶空青走得最近，剩下就是郑朝晖，可惜高三下学期郑朝晖突然离开，以后再没了联系。

"刚才那位是你女朋友？"郑朝晖的绿色头发被温泉蒸汽打湿，湿答答地垂了下来，这会儿面容平静，倒有点回到高中三个人在天台上放风时的样子。

一滴水珠顺着叶空青的睫毛往下滑落，他眨了眨眼睛："不是。"

郑朝晖不知想起了什么："那是远志的女朋友？"有意思，当初赵远志什么事情都要跟着叶空青，现在反过来了。

赵远志听完很久才反应过来郑朝晖在说什么，翻了一个白眼："脆脆

146

是我千求万求过来的人才，什么女朋友？郑朝晖，我记得你以前对这种事完全不感兴趣。"

叶空青淡淡地朝郑朝晖扫了一眼，便裹着浴巾站了起来，跨出温泉。

能在毕业多年后踏入社会，站在繁华的金融圈，私下还保持着孩子气的人，大概也只有赵远志。叶空青不太在意郑朝晖的多番试探。

"她很厉害？"郑朝晖问赵远志。

"废话，不厉害我能惦记了两年？"赵远志也爬了上去，顺便拉了一把郑朝晖，"今天算是一个私下迎新活动。"

郑朝晖身上的冷漠和刺头感消了不少，他和赵远志并排坐在一起："你私下迎新，还要带着我们叶医生过来？"

"叶哥帮我搭了好几次线，脆脆对他比对我熟，再说了，都是校友，出来聚聚怎么啦？"赵远志拍了拍郑朝晖的肩膀，"你都没说和黄学妹的事呢！"

这边在谈论两个女孩子，黄米那边也没闲着，拉着崔脆脆在谈隔壁的男人。

"叶医生真不愧是多年'校草'中的'校草'。"黄米一脸感叹的表情，"真好看！"

崔脆脆回忆起叶空青，脑海中首先出现的倒不是他的脸，而是叶医生的手——干净修长、白皙如玉。

"其实仔细想想，另外两个也不错，那个'绿毛'要没了头发，估计还挺英俊的。"黄米别的不好说，人还是诚实的。

黄米拉着崔脆脆说了一会儿话，温泉边上的手机响了，是她姑妈打来的电话。

她姑妈来查岗的，她正好也让姑妈看看那位被她姑妈夸出天际的男人，到底是个什么样的人。

"脆脆，我先去找郑朝晖。"黄米握着手机，披了一件浴袍朝隔壁房走去。

隔壁温泉房是赵远志订的，比黄米订的要大一倍。黄米一进来便见

147

到坐在椅子上的叶空青和饮果汁的赵远志。

"大志，郑朝晖呢？"黄米拿着响个不停的手机问。

新得绰号的赵远志朝温泉一角指了指："那边泡着呢！"

郑朝晖听见声音，也朝这边过来。

黄米打开她姑妈的视频，皮笑肉不笑地说："姑妈，我们在泡温泉。"说完，她极有心机地将摄像头往郑朝晖的头上拍，势要她姑妈看清楚那头绿毛。

只不过，郑朝晖原本嚣张显眼的绿毛早打湿塌了下来，再加上温泉房内灯光昏黄，根本看不清，黄米的姑妈的目光焦点全在郑朝晖那一张英俊的脸上和光裸结实的胸膛上。

"咯……你们好好玩。"黄米的姑妈只说了这一句话，便匆匆将电话挂掉了。

黄米："……"

来都来了，黄米和赵远志又是停不住嘴的人，就说上了。

叶空青睁眼看了看那边说得正起兴的三个人，拿起手边的手机，想了想，还是直接站了起来，朝隔壁的温泉房走去。

原本想叫人一起过去，但叶空青刚进去便发现里面很安静，崔脆脆靠在石壁上睡着了。

叶空青正要喊她别在温泉内睡，余光落在温泉外边干燥的地面上，目光登时凝住。

黄米离开这间温泉房才十多分钟，因为房间里湿热，米色地板一时半会儿干不了，叶空青甚至能看到她走出来的一条水印，而另一边明显是崔脆脆的位子，没有任何脚印，意味着她没有上来过。

泡温泉的时间一般不超过半个小时，否则皮肤的毛细血管过于扩张，人会出现昏迷的情况。

叶空青长腿跨进温泉中，朝崔脆脆的方向游去，果然，对方昏昏沉沉得睁不开眼睛。他顾不得太多，直接揽着人往温泉边上走去。

148

将人抱出温泉，叶空青从崔脆脆的位子上拿过一条大浴巾快速裹住她的全身，再抱着她到温泉隔间的长椅上，手掌垫在她的脖颈下方，轻轻按压。

离了高温高湿的温泉房，这里干燥通风，很快，崔脆脆便皱眉醒了过来，一睁眼便见到了正上方的叶空青。

"叶医生？"崔脆脆捂着头坐起来，由于泡了温泉，她原先雪白的脸颊如今有两团红晕，眼睛也湿漉漉的。

见到崔脆脆醒过来，但叶空青脸色并不太好看，甚至有些冷漠："不能一直泡在温泉里的道理，还要别人再给你讲一遍？"

崔脆脆现在还有些头晕，她刚刚只是泡在温泉里想事情，结果走神，忘记了时间，没能及时出来。

"对不起。"崔脆脆第一次见到叶医生如此冷漠的神情，无措地绞了绞手指，仰头望着站起来的叶空青，"小米呢？"

"她在隔壁，走吧！"叶空青刚才的无名火被压了下去，他脸上恢复了之前淡漠的神情。

崔脆脆立刻站起来，只是人还没有完全恢复，眼前一黑，直直朝前倒下。

叶空青还没有转身离开，正好在崔脆脆对面，迅速伸手揽住她。

叶空青刚才下水将人捞起来时，原本身上裹着的浴袍早被扯下，上半身一直裸着，这会儿崔脆脆直接砸在他的胸口处，崔脆脆清醒过来，鼻间萦绕的只有对方身上清淡如雪的气息。

"抱歉。"

崔脆脆手忙脚乱地后退，要离开，被叶空青伸手按住："别动。"

叶空青满眼无奈之色，不知道该说什么，只是跟从医生的本能，将人迅速拉去旁边的洗脸台，拧开水龙头。

这时，崔脆脆才从洗脸台的镜子里看到自己被撞出了鼻血。

叶空青利落地将崔脆脆的鼻子上的血清理干净，拿了两张纸巾打湿，放在她的鼻头上："按住。"

崔脆脆依言乖乖按住纸巾，一连串的事让她手脚僵硬，不敢乱动。

见她按住了打湿的纸巾，叶空青才腾出手，接了凉水，轻轻拍在她的额头上。

两个人面朝洗脸台，叶空青半拥着崔脆脆，掌心不停地接水，轻轻地拍打她的额头，见她手里的纸巾被血染红，另一只手便另外抽了纸巾过来打湿。

这时，有个走错房间的客人，一踏进外间便见到两个人亲密的动作，马上红着脸退了出去。

叶空青听见声音，扭头淡淡地朝外扫了一眼，低头拿下崔脆脆手上的纸巾："好了，没再流血。"说完，他松开崔脆脆，将洗脸台处的纸巾扔进垃圾桶内。

崔脆脆向来知道自己倒霉，但没想到这么短的时间内，会在叶医生面前不断出糗，平时心态再好，现在也有点崩，低头沉默了下来。

叶空青由她得站在这里冷静，等到崔脆脆抬头和他说谢谢时，他淡淡地点了点头，之后便走在她的附近，有意无意地护着她。

隔壁温泉房里的三个人依然在说话，叶空青看着黄米和赵远志，心中有些不愉快。一个说是好友，要将人拉进一间温泉房，后面又跑进他们这里，不顾崔脆脆；另一个明明要给她洗尘迎新，但现在和其他人说得正起劲。

赵远志莫名其妙地觉得后背一凉，往后一看，发现他叶哥带着脆脆过来，心下一松，他们再不来，他快撑不住了。

叶空青一离开，他和黄米两个人还没说几句话，黄米和郑朝晖就杠上了，赵远志拉都拉不住，劝谁被谁怼。

"过去吧！"叶空青伸手拉住崔脆脆的手腕，以防她踩在地板上滑倒。

崔脆脆被他温热的指腹握住，惊了惊，下意识地抬头看向叶医生，却只能看到他干净完美的下颌线。

这两个人一进来，黄米和郑朝晖便纷纷收敛，各自靠在椅子上，不再言语。

赵远志：今天还能再乱一点儿吗？

晚上十一点，金融街上依旧灯火通明。

盖伦从临时办公室里下来，走到三十七层视察装修工作。这间办公室采光极好，空间又大，给吴德，纯粹为了安抚人心。

何莫禹的东西都被收拾在右边的角落里，说实在的，盖伦对这位比对吴德的兴趣更大，可惜……何莫禹主动离开了。

盖伦走到那张堆满各种杂物的办公桌边，随手翻开一份文件，上面有何莫禹留下的笔记。或许不算笔记，十二页 A4 纸只有一段用红笔圈了出来，写了短短几句话，但足见何莫禹经验之老到、眼光之毒辣。

"可惜……"盖伦摇头，放下文件，正要翻其他的文件，吴德从门口进来了。

吴德也是来看他的办公室装修进度的，没想到能见到"太子爷"，立刻上前打招呼。

何莫禹和吴德是典型的金融精英人士，无论是穿着——华贵的高定西装、锃亮皮鞋、昂贵的手表——还是精神极佳的状态和灵活的头脑，都极为相像，唯独一点，何莫禹心中有一条底线，有自己的骄傲，吴德没有。吴德一踏进这行，唯一的目标便是做人上人，其他一切都需要为此让路。

盖伦和吴德寒暄了几句便想离开，冷不防踢到什么东西。他低头一看，是个银白色的 U 盘。盖伦挑了挑眉，弯腰将 U 盘捡了起来。

"这是……？"吴德见到 U 盘，心中莫名其妙地跳了跳。

"或许是何留下来的。"盖伦的目光落在办公桌上的电脑上，这是何莫禹没有带走，吴德也不想要的废弃电脑，已经做了清除处理，电脑界面空空荡荡的。

盖伦将 U 盘插进去，用电脑打开，旁边的吴德不由自主地站了过去。

U 盘上的文件夹很快显示出来，几十个文件夹，盖伦随便打开一个，里面的数据完美得让盖伦对这 U 盘的主人顿生好感，果然不愧是在中国区占据将近一半市场的企业的领导人。

然而，返回往下滑看到一个文件夹时，盖伦愣住了。

盖伦来高思的第一件事，不是认识高思高层，也不是整理查看高思近年来的财务分析报表，反而是找了人事了解崔脆脆当初为什么离开。

"这是崔的 U 盘？"盖伦联系当初人事说的话，看着银白色的 U 盘问道。

吴德的脸黑了一瞬，但也只有一瞬，他弯腰看着电脑屏幕上那熟悉的报表："大概是，不知道怎么出现在何莫禹的办公室中。"

盖伦仔细地将那个文件夹里的报表看了一遍："这算当初的证据，我拷贝一份，明天开会的时候说清楚。"

吴德嘴上的笑凝了凝，他提醒道："崔脆脆已经不是我们公司的人。"

盖伦拷贝了一份发到自己的邮箱中，取下 U 盘，无所谓地说道："只要她还在这行，我就得还给她一个说法。"盖伦来中国，除了时机合适，还有一个原因就是来见见这位当年的对手，他要光明正大地赢她一次。

"你有她的微信吗？"盖伦起身离开之前，向吴德问了崔脆脆的微信号。

吴德："有。"

盖伦成功给崔脆脆发了验证消息，转身出去就给崔脆脆打了电话。那次比赛的时候，他就有崔脆脆的电话号码，只不过没联系过。

这时候，崔脆脆已经在酒店房间里准备休息，床头柜上的手机突然响了起来。

"崔，晚上好。"

崔脆脆听着对面怪异的中文腔调，问道："盖伦，你有事？"

盖伦走进电梯，按了自己的办公室所在的楼层，拿起 U 盘放在自己的眼前："你有东西落在了高思。"

崔脆脆下意识地皱了皱眉，以为盖伦想找她的麻烦："我离职时所有东西都交接好了。"

"U盘，你当初丢的U盘，在何莫禹的办公室里被我发现了。"盖伦走出电梯，"我加了你的微信，麻烦通过，拍图给你。"

听见U盘，崔脆脆一瞬间有些走神，等回过神时，问电话那头的盖伦："明天我去高思拿？"

盖伦没同意："明天我没空。"

崔脆脆站了起来，走到窗户旁，看着月关山外面："你可以放在公司一楼前台，我明天下午去拿。"

"不。"盖伦握着U盘，很奇怪地说道，"崔，你还是小孩子吗？前台人来人往，万一有人拿走你的U盘，该找谁？"盖伦认为只有自己将U盘交给崔脆脆才是最安全的。

崔脆脆："我记得高思一楼前台有两个摄像头。"

盖伦冷冷地笑了一声："所以呢？如果有人吃掉你的资料，你的U盘完全无用。"吃掉？是删除吧！

崔脆脆被这中文弄得头晕："那你什么时候有空？我去找你。"

盖伦满意地点头："后天中午你来找我。"挂电话前，盖伦还嘱咐崔脆脆记得通过他的好友申请。

崔脆脆一晚上没有睡好，躺在床上回忆半年前的事。那U盘她一直随身携带，里面放了许多资料，重要的报表和计划书全导进去了，就是防止电脑出问题。电脑不方便带，U盘却可以随身携带，也没人能碰，只是到底关键时刻还是不见了。

她回忆起刚才盖伦的话……在师父办公室发现U盘的？

崔脆脆没想过是何莫禹拿了U盘，这不可能。

崔脆脆突然想起那段时间她进去给师父送文件，碰上新来的清洁工阿姨把桌面上的墨水瓶打碎了，那位阿姨边哭边拉着她说不是故意的，说自己刚来上班没多久。

好在没有弄脏桌上的电脑和文件，崔脆脆便先让清洁阿姨出去，自己拿着抹布将桌面清理了一遍。因为墨水瓶打碎在地上，她爬进桌子底

153

下将碎玻璃扫了出来。

一想到是自己打扫时将 U 盘掉进桌缝内，崔脆脆心中便无奈至极，当初电脑被人删了资料，到头来坑自己最狠的还是她自己。

原本崔脆脆以为自己能释然，但或许是 U 盘丢得太过儿戏，她一晚上没太睡着，一大早起来，眼睛下方青了一块。

四个人住在同一层楼，崔脆脆以为自己起得很早，不想刚一开门，叶医生也同时出来了。

"赵远志估计要到九点起来，先下去吃早点。"叶空青目光落在崔脆脆的脸上，有点不满意，怎么会有一个人次次都能把自己弄得如此狼狈？

崔脆脆跟着叶空青一起进电梯，准备下楼吃早饭。

"你有失眠问题？"叶空青按下电梯按钮后，问道。

电梯空间其实不小，但两个人站在里面，崔脆脆无端觉得压力有些大，小步朝后挪了挪："没有，平时睡觉挺好的。"

叶空青也不戳破她眼下黑青的状况，只是淡淡地说道："营养不良、贫血，如果再加上失眠，我劝你好好休养，否则去公司高强度工作，大概我们又要在医院见面。"

这话说得过重了，但崔脆脆的第一反应不是这个。

她小声地说道："如果我生病，应该不是去神经外科。"

叶空青轻轻瞥了一眼垂着头的崔脆脆，不置可否。

两个人一齐到自助餐厅用餐，崔脆脆径直伸手拿了一块蛋糕，上面附了一层厚厚的奶油，让叶空青看着直皱眉。

他往自己的盘子中放了一杯牛奶和三明治，最后拿了两个鸡蛋，一个自己的，另一个放进了崔脆脆的盘子中。

"早上多吃高蛋白质的食物。"叶空青也不知道原来自己是个多管闲事的人，但看着她拿一大块蛋糕，便忍不住开口。

崔脆脆低头看了看自己盘子中的一块蛋糕和鸡蛋，又扭头瞟了一眼叶医生盘子内的食物，最后默默地将蛋糕拿出来，换成了三明治，顺便拿了一杯牛奶。

早上七点不到，人不多，两个人一起坐在窗户旁边。月关山环境的确不错，外面的几棵大枫树叶子通红一片，随风轻轻飘落。

崔脆脆有些着迷地看着窗外，盘子里的东西早冷了下来，热好的三明治变得冷腻，她吃完鸡蛋后便不愿意再碰，手里握着杯牛奶，慢慢打发时间，唇边有一圈奶渍，偏偏杯子中的牛奶半天不见少。

"你挑食？"叶空青吃完盘子里的东西后，抬头看向对面的崔脆脆，语气中带着判断之意，"身体差不是没原因的。"

"我……"崔脆脆想说自己不挑食，但盘子里只咬了两口的三明治，清清楚楚地显示她在挑食，最后她带了点儿羞怒情绪说道，"我身体不差，那段时间是个意外。"

自从去医院检查回来，她在家里是好好做饭，按时用餐的。

"嗯，你身体好。"叶空青微微扬了扬唇，原本冷淡清俊的脸上多了一丝烟火气，只不过带上的是对崔脆脆的嘲意。

几次三番在叶医生面前出糗便算了，还要被他认为她是身体不好的典型，崔脆脆莫名其妙地想争一口气，伸出手臂举了举："我可以拎起两个饮水桶。"

她见到过的，大学期间有些男生拎一个水桶都吃力得很。

叶空青眼神落在她那一截白皙的手臂上，唇边弧度又大了些，收回眼神，敷衍道："力气不错。"

崔脆脆终于觉得对面的叶医生从心中的神坛上走了下来，没想到他居然会这么揶揄人。为了证明自己并不挑食，她重新拿起三明治，打算吃完。

"既然不喜欢吃，就别吃了。"叶空青见那边服务员抬了刚煮好的粥过来，便站起来，走到取食台前盛了一小碗白粥过来，放在崔脆脆的面前。

"谢谢！"崔脆脆抿了抿唇，抬眼看向叶空青，认真地道谢。

她确实不爱吃这类东西，早上更习惯喝粥。

窗外的初日，温温暖暖地照了过来，不大的桌子边围了两个人，男人半靠在椅背上，双手环抱，微闭上眼睛，淡黄的光线落在他的半张脸上，让他宛如神秘俊美的雕像。

崔脆脆喝完粥，抬头便见到这样的情景，愣了愣神。

叶医生外表出色，崔脆脆第一次见他便有所了解，只不过她并不是一个看重外貌的人，所以几次见面都还算冷静。

然而，就在刚才那一瞬间，崔脆脆被对面的男人惊艳到了，终于明白黄米一直以来见到好看的人就极为激动的行为。嗯，她也差点激动了。

不过，她激动的情绪被叶空青的手机铃声打断了。

"现在？"叶空青一接通电话便皱起了眉，"我在郊外，大概需要两个小时赶回医院。"

叶空青一边听着对面的人讲话，一边站起来对崔脆脆说道："麻烦和远志说一声，我临时有事要去医院，先走了。"

崔脆脆点头，也站了起来："好。"

在下电梯时电话便已挂断，现在叶空青站在自己的车子前面，盯着车前轮看了一分钟，确定轮胎没救后，给赵远志打电话，想借开他的车去医院。

电话没有打通，叶空青换了一个联系人。

三分钟后，崔脆脆从电梯里跑了出来。

"抱歉，麻烦你送我一趟。"此刻叶空青似乎又变成了医院里冷漠礼貌的叶医生。

崔脆脆摇头："病人重要。"

两个人一起来到崔脆脆的车面前，叶空青眼中掠过一丝诧异之色：这车和崔脆脆的风格不太像，过于嚣张霸道。

叶空青要赶着回医院，崔脆脆没再像昨天过来一样慢腾腾的，路上车辆并不多，现在早上八点不到，很多人甚至没有起来，路况很好。

崔脆脆在开车，叶空青并没有闲着，他手机里是同事发来的病人的照片和病历，事发突然，能争取到一点儿时间是一点儿。

一旦进入工作状态，男人便会不自觉地用手指敲着大腿，这是他思考问题时的典型动作。

病人的脑部 CT 看起来不算特别糟糕，但医院那边紧急叫他过去，肯定发生了什么状况。

"他之前在其他医院的病历呢？有没有特殊遗传病？"叶空青给医院值班的医生打去电话，匆匆问了几个问题。

问完问题后，叶空青继续翻看医院发过来的资料，一路上车内安静异常，只能听见两个人的呼吸。

崔脆脆比叶空青还要紧张，总担心自己开慢了，耽误病人得不到救治。

叶空青抽空抬头看了一眼崔脆脆："不用着急，正常开就行。"

病人本身在医院，即便出事，还有医生在，否则也不会答应叶空青赶两个小时的车程过来。

崔脆脆放在方向盘上的手依然有些僵硬，她没办法放松，内心深处对医院有天然的恐惧感。

正好叶空青将手机里的资料看完了，抬手在崔脆脆的手臂上捏了几下，让她的肌肉放松下来："走怀民路，那条路不容易堵车。"

崔脆脆打了半圈方向盘，转弯去了怀民路。她悄悄看了看自己的手臂，内心涌起一个巨大的疑问：医生是不是都有点穴之类的本领？

上次的赵医生也是，这次叶医生……好像也会。

叶空青刚才看不惯崔脆脆过于僵硬的肢体，这才上手，刚捏完便后悔了，两个人到底不是医患关系，甚至不算是朋友。

"叶医生，电视里的点穴是真的吗？"崔脆脆按捺不住好奇心，终于问出藏在心中许久的问题。

叶空青对上崔脆脆充满好奇的眼神，为刚才自己难得的顾虑感到荒谬，淡淡地瞥了她一眼，说道："好好开车。"

一直到医院门口，叶空青下来时，才看向车内的崔脆脆："不知道。"

崔脆脆坐在车内，半天才反应过来叶医生是在回答之前她问的问题。

他不知道吗？她认为至少这些穴道是存在的，否则刚才为什么叶医生捏了她几下，她的手臂就软了下来。

崔脆脆满脑子全是穴道的事，完全没有注意有人从叶空青下车后就一直注视着她，直到她开车离开医院。

她还没开多远，黄米那边便打电话过来："脆脆，你和叶'男神'私奔了吗？"

黄米和赵远志现在才起来。

赵远志看着手机里的未接电话，给叶空青拨了电话过去却没人接，再问崔脆脆，也不见了，这才有了这通电话。

崔脆脆："小米，你别这么说话。"

黄米耸了耸肩："好吧，我们三个都下来了，在吃东西。你们俩去哪儿啦？房间里也没人。"

崔脆脆解释道："叶医生临时有事回医院，他的车胎破了，所以我送他过来。"

黄米听到这话的第一反应是："脆脆，你确定不是你的车胎破啦？"

不是黄米没有同情心，但在人群中最倒霉的人，一定是崔脆脆才对。

崔脆脆居然沉默了片刻才说道："不知道，大概你求的符有用。"

"叶医生，病人已经进了手术室。"等叶空青换上手术服，同科室的护士过来催促。

叶空青站在手术室外，深吸了一口气，将难得出现的杂念清除，只剩下与疾病做斗争的叶医生，这才走进手术室。

第六章

好好吃饭监督员

双江路一家高级餐厅内，身材高大、面容俊美的男人举手投足间皆是贵气，他坐在椅子上，微微向后斜靠，带着些痞气，惹得来回走动的服务员频频关注，连邻桌的女孩子也忍不住看过来。

崔脆脆进来时便见到这样一幅情景。她倒没什么感觉，每次见到盖伦，脑海中浮现的便是当初在领奖台上对方不好看的脸色。

"不好意思，现在能还我 U 盘吗？"崔脆脆没有坐下便问对面的盖伦。

"一起吃个饭吧，毕竟你是我第一个认识的中国人。"盖伦微微一笑，并没有将 U 盘拿出来，而是站起来给崔脆脆拉开椅子，请她坐下。

崔脆脆实在不太愿意和盖伦有过多接触，但能拿回 U 盘很重要，她只能依言坐下。

"我听吴说这家餐厅是这里'最顶'的。"盖伦嗓音迷人低沉，前提是要忽略他奇怪的中文发音和错误。

崔脆脆低头随便点了一道菜，听着盖伦口中的"吴"，不言而喻，那个人是吴德。他倒是弯得下腰来，她当初还以为吴德会离开高思。

"嗯，最好的。"崔脆脆耐着性子应和对面的盖伦的话，后来忍受不了他的语法错误，说道，"或许你可以说英文。"

盖伦的脸色难看了几分。他来到中国，一直都在说中文，为的不仅是彰显自己亲民，更为了凸显他厉害，自己学习中文不到一年便可以如此流利地运用。

盖伦对崔脆脆露出一个微笑："我中文不好？"

如果崔脆脆现在是高思的员工，或许不会直接说出真实想法，但左右以后她都要和高思对上，现在也没必要说假话。

"不好，口音奇怪，语法接连出错误。"崔脆脆甚至用怪腔怪调的英语说了几句话，"像这样，不像是那位老师教出来的。"

盖伦脸上的笑容差点没维持住，他是讨厌这个人的，虽然当初在比赛中崔脆脆一直保持着所谓的中国人的谦虚，但他从她眼中分明看出了不在意神色，那种自负的不在意神色。

"这是你的 U 盘。"盖伦从口袋里拿出 U 盘递给崔脆脆，"关于你没做的证据，我已经放在公司内网上公告了，不会再对你以后的工作产生影响。"

崔脆脆被他突如其来的举动弄蒙了，但很快反应过来，伸手接住 U 盘："谢谢！"

盖伦是那种天之骄子，有一定要将事情做到最好的习惯，用中国的话来说，就是心气高，一个比赛输了便盯上崔脆脆，但又坚持得光明正大。

——他不适合做领导者。

崔脆脆收起 U 盘，抬头看向盖伦，在心中下了一个定论。

U 盘到手，崔脆脆仍然坐着，和盖伦吃完这一餐才离开。

离开前，盖伦对崔脆脆下了口头战书："我知道你现在要去的公司勉强可以，等下次对上，你一定会输给我。"

崔脆脆其实算不上太好说话的人，只不过平时不显露而已，她嘴角露出一丝淡淡的微笑："我能赢你一次，就能赢你第二次。"

盖伦坐在位子上，望着崔脆脆开车离开，突然挑眉：她是怎么知道自己的中文老师的？

崔脆脆没有直接回去，而是去了附近的大型商场，想买点儿猫粮给耳耳。

耳耳现在胃口大了些，但也没见长身体，不知道是什么原因。崔脆脆觉得下次应该带它去宠物医院看看。

有些品种的猫个子会一直不长，但橘猫……

崔脆脆在网上看过一句话，说每一只橘猫都活不过两个月，因为最后全变成"橘猪"。

耳耳这么久了都不长个儿，太奇怪了。崔脆脆一边往购物车里放猫粮，一边琢磨着，但耳耳精神状况还不错，不像生病的样子。

正在这时，一个小男孩儿从另一边的置物架边冲过来，也不知道看没看见人，尖笑着朝崔脆脆冲过来，见有购物车挡路，直接伸手猛推。

崔脆脆侧对着他，没有看到，被猛力一推，倒在了地上。她的膝盖磕在地面瓷砖上，发出了清晰的声音，引得其他人纷纷看过来。

那一瞬间的钻心疼痛让她下意识地蜷缩起来按住膝盖，崔脆脆连续喘了好几口气，都没能缓过来。

那个孩子回头看了崔脆脆一眼，又看到后面的家长，快速收敛刚才打闹的状态，想要悄悄离开，却被人挡住了路，动弹不得。

"这孩子是您家的？"叶空青想着下午休息，来买点儿食物，谁料又遇见崔脆脆出事。

站在崔脆脆不远处的一个女性有些心虚，但一见到叶空青拎着她儿子，又理直气壮起来："关你什么事？"

这时候，边上围过来好几个人。叶空青过去，蹲在崔脆脆的面前："能不能自己站起来？"

崔脆脆努力不让眼泪掉下来，尝试了几次，依然没站起来。这时，叶空青伸手扶住她，但没有拉她起来，而是撩开了她的裤脚。

人越围越多，好几个年轻人在旁边看着皱眉："家长也不管管小孩子，成天在超市里胡搞打闹。"

听到这话，小男孩儿的母亲不高兴了，翻了一个白眼，说道："什么叫成天？我家孩子也就今天来一回超市。"

旁边一个男生呵呵地笑了一声："是啊，来一回撞一回人。"

"哎，你这小年轻，说话怎么这么难听？"小男孩儿的母亲也不推购物车了，拎着包站出来，"谁家没个孩子，不知道互相体谅？"

周围年纪大一点儿的老头老太太忍不住点头："都是小孩儿，让着点儿。"

崔脆脆皮肤白，有一点儿伤都能看得一清二楚，膝盖那块当即红肿得吓人。叶空青不是骨科医生，但医生触类旁通，他又精于人体，看着她的膝盖明显出了问题。

"我现在扶你起来，我们去医院拍个片子。"叶空青揽住崔脆脆的腰，慢慢将人扶起来。

崔脆脆那只脚完全不能用力，她只能靠在叶空青的怀里，用另一只脚支撑自己站起来。

"麻烦跟我们去一趟医院。"叶空青扶着崔脆脆，对小男孩儿的母亲说道。

这位母亲自然不肯："一点儿碰伤就要去医院？看你长得人模人样的，还想要碰瓷不成？"

叶空青没兴趣和她多言："现在不去也可以，超市都有摄像头，等去医院检查结果出来后，一样可以找到你。"

小男孩儿的母亲一看，这还了得，要是他们自己去医院，到时候讹更大的一笔钱怎么办？

"去医院就去医院。"小男孩儿的母亲冷笑道，"我看你能拍出个什么花来。"

医院离这家商场并不远，走路只需要十分钟，但以崔脆脆的情况，她不可能一路蹦过去，叶空青干脆将人抱了起来。

他抱起崔脆脆的第一反应是太轻，正常人身高和体重是在一定的比例范围内的，果然……她就没有好好吃饭。

崔脆脆脑中没有想太多，她太疼了，注意力全集中在右腿膝盖处，自然而然地双手环住了叶空青的脖颈，靠在他的肩颈处，小心翼翼地掩住自己的眼睛，不让眼泪掉下来。

两个人样貌出众，这一系列动作更是吸引了超市所有人的注意。

"叶医生，你这是……？"喻半夏刚下班来超市，没想到会见到这一幕场景。

叶空青抱着崔脆脆，朝她点了点头，与她擦肩而过。

崔脆脆双手揽着叶空青的脖颈，小声地说道："我的车在那边。"她指了指停在前面的车。

叶空青之前坐过那车，一眼便认出来了，抱着人在车前停住，将崔脆脆放下地。

"这是钥匙。"崔脆脆从衣服口袋中拿出车钥匙递给叶空青，自己坐在了副驾驶座上。

后面跟过来的小男孩儿的母亲，虽然不懂车，但看这车就知道贵，心里又是慌又是气："你们这么有钱，还想讹我们的钱？"

叶空青拿着钥匙正要进驾驶座，听见她的话，冷漠地说道："有没有钱，不是抵消你孩子的过错的理由，八九岁的人了，该知道什么事可以做，什么事不可以做。"

一直到崔脆脆进去拍片子，小男孩儿的母亲还在旁边不停地说话，中途还接了家里打过来的电话，大概是丈夫催她回去。

"现在回不去，小娃不小心把人撞倒了，那年轻人看着健健康康的，非要来医院检查。"小男孩儿的母亲一边说，一边甩了孩子一巴掌，恨恨地说道，"让你不听话！"

往常这时候总会有人来拦住她，让她别打孩子，但这位母亲忘记了，这里不是小区或其他地方，而是医院。

所有人都在忙自己的事，即便旁边有休息的护士，也没过来搭理。

没见到出事的人是叶医生亲自抱上来的吗？他们可不愿意过来搭理这种一看就是熊孩子和熊家长的组合。

"局部髋骨骨折，得休养一段时间。"医生看了看片子，"需要抽出关节内的积血，再打石膏。"不用手术治疗，算是不幸中的万幸。

"这得要多少钱？怎么就骨折了呢，不就是轻轻碰了她一下？"小男孩儿的母亲愤愤不平地说道。

这种组合医生见多了，抬眼看了看旁边站着的叶医生，语气凉凉地说道："碰得不好命都能没了，人家这还不用手术治疗，你该去求菩萨了。"

小男孩儿的母亲这会儿重新拉过孩子，按着他的头："道歉，快给这位姐姐道歉。"

小男孩儿的眼泪掉了下来，他扭头嚷嚷着，又被他母亲甩了一巴掌。

"道完歉，请把医药费结一下。"叶空青没有放过他们，依然坚持让

164

他们结清医药费。既然做出来了，就要承担后果，这是叶空青一向对己对人的要求。

"叶医生……"崔脆脆拉住叶空青的手臂，轻轻地摇了摇头。她不想和这一大一小纠缠下去，他们吵得她头疼。

叶空青低头看着手臂上的手，顺着望去："你和医生过去，我带着他们去缴医药费。"

他个子这么高，冷着脸，确实吓人，那小男孩儿的母亲想像平时一样撒泼混过去都不敢，又想着说好话，少出点儿钱。

"您儿子撞倒我，只要您出前期医药费，已经算仁义了。"崔脆脆听着女人尖厉的声音便头疼，原本苍白的脸色更是难看，"如果您再纠缠，后期护理恢复的费用麻烦您也一并承担了，如果不愿意，正好我认识几个律师，或许可以打电话让他们和您谈谈。"好脾气不代表好欺负，崔脆脆也被激出了火气。

如果是普通人，小男孩儿的母亲可能会嗤之以鼻，但见刚才她坐着那辆豪车过来，便对她口中请律师之言深信不疑。有钱人什么事都爱请律师。

最后，女人黑着脸，将怒气发泄在小男孩儿身上，粗暴地拉扯着他出去，嘴里骂骂咧咧道："缴就缴，我还付不起这点儿钱？"

崔脆脆抬手按了按头，现在真想一辈子当个线上翻译，没事不出门。否则，一出门就有各种倒霉的事，她也熬不住。

叶空青拿着缴费单过来时，崔脆脆已经在打石膏，她抬头望向叶医生，感激地说道："叶医生，谢谢！"

"待会儿我送你回去。"叶空青眼神复杂。这么倒霉的人确实少有，还次次被他碰见。

崔脆脆犹豫了一会儿。她在超市看见叶空青将手里的食材放下了，不知道他是打算做午饭还是晚饭，毕竟他是医生，饭点没那么准。

这么想着，她也问了出来。

"还没有，先送你回去。"叶空青口袋里常年备着几颗糖，正好还有两

165

颗，他拿出一颗剥了要放进口中，另一颗原本打算递给崔脆脆。不知道想到了什么，他手一顿，自己剥开糖纸后就将糖递到了崔脆脆的嘴边，示意她吃。

刚把石膏打完的护士一抬头，眼神都不知道往哪儿放：这要不是叶医生的那谁，她就把石膏吃了。

崔脆脆愣了愣，还是礼貌地张嘴将糖含了进去，是桃子味的。

护士站起来，给崔脆脆说了打完石膏的一些注意事项，便立刻离开，自认极有眼力见儿地给两个人留出私人空间。

"叶医生，你要不要先回去吃饭？我……"

叶空青打断她的话："你自己能回去？"

崔脆脆看着被石膏裹得严严实实的小腿，觉得或许可以请黄米过来帮忙，她在事业单位，现在还在休假。

"走吧！"叶空青伸手将崔脆脆抱到刚才他在医院租的轮椅上，"再拖，待会儿又出意外。"

崔脆脆：这话听着好像她时时刻刻都能出问题一样。只是仔细想想，确实她每一次倒霉都被叶医生撞见了。

到最后，崔脆脆被叶空青推着出了医院，被抱上了副驾驶座，叶空青给她调好位子，让脚有足够的空间放下。

这个小区离市中心太远，叶空青将车开到小区后，推着崔脆脆上电梯。

他说："你住在这里，以后工作不太方便。"

崔脆脆也知道，本来打算这段时间在市中心找房子，谁料出来一趟拿U盘，就出了这样的事。伤筋动骨一百天，医生嘱咐她在家好好休养，她现在去赵远志的公司是不太可能了。

"嗯，过段时间换个房子。"崔脆脆想抬手按电梯按钮，却因为距离太远没按到。

"几楼？"叶空青问道，手已经越过崔脆脆的手，碰上电梯按钮。

崔脆脆："十二楼。"

打开门，叶空青将人推进去："有什么需要帮忙的？"

崔脆脆先是摇头，后又点头："叶医生等等。"她自己推着轮椅去到冰箱的面前，有些艰难地站了起来，打开上层冰箱，从里面拿出一块早上买的火腿面包。

崔脆脆还不太习惯打石膏的右腿，行动缓慢又腿抖。叶空青看不过眼，过来扶着她坐上轮椅："你要干什么？我帮你。"

"我想去加热。"崔脆脆将火腿面包举起来，"叶医生，你先吃这个垫肚子。"

从这边打车去市中心要一个小时，崔脆脆家里也没什么好吃的东西，这面包还是早上她出门看见一家新开的面包店，顺便买的。

叶空青的目光在她递过来的火腿面包上停留了一会儿，随后他接了过来："你待在这儿，我去加热。"

见他同意了，崔脆脆脸上露出了笑意："微波炉在厨房左边，上面柜子上有干净的碗。"

叶空青走进厨房，将面包放进微波炉，在等待的过程中打量周围的摆饰。厨房是很简单的装饰，干净整洁，餐具都有使用的痕迹，并没有落灰。

叮的一声，面包热好了，叶空青从微波炉内拿出盘子，便听见一声软绵的猫叫。

"耳耳。"崔脆脆的声音从外面传来。

叶空青有些诧异地回过头，低头见到地面上那一小团橘黄色的小猫，眼中闪过惊讶之色。

这时候崔脆脆已经转着轮椅过来，见着耳耳跳上厨房流水台，朝叶空青走过去，又喊了一声耳耳。

她怕耳耳对陌生人产生警惕感，攻击叶医生，毕竟耳耳经常性对黄米冲过去，挠黄米一爪子。

"叶医生……"崔脆脆没来得及说完口中的话，便见到耳耳走过去，亲昵地蹭了蹭叶空青放在流水台上的一只手。而叶空青也顺势摸了摸耳耳的头，一只橘黄色的小奶猫软软地朝他撒着娇，翻身露出肚皮，给崔脆脆以外的人揉。

叶空青喉咙中溢出一声低笑，修长的手在耳耳的后肢快看不见的疤痕上点了点，抬头问崔脆脆："它叫耳耳？"

见耳耳没有挠叶医生，崔脆脆松了一口气："嗯，它原先是野猫，之前在周口路那边捡到的。耳耳平常不喜欢陌生人，不知道为什么今天这么黏你……叶医生也养猫吗？"

周口路……果然是那只猫。叶空青垂眸，又揉了揉手掌下的小猫，单手将它抱了起来，放在怀里，另一只手端着盘子出去。

"没养过，你养得挺好的。"叶空青低头看着耳耳，它毛发蓬松，一看就知道被主人精心地照顾着。

崔脆脆听着耳耳一声比一声绵长的叫声，有些犹豫地说道："叶医生，我抱着它吧，耳耳应该是饿了。"

本来家中的猫粮就不多了，自动猫粮机中的都被吃完了，她在超市里买的猫粮最后也没结账带出来。

崔脆脆接过耳耳，慢慢推着自己去放猫粮袋子的角落里，从里面勉勉强强倒出一小半碗猫粮，喂给耳耳吃。

叶空青拿着面包几口便吃完了，走过来蹲下，揉着耳耳。

耳耳一边吃着猫粮，一边任由他揉摸，乖巧得像摸它的人是崔脆脆。

"耳耳今天……好乖。"崔脆脆有些惊异地说道，"以前除了我，其他人碰它，它就伸爪子挠。"

叶空青低头望着那只小猫，轻轻地笑了几声，带了点儿愉悦之意："也许是缘分。"

"嗯！"崔脆脆的心思在乖巧地吃猫粮的耳耳身上，她并没有注意到叶空青话语中带上的一丝深意。

离开前，叶空青提醒崔脆脆："先把腿养好，工作的事不要急，赵远志等了你两年，不会在意这一两个月。"

崔脆脆点头："好。"

叶医生离开后，崔脆脆关上门想了想，先去书房里，将 U 盘打开后，检查当初留下的文件和数据，最后给她师父打电话，说了这件事。然后她给赵远志打电话说明情况，赵远志在电话那头让崔脆脆好好养伤，他这边不着急。

无论是伤了脚，还是伤了手，对日常生活都会造成一定的影响，崔脆脆头一天过得一塌糊涂，甚至差点在浴室里摔跤，夜里膝盖又疼了起来，一直到第二天早上，崔脆脆起来时，黑眼圈很重。

这种情况下，崔脆脆也懒得出门了，饭也不做，中午在手机上点了外卖，想着随便解决一顿，再给耳耳买一袋猫粮。网上没有超市里卖的那种口味，她只能先应急，等过几天再重新买。

她正在浏览最近的国际金融行情，门铃响了，应该是外卖送了过来。

崔脆脆放下笔记本电脑，不太熟练地转着轮椅去开门，一抬头，无措地睁大了眼睛。

不是外卖，而是叶医生站在门外。叶空青一只手里拎着两个袋子，另一只手上拿着一副拐杖。

这时候，外卖送到了。崔脆脆有些心虚地接过外卖，侧过轮椅让叶医生进来。

叶空青放下手里的东西，拿起崔脆脆的外卖看了看，又看了一眼她的腿："这种外卖全是袋装食品加热的，对身体没有营养价值。"

崔脆脆点外卖没那么多讲究，也没注意过，但觉得叶医生的话一定是对的。

"轮椅有时候不方便。"叶空青拿出拐杖，"试试。"

医院可以租轮椅，却没有拐杖，只能自己买，昨天回去之后，叶空青便在附近的药店买了一副。

崔脆脆依言，从轮椅上单腿站了起来，试了试这副拐杖。

"外卖别吃了，我带你出去吃。"叶空青又对桌子上的那份外卖投去了嫌弃的目光。

崔脆脆犹豫地说道："叶医生，你今天不忙吗？"在她的印象中，叶医生总是很忙。

叶空青转头微挑眉："节后才开始忙，这几天只要上午过去一趟。"

国庆节胡吃海喝的人多了，等假期一结束，医院又会人满为患。

叶空青看着崔脆脆对拐杖还在熟悉，便问道："你的卧室在哪儿？"

"什么？"崔脆脆一时间没明白过来。

叶空青弯腰从一个袋子中拿出几样东西："晚上睡觉吊高腿，有助于血液回流，减轻或者防止水肿。"

原来是要放这些东西在床上，崔脆脆才明白过来，重新坐回轮椅上，带着叶空青去自己的卧室。

"耳耳呢？"叶空青一边帮着在床边固定吊带，一边回头说道，"另外一个袋子里是猫粮，不知道它喜欢什么口味的，我买了你家里那种。"

"在睡觉。"崔脆脆不太好意思地说道，"叶医生，不用这么麻烦你的。"

叶空青不置可否，深沉的眼望过来："既然有缘分，又何谈麻烦？"

昨天看耳耳确实很喜欢叶医生，这样一想，崔脆脆也只能接受他的好意："我替耳耳谢谢叶医生。"

叶空青眉尾轻轻一挑，没再多言，低头将吊带绑好。

出来前，崔脆脆将订单上那袋猫粮退了，将叶空青买过来的倒进自动猫粮机中，看了看还在睡觉的耳耳，便由叶空青推着出了门。

"哎，脆脆，你这是怎么啦？"金奶奶正好从电梯里出来，见到崔脆脆坐在轮椅上，还打着石膏，靠上来关心地问道。

"昨天不小心摔伤了。"

金奶奶一脸心疼的表情："摔得这么严重？"

崔脆脆笑了笑："没什么大问题，只要休养一段时间就好。"

金奶奶伸出带皱纹的手，摸了摸崔脆脆的头，又抬头看向推着轮椅的叶空青："你好好照顾我们家脆脆啊，路上小心点儿。"

见这位老太太对自己说话，叶空青轻轻颔首，表示知道。

中午这段时间应该是这栋楼最热闹的时候，大爷大妈闻着饭菜香出来串门，这也导致崔脆脆坐电梯一路下来被各家大爷大妈问了个遍。

出了小区后，叶空青轻笑一声："你和这栋楼里住的人关系很好？"

崔脆脆："嗯，大爷大妈都很热情。"

这栋楼里的住户素质普遍很高，不像有些楼栋，如果有年轻人半年不出去工作，估计流言满天飞了。他们似乎不了解现代社会工作的多样性，思想还停留在以前。

两个人都不知道附近有什么好吃的东西，但崔脆脆是个合格的网友，坐在叶医生的车内，慢慢地搜索着本区哪些店的东西好吃，最后挑中两家开车只要三十分钟路程的店。

"好像这家偏川味。"崔脆脆点开店家评价，"叶医生，你好甜口，还是咸口？"

叶空青刚放完轮椅，坐上驾驶座，探头过来："我看看。"

崔脆脆下意识地便将手机送到叶空青的面前。

叶空青扫了一眼屏幕上的图片："另外一家呢？"

崔脆脆退出来，点进另外一家店的页面："在这里。"

两个人因为姿势靠得极近，安静下来甚至能听见对方的呼吸。

"第二家。"叶空青重新坐正，低头扣好自己的安全带，"前一两周饮食要清淡。"

"好。"崔脆脆没有异议。

到了餐厅停车场，叶空青先下车拿出轮椅，再扶着崔脆脆出来，两个人往餐厅入口走去。

叶空青是吃了饭过来的，点的菜多倾向于顾着崔脆脆。在餐桌上，两个人不太讲话，但氛围意外地融洽。

何莫禹见崔脆脆坐轮椅过来看自己，知道她的伤没什么大问题后，忍不住自嘲道："这下真成不是一家人不进一家门了。"

崔脆脆安慰道："我很快就能好起来，师父也能好起来的。"

171

经过这么长时间，何莫禹也接受了自己的处境，心境开阔不少："嗯，这些日子一直在复健，医生说效果不错，正好你借着休养的这些时间再了解了解汉基公司。"

每一个在上升期的公司水都不浅，赵远志之前巴巴地要崔脆脆过去，何莫禹都没想到他能立刻腾出位子让崔脆脆进去，崔脆脆这样一去，得罪人是肯定的，谁也不喜欢"空降"的人。有个把月缓冲时间倒也行，以崔脆脆的能力，她进了公司只要有机会，一定能让人心服口服。

"嗯！"崔脆脆最近确实在研究汉基公司。

这家公司背靠赵氏，或许拿出去还不成气候，但势头直线上升，尤其赵远志领导的那部分，已经在国内算顶尖水平。之前赵远志没有和她仔细谈过规划，只是一头热血地说，任由崔脆脆挑。

"师父，我想去私银这块。"崔脆脆最终将打算说给何莫禹听。

果然，何莫禹一听这话，脸就拉了下来："私银？"先不说当初崔脆脆就是因为私银被搞了下来，就汉基本身还在发展的公司，跟高思这种已经占据顶峰位置的公司不一样，真正有钱的客户不会愿意找一个还在发展的公司。

"我觉得挺有意思的。"崔脆脆没有被师父的脸色吓住，认真地说道，"我想去试试。"

"你……"何莫禹想说不能，但想起自己当初也是以一己之力开拓出高思的一个新部门，"算了，你现在都能自己拿主意。"

话虽这么说，何莫禹已经在想自己有什么认识的人在私银这块做得比较好，到时候让人给照拂照拂。

因为这事，一整天何莫禹都没给崔脆脆好脸色看，等到她要离开时，才压着脾气说道："路上小心点儿。"

"知道了，师父。"崔脆脆脸上露出笑容，"您好好保重身体。"

除了要关注汉基这些年的动向和资讯，崔脆脆还给房东打电话说要退租的事情，房东并没有为难她，很爽快地同意了。

这一栋楼的住户其实都互相认识，房东不住在这里，但和其他人偶尔也有联系，很快金奶奶就知道崔脆脆要退房离开的消息。头天知道，她第二天就特意过来找崔脆脆。

"你怎么不住啦？是不是嫌我们这些老太太、老头子烦哪？"金奶奶没有空手来，还带了熬成奶白色的鱼汤过来。

崔脆脆立刻否认："我找了一份工作，在金融中心那边，这里离市中心太远，上下班不方便。"

"哦！"金奶奶放下鱼汤，"脆脆你要去金融中心上班啦？哪个公司呀？"

"叫汉基。"崔脆脆随口说道，"等我的腿好了，就要过去上班，正好这段时间没事，想着先把房子找好。"

金奶奶去厨房拿小碗过来舀汤给崔脆脆喝，笑眯眯地看着她喝完："金融中心啊，你现在找到房子了没？"

崔脆脆将碗放在桌子上："还没，我这几天再看看。"市中心的房源多是多，但价格昂贵，崔脆脆要想租到像现在住的这么大空间的房子，价格怕是要翻五六倍，而合适的单间现在还没找到。

金奶奶一拍手掌说："哎呀，我记起来了，前段时间我老友还说自己的房子空着，没人住。脆脆，要不我带你去看看，那位置离金融中心可近了，走路只要二十分钟，平时上下班骑个自行车方便得很，开车也行，还有停车位呢！"

崔脆脆没来得及拒绝，当天下午就被金奶奶唬着去看房子了。

"我问他了，租金一个月两千元，别的没什么要求，只要你十天半个月记得给阳台上的绿植浇点儿水就行。"金奶奶挂掉电话，扭头对崔脆脆说道。

两千元的单间，在金融中心附近是真便宜，崔脆脆看着热情洋溢的金奶奶，知道对方是卖了她的面子。

金奶奶拉着崔脆脆的手："那房子我去过，不算太好，但凑合能住人，这价格也还算公道，要是你等会儿看着合适，就把合同签了。"

崔脆脆点头，在心中做好了准备，但也没对房子抱太大的期望，反

173

正只要能住，有基本设备，她就租下来好了，不能让金奶奶白费心思。

"哎，司机就在前面停车。"金奶奶喊道。

一下车，崔脆脆看着熟悉的道路，有些蒙："金奶奶，房子在周口路？"

"对啊，莎珊小区就在这儿。"金奶奶理所当然地说道。

之前上出租车时，金奶奶报给司机的名字是莎珊小区，崔脆脆没听过。

金奶奶推着崔脆脆的轮椅，熟门熟路地往前走："这小区在新中国成立初期就建成了，这么多年留下来，所以外面看着是老旧了点儿。"

崔脆脆心中的预感越来越强烈。一直到金奶奶将她推进熟悉的小区中，崔脆脆彻底呆住。她第一次见到叶医生，就在这个小区里，还跑到人家的门口敲门。

"十八号……这里！"金奶奶眯着眼睛看门牌号，最后在一个单元门前停了下来。

崔脆脆现在不知道该做何表情了，因为十八号正好和叶医生家的门对得整整齐齐。

崔脆脆绝对不会记错叶医生家的门牌号，那天晚上的记忆太深刻，她想忘记都难。

等金奶奶拿着钥匙开了门，崔脆脆心中彻底一片空白。

"我说吧，房子不太好。"金奶奶上上下下转了一圈，"不过，找人来装修一遍还是可以住的。"

"金奶奶，这房我不能租。"崔脆脆叹道。要真是单间她就租了，可这分明是三层小洋房，租金才两千元？

"怎么了，不喜欢这房子？"金奶奶认真地问道。

"这房子太好了。"崔脆脆无奈地说道，"租金才两千元，您不能让您朋友做亏本的买卖。"

金奶奶挥手："哪里便宜啦？我跟你说，那老头白放着也是放着，他这几年不在S市，阳台上那破绿植还老要我过来浇水。脆脆，你就当帮奶奶的忙，租下来，有空帮着浇水，省得我老是跑来跑去的。"

金奶奶雷厉风行，在崔脆脆稍微露出软化的态度时，立刻拍板将这事定了下来。

　　"这房子地段没话说，脆脆你就在这儿住下，当帮奶奶一个忙。"金奶奶将钥匙塞到崔脆脆的手上，"星期六和星期天我找人把这里清理干净，重新贴个壁纸，保证你住过来舒舒服服的。"

　　崔脆脆低头看着手里的钥匙："金奶奶，这么大的房子，租金太低了。"

　　金奶奶板起脸："你这小孩儿怎么回事？别人都巴不得租金低，怎么着，你不花钱心里难受哇？"

　　"不是，这一套房子的市场价……"崔脆脆还没说完，便被金奶奶打断了。

　　"管他什么市场价，这房子是谁的，价格就是谁定。"金奶奶绕着厨房走了一圈出来，"这事就这么定了，要是你不同意，就是看不起你金奶奶。"

　　这事最后定了下来，金奶奶一个周末就让人把房子打扫干净了，周一早上去敲崔脆脆的门，要帮她搬家。

　　崔脆脆坐在轮椅上，甚至没反应过来："金奶奶，我下个月才上班。"

　　金奶奶背后还站着几个彪形大汉，她拿下脸上的墨镜："下个月？你在这里还有事做吗？"

　　崔脆脆摇头："没事。"

　　线上翻译的工作她没做了，这些天她都在了解私银这方面的事，在哪儿住已经无所谓。

　　金奶奶点头："那就行了，今天是个好日子，宜搬家，人我都带来了。"

　　崔脆脆呆住："金奶奶，搬家我自己来就好。"

　　金奶奶看着崔脆脆的腿："你自己来？腿现在成这个样子，你怎么自己来？不说了，搬家公司的车就在楼下，今天就搬了。"

　　三个小时后，崔脆脆连同屋内所有的东西被带上了车，去往周口路的莎珊小区。她坐在车内，茫然无比。

　　金奶奶喜滋滋地靠在椅背上："哎呀，脆脆你帮我好大的忙。"

　　崔脆脆机械地转过头："我？"

金奶奶今天打扮得格外时尚，连头发都特意搞了羊毛卷，脖子上系着一条鲜艳的丝制围巾。

她乐呵呵地说道："我都快被于老头烦死了，他时不时就要我去给他阳台上那株丑兮兮的盆栽浇水，现在你搬进去，就能替我浇水啦！我今天晚上的飞机票都订好了，脆脆你一住进去，我就走。"

崔脆脆一时间心情复杂："嗯……"

房子全部搞得干干净净的，壁纸还装修得十分"仙"，厨房所有的东西都是崭新的，但金奶奶不只是将崔脆脆带了过来，还指挥着几名彪形大汉，从车上搬下崔脆脆的行李，一一放在卧室里。

"还有一台新冰箱和电视机，我打电话催一催。"金奶奶说完，神采飞扬地站在门口给某商场打电话。

一直到下午两点多钟，所有的东西都摆放得整整齐齐的，崔脆脆完全可以在这里住下，金奶奶才得空坐下来喝口水。

"这小区的人都还行，听说你对门那位是省中心医院的医生，我时不时来浇水，都没碰见过他，医生都特别忙。"金奶奶放下杯子，"你在金融中心那边工作，应该也忙。"

崔脆脆捧着杯子没说话，总不能说"您已经见过对门的医生了"。

陪着崔脆脆到了五点，金奶奶拎着包去了机场，说要和老姐妹会合，一起出国玩。

崔脆脆送到门口，看着金奶奶离开，转身回到这个还算陌生的房子，有些不习惯。

这才几天，她腿都没好，就把房子换了。

省中心医院一如既往地忙碌，叶空青刚从手术台上下来，七八个小时的手术做下来，人确实有些乏。他脱下手术服，靠在换衣柜上闭目养神。

"叶医生果然厉害啊！"一个声音从左后方传来，应该也是刚下手术台，换衣服准备回家的医生。

叶空青还未睁开眼，另一个声音又传来："那可不，医术好就算了，长年累月这么连轴转，居然还能交到女朋友。"

两个人笑完，一位医生叹气道："谁让叶医生长得帅？像我们这些人就算了，还是老老实实地等着相亲吧！"

叶空青靠在衣柜上没睁眼，也不打算出去，医院压力大，大家直接面对生死，聊八卦消息是最好的解压方式。不过……他有女朋友，是指崔脆脆？

两个医生说着，走了出去，叶空青等了一会儿才转身离开，一出门就碰上同样下班的喻半夏。

"叶医生，好巧，你今天不值夜班？"喻半夏身着深咖色的风衣，放下来的浅棕色鬈发披在肩上。这时候的她，不像个儿科医生，反倒像刚从 T 台上下来的模特，高挑精致。

叶空青微微点头，脚步并没有慢下来，准备去超市买点儿食材，晚上回去做饭。

这方面叶空青强于他父亲，叶父早年间不注重身体，时常不吃饭，导致有一年身体变差，叶母干脆辞去工作，在家一年，就为了照顾好叶父。

叶空青有空的时候，会在清晨跑步，还会给自己做一顿营养均衡的饭菜，平时手术忙吃不上饭是另外一回事。

"叶医生也要去超市，一起？"喻半夏从后面赶过来，两个人并排着走在一起。

超市离住处不远，叶空青一般只买一餐的量，因为指不定哪几天就要连着待在医院里。他拿了一条鱼和两捆青菜便算完了。

"叶医生会做鱼？"喻半夏语气带了些惊喜地说道，随后情绪又有些低落，"我喜欢吃鱼，但怎么也做不好，总是会有一股腥味。"

叶空青淡淡地说道："料酒、生姜、葱、蒜，放到位即可。"

喻半夏脸上带着愁意："我知道，这些都放过，跟着网上的视频也做了不少，总还带着腥味。"

见叶空青没说话，喻半夏随手从蔬菜区拿了一盒香菇和西蓝花，有些期待地说道:"叶医生能教教我吗?"

叶空青皱眉想了想,也许有人天生不会做菜,到底是同事。

他点头说道:"今天回去我录个视频给你。"

喻半夏唇边的笑容凝住了,她完全没想到他会说这种话。

她重新扬起好看温柔的微笑,语气有些局促:"我看视频一直都学不会,正巧我们今天都有时间,如果叶医生不嫌弃,我能不能登门学习呢?"

叶空青:"你自己多买两条鱼。"

喻半夏眼中闪过惊喜之色,双手合掌,颇有小女人的姿态:"那就拜托叶医生了。"

"之前听人说叶医生住在莎珊小区,这里果然环境很好。"喻半夏跟着叶空青进来,"离医院也近,上班很方便。"

"嗯。"

喻半夏忽然问道:"叶医生你知道莎珊小区还有房子租吗?我今年房子合同要到期,还没找到合适的房子,想要离医院近一些的地方。"

房子?叶空青目光落在自己对门的那栋房子上:二楼的灯亮着,是房主回来啦?

"不知道,你可以问问门卫。"叶空青开门进去,将许久未用的鞋套盒拿出来,放在玄关。

他说教做鱼,便真的教喻半夏做鱼,自己先将鱼处理一遍,再示范如何红烧,最后炒了一盘青菜。

"你自己试试。"叶空青离喻半夏有一米远,"按照刚才的步骤做。"

喻半夏动作缓慢,在鱼入油锅时,忍不住惊呼了起来,油溅在了她的手臂上。

"稍微离远点儿。"叶空青指点道。

喻半夏咬了咬下唇,下半身远离炉灶,手捏着一点点铲柄,手忙脚乱地翻着锅里的鱼,结果锅里又突然着火了,她再也忍不住跳开,往叶空青身上靠。

叶空青看不过去了："你确定你对着视频练过？"

现在他就像是发现实习生不好好练习缝合手术，仍然假装自己练过一样的语气。

一条鱼刚入锅三分钟就烧焦了半边，叶空青拨开喻半夏，将火关掉，再把鱼倒出来切掉烧焦处，重新处理。

"抱歉。"喻半夏站在旁边小声地说道，"我平时做西餐比较多，没想到会变成这样。"

叶空青专注于锅内的鱼，一直等到鱼出锅，才开口："你需要的不是看视频，而是实践，连铲子也不会拿，平时你怎么做鱼？"

叶空青极其反感这种光说不练的行为，让他想起有些不好好工作的实习生。

最后，两盘红烧鱼、一盘青菜被端上了桌，叶空青终于开口让喻半夏留下来吃饭。

喻半夏沉默地坐下，夹了一筷子鱼："我只是……不习惯那火。"

叶空青："嗯。"他无所谓。

"前几天院长开会的时候，还专门夸了你。"吃了一会儿，喻半夏重新带着笑意说道，"当时你正在手术室里。"

叶空青："嗯。"

喻半夏对人的情绪还是比较通透的，这两句话下来，便知道叶空青没兴趣说话，干脆彻底沉默。一直到吃完饭，她站起来，要收拾碗筷去厨房洗。

"放下，我来收拾。"叶空青从喻半夏手里拿过碗筷。

听了这话，喻半夏抿唇浅笑："在叶医生家蹭了一顿饭，总要做点儿事。"

叶空青微微皱眉："厨房有洗碗机，没必要用手洗。"

喻半夏脸都快僵了，愣愣地说道："我刚才没注意。"

叶空青点头，拿着碗筷进厨房，又拎着之前喻半夏买的一条鱼出来。

"带回去吧！"叶空青将鱼递给喻半夏，"时间也不早了，明天还要上班，我送你出去。"

喻半夏没想到，刚刚吃完，叶空青便让她离开。

她强撑着笑容："不用，我记得路，顺便出去问问门卫房子的事。"

叶空青果然没有再多说，只是送喻半夏到门口，看着她离开。

喻半夏拎着一条鱼，转过身，语气带了些不甘，更多是试探："叶医生平时也这么对女朋友吗？"

这是今天第二次听到这三个字了，叶空青微扬眉尾："不是。"

喻半夏听着他毫不犹豫的回答，心中登时涌起了忌妒情绪，她和叶空青同学、同事这么多年，从来没见过他和哪个女人走得近，一直都以为他只是醉心于工作。

怕脸上露出难看的表情，喻半夏没再多言，转身离开。

叶空青收回目光，准备关门，却看见对面的门开着，熟悉的人坐在轮椅上，好奇地看过来。

今天搬家的时候太匆忙，将东西全搬出来后，金奶奶还让人将房子打扫干净后再走。崔脆脆在那儿住了大半年，零零碎碎的东西不少，有些能重新买的便干脆不要了。

崔脆脆将所有的纸巾类用品全放在了一个箱子内，可能是谁弄混了，没放上车，而是扔进了垃圾桶，到晚上她才发现。她只能自己推着轮椅出来买。她记得小区对面就有个便利店。

谁知道一打开门，她便听到外面的女人对叶医生说话，具体是说什么她没听清楚，不过，这么晚从叶医生家出来的女人，大概率是他的女朋友吧！

等到女人转身离开，半张脸露出来时，崔脆脆觉得对方看着眼熟，上次在超市的时候，她应该是和叶医生一起的？

"你……"叶空青难得面上出现愣怔之色，"怎么在这儿？"

叶空青从大学本科毕业后就一直住在这里，好几年了，对门的房主人他见过一两次，但绝对不是崔脆脆。

"我租了这里的房子，以后住在这儿。"崔脆脆往前推了推轮椅，"今天刚刚搬来的。"

叶空青见她吃力，不由自主地走到轮椅背后，将她推了出来。

"怎么找到这里来？"叶空青低头问道，眉眼上带了一丝笑意，"不怕这里有变态抢劫？"

崔脆脆脸微红，很显然想起了当初两个人第一次见面的场景，忍不住小声说道："是你大晚上戴口罩，拿手术刀吓人。"

说起这事，叶空青眼中的笑意更深："东西全搬过来了吗？耳耳呢？"

"全搬好了，耳耳还在屋里头睡，它这几天有些嗜睡。"崔脆脆仰头望着叶空青，算是解释为什么住在这儿，"金奶奶，就是我们上次在电梯里碰见的第一个人，前几天知道我要换房子，所以介绍这里给我。"

叶空青点头。他是知道崔脆脆要去汉基工作的，从新谷小区开车到市区要一个多小时，她势必要换到市中心来住。

"这么晚了，你要去哪儿？"叶空青问道。

"要去买些纸巾，搬家的时候不小心被当成垃圾扔掉了。"崔脆脆从膝盖上的小包中掏出钥匙，"我去锁门。"

叶空青直接伸手拿过她手中的钥匙："我陪你过去。"

没容崔脆脆反驳，叶空青转身去将十八号的房门关上，再返回，将自己的房门关上，最后过来推着崔脆脆朝小区外走去。

今天是魔幻的一天，先不说这么巧合，她这么快就被金奶奶连人带行李搬到叶医生家对面，而叶医生居然没有露出半点惊讶的表情，反而顺理成章地接受了。

"刚才那位是叶医生的女朋友？"崔脆脆说这句话，纯粹是想提醒叶医生不要对自己太热心。在大学时，崔脆脆就看见过有女生因为不喜欢男朋友经常帮其他女生而分手的例子。

叶空青轻笑了一声："今天我的女朋友格外多。"

叶空青推着人往外走："她是医院的同事，下班见我买了鱼，说要过来学习做鱼。"

崔脆脆："哦！"原来医生在生活中也不会放过任何一个学习的机会。

181

两个人一起过马路，走到便利店门口后，叶空青说道："周日我有空，中午一起吃顿午饭，当给邻居接风洗尘。"

崔脆脆愣了愣："我请叶医生吃饭吧！"她已经让人请过一次，该轮到她回请。

小区对面的便利店不小，虽然只有一层，但东西应有尽有。

叶空青径直推着崔脆脆去纸巾区域："你的腿？你能站起来做饭？"

崔脆脆："去外面吃。"

叶空青替她拿纸巾的手顿了顿，他弯下腰，距离崔脆脆的脸只有不到二十厘米。

"上次说过在外面吃不健康。"叶空青淡淡地说道，"我做饭虽比不过大厨，但也过得去。你喜欢吃什么鱼？"

话题转得太快，崔脆脆脱口而出："鲫鱼。"

去了一趟便利店，崔脆脆便把自己周日的午饭都定好了，这是她万万没想到的事。

结账回去，叶空青拿着钥匙帮崔脆脆开门，结果门一开，便从里面蹿出一小团橘黄色的物体，牢牢地贴在叶空青的裤脚上。

"耳耳？"崔脆脆借着灯光才看清那小团扒着叶医生的物体是耳耳。

耳耳听到熟悉的声音，探出脑袋，朝崔脆脆喵了一声，声音又软又甜，只不过它仍然扒着叶空青的裤脚不放。

崔脆脆：耳耳当初是怎么黏上她的，现在就怎么黏上了叶医生。

正当崔脆脆打算靠近弯腰将耳耳抱起来时，叶空青极其自然地一只手把耳耳抱在怀里，另一只手去推崔脆脆进来。

将崔脆脆推到客厅，叶空青放下手中的袋子，拨弄了几下耳耳的身体和嘴巴："它快要换牙了。"

崔脆脆从叶空青的手里接过耳耳："换牙？"她定期带着耳耳去打疫苗、除耳螨，但对换牙并不了解。

"三个月左右的猫要经历第一次换牙，主要症状可能是短期食欲不振，表现为爱乱撕咬东西，可以给它准备一些易咀嚼的奶糕。"叶空青看着趴在崔脆脆的膝盖上的耳耳，"等到五个月大小，开始换犬牙，你留心注意，可能会在房间内看见它吐出来的乳牙。"

崔脆脆低头摸着耳耳软软的身体，脑海中第一反应不是耳耳换牙的事，反而是感叹叶医生厉害。现在的医生，已经厉害到光用肉眼都能看出小猫出生几个月了吗？

"嗯！"崔脆脆移到桌子旁，要给叶空青倒水喝。

叶空青接过杯子将水一饮而尽："晚上还有论文要写，我先回去了。"

崔脆脆目送他出去把门关上，眼神扫过杯子，最后才想起叶医生家就在对面。

叶医生果然是个礼貌热情的人。

国庆节一过，接下来直到春节，黄米都清闲得不得了，一闲下来就想去骚扰崔脆脆，结果发现她搬了家，还断了腿。

"你跟着赵远志去干了什么？"黄米看着崔脆脆坐在轮椅上，愣是傻了半天，"欠钱被人打了吗？"

崔脆脆慢慢地说道："我还没有开始工作，就已经坐在轮椅上了。"

黄米咦了一声，恍然大悟："你这是倒霉神附体。"

崔脆脆并不认可："还好，可以多出一个月的缓冲期，而且这房子也是邻居奶奶帮我找的。"而现在的邻居人也很好。

说起这房子，黄米绕着走了一圈，嘴里啧啧称奇："这房子租金可不低，市中心的小别墅配置，比我的高级多了。"

黄米一过来，便推着崔脆脆出去四处逛："哎，等以后我找到喜欢的人，也要让他这么推着我四处溜达。"

崔脆脆沉默了一会儿，说道："好好的，坐什么轮椅？"

黄米不同意："好好的，为什么就不能坐轮椅？我觉得轮椅特别方便。脆脆，你想啊，我们无论去哪个景点都要走路，累不累？如果我们带上个电动轮椅，只要走路就坐上去，不能开的路，就站起来拎过去。"

说完，黄米甚至一脸陶醉的表情："我简直是个奇才，以后可以在景点附近干租电动轮椅的业务，让所有游客都乘兴而来，满意而归，利民又挣钱！"

两个人吃饭，看完电影，黄米要去商场逛。

崔脆脆不理解地问道："每次都去商场你不会厌倦？"

黄米震惊地说道："买衣服怎么会厌倦呢？那么多好看的衣服等着我挑，各种新款式的衣服等着我带它们回家，等着我将它们该有的光芒发挥出来，这是一件多么伟大的事。"

崔脆脆听到这些理论，竟然无法反驳。

高档商场人不多，黄米从入门第一家开始试衣服，按照顺序逛下去，崔脆脆坐在轮椅上，时不时对她换的衣服称赞一声，人差点睡着了。

"你昨天晚上熬通宵啦？"黄米试完最后一件衣服，出来看着崔脆脆坐在轮椅上打瞌睡的样子，下意识地问道。

崔脆脆摇头："没有，只是比平时睡晚了一点儿。"

黄米最喜欢和崔脆脆一起逛商场，和同事逛又怕引起不必要的情绪，毕竟她花的钱不是一般人能承受的。但她要和同阶层的人一起出来玩，能有空闲逛街的，一般嘴里离不开男人和钱，有能力的都去自己公司拼死拼活了，谁还出来逛街，衣服都是专人打理。

黄米当然也能有专人打理这些事，但她就喜欢逛街的感觉。

"那我送你回去。"黄米推着崔脆脆出来，回头恋恋不舍地想再看一眼她还没来得及"临幸"的店，结果这一眼就看到了郑朝晖。

郑朝晖站在一家店内，他的绿头发终于染黑了，他穿了一套正装，人模狗样的，身边还有个腰细胸大的美女。

黄米随便扫了美女一眼：不认识，大概是谁的女儿。

郑朝晖似乎察觉到有人在看他，抬眼望了过来。

他居然拿那种眼神看着她？黄米直接瞪了回去。

郑朝晖忽然勾唇笑了笑，黄米被笑迷糊了，原本瞪得凶神恶煞的眼神变成了呆呆的目光。

"小米？"崔脆脆顺着她的目光看去，也认出了郑朝晖。

黄米终于反应过来，冷笑一声，扭头推着崔脆脆离开，不再理会后面郑朝晖显得意味深长的眼神。

上次月关山一行后，黄米的姑妈还问过她怎么样。等黄米说完郑朝晖的样子和状况后，她姑妈想了一会儿，说道："我忘记都过了好几年了，是人都会变化。"她姑妈就没再撮合她和郑朝晖。

黄米不喜欢对方是另外一回事，现在见到他身边又站了个女人，心里莫名其妙地不爽：郑朝晖是卖自己吗？一个不行，他就换另一个？那个女人家世没她好，身材好是好，不过她身材更好！黄米想着就生气，也不知道哪里来的气。

"小米，你在想什么？"崔脆脆眼看着自己要撞上商场一楼的柱子了，终于忍不住开口提醒。

"郑朝晖。"黄米心不在焉地丢出三个字，刚一说出口便清醒过来，而这时崔脆脆的脚也撞上了柱子。

黄米吓了一跳，连忙拉开轮椅："脆脆，你的脚没被撞疼吧？"

崔脆脆摇头："我没事。"刚才她用另外一只腿抵了一下。

黄米不敢再乱想，带着崔脆脆上车，要把人安全送到家。

"郑朝晖……"坐在车上，崔脆脆有些犹豫地说道。

"什……什么？"黄米有些心虚地应道。脆脆怎么回事，这都十分钟前的事了，还拿出来说？

崔脆脆扭头看着黄米："郑朝晖眼底有那种不顾一切上位的野心。"

黄米的手搭在方向盘上，动了动："管他有没有野心，反正不关我的事。"

崔脆脆："嗯！"

叶医生："中午十一点三十分吃饭。"

崔脆脆一起来，便看见叶空青发过来的短信，时间是六点四十分。

她想了想，回了一条信息过去："好，可以带耳耳一起过去吗？"

崔脆脆只是想着对方或许比较喜欢耳耳，从叶医生掌握的照顾猫的

185

知识来看，他应该专门了解过。

叶空青在厨房忙，抽空发了一条语音信息："可以。要不要我过去接？"

不过一条小道的距离，崔脆脆自然不好意思麻烦叶空青，立刻回复："不用了，我自己可以过去。"

中午十一点二十分，崔脆脆刚把家门关上，赵远志那边打电话过来："脆脆，我刚从德国回来，带了很多补钙的保健品，待会儿去新谷小区，你能不能下来领我进去？"赵远志怕了新谷小区那个保安大叔，不敢单枪匹马地闯进去。

崔脆脆连忙拦住他："赵学长，我搬家了，现在不住在那里……而且医生说补钙不能过量。"

赵远志刚从机场出来没多久，低头看了看旁边座位上一袋子的保健品："那行吧，你在家好好休息。"

兴冲冲地买了这么一大堆东西，不知道有没有用，赵远志思考了一会儿，最后决定去找叶空青，顺便问问这些保健品能不能给脆脆吃。

"掉头去莎珊小区。"赵远志对前面的司机说道。

上周他就问了叶空青的工作排表，要带一些特产给叶空青。他低头看了一下时间，嗯……正好赶上他叶哥的饭点，能蹭一顿饭吃。

崔脆脆推着轮椅上前敲门，里面很快传来叶空青的脚步声，他走出来将崔脆脆推进去。

刚一进门便有饭菜的香味飘过来，崔脆脆看着一桌子的菜，有些发愣。她很少有机会见到这么满满一桌子家常菜。

"耳耳吃过东西了吗？"叶空青半蹲下来，看着崔脆脆膝盖上的奶猫，问道。

崔脆脆回神点头："刚才吃过了。"

叶空青抱起耳耳放在桌子旁的一张椅子上，转身对崔脆脆伸出手："我扶你去洗手。"

当时在超市摔倒被抱着出去，崔脆脆都没感觉不好意思，现在只是

186

借着叶医生的手站起来，就有些想退缩。

最后，看着叶空青不容拒绝的眼神，崔脆脆还是将手放在了他的手掌心上。

叶空青用力将人拉起来，扶着崔脆脆去洗手。

洗脸台处有两个水龙头，崔脆脆靠墙站立，而叶空青站在另一头。

作为一名医生，洗手一般都习惯七个步骤，日常生活也是如此，崔脆脆在旁边看得稀奇。

倒不是他动作很稀奇，只是太细致，正常人洗手无非是挤些洗手液，再搓出些泡泡来，最后用流水冲干净，谁洗手都不会分出个一二三四。

叶空青察觉到她的目光，低声说道："这样能够洗得更干净。我教你？"

崔脆脆："好。"

叶空青指了指洗脸台上的洗手液："第一步，挤出一滴放在手中，掌心相对，手指并拢，再相互揉搓。"

崔脆脆认认真真地按照他说的话去做，做完后，扭头望着叶空青，等他接下来的话。

"第二步，手指交叉揉搓。"

"好了。"

叶空青站在旁边，指了指崔脆脆的手背："掌心对手背，沿指缝揉搓。"

崔脆脆仔细想了想，没明白后半句话是什么意思，犹犹豫豫地将掌心搭在自己的手背上，再抬起干净黑亮的眼睛看着叶空青。

叶空青稍微错开她的眼神，伸出自己洗干净的手，示范完接下来的几个步骤。

等将手洗干净后，叶空青才扶着崔脆脆出来，坐在椅子上。

椅子上都放有软座垫，崔脆脆坐上去并不会感觉冰冷，耳耳趴在旁边，惬意地连着打了好几个哈欠，猫眼睛都泛出了点点泪光。

两个人刚一动筷，门铃便被按响了，外面还传来赵远志清晰的声音："叶哥，我来蹭饭了！"

两个人对视一眼，叶空青放下筷子起身去开门。

187

门刚一被打开，赵远志便拎起手里的袋子："叶哥，你今天做了什么好吃的？我在门外面都闻到了香味。"

叶空青淡淡地看着他："你破产了，连饭都没的吃？"

赵远志装作没听见叶空青话里的深意，笑嘻嘻地抬脚进门，嘴里还说道："当然没有叶哥您做的菜好吃，我……"

赵远志整个人挤了进来，话还没说完，便看见了坐在桌子旁边的崔脆脆。

赵远志愣在原地，有些迷糊地回头看了看叶空青，确定这是他叶哥的房子，再看向崔脆脆："脆脆，你不是搬家了吗？怎么……搬到……"搬到他叶哥家来了？

叶空青将门关上："要吃饭就去洗手。"

赵远志连忙放下手中的东西，慌不择路地去洗手，望着洗脸台镜子里的自己，忽然觉得自己来得不是时候。

不过他叶哥什么时候和人走得这么近？就刚才进客厅瞄了一眼，赵远志便被桌子上丰盛的菜惊到了。这么多年，除了生日的时候吃到过一次，其他时候叶空青一个人从来没做过这么多菜。两个人一起吃饭，顶多是四个菜。

赵远志洗完手出来，僵硬地拿起碗筷，有些心虚地看着叶空青。

崔脆脆抬头对赵远志解释刚才的话："学长，我已经搬家了，正好在叶医生家对面，所以今天叶医生请我吃饭。"

赵远志愣了愣，回道："哦，哦！"

他低着头扒饭，心里有种酸酸的感觉：这可是他盼了两年的人才，一次上门拜访都没有成功过也就算了，现在她搬家居然搬到了他叶哥家对门，怎么就不搬到自己家附近？

赵远志好不容易又逮着和崔脆脆交流的机会，一时间情难自禁，开始问崔脆脆各种问题，包括崔脆脆后期想要走的方向和目标。

这问题的方向太大，一时半会儿说不完，所以崔脆脆停下筷子，认认真真地从自己的打算到后面的计划目标以及未来的长期市场发展说起。

赵远志一边点头，一边毫不客气地夹着叶空青准备的饭菜。他听见崔脆脆要去私银方向，反应也和何莫禹的反应类似，问崔脆脆为什么要选择这个方向。

叶空青目光掠过崔脆脆碗里快冷掉的饭菜，打断了赵远志的问话，指着自己面前的一盘菜，对崔脆脆说道："试试这道菜。"

赵远志和叶空青做朋友这么多年，瞬间反应过来他叶哥在警告自己，背后一凉，立马收嘴，呵呵地笑道："瞧我，吃饭的时候还是别谈工作的事，以后我们再谈。"

崔脆脆不常在外面，一直以来吃的都是学校的大锅菜，自己出来两年，也只是做一些简单的菜，只是单纯觉得叶空青做的菜很爽口好吃，但赵远志就不一样了。

他尝完所有的菜后，立刻察觉到叶空青在这顿饭上花的心思，就连中间那道清淡简单的汤，也绝对是用骨头吊了一夜才熬出来的。

这势头不对，赵远志偷偷瞄了一眼对面的叶空青，再结合刚才一进门到现在所有的情形，忽然觉得自己是个电灯泡，瞬间嘴里的饭菜都不香了。

如果真是他想的这样，那自己岂不是耽误了叶哥？

一时间饭桌上格外安静，三个人当中就数赵远志最不自在，他的屁股不停地在椅子上挪来挪去，他不敢看向叶空青，更不敢看崔脆脆。

崔脆脆没有察觉出异样，没有了赵远志的问话，便安安静静地开始吃饭。

过了一会儿，耳耳有些坐不住，从旁边的椅子上跳到崔脆脆的腿上，冲着她撒娇打滚。崔脆脆又想放下碗筷，打算哄一哄耳耳。

这一顿饭崔脆脆放下好几次碗筷，叶空青拦住崔脆脆："你先吃饭。"说完，他便从崔脆脆的腿上抱起耳耳，坐在一旁的椅子上哄着。

赵远志在旁边看得叹为观止，他叶哥什么时候这么贴心过？平生难得一见。在学生时代便有很多女生想要走近叶空青，叶空青为了避免不必要的麻烦，总是对那些女生疾言厉色，能不接触便不接触。

赵远志偷偷瞄了一眼低头慢腾腾地吃饭的崔脆脆，看来这位即将成为自己部下的学妹，不仅有天才般的商业头脑，还有他看不穿的女性魅

189

力，否则怎么会让他叶哥做出和以往不一样的事情？

崔脆脆胃口不大，一小碗米饭再加点儿菜便算结束，只是吃得有些慢。

耳耳大概是因为在换牙期，有些嗜睡，不一会儿便在叶空青的腿上睡着了。

叶空青这时才用湿巾擦了擦手，重新拿起碗筷吃饭。

崔脆脆差不多吃完了，伸手试探地将耳耳抱了过来，好让叶医生吃饭。

这两个人一来一往，配合默契，把赵远志看得一愣一愣的：这要是将那只猫换成孩子，他完全不觉得违和。

叶空青倒是几下吃完了，扫了一眼赵远志："你还没吃饱？"

赵远志咽下口中的饭菜，双手立刻放下碗筷："吃饱了，吃饱了，我刚才在飞机上吃了东西来的。"自己睁眼说瞎话的功力又见长了，赵远志心里苦哇。

叶空青站起来收拾碗筷，将盘子端进厨房。

"脆脆，我从国外带了点儿补钙的东西，正好你拿过去。"

赵远志无所事事，看着自己放在沙发上的袋子，连忙将那些补钙的保健品拿出来。

叶空青一出来便见到赵远志和崔脆脆凑在一起，长眸黯了黯。

赵远志突然感觉背后凉飕飕的，忍不住回头，见到他叶哥站在后面。

"叶哥，我在分东西呢！这一袋是你的，那一袋是脆脆的。"赵远志"求生欲"直线上升，就差举手证明自己和崔脆脆是清白的。

叶空青目光扫过崔脆脆手里拿着的一盒保健品，淡淡地说道："她不需要吃这些东西。"

"是嘛，那还是别吃，我送给我妈补补钙好了。"赵远志见叶空青都这么说，只好放弃。

不过，要送人东西最后一点儿都没送，还是比较尴尬的。赵远志冲崔脆脆笑了笑："那下次我再给你带别的东西。"

崔脆脆摇头："不用麻烦学长。"她只是去汉基工作，不是冲着赵学长送的礼物去的。

叶空青弯腰拿起赵远志给他的一袋子特产，是两大盒糖果。

他拿出一盒来，对赵远志说道："介不介意我匀一盒？"

赵远志瞄了一眼崔脆脆，立刻摆手："不介意，不介意，都是你的，不关我的事。"

这话古里古怪的，崔脆脆没太听懂。

叶空青拿着那盒糖果递给崔脆脆："你留着。"

崔脆脆目光落在五彩缤纷的糖果盒上，清晰地看到盒面上印着一句德语。

很简单的德语，崔脆脆在翻译一段英文文献时碰见过的——我属于你。

或许因为两个人现在已经是邻居，崔脆脆明显察觉到她和叶医生比之前走近了许多，只要叶医生有空回来，总会让她过去一起吃饭。

按照叶医生透露的意思，他意在监督她，防止她再出现营养不良的症状。

这天，像往常一样在叶医生家吃完饭，崔脆脆坐在沙发上，看着对面拿着逗猫棒给耳耳咬的叶空青，犹犹豫豫地说道："我只是前一段时间没有好好吃饭。"

从高思离职后，崔脆脆不想再踏入这个行业，想着以后靠线上翻译过活，一心研究这个新领域，难免过了头，导致饮食不规律。

叶空青逗着耳耳，见它累了，便把小奶猫抱了起来："嗯？"

崔脆脆眼神飘忽，立刻转移话题："为什么耳耳一直长不大？"

耳耳趴在叶空青的手掌上，只有两个巴掌大，都快三个月了，按理说，橘猫长得应该比其他品种的猫快。

叶空青揉了揉耳耳，起身将它送到崔脆脆的面前："一般六个月后才会体重增加、食量变大，耳耳还小。"

"哦！"见状，崔脆脆伸手接过耳耳，小奶猫虽然不大，但一身毛发蓬松柔软，她一时没注意，抱过来时碰到了叶空青的手指。

191

崔脆脆只是心中愣了愣，依然稳稳地将耳耳接过来放在腿上，不料叶空青被她碰过后，皱着眉，重新握了上来，两只大手完全包裹住她的手，甚至捏了几下。

"叶医生？"崔脆脆睁大眼睛，无措地喊道。

叶空青捏了几下便松开了，脸上的表情谈不上好看："双手冰凉，现在才十月中旬。"

崔脆脆这才反应过来叶空青刚才的举动，有些不好意思地说道："我从小就这样，常年手脚冰冷。"到了冬天，被子下半部分不管睡多久，永远是冰冷一片，后来崔脆脆干脆每晚睡觉时穿上厚厚的袜子。

"女性多体寒，但不是没有机会改善，除了饮食方面，还要运动。"叶空青虽不是内科医生，但对这些基本常识还是了解的，显然认为崔脆脆身体状况不是很好，"等你的腿好了，每周要固定运动。"

"好。"崔脆脆低头应下，藏在碎发中的耳朵有些泛红，脸上明显有不自在神色。

叶空青退后两步，拉开彼此之间的距离："抱歉，刚才……职业病。"这是他第几次突然上手碰她？叶空青微微垂眸，掩下了深沉的目光。

崔脆脆连忙抬头摆手："没关系的，叶医生都是为了我好，等我的腿好了，就……就和叶医生一起跑步？"

在莎珊小区住了一段时间，崔脆脆本身便习惯早起，自然而然注意到叶空青经常在室外跑步的事。

在家的时候，他早上跑步一般固定在早上六点，大概一个小时后会回来。

叶空青微微挑眉："和我一起跑步？好。"

崔脆脆说要跑步，还是要等到腿好之后才能一起跑。

从包扎到现在差不多一个月了，崔脆脆终于可以去医院将石膏拆下来了。

医院的护士对崔脆脆印象深刻，她一来拆石膏，护士一传十，十传百，都知道那位传说中的叶医生的女友来了。

喻半夏正好看完上午预约的病人，出来听到那群护士的话，顿住了。她掉头将自己胸口处的笔扔进垃圾桶，朝神经外科方向走去。

一直走到叶空青的办公室门外，喻半夏停下脚步，靠在边上，敲了敲门，浅笑道："路过这里，叶医生能不能借支笔？我的笔又不知道被谁拿去了。"

众所周知，医院里笔的去向永远是一个谜。

叶空青的目光仍然停留在电脑屏幕上，他不停地输入最新的病人情况，淡淡地说道："自己拿。"

喻半夏走进来，拿了一支红色的笔，转身要离开，离开前似乎想起了什么，眨了眨眼睛，促狭地说道："叶医生，我听护士们说你女朋友在骨科那边拆石膏呢！"

叶空青敲着键盘的手顿了顿，他终于抬头看向喻半夏："现在？"

喻半夏眼底黯了黯，叶空青甚至没有反驳不是他的女朋友。

叶空青也没有等喻半夏回话，站起来拿起桌边的手机，一边打崔脆脆的电话，一边往骨科那边走去。

"你在医院拆石膏？"叶空青明显温柔了好几个调的声音，随着他渐行渐低。

喻半夏愣在原地，手中紧紧握住了那支红笔，整个人都难以置信：叶空青什么时候多出了一个女朋友？她一直以为只要在后面等着，叶空青迟早有一天会回头看见自己。

"喻医生，今天怎么有空来神经外科？"宫寒水双手插在白大褂的口袋里，腿已经迈过叶空青的办公室门口，上半身倒仰回来，看着里面的喻半夏，好奇地问道，"今天儿科这么清闲？"

喻半夏收敛起脸上的表情，温柔地笑了笑，话却带着锐意："宫医生又怎么有空来神经外科，心外科不用你帮忙？"

宫寒水耸了耸肩："神经外科和心外科有一台联合手术，这次我是主刀医师，过来和神经外科的医生商量商量方案。"

"那恭喜宫医生了。"喻半夏将红笔放进胸前的口袋里，走出办公室的门，与他擦肩而过时，轻声说道，"不过，宫医生也要尽快'脱单'，毕竟叶医生都已经交女朋友了。"

宫寒水这一个月太忙，在医院日夜颠倒地忙，根本没和护士插科打诨过，也就不知道叶空青这段时间的八卦消息。

听见喻半夏的话，宫寒水单眉上挑，对着她的背影吹了一声口哨。

喻半夏听着后面带着幸灾乐祸的哨声，脸又沉下了几分，原本挂在脸上的温柔笑意早消失得一干二净。

崔脆脆接到叶空青的电话的时候，已经拆完石膏，护士正帮她擦干净上面的残余物。

"嗯，刚刚拆完了。"崔脆脆没想到叶空青这时候会打电话来，她谢过护士后，对电话那头的叶空青说道，"叶医生今天不忙吗？"

"不忙。"

崔脆脆听着门外和电话里的两个声音，抬头看向门口，果然见到了穿着白大褂的叶医生。

这时候，护士端着石膏碎片出去了，里面只有崔脆脆一个人。

叶空青挂掉电话，走进来，弯腰看着崔脆脆的膝盖："还有些肿。"

崔脆脆点头："嗯，刚才医生说要回去按摩，这几天要注意负重练习。"

叶空青闻言，去旁边的医生那边拿了一小瓶活络油过来："我帮你按，晚上回家你照着来。"

"叶医生……"崔脆脆仰头想说不用。

"跟着赵远志一起喊。"叶空青神情自若地坐下来，示意崔脆脆将小腿搭在自己的腿上。

崔脆脆犹豫了半天，依然没能喊出那个称呼。

"怎么？"叶空青抬眼看向崔脆脆，目光坚定地说，"没必要喊叶医生，好像你是我的病人似的。"

崔脆脆搭在裤缝上的细白的手指弯了弯："叶哥……"

第七章

一直等你喜欢我

崔脆脆的裤脚拉到大腿处，露在外面的皮肤雪白，只除了膝盖那块青黑带肿，显得格外不和谐。

叶空青将活络油倒在掌心里，轻轻揉热匀开，再缓缓贴上她的膝盖处，试探地按压了几下，低声问道："疼不疼？"

崔脆脆靠在另一只屈起的膝盖上，轻轻摇头："不疼。"

膝盖到底是肿的，力度稍微重点儿按上去，确实会疼，但还在崔脆脆的承受范围内，她向来习惯忍受疼痛，便只抿唇望着叶空青的动作。

叶空青手指修长，干净有力，像极了钢琴家的手。他的手搭在她青肿的膝盖上，崔脆脆心中微微感觉到有些难堪。

叶空青并没有一味低头给她的膝盖按摩，间或抬眼观察崔脆脆的神情，只要她的神色稍微有些凝涩，便会放轻力度，到后面渐渐掌握了力道。

"这段时间要记得下地练习，逐渐加强负重。"叶空青的大拇指按着崔脆脆的膝盖，来回揉按，他不忘和她说些后续的康复手段。

崔脆脆一一点头答应，并不指明刚才拆石膏时，护士给她说了这些事。

等到崔脆脆膝盖周围的肌肤有些发红，叶空青才停下手，扯过一旁的纱布给她擦了擦，最后将自己的手擦干净，才一点点地将她的裤脚放下来："我扶你起来走两步。"

崔脆脆习惯性地将手放进叶空青的掌心中，任由他拉起自己。这将近一个月的习惯动作让两个人都没有察觉到不对劲，两个人反而自然无比。

"我自己应该可以走了。"崔脆脆试探地走了几步，仰头看着叶空青，喜悦地说道。

叶空青嘴角上扬了一点儿弧度："嗯，可以自己走。"

崔脆脆松开叶空青的手，在室内慢慢走了一圈，时不时看向他，眼中的雀跃之色怎么都掩盖不住。

叶空青眼中闪过一丝温柔神色："走慢点儿，不用急于一时。"

只不过这话还是有些晚了，崔脆脆的腿上没有了厚重的石膏，她以为自己的膝盖完全恢复了，脚步越走越快，结果叶空青话音刚落，她便直接一个趔趄朝前倒去。

叶空青反应极快，大步跨上前，将人捞进自己的怀中。

崔脆脆吓了一跳，趴在叶空青的怀里，久久没缓过神来。

叶空青抱住人后，一颗心才缓和下来，不舍得苛责怀里的人，低声说道："你一个月没走路，脑子有记忆，腿却没有了肌肉记忆，走这么快，容易摔倒。"

崔脆脆趴在叶空青的怀里，听着他胸膛震动的声音，后知后觉地红了一张脸："谢谢叶医生！"

她皮肤白，又不大会藏自己的情绪，脸红得明显。叶空青看在眼底，伸手碰了碰她的嘴角："之前才和你说了什么，就忘记了，嗯？"

崔脆脆稍微退出叶空青的怀抱，眼神飘忽："叶哥。"

叶空青不再为难她，陪她去楼下拿了一些外用药，看着她离开了才重新上楼。

这一幕场景落在医院来往的医护人员眼中，又引起了一阵热烈的八卦讨论，这回九成的人确定他们省中心医院的叶医生有女朋友了。

腿好后，就该正式上班了，因为崔脆脆想要走私银方向，赵远志便给她安排了私银的职位，但事先给了提醒。

"我们汉基这私银吧……当初只是为了能给汉基业务数量撑门面的，基本没有希望。"赵远志也心累，好不容易招来的人才，要去他的公司最没前途的分公司，"就几个人，还都是我爸妈那边的亲戚户，塞过来养老的。"

"嗯，我先试试。"崔脆脆并不在意这个，既然选择了这个方向，就不会后悔。

"那行，那分公司也不大，所有人都必须听你的。"赵远志严肃地说道，"我已经跟那边的人打了招呼，到时候谁不服从命令，直接辞退，左

197

右汉基今年也要精简人员。"

崔脆脆说好。

她有心理准备，但没想到上任那天，汉基私银分公司比她想象中还要破落。

那里勉强算有两个门面，上面的招牌"年久失修"，连一个"行"字都歪了，将掉未掉。门口坐着一个五六十岁的保安大爷，嗑着瓜子，一个男业务员趴在桌子上睡觉，另一个业务员拿着小镜子在画口红，任谁也想象不出这是个私银公司。

崔脆脆只想过私银的资金来源不好，公司规模小，人员少，没想到这完全像是个……私人会所。

崔脆脆今天穿得比较正式，一身小西装，因为膝盖的伤只穿了平底鞋。她打扮得不算张扬精致，但仍然和这地方格格不入。

"你好，麻烦将所有员工叫出来集合一下。"崔脆脆敲了敲女业务员的桌子，登时眼中带着金融商场上独有的犀利之色。

"哈？"女业务员迅速收起桌面上的镜子和化妆品，面带微笑地说道，"这就是我们所有的员工，请问您需要办理什么业务？"

崔脆脆将目光落在两个柜员的身上，最后算上刚刚在大门口见到的保安大爷："三个人？"

女业务员挺直腰杆，微微一笑，脸上带着自豪之色："不止呢，我们有四个人。"

这时，右边柱子拐角处一位大妈拿着拖把出现在崔脆脆的面前，埋头将地板拖得亮亮堂堂的。

崔脆脆总算明白汉基说拿这家分公司充当业务数量是什么意思了。

她淡淡地朝女业务员的胸牌看了一眼——吴绵。

这时候，男业务员估计被说话声吵醒了，迷迷瞪瞪地抬起头，那张白净帅气的脸被手臂压出了一道明显的红痕。他扭头看着旁边的女业务员，又看到柜台前的崔脆脆，咳了一声，立刻站了起来："您好，我是汉基私汇的客户经理范大成，请问您需要办理什么业务？"

这人反应还算快，形象也不错，只是从一开始趴在里面睡觉便已经给客人难以磨灭的印象。

崔脆脆将这两个人打量完，直接报了自己的身份："崔脆脆，从今天开始就是汉基私汇的执行总裁。"

"总裁"这两个字在当时的情景下说出来无比滑稽，但崔脆脆并不是冲着名头来的，是想要做出一番事业的。

大厅里安静了一秒钟，崔脆脆眼看着范大成和吴绵脸上的表情变了，不是面对上司的谨慎或者尊敬，而是明显的松懈。

"哎呀，妹妹你早说呀，害得我紧张半天。"吴绵重新拿起桌面上的小化妆镜和眉笔，继续描摹。

崔脆脆没明白发生了什么事。

范大成也重新坐了下来，刚刚冒出来的挺拔精神瞬间萎靡。他动了动椅子，本来想继续睡，趴在手臂上好一会儿都没睡着，干脆不睡了，靠在椅子上："你是哪家的啊，居然还搞了执行总裁来当？早知道当初我也要这个名头，有点拉风。"

这两个人倒不是瞧不起崔脆脆，而是像碰见了同类，便放下了所有的警惕心。

崔脆脆恍然，这两个人是把自己当成了过来混日子的关系户。

崔脆脆重新详细介绍了一遍，包括她在高思的工作，以及赵远志给她的权力——可以开除任何她觉得不好的人。

赵远志当然还是要照顾亲戚的面子，毕竟国内讲究人情，不过，他底下像这样的公司还有几个，到时候将开除的人再塞到别的地方也行。只要崔脆脆开心，私银干不起来，他可以顺理成章地将崔脆脆招回来。

平时赵远志看着笑嘻嘻的，本质还是个正儿八经的商人，只不过善于等待。

"您看着太年轻，不像……"范大成身体一僵，小声嘀咕了一句什么，又站了起来，旁边的吴绵也站了起来，面露尴尬之色。

崔脆脆也没叫他们坐下，绕着整个地盘转了一圈。里面装修陈旧，不过地面卫生倒是干净，看样子也就只有保洁大妈是干事的人。

"把这些年的业务报告全部拿出来。"崔脆脆走回来，扫了他们俩一眼，"你们俩谁管行政？"

范大成和吴绵互相看了一眼，齐齐啊了一声。

范大成："老板，我们这儿早没有这岗位了。"

这私银公司刚开的时候还是五脏俱全的，除了把几个养老的人塞进来，剩下的人都是从正规渠道招聘过来的，只不过都受不了他们几个养老的人，心理不平衡或者觉得没前途，全都离职了。到现在他们私银公司就剩下之前塞进来混日子的人。

"所以你负责接待开发客户。"崔脆脆麻木了，"吴绵负责业务咨询？"

吴绵举手，描摹精致的脸上带着点儿邀功的神色："老板，我还是法律顾问。"

法律顾问也能兼职？崔脆脆算长见识了："你学的什么专业？"

吴绵抬眼，悄悄地瞄了瞄崔脆脆，感觉真干事的人和他们混日子的人果然气势不一样："法律专业。"

那吴绵就是法律顾问兼职业务咨询，崔脆脆从一团乱麻中总算找到一丝安慰感。

范大成将业务报告抱了出来，不多是正常的。毕竟汉基总公司都没开多少年，这私银公司破烂成这样，能有业务都算奇迹。

崔脆脆从第一年看起，两个客户，一共一千万元整，刚好完成总部给规定的业绩。第二年是一千万零二元，第三年是一千万零三元……

将这些业绩报告翻完，崔脆脆虽然觉得后面那几元钱有些奇怪，但也觉得面前这两个人还算可以，能够让第一年的客户一直留到现在。

"张克、杨丽莉，给这两位客户准备点儿礼物。"崔脆脆点了点业绩报告，对范大成说道。

这时，后面的大妈突然抬头："干啥子给我准备礼物，要过节啦？"

崔脆脆放在报告书上的手突然僵硬了，她回头去看门口那戴着老花镜的保安大爷，试探着喊了一声："张大爷？"

"咋啦？"张保安大爷戴着老花眼镜看过来。

崔脆脆算明白了，整个私银公司的四个人全是当初赵远志塞过来的，为了保证最低业务量，居然还能自己投自己。

可以，高！

"也就是说，从开业到现在，你们从来没有拉到过一个客户。"崔脆脆点了点对面的范大成和吴绵，"办公室有没有？我们先开个会。"

吴绵缓缓点头："有……"

崔脆脆一推门进去，办公室温馨得就像回了家，粉粉嫩嫩的抱抱熊满满地堆在桌子上，原本雪白的墙上也被贴满了各种招贴画，左边全是男明星，右边是某女明星，前面是某年代歌星，后面倒没贴壁纸，挂了各种工具。她一看就知道这间办公室被四个人瓜分了。

崔脆脆面无表情地坐下，点了点座位，示意两个人也坐下："我需要一个行政部，另外两边都是空店铺，把它们盘下来，最后招标让人重新将这里装修好。"

一个私银公司多站点儿人就感觉挤得慌，这还要开什么私银？就是资金只有几万元、十几万元的客户都懒得进来。

范大成挠头："招聘行政人员这个吴绵能招，旁边两个店铺的老板我熟，说盘就能盘，不过这钱……上面愿意划吗？"

"资金的问题我会申请，行政人员要老手，另外，招标队我希望能尽快找到。"崔脆脆转向吴绵："既然你是学法律的，业务咨询让专人来做，两个人是最低标准。"

吴绵哦了一声："还要招什么人？"

"暂时就要这些岗位，装修的时间最多两个月。"崔脆脆在心中将自己之前准备好接洽的那些私人客户全部推翻了。

以现在的情况，她名单上的人换成资产处于下游的一些人，那些人也都看不上这家公司。

范大成的做事效率比崔脆脆想象中要高，不到一周时间他便把两边的店铺盘了下来，包括楼上两层。

将店铺盘下后便是重新装修，装修这段时间，崔脆脆只能坐在大厅里看之前的业务报告，但其实也没有什么好看的，只有两个成功的客户，还是自己家员工。剩余的一些材料，则是最初一年已经离职的员工接触过的客户资料。

到了第二周，吴绵把所有需要招的人招齐了。三个行政人员全是老手，剩下两个业务咨询员则是应届毕业生，也不知道吴绵是怎么招的，五个人个顶个好看。

崔脆脆第二天进门时，被这些人吓了一跳，还以为自己走错了地方。她在高思工作过，干这一行的人行头十分重要，无论男女都打扮得极其讲究。人靠衣装马靠鞍，只要不是哪里有大的缺陷，正常人打扮起来便不会差到哪里去。但她一进门，见到五个人都是大长腿，相貌出色得不像柜台人员，反倒像是刚下 T 台的模特。

只是简历和证书不会假，这五个人还真是相关专业人员。

既然人没问题，相貌便在其次，崔脆脆在看过五个人的简历后，不再有意见。

"主大厅要先装修，这段时间可能没办法办公。"范大成拎着个公文包从外面进来，别说，还真像那么一回事。

"大概要多长时间？"崔脆脆合上电脑。她还没有专门的办公室，坐在大厅和这些人一起办公。

范大成翻了翻手机："主大厅的话，应该两周就能彻底装修改造好，然后再把两边打通的地方装修好。"

崔脆脆点头："这两周所有人放假，至于你，我希望两周后能带客户名单给我。"

范大成顿了顿，抬头结巴地说道："什……什么客户名单？"他有种不好的预感。

"你是我们的客户经理，当然要开发客户。"崔脆脆理所当然地说道。她这些时间发现此人行动能力极强，交际手腕也不弱，不知道为什么年

202

纪轻轻就在这里养老。

"我没有客户啊！"范大成傻眼了。他哪里来的客户？

"不管是开发成功的客户，还是潜在客户，我要在两周后见到名单。"崔脆脆退后一步，也没有为难他，现在汉基私银这个状况，正常客户也不会过来，谁能有意向都算不错。

范大成听后松了一口气，潜在客户名单也可以。

吴绵瞠目结舌地看着崔脆脆抱着笔记本离开，再看看一点儿抱怨话语都没有的范大成，默默地咽下了口中的话。这个新来的执行总裁，绝对不是什么"傻白甜"，还能顶着一张纯良的脸让人毫无防备地替她做事。

"听到了吗？你们都放假两周，这段时间好好了解我们公司的文化。"吴绵转头对挤在一块儿没事做的五个新来的员工说道。

这五个员工，有三个行政人员抱着从这里跳槽去汉基总部的心思，剩下两个刚毕业几个月的学生，巴不得放假。

"你们三个密切关注装修进度。"范大成是客户经理，初期没人时，他便把事揽了下来，现在直接将装修的事甩给了这三个人。

两周时间，崔脆脆没闲着，接触了之前在高思认识的一些中小资本家。

其实，以当时崔脆脆跟着何莫禹的背景，她很少和这些人来往，毕竟高思上层并不在乎这些人，他们在乎的是那种能在行业中一呼百应的人物。

崔脆脆并不会看低谁，在聚会中有人递名片过来，她都收着，当时倒没有想着以后要他们投资自己的私银的想法。

"我说这半年怎么都没有听到你的消息，原来现在你变成崔总了。"一个中年男人挺着大肚子坐在沙发上，听到崔脆脆的来意，露出为难的脸色，"崔总，虽然你现在有了新公司，但我这儿还是小公司，恐怕不能拿着钱去冒险。"

谈话总共不到十五分钟，崔脆脆被人"客气"地请了出来。

崔脆脆没有犹豫，直接上车离开。

此人是她名单上最大的一个客户，当时几次试图和自己打好关系，崔脆脆来之前便没有抱希望他会同意。毕竟她现在在汉基而不是高思的私银。

她接触的中下层不多，只有两页名单，这些天能拜访完。

崔脆脆一天从上午到下午差不多能拜访五个人，如果碰到有意商谈的人，时间可能长一些。有些人见到她，开始还有兴趣，最后一听是汉基的私银便都放弃了。

这太正常了，一个没有任何名气的私银公司，谁也不愿意把钱放在里面。

崔脆脆从床上起来，第一件事便是找名单。她依然没有开发出一个新客户，看今天的任务量，还剩七个人。

这时候，门外的铃声响了。崔脆脆身上还穿着睡衣，她随便裹了一件毛衣出来开门："叶医……"

在叶空青的眼神下，崔脆脆生生地改了口。

叶空青站在门外，望着被厚厚的毛衣裹成一团的人，扬唇笑了笑："要不要一起去跑步？"

崔脆脆去了汉基私银之后，两个人差不多半个月没见过面了，崔脆脆白天不在家，叶空青这些日子也忙，基本上回来的时候，对面的灯早关了。

崔脆脆这时才看清叶空青穿着长袖的黑色运动服，愣了愣，才想起当初自己和叶医生跑步锻炼的约定。

左右现在也不能去打扰客户，崔脆脆退后两步，让叶空青进来："我去换衣服。"

叶空青点头："我能进厨房吗？"

崔脆脆回头应了一声。

小区的房子结构都差不多，叶空青熟门熟路地找到了厨房，烧了一壶热水，倒出来给崔脆脆泡了一杯蜂蜜水。

现在天冷了，等崔脆脆换好衣服出来，那杯蜂蜜水刚好能入口。

叶空青端着杯子出来，递给崔脆脆："跑步前先喝点儿水暖胃。"

人在晨跑前最好不要吃饭，否则会造成胃炎，但空腹晨跑也不好，所以喝蜂蜜水是最好的选择。

崔脆脆捧着温热的蜂蜜水喝了起来，喝完一大杯，整个人都暖了起来，原本没有血色的脸颊也泛起了两团红晕。

"好啦？"叶空青见她停下来，问道。

"嗯！"崔脆脆放下水杯，跟着叶空青一起出去。

早上六点多的天还是灰蒙蒙一片，但并不妨碍小区一些老人早起锻炼，他们有的见到叶空青，会过来打个招呼。

莎珊小区不小，还有人工湖，他们便绕着小区的内墙跑。

叶空青已经放缓步子，但崔脆脆很少锻炼，再加上之前膝盖受伤，跑起来总有些畏首畏尾。

"膝盖还疼？"叶空青越跑越慢，最后几乎停了下来。

崔脆脆摇头，喘息着说道："我……太久没有跑步，有些……不习惯。"

叶空青了然："那先快走。"说罢，他拉起崔脆脆的手继续朝前走着。

崔脆脆被温热的掌心烫了一下，忍住要收回手的冲动，跟在叶空青的身后。

不再跑步，崔脆脆的呼吸渐渐平缓下来，她也有力气说话了。

"这些天工作怎么样？"叶空青回头望向崔脆脆，深沉的眼睛在迷蒙的天气中显得格外好看。

"还行。"崔脆脆跨过脚下的一大块石头，不妨脚下刚好踩中了一块半冒头的小鹅卵石，脚一崴，差点摔倒。

幸好叶空青一直牵着她的手，才没让她摔倒。

崔脆脆一只手被叶空青握着，另一只手因为刚才差点摔倒而下意识地紧紧抓住他的手臂，表情还有点惊魂未定。

她太容易出事故，这也是她从来不自己外出晨跑的原因。

叶空青忍住将人搂进怀中的冲动，转了个话题，再一次放缓脚步，让她离自己更近，几乎就在他可以伸手捞住的范围内："晚上几点回来？"

"七八点。"崔脆脆想起她的名单，其实也知道这些人不太可能将资金交给汉基私银来打理。

这些客户相对于高思那帮客户来说是中小客户，但对汉基私银来说不是。

其实，说到底她的目的还是在这些人中间打个名声，让汉基私银在他们心中留下印象，哪怕是一个茶余饭后的笑柄，这也是开始。

"晚上有空的话过来一起吃饭。"叶空青拉着崔脆脆走到湖边，寻了一张长椅坐了下来。

"好。"崔脆脆答应之后，踌躇了一会儿，"叶……叶哥。"

叶空青转头看过来，眼中带着笑意："嗯？"

"下次我请你在我家吃饭。"总是在别人家吃饭，她心里过意不去。

湖两边种了柳树，不过，这时候都只剩下了枯树枝，只有水里时不时游过来的金鱼，给这片灰蒙蒙的场景带来一丝彩色。

崔脆脆望着那些游动的鱼，有些着迷，有些可惜地小声说道："没有吃的东西给它们。"

叶空青闻言，轻笑出声："下次出来晨跑，我会记得带些吃食出来。"

崔脆脆低头盯着湖里的金鱼，心思有些散，脑海中还萦绕着刚才好听磁性的男声。

两个人在长椅上坐了大概十分钟，这时候，初升旭日淡橘色的光芒穿过雾气，一点点照耀在大地上。

"我带你去吃早点。"叶空青牵着崔脆脆的手站起来，"有没有去过附近的早点店？"

崔脆脆摇头。她很少自己出去观察周围，就是这湖，也是搬进来这么久第一次见。

叶空青并不意外，她这种总是出状况的体质，换个人大概心理要崩溃。

"以后带你出来转转。"叶空青牵着崔脆脆,朝小区外走去。

两个人极为自然地牵着手,完全没有察觉出任何不对,崔脆脆只觉得安心,眉眼中带着轻松和愉悦之色。

原本小区就在市中心附近,早点店自然多,各种地方小吃都有。

只不过时间不到七点,路上除去老头老太,剩下的便只有匆匆赶去上学的高中生们。

叶空青带着崔脆脆去了一家还算干净好吃的店,里面坐着的人不多,更多的是要打包早点带走的学生。

两个人牵着手站在一起,任谁都会误解,那些高中生见到叶空青和崔脆脆,互相嘀咕起来。

叶空青相貌极为出色,身高腿长,站在外面等打包早点的女学生,个个通红着脸看过来:生活中哪里见过这么好看的男人?

崔脆脆察觉到周围的目光,有些不好意思地想要抽出自己的手。

叶空青低头看过去,轻声问:"怎么啦?"

崔脆脆微微仰头,想要说什么,只是看着叶空青的眼睛忽然什么也说不出来。

喻半夏从外面进来时,便见到这幅崔脆脆靠在叶空青的肩膀上说话的场景。崔脆脆和叶空青靠得极近,乍一看,让人以为两个人在接吻。

"喝不喝豆浆?"叶空青没有继续追问,但也没有松手,两个人站在点单台前看着菜单。

"嗯!"

喻半夏敛下眼中的各种情绪,带着温柔的笑意出声:"叶医生,早上好。"

一群高中生露出看好戏的眼神,不怪他们多想,这两女一男,个个相貌出色,不让人想歪都难。可惜他们的早点拿到手了,他们还要去上课。

喻半夏出声时，两个人已经点完单，叶空青转身朝喻半夏点头，便牵着崔脆脆找了一张桌子坐下。

"好巧。"这时候，宫寒水也走了进来。

因为这些人，今天整个早点店仿佛发着光。

"叶医生不介意我们一起坐吧？"宫寒水快速点了一份小面，便在叶空青旁边坐了下来。

有了宫寒水打岔，喻半夏没了刚才的尴尬感，落落大方地坐在崔脆脆的旁边。

早点自然没有那么快上来，几个人很快便聊了起来。

确切地说，是宫寒水和喻半夏聊了起来，时不时带上叶空青，他们谈的都是医院里的事，专业术语一个接一个，崔脆脆完全听不懂。

宫寒水忽然看向崔脆脆，勾唇笑道："之前我们在游轮上见过。"

叶空青垂落在大腿上的手动了动，面上却不动声色。

崔脆脆刚才有些走神，听到宫寒水的话，便随便点了点头："嗯。"

宫寒水歪了歪头："当时我对崔小姐印象深刻，还打算和你交个朋友呢！"

崔脆脆还未说话，旁边的喻半夏出声笑道："宫医生别开玩笑了，崔小姐是叶医生的女朋友。"

崔脆脆转头看向喻半夏，想要解释："我……"

"脆脆还没有同意我的追求，我不算她的男朋友。"叶空青淡淡地打断崔脆脆的话，朝她深深地看了过去。

这话成功镇住了宫寒水和喻半夏，桌子上一时间安静异常。

崔脆脆愕然，但没有出声，旁边还有两个外人，她不可能在这儿驳了叶空青的面子。

店老板正好端了面过来，叶空青抽了一双筷子递给崔脆脆："吃吧！"

宫寒水重新笑了起来："原来叶医生也还没成功，那是说我还有机会？"

崔脆脆没喝醉酒的情况下，不会彻底不给人留情面，她看得出宫寒水是在开玩笑，便不打算理会。

只不过，她不理会，不代表叶空青愿意听见这话。

"你没有机会。"叶空青头一回在宫寒水面前黑了脸。

喻半夏听着这几个人讲话，觉得碗里的面格外难吃。她低着头，汤面的雾气掩盖了她的神色。

宫寒水听见他的话，反而笑得更开心："叶医生在吃醋？百年难得一遇。"

崔脆脆浑身不自在。

"不关你的事。"叶空青放下筷子，冷冷地说，然后抬手看了看手表，"我们还有事，先走了。"桌上的面，他甚至没怎么动。

两个人往小区走，要分开时，叶空青停下脚步，对崔脆脆道歉。

崔脆脆摇头，表示不介意。

"宫医生大概在学校就对我有意见，什么事都喜欢和我比一比。"叶空青并没有将这事翻过去，皱了皱眉，"喻医生……"

"她喜欢你。"崔脆脆在后面补充道。

叶空青低头望着崔脆脆，忽然笑了起来："是，她喜欢我。"

崔脆脆见到叶空青脸上浮起好看的笑容，低头不语，心中有些说不上来的不舒服感。

"可是我有喜欢的人了。"叶空青抬手捧起崔脆脆的脸颊，眼中的笑意和温柔神色清晰可见，"脆脆愿不愿意答应我的追求？"

崔脆脆睁大湿漉漉的眼睛，过了一会儿，抿唇别开头，但没有离开，而是站在原地。

叶空青陪她站着，心中却罕见地紧张起来。他原本想着循序渐进，一步一步来，只是今天计划全部崩坏了。

崔脆脆脑中一片乱糟糟的，她一会儿想起刚才四个人坐在一桌的场景，一会儿又想起待会儿还要见的客户，时不时叶空青的话又出现在她的耳边。

"我不知道。"崔脆脆仰头看向叶空青，眼底布满了难过的情绪。

叶空青看得心中一紧："不逼你了，你……"

崔脆脆打断叶空青的话："我不知道自己喜不喜欢你，但是不喜欢你喜欢其他人。"

叶空青愣了愣，片刻后又上前一步，将人搂住，贴在崔脆脆的耳边，轻声抚慰道："嗯，我不喜欢别人，一直等脆脆喜欢上我。"

崔脆脆将头埋在叶空青的胸膛上，听着他的声音，嗅着他的气息，脸红得不成样子，最终，她试探着回搂住了叶空青的腰。

两个人在门口站了许久，抱了许久，一直到叶空青的手机铃声响起。

崔脆脆从他怀里挣脱："你去工作，我走了。"

叶空青望着她落荒而逃的背影，最后轻笑出声。

他抬手挡在自己的眼前，仰头看着天空——今天的阳光耀眼至极。

医院一如既往地忙碌，只不过神经外科的医生、护士发现，今天的叶医生心情格外好，甚至他靠墙休息时唇边都会露出温柔的笑意，让路过的护士倾心不已。

"这是中彩票啦？"同科室的单身医生不解地问旁边同样是单身的医生。

"大概是成功发表论文了。"单身医生是不会理解谈恋爱的人的，只负责切断别人的脑神经。

护士长过来拿资料，作为一个过来人，摇头叹气："叶医生这分明是谈恋爱了，你们两个都老大不小了，思想能不能成熟点儿？"

"强还是我们叶医生强，每天这么忙的情况下，还谈得了恋爱。"单身医生抬头盯着外面拿着病历的叶空青，扶了扶自己的眼镜，佩服地说道。

叶空青没注意到这边的八卦群众，刚刚接手一个病人。

病人寰枢关节脱位，也叫体内斩首，颈椎的第一节（寰椎）、第二节（枢椎）之间的关节失去正常的对合关系，可以引起延髓、高位颈脊髓受压，严重者致四肢瘫痪，甚至呼吸衰竭而死亡。这病致死致残率极高。

病人发生车祸时没有系安全带，被甩到车外，头骨和脊骨完全分离。

又是一次紧急召开的手术会议，时间不长，院内所有顶尖的神经外科医生都被聚集在一起，希望能成功救活病人。

"病人脊神经索没有完全断裂。"叶空青指着屏幕上的片子说，"有一定的概率不让病人瘫痪。"

"叶医生还有徐医生，你们上手术台。"神经外科主任点了几个人，"这次手术如果成功，意味着我们院将多一例记录。"

叶空青不关心这个，从见到病人的片子后，脑海中已经开始模拟手术过程。

体内斩首只要就诊及时，活下来的人并不少，全世界大概有百分之六十八的比例，但这么严重的斩首情况，还不会完全瘫痪的病例并不多。

换上手术服和鞋子，消毒后，叶空青和另一位医生以及团队人员进入了手术室。

"接合处的骨头碎了。"徐医生刚一打开病人的身体，便发现这一情况。

叶空青盯着那个接合处，转了个方向："从他的臀部移植一块出来。"

手术时间长达七个小时，叶空青背后的衣服全部被打湿了，这是高度紧张的结果。

一直到手术缝合部分，他和徐医生才算彻底松了一口气。

出来后，扯掉口罩，徐医生重重地吐出了一口气："算是熬过第一关，接下来要看病人自己了。"

叶空青点头，看了看时间，已经是晚上九点三十分了。

"女朋友在家等着呢？"徐医生见到他的动作，笑着问道。

叶空青没有否认，只是说了一句"去洗澡换衣服"。

徐医生在后面摇头感叹，他们神经外科的医生能交到女朋友，可是一件不容易的事。

叶空青换好衣服，打卡下班，然后给崔脆脆打电话。

崔脆脆那边过了许久才接听，听声音不像在家。

"还没回家？"叶空青朝小区走去，"吃饭了吗？"

此时崔脆脆正坐在餐厅内，朝对面的人做了一个手势，示意自己要接个电话。

"正在吃，之前回家了，有个客户打电话来。"崔脆脆不自觉地抠着裤缝，"你呢？"

叶空青眼中闪过一丝温柔之色："刚刚下班。说好今天和你一起吃饭，抱歉。"

崔脆脆摇头，才想起他看不到，抿了抿唇，说道："没关系，明天也可以，你……早点休息。"她能听出叶空青声音沙哑，他应该忙了好久。

"在担心我？"叶空青拿着钥匙站在自己的家门口，望着对门，轻笑道。

崔脆脆沉默良久，最后嗯了一声。

有那么一瞬间，叶空青觉得空中绽开了漫天的烟火，绚烂耀眼。

崔脆脆接到电话的时候，刚刚见完今天名单上的客户，果不其然，没有人愿意投资，虽然心中做好了打算，但她依然满身疲倦感。

她回来的时候，天已经黑了下来，对面的灯并没有亮。

崔脆脆想起早上的那个拥抱，想起叶空青温热的掌心，脸颊泛红，甚至不知道要怎么继续面对他。

一直到了晚上八点，叶空青依然没有回来，也没有给她发消息，崔脆脆知道他应该是临时有手术做。

这时候，一个陌生的电话突然打了过来。

崔脆脆接通电话，听着对方喊出自己的名字，问自己现在是不是在汉基私银工作，说有一笔生意想和她谈谈，如果她愿意，晚上九点在餐厅见个面。

开车的途中，崔脆脆一直在回想这位客户，他不在自己的名单上，两个人只在高思举办的一个宴会上有过一面之缘。无论如何，这都值得她过去看一看。

被服务生领着过去，崔脆脆见到人，打了个招呼。

柯飞亚抬头朝崔脆脆笑了笑："都快两年了，你看着还是一个模样。"

柯飞亚不在崔脆脆的名单上，他接触的公司向来是高思之流，虽得不到高思上层的重视，但绝不是个小客户。

"柯总，您要找我管理一笔资金？"崔脆脆没有废话，上来便问。

"你还真是……"柯飞亚失笑，"对，有一笔资金想交给你管理，之前本来想找你，但听说你离开了高思。前段时间又听人说你跳到汉基私银去了，这不，现在重新来找你。"

崔脆脆点头："可以。您想要什么收益率的基金，或者做什么投资？"

柯飞亚当初见崔脆脆第一面，就知道她在生意场上直，有些人就是这样，直来直去，因为有实力、有底气，不愿意用那些弯弯曲曲的手段。

"据我所知，你们汉基私银只是个养老的公司，你这么有信心？"柯飞亚挑眉看向崔脆脆。

"柯总既然知道，为什么还要来找我？"崔脆脆回望他，"如果柯总瞧不上我们公司，可以另寻别家，我相信其他公司一定欢迎柯总。"崔脆脆打开天窗说话，没有半点拐弯的样子。

"大概因为我觉得你还可以？"柯飞亚笑道，"行了，别的不多说，三千万元资金，你给我管理，投基金还是股票，你看着办。"

三千万元本金必然是不能损失，这点崔脆脆要好好算计一番。

"柯总这是……？"崔脆脆皱眉，她的第一个客户就这么把钱交给她，也不管收益？

"投资你。"柯飞亚抬手碰了碰崔脆脆的空酒杯，"我以前没有渠道接触何莫禹，但接触他的徒弟也行。以后汉基私银起来了，最好我成为你们的VIP。"

柯飞亚有点小钱，但够不到高思上层，他在崔脆脆身上看到了希望。

"柯总既然是我们的第一个客户，自然有所不同。"崔脆脆好歹在高

213

思待了那么久，瞬间便清楚了柯飞亚的心思。商场上谁都狡猾，没人会做没有回报的事。

两个人谈生意倒没有谈多久，轻轻松松就敲定了三千万元的去向。

"当初在宴会上，我们这些小商人可被你镇住了。"柯飞亚想起那时候的事，依然历历在目。

那时候他们几个合作方一起进了宴会，围着一个高思中层说话，那个人狂得不行，但他们都相信他说的话，毕竟那个中层在高思混了那么多年。

崔脆脆从后面突然出现，开始逐一反驳高思中层说的话，包括各种数据错误。

"我们高思向来以严谨著称，错误的数据和消息最好还是不要对人说出来。"崔脆脆看不过那个中层不专业，便站出来指正。

柯飞亚和几个合作方面面相觑，其实，在别人眼中，这位高思中层已经够专业，而且是业内出名的金牌操盘手。

两个人谈了一会儿，崔脆脆的手机突然响了起来。她接完电话，没过多久便告辞了。

行政那几个人多花了一倍的钱，雇了两个装修队，同时进行拆除和装修工作。两周过去，崔脆脆回来时，便见到了亮堂堂的大厅，以及大厅边初具规模的地盘。

"那两边和楼上继续装修，差不多完成了，二楼您的办公室已经装修好了。"范大成屁颠屁颠地过来报告，还带着一沓名单，"这是我弄来的潜在客户名单。"

崔脆脆接过名单，去自己的办公室前告知几个人："待会儿我传一份报告给你们，我们的第一个客户下午过来。"

崔脆脆上楼后，吴绵和范大成凑在电脑前看那份报告合同，齐齐抽了一声。

范大成摸着自己的胸口："乖乖，两周就搞出个三千万元的客户！"

崔脆脆翻看着这些客户的名单和后面附着的资料，不得不说，范大成这个业务经理现在看来没有任何问题，这些东西做得清清楚楚，一点儿也不像在这儿养老了两年。

只是，这些客户的资金链最高的也只有五百万元，更多的则是几十万元的小额客户，虽然崔脆脆想从中下层客户做起，但这些全是小额客户。

崔脆脆在办公室里坐了一整天才出来，出来后将名单还给范大成："里面有些名字我圈了出来，那些人我们亲自过去接触。"

被圈出来的人，崔脆脆查了他们的公司，估值了一番，这也是她能看名单看一天的原因。

她从这些人手里还能再薅出一笔钱。

崔脆脆刚停好车，从车库里往外走，便在路上碰见了叶空青。

她正要喊一声，却下意识地放慢了脚步，没有喊出声。叶空青似乎察觉到什么，回头看过来。

灰黄色的路灯灯光照在叶空青的肩上，越发显得他身材高大。

"过来。"叶空青朝崔脆脆伸出手，原本冷淡的脸上浮上春日般的笑意。

崔脆脆垂眼看着地上自己的影子，最终下定决心，朝他慢慢走去，将手放进叶空青的掌心，熟悉的温热感瞬间透过肌肤传到她的心脏处。

叶空青低笑一声，将人用力一拉，拥进自己的怀里，贴在她的耳旁说道："抓住了。"

崔脆脆难以抑制地红了耳朵，埋在叶空青的胸膛中，感受到这份暖意和好闻的气息。

叶空青眼神向来好，何况人都在他的怀里了，他自然将崔脆脆粉成一片的耳朵看得一清二楚，心中越发柔软。

他活了这么多年，头一次对一个人恨不得捧在手心里护着，不知道什么时候想让自己做她唯一的避风港。大概是情不知所起，一往而深。

"我们回家。"叶空青搂着崔脆脆,温柔地说道。

那位体内斩首的病人第三天便能控制大腿,这是相当好的迹象,只要接下来不出问题,后面便能恢复,即便有影响,也差不多能像正常人一样生活。

没出意外,这周日,病人果然能下地走路了,恢复得极快。

这当然与病人是年轻力壮的小伙子有关系,但不可否认的是,两位医生精湛的技术让一个堪称断了头的病人成功恢复成正常人。

叶空青探完病房后准备下班,这时候,陈冰把他叫去了办公室。

"坐。"陈冰用下巴点了点对面的椅子,这是一种姿态,代表上位者的姿态。

叶空青依言拉开椅子坐了下来:"导师,有什么事吗?"

"之前的论文发表了没有?"陈冰翻开桌上的文件,目光并未看向叶空青。

"上周三已经刊登。"叶空青不知道陈冰今天叫自己来做什么,但感受到了导师身上遮挡不住的怒意。

陈冰啪的一声合上文件:"这次的手术完成得不错。"

"主要是病人的脊神经索还在。"叶空青自然知道自己完成手术完成得不错,但该有的因素还是要指出来,他的导师向来不喜欢人张狂。

陈冰:"我听说你在谈恋爱?"

叶空青不清楚导师为什么扯到这件事,不过依然点头:"是,我有喜欢的人。"

陈冰终于正眼看着叶空青,冷冷地说道:"我当初力荐你上手术台,不是为了让你当了主刀医师去谈恋爱的。"

叶空青微微皱眉:"我不明白导师您的意思。"

"既然你已经走到现在的地步,就应该继续发挥自己的能力、才华,而不是被一个女人绊住脚。"陈冰怒其不争,"你还没有到三十岁,如果再取得更好的成绩,将来扬名世界,整个医学界的人都会知道你的名字。"

听到陈冰前面的话，叶空青眼中带了一丝冷意："导师，当医生和我有喜欢的人并不冲突。"

陈冰猛拍桌子："怎么没有关系？这段时间你当我不知道，一到下班的时间就走，以前你是怎么样的？"

为了这事？叶空青垂眼，收敛了脾气，淡淡地说道："导师，我也有正常人的生活，不可能时时刻刻耗在医院里。该做的手术我每一场都做，发表的论文没有少，这样还不够？"

即便没有喜欢的人，叶空青也不可能一直像前几年一样，没日没夜地耗在医院里。那段时间他需要努力将脑子里的东西一点点拼接到现实中，再写出文章发表。任何事情熟练后，到后面自然而然花费的时间便少了，何况叶空青本身极具天赋，不是靠时间来堆砌成绩的。

陈冰不这么想，在他看来，他带出来的医生就要日日夜夜地泡在医院里，不仅要医术好，还要名声好。

"你现在比导师还要厉害，能顶撞我。"陈冰气得大喘气，"当初要不是我以一己之力推你上手术台，你能有今天的成就？"

因为陈冰，叶空青提前好几年走到现在的位子，这一点确实不可否认，但陈冰忘记看看医院周围。

比如，宫寒水同样和叶空青一届，在心外科做了主刀医师。省中心医院不是个迂腐的医院体系，医院的"大牛"每个科室都有，难能可贵的是，他们都认为有能力者为先，无关年龄。

陈冰是以一己之力排除众议，但私底下大家其实有了打算，否则绝不会同意。

"导师，如果没什么事，我先下班了。"叶空青不想和陈冰争执这些事情，他感激导师的教导，但不需要导师来指导他工作以外的人生。

陈冰被他油盐不进的模样气昏了头，直接抄过手边的笔筒，朝叶空青砸了过去，笔筒砸在铁门上，发出一声巨响。

叶空青顿了顿脚步，依然推门走了出去。

叶空青面沉如水地走出医院，朝小区走去，离得越近，脸上的冰冷之意越淡，最后在家门口看见对面亮着的灯后，彻底消失。

他回家洗澡换了一身衣服，走出来敲开了崔脆脆的门。

崔脆脆刚才接收到范大成发过来的一些关于客户的补充资料，一整理完，抬头便透过窗户看见对面的灯亮着，踌躇着要不要过去，门铃便响了。

叶空青头发还湿着，只是匆匆用干毛巾擦了擦便过来了，他太想见她了。

崔脆脆打开门让他走进来，小声地说道："怎么不把头发擦干净，待会儿要感冒了。"

平时叶空青不是这个样子的，最爱嘱咐崔脆脆这个那个。

崔脆脆刚关上门，还没转身，便被叶空青抱了个满怀。

叶空青抱着怀里的人，将头靠在她的肩上，微微闭上眼睛，满足地喟叹了一声。

"你怎么啦？"崔脆脆感觉到叶空青身上不对劲，也顾不上两个人此刻极为亲密的动作。

叶空青将人紧紧搂在怀里，过了片刻，突然轻笑出声："这么些天了，脆脆愿不愿意答应我？"

不是这件事，崔脆脆能察觉到今天叶空青有什么事发生，只是他不愿意说出来。

崔脆脆吸了一口气，转过身来，严肃地看着叶空青："我答应你，但是，你要先把头发吹干。"

叶空青愣住，没料到崔脆脆说答应像要去吃饭一样简单。

见他没有反应，崔脆脆干脆伸手牵住叶空青，将他拉着坐在沙发上，接着去拿吹风机，站在旁边给他吹头发。

叶空青大概没想到今天能这么简单便听到崔脆脆答应自己的话，还有些愣怔，坐在沙发上，任由她摆弄。

崔脆脆低头，认认真真地给他吹着头发，细白柔软的手指时不时随着温暖的风插进叶空青的头发中。

等到头发干了，叶空青也差不多回神了，他将崔脆脆拉进自己的怀中。

"吹风机。"崔脆脆跌坐在叶空青的腿上，无奈地喊了一声。

叶空青伸手将吹风机的电拔了，再将崔脆脆手中的吹风机拿着，放在前面的玻璃茶几上，温柔地望着她："答应了便不能后悔。"

崔脆脆今天格外主动，甚至双手环住叶空青的脖颈，将脸贴了过去，轻轻浅浅的呼吸打在他的脖子上，仿佛打在了叶空青的心上。

"我答应你。"崔脆脆闭上眼睛，靠在叶空青的身上，"你别难过了。"

认识叶空青这么久，这是他唯一一次情绪波动这么大，崔脆脆知道他眼底的受伤情况不是因为自己，而是发生了其他什么事，但她不想再见到他这个样子。

叶空青听见崔脆脆的小声安慰话语，心里胀得满满的，之前回来那股郁气早消散不见了，满心满眼只剩下怀里的人，拥着她，就像拥有了整个世界。

叶空青低头，用唇轻轻碰了碰崔脆脆白皙的耳垂，一下一下，轻轻地啄吻着。

崔脆脆有些受不住，浑身发软，从他的脖颈处抬起脸，眼睛湿漉漉地望着叶空青："你……"

"嗯？"叶空青看着怀里的人，喉结动了动，目光深沉幽暗。

崔脆脆明明是想让他别这么碰自己，但这一刻也不知道在想些什么，竟再一次直起身子，在叶空青的唇边碰了碰。

她这一碰，成功让叶空青嗓音沙哑："脆脆……"

崔脆脆眼睫毛颤得厉害，不敢去看对方，但搂着叶空青的脖颈的手没有松。

叶空青喉结急速上下翻动，最终没有忍住，低头吻了崔脆脆。

双唇接触的一瞬间，两个人脑中都空白了一瞬。

崔脆脆的手有些挂不住，松松垮垮地搭在叶空青的肩上，身体软成了一团，她颤得厉害，却仍然不敢睁开眼睛。

崔脆脆一直到有些呼吸不过来，才软软地推着叶空青的肩膀，想要他离开。

叶空青恋恋不舍地离开，两个人额头抵在一起，他抬起一只手，握住崔脆脆无力垂下的手，与她十指相缠，时不时贴近，啄吻崔脆脆的唇。

崔脆脆靠在叶空青怀里，唇显得异样红润，脸颊也泛起桃粉颜色，眼睛湿得一塌糊涂，她的心跳得极快，但贴在叶空青的胸膛上，听着他同样极快的心跳声，便渐渐安稳下来。

叶空青精神上得到了极大的满足和愉悦感，靠在沙发上，眼神中透出餍足之意。

崔脆脆等了好一会儿，脸上的热度依然没有消下去，似乎唇齿间的相依触碰感还在。她有些难堪地埋在叶空青的胸膛上，眼尾迅速红了一片。

两个人刚确认关系，她又太过于生涩，没有经历过这种事，一时间恼极了自己。

叶空青察觉到不对，是在感觉到胸膛上有几滴温热的东西，透过衣服灼伤了他的皮肤。

"脆脆？"叶空青抬起崔脆脆的脸，心疼地用指腹拭去她的眼泪，低声道歉，"对不起，是我不好。"

崔脆脆皱着眉，眼泪一直掉，心里莫名其妙地和自己过不去。她也不知道为什么可以一直哭，从父母离开后，她很少再在人前掉眼泪，因为没有人会真正陪伴在自己身边。

叶空青见到崔脆脆的眼泪，心一直钝疼得厉害，低声不停地哄她，手掌在她的背上轻轻拍着。

崔脆脆觉得难堪、无措，眼泪又憋不住，最后红着眼圈，皱着眉头，重新躲进了叶空青的怀里。

叶空青恨不得将崔脆脆放在心尖上，哪里舍得让她不顺心，只能紧紧搂住她哄着。

　　人一哭累，便容易睡着，最后崔脆脆在叶空青的怀里睡着了。

　　叶空青一晚上没有回去，将崔脆脆抱进了卧室，在沙发上睡了一晚上，中间隔三岔五地去看她，以防她醒过来难受。

　　等到了早上，叶空青给崔脆脆留了一张字条，还在电饭煲里熬了一些粥，这才回到家中，换了衣服去医院上班。

　　今天一进医院，叶空青便敏锐察觉到科室的氛围不对，见同事数次欲言又止，他心中有数。在医院永远藏不住任何事，尤其是昨天晚上他开门时，陈冰摔东西发出那么大的动静。

　　叶空青依然按部就班地做着自己的事，心中偶尔会想起崔脆脆，不知道她的眼睛起来有没有肿。他抬手按了按自己的心口处，那里钝疼得厉害。

　　他当然知道崔脆脆不是因为昨天的一个吻哭得那么厉害，否则她不会重新钻进自己的怀抱。叶空青心疼的是她之前所有的事。

　　人就是这么奇怪，以前刚认识，他只觉得她倒霉，有些同情，现在反过来，那些事全变成了一把把小刀，在磨着自己的肉。

　　今天神经外科并不忙，叶空青坐在自己的办公室中，对着电脑准备总结一些病例，但心中总是静不下来，最后他起身走到消防通道，给崔脆脆打了电话过去。

　　崔脆脆很快接通电话。她也坐在自己的办公室里。

　　早上起来的时候，她看见了叶空青留下的字条，按照他说的，用冰块敷了敷自己的眼睛，眼睛才没有那么肿得厉害。

　　"吃饭了吗？"叶空青靠墙站着，"眼睛还疼不疼？"

　　"嗯，喝了粥。"崔脆脆垂眼看着桌子上的文件，"不疼了。"

　　叶空青听见她的声音，心中变得柔软："如果今天没有手术，我早点儿回去。"

　　"好。"崔脆脆早上起来，后悔得不行，明明昨晚叶空青情绪不对，反倒最后她哭得厉害，还趴在对方的怀里睡着了。

221

"你有没有事？"崔脆脆犹豫了一会儿，还是问出了口。

叶空青仰头看着上一层的楼道，扬唇笑道："在担心我？"

崔脆脆毫不犹豫地应了一声："你昨天很不开心。"

"昨天是我最开心的日子。"叶空青眼中的温柔笑意越来越浓，"因为喜欢的人答应和我在一起。"

崔脆脆的耳垂又渐渐地攀上了红晕，她抿了抿唇，不知想起了什么事，又极快地松开自己的唇。

两个人没有说太久的话，因为范大成来敲崔脆脆的办公室的门，只能先将电话挂了。

崔脆脆挂掉电话，拍了拍自己的脸，这才起身去开门。

范大成没注意崔脆脆脸上的不对劲之处，带着资料进来了，兴奋地说道："我找到一个客户，有六十来万元，想要我们来管理。"

六十来万元，对现在的汉基私银来说，也算是生意，蚊子再小都是肉。

崔脆脆接过资料，大致看了看："客户就在楼下？"

范大成点头："对，就在楼下。"

崔脆脆重新看了一遍，将资料还给范大成："你去谈。"

"我？"范大成一脸蒙的表情。

"你是客户经理，本来客户就是你开发。"崔脆脆纯粹想要范大成练手。这人不笨，比起其他人来还要脑筋灵活，不知道为什么要在这里混日子。

范大成带上资料走了下来，等到了一楼才反应过来自己来混日子的，只是这时候客户已经转头看见了他。

六十多万元对一个正常私银公司来说，实在不值一提，不过，以目前汉基的实力，他们也只能从下层客户着手。

范大成见那位客户看过来，立刻微笑着走上前。自从崔脆脆对这里装修改造后，他每天一套西装换着，比隔壁那群金融街大公司的人还要像精英。

不过，大妈显然不是冲着他的一身好衣服来的。

范大成眼睛看得清楚，这位客户最开始进来时脸上还带着极大的怒气，像是被什么人气着了。

大妈客户坐在柜台旁："六十七万元，你们帮我选基金，要是干得好，明年我再加三万元。"

三万元？他身上这套西装都不止这价钱。范大成脸上的微笑依然热情："我们可以先做个风险偏好测试。"

有些人只是想保值，再顺便挣点儿收益，尤其是这种几十万元的客户。范大成看这大妈的打扮，不像是拿着钱来玩的，指不定这就是人家一辈子的积蓄。

风险偏好是用来判断客户是想保值还是要投资一些高回报、高风险的股票或基金的。

大妈哼了一声："行。"

这时候，吴绵端了一杯茶水过来，恭恭敬敬地递给了大妈客户。

她一个法律顾问，现在又招来两名业务咨询员，基本上没事干，就在这里端茶倒水。这纸杯还是她定制的，有汉基的牌子，图案一等一地精致好看。

吴绵不仅自己要打扮得美美的，选的东西也要好看。

大妈客户接过纸杯，原本脸上带着的怒气消了一些，刚才被另外一家私银公司服务人员冷遇，现在得到心理补偿，果然那些大公司就喜欢狗眼看人低。

做完风险测试，范大成差不多知道这位客户就是要进行保值型投资，他指着几个基金递给客户："这里有一个是太阳保险公司的基金，低风险，很适合您。"

大妈客户其实也看不懂，一堆堆术语看得她头疼："有收益吗？高不高？"

低风险自然意味着低收益，不过这几个基金算很不错了，范大成给她解释了一番，最后大妈客户对着几个基金看来看去，选了最近收益最高的基金。

大妈是真不会投资，但爽快，当场就要投钱进来，还嘀咕："对面的私银公司服务太差劲了，叫人叫了好几遍都不理，以后我才不会去他们家，以后得劝我亲戚也不能去，看他们能开多久。"

对面私银公司……范大成猜是高思的私银。崔脆脆下来时便听到大妈客户的这一句话，垂了垂眼：高思不可能在乎这种下层客户，他们要的是大额客户，别说几十万元，就是百万元的客户，忙起来高思的人也是不愿意理会的。

这倒是个突破点。这些小额投资的客户数量多，很多人对理财投资一头雾水，但是钱单放在卡里又不甘心，现在汉基也没机会接触那些大额客户，倒不如专心搜罗小客户，到时候再往中层上面发展。

这么做不是没有弊端，汉基这种路线一旦固定，那些上层客户便不再会考虑他们，不过现在照样不会考虑。

"吴绵，你帮我把这些文件资料打印出来。"崔脆脆下来时，给了吴绵一个 U 盘，再催促那几个行政人员装修的事。

大妈客户签了一堆字，抬头看见崔脆脆和吴绵几个人说话，心里嘀咕：乖乖，这家公司的员工，怎么个个都这么俊？

对面那些人，说实在的比这里的人气派多了，但相貌是装不出来的，这私银里的人一个两个长得跟明星似的。

汉基私银装修完，并没有在金融街上引起什么波澜，毕竟这条街上装修得金碧辉煌的公司海了去了。

不过这到底是一种进步，这些日子范大成可是摆脱了前两年的颓废状态，不光他，吴绵也重新捡起她学的那些东西。

崔脆脆开始觉得奇怪，当初见这两个人第一面，混日子的感觉简直扑面而来，掩都掩不住，但让他们做事，他们居然也能做得干干净净、兢兢业业。

后来，她偶然间听吴绵和新来的业务咨询员唠嗑，才知道是怎么回事。

本来赵远志就没将这个公司放在心上，平时都不管。有能力的人也都往上调，至于其他能力一般的人，只留在这儿干着一眼望到头的工作。结果赵远志再塞范大成、吴绵这种关系户进来，一个个气不过，走了。人都没了，公司哪里还发展得起来？左右吴绵和范大成都是抽一鞭子走一步路的人，没了人，有两个固定内部投资，这日子也就这么过下去了。

"之前那些名单筛选后还剩多少人？"崔脆脆问范大成。

"九个。"范大成没翻单子，都记在心里。

崔脆脆点头，递给范大成文件："这些人你去接洽，我联系了几家公司合作。"

既然他们将目标放在中下层的客户，甜头就得弄得显眼，那种长期的一点点收益并不能快速吸引客户。

范大成翻了翻资料，最后抬头："老板，这个演唱会门票……？"

文件里都是客户投他们的基金、股票的好处，有中老年旅行团他能理解，这流行明星歌手的演唱会门票谁要？居然还有各种稀奇古怪的展览票。

他们是开过会研究过现在的目标客户的，九成是中老年小康家庭，多年积累有点余钱，剩下一成是工作的高薪年轻人，但范大成觉得这种人不容易成为他们的客户。

一来这些年轻人能挣到不少钱，都是鬼精鬼精的，对这点蝇头小利看不上，也不上套；二来这一成人以后财富会越积越多，迟早被大私银公司吸引去。

这应该是拿来充数的，范大成心里估摸了一下，项目多也能唬人。

"放那儿吧，有些是朋友送的。"崔脆脆瞟了一眼文件，里面正规打表格的都是和公司合作的项目，另外一些是朋友送的演唱会门票、展览票，她用不着，干脆放上去。

这果然是拿来充数的……

这些天，王媛兰心情不太好，她日夜盯着手机，想抢一张"哥哥"的演唱会门票，结果每次门票开售一秒就没了！这些抢票的人是有八只手吗？"哥哥"好不容易在她的城市开一场演唱会，她居然抢不到票，抢不到票！

不过看班里那群"小妖精"也抢不到，每天在朋友圈哭天喊地的，王媛兰心里得到了微妙的平衡感。反正大家都看不到，到时候她上某站看看，聊以慰藉，"哥哥"说了不能便宜了"黄牛"，她们死都不会在"黄牛"手里买票。

想到这儿，王媛兰点开朋友圈，看班里那群"小妖精"日常丧气，寻找安慰，结果滑到一个人的朋友圈图片，凝住了。

那是很普通的一句话——奶奶做的猪肉炖粉条，一如既往地好吃！

下面有些同学都在说没吃过，羡慕。

王媛兰只注意到装着猪肉炖粉条的蓝边大碗底下有些模糊的一张票。那是她日思夜想的"哥哥"的演唱会门票，是她做梦都见过无数次的门票！

"小妖精"昨天还在发朋友圈说没机会亲眼看到"哥哥"，今天猪肉炖粉条下面就压着一张演唱会的门票！

王媛兰压下心中掀起的滔天妒意，点开那张图片——疯狂放大。她气得把刚买的手机摔了。那居然还是第一排的票！

王媛兰喘粗气都喘了好几分钟，最后重新捡起了手机，点开那"小妖精"的头像。

"出来，二傻！快出来，爸爸找你！"

二傻："找爸爸干吗？"

王媛兰这时也顾不了谁是"爸爸"的问题，直截了当地问："你哪里来的票，还是第一排位子？！"

尚尔莎惬意地靠在沙发上搭起脚，得意地给王媛兰回复："我奶奶今天给我的，哈哈！"

尚尔莎今天可是吓了一跳，凌晨一批门票出售，结果中午她奶奶就拿着一张门票过来问："崽崽，我这里有张演唱会门票，你要不要？和你墙上的男人一个名字。"

王媛兰："什么情况？快仔细给我说来。"

二傻："我奶奶今天去一家私银公司，投了点儿基金，那边送来一张'哥哥'的门票，嘿嘿嘿，我奶奶说看着名字一样，就选了。"

尚尔莎的奶奶本来就在大私银和小私银公司之间摇摆不定，她父母在饭桌边还说给她奶奶多凑点儿钱拿去大私银公司，小公司不靠谱。结果今天她奶奶不仅去了小私银公司，还给她带了一张演唱会门票回来。

尚尔莎是家里的宝，她一开心，父母也开心，再看那基金，看着也还靠谱，一家人今天都高高兴兴的。

投基金？王媛兰猛地跑下楼："妈！妈！"

王妈妈脸上贴着一张面膜："在呢，喊什么呢，喊得撕心裂肺的？"

王媛兰在原地急得蹦了好几下脚："你不是有一笔钱要投资吗？你去那个叫汉基的公司吧，这公司好！"

王妈妈看了一眼自己的女儿："小孩子家家的，知道什么？汉基是什么公司？我听都没听过。"

"不是，妈，你就去那儿嘛！"

听完王媛兰的解释，王妈妈小心地将脸上的面膜撕了下来："行吧，下午我带你一起去看看，要是公司不行，我是不会投的。"

"我'哥哥'的演唱会门票，能用金钱衡量吗？"王媛兰不服气地嘀咕道。

下午两点，王媛兰跟着妈妈去了一趟汉基私银。

王妈妈没有一开始就问演唱会门票的事，还是要看公司给她选的基金。

"这几个都是我们主打的基金，如果您有意向投股票，收益能高点儿。"范大成依然带着真诚的微笑，目光却在打量这对母女。

两个人这一身打扮，可不是他们公司的目标人群，就这女士脖子上

227

那一条链子，都值小几十万元。

王妈妈看了看基金，觉得谈不上好，也谈不上不好，觉得一般般，心里的意思向更淡了几分，不过……看了看旁边一脸期待表情的女儿，心里还是一软，决定投个最低的额度，就当买女儿开心。

"我听说你们这里投了一定额度的基金，就能送东西？"王妈妈涂得精致漂亮的指甲点了点大理石桌子上的纸。

"是的。"范大成微笑着，将基金那张礼单拿了过来，结果不小心将另外一张单子带了出来。

王妈妈眼神一凝，倒吸了一口气："你们这上面送的东西都有？"

第八章

我们在交往

范大成探头过去看了看，这位客户指的是最下面一栏的展览票。

这票的名字听起来就小众，票只有两张，范大成把这种赠品全排在了最后，字号还给放小了。

"王女士，这个展览票需要买一只股票才能送的。"范大成倒没有坐地起价，这都是之前老板划好了大概范围的。

"那我买一只股票，你把这门票送给我。"王妈妈当机立断地说道。

王媛兰顿时黑了脸，扯着她妈妈的袖子："我呢？"她"哥哥"的门票啊！她可是亲眼看到那张礼品单上只剩下三张"哥哥"的门票了。

王妈妈压下心中的愉悦情绪，想了想，都是女儿央着自己来，才会发现自己心心念念的展览会门票，最后她拍了一下手："基金一只，股票一只……不，两只。"

这门票她包圆了，待会儿送给姐妹——炫耀。她都活到这个岁数了，平时最大的爱好没别的，就爱对自己的姐妹炫耀。

王媛兰哪里不知道母亲的心思，有点酸，自己有钱真好，以后她也要努力挣钱，下次碰到这种情况，也把她"哥哥"的门票包圆，再送给小姐妹。

将人送出去后，范大成有点晕。新客户这么好开发吗？那前两年他大学同学在朋友圈抱怨的都是些什么事？

吴绵看到那对打扮光鲜的母女满意而去，对范大成喊了几声："大成，成了没？"

范大成睁着一双晕晕的眼睛过来："成了。"

吴绵乐了："哎，等会儿老板过来，你可以邀功了，这么快就又做成了一笔生意。"

这一周之内就能开发两个客户，他们的实力还是摆在这儿的，老板总能把之前的印象抹除掉了吧！

"虽然小客户资金不多，但积少成多，还是好的。"吴绵现在不敢在大厅内光明正大地照镜子化妆，只能探着身子，往范大成后面的玻璃上瞟，"这周要是再来两个客户，应该能有一百万元吧？"

范大成摇头，手比了一个数字。

吴绵抬手整理了一下自己的头发，以确认完美："三个？"

之前那大妈就投了四五十万元，刚才那对母女打扮得就像个有钱人，居然才不到二十万元吗？

"不是。"范大成声音缥缈，"刚才那位客户投了三百多万元。"

吴绵刚拿在手上把玩的笔吧嗒一声，掉在了柜台上："你说啥子？"她震惊得家乡方言都飙了出来。

范大成见吴绵也吃惊得不行，这才找回一点自己的声音："连股票怎么样都没听我说完，就为了那两张赠品门票。"

"什么赠品？让我看看。"吴绵来了好奇心。她不管开发客户，崔脆脆自然没有给她这份单子。

两个人站在那嘀嘀咕咕，一会儿一个倒抽气，还有惊呼声，惹得新来的几个人侧目。

王媛兰如愿以偿地得到了"哥哥"的门票，还是VIP，成功让朋友圈一干人羡慕。她也不藏着掖着，但凡哪个姐妹来问，都告诉是汉基那边投基金送的。

至于只有两张票谁能抢到，那就不关她的事了！"哥哥"，她来了！

和女儿成天在家里时不时就来一声狂笑不一样，王妈妈优雅多了，在朋友圈炫耀得安静低调，像是随意碰到的好运。

"前两天把手里的一些钱买了点儿股票，没想到他们送了两张门票。"

王妈妈可没那么好心直接把展览会的门票送出去，等着那群姐妹拿东西换呢！

太太圈都是差不多层次的人，她这样一弄，炸出了不少人。

当然不是因为门票，那展览会小众，没多少人关注，问题出在王太太把汉基那张礼品单一起放在了自己的朋友圈里。

很多人盯上了礼品单上的其他东西。

"我煮了粥，过来一起吃？"叶空青敲开崔脆脆的门，问道。

崔脆脆点头，跟着他去对面："今天不用早点儿去医院吗？"

这段时间崔脆脆跟着叶空青早起锻炼，有时候他来不及晨跑，早上离开前会给崔脆脆发信息。

今天早上都快七点三十分了，叶空青还没过来，崔脆脆以为他早去了医院，或者昨天晚上没有回来。

"不用，下午值班，今天晚上可能不回来。"叶空青牵着崔脆脆的手走进门。

天气越来越冷，崔脆脆的手就没有热过，被叶空青温热的手握着，她忍不住舒心地扬了扬眉。

"里面加了青菜蘑菇。"将人牵进屋内，叶空青进厨房端了两碗粥出来，还有两个水煮鸡蛋。

热乎乎的粥喝进去，胃里登时暖洋洋的，崔脆脆冲叶空青笑了笑："很好吃。"

叶空青唇边也带着笑："我在家的时候，你直接过来。"

喝完一碗热乎乎的粥，崔脆脆脸上带了点儿懒懒的气息，屋子里太暖和，让人有种昏昏欲睡的感觉。

"几点去公司？"叶空青收拾碗筷后，坐过来问道。

"九点要过去。"崔脆脆这些天忙着联系各种关系，其实在汉基私银没待多久，只不过每天都要去看看。

叶空青看着她之前苍白的脸渐渐有了血色，眼中闪过一丝温柔之色："我八点要到医院，要先走，你可以在这里待着。"他说这话纯粹是因为崔脆脆那屋子内冰冷，他这边要暖和一些。

"你那边早上没有太阳。"叶空青说着起身，穿上大衣准备去上班，"这是钥匙，待会儿你走的时候记得锁上。"

叶空青这边房子早上有阳光照着，温度自然高一些，即便高不了多少，但看见阳光，人下意识地便会觉得暖和。等到下午的时候崔脆脆那边才有阳光照着，那段时间两个人都不在。

崔脆脆愣愣地望着掌心里的钥匙，反应过来时，叶空青已经走到大门处，她急忙追上去。

"怎么啦？"叶空青听见声音，转回身来，看着崔脆脆。

崔脆脆最终握紧手掌，冰凉的钥匙有些刺骨。

她仰头看着背对着光线的男人："你……明天几点回来？"

不知为何，叶空青从喉咙里溢出一声轻笑，语气温柔地说："明天晚上七点回来，晚上一起吃饭。"

"好。"

崔脆脆离开叶空青家的时候，正好八点三十分，她回到自己的房子内收拾东西后，开车到了汉基私银。

今天她在汉基私银周围居然没找到停车的地方，位子全被占满了。是哪家公司搞活动？崔脆脆皱眉想了想，她并没有听到任何消息。

最后，崔脆脆在附近绕了一圈，只能将车开到地下停车场。地下停车场更靠近金融大街的中心，她这辆车开在路上，确实显眼，但在这里面瞬间变得普通。

"崔脆脆？"吴德站在崔脆脆的斜后方，挑眉朝这边走了过来，"好久不见，我还以为赵远志那边把你冷藏了。"

吴德眼中透着一股幸灾乐祸之意，据他的了解，赵远志并不是一个简单的年轻掌权者，他那个团队里的人，个个是人精，平均年龄三十岁左右，比大多数公司的人要年轻，崔脆脆这么一个竞争对手突然放进去，他相信谁也吃不消。

这么久没在这边撞上崔脆脆，吴德就猜测，赵远志应该没将崔脆脆放进自己的核心团队。他忍不住在心里咂摸，也不知是为赵远志可惜，还是为崔脆脆可惜。

崔脆脆并不太愿意和吴德说话，到现在她还记着师父的事。

"你没进赵远志的团队？"吴德拍了拍崔脆脆的车，语气带了三分同情、七分嘲笑，"汉基这家公司只有赵远志手里的那部分才有竞争力，

233

你这都进不去，以后金融街基本没有你的名字。总不能老要师父给你送车吧？"

崔脆脆认认真真地在吴德的脸上看了一遍，直到吴德忍不住躲闪她的目光："师父送不送车，不关你的事，难道师兄是忌妒啦？"

吴德噎了一下，何莫禹向来大方豪气，当年他跟着何莫禹的时候，何莫禹虽然不是金融街上最能呼风唤雨的人，但也算是众所周知的人物，也送过一辆车给他，并不比崔脆脆这辆车差。

"这种车，现在我看不上。"吴德大概是想起了过往的事，脸色冷淡，没有再和崔脆脆多说，直接离开。

崔脆脆看着吴德的背影，心情也谈不上多好。她师父当年对吴德是真的好，掏心掏肺，最后被伤得最深的还是何莫禹。

汉基私银其实在金融外街，和中心离得远，平时崔脆脆不怎么往这边来。今天来这边地下停车场，就遇到了熟人，还没走两步，她又看见了熟人，是孙月盈和一个男人。

崔脆脆倒不想听他们说话，只不过那两个人正好挡住自己的路，她必须经过他们身边，才能走到出口。

"我怀孕了！"孙月盈声音不算小，一下把正要走过去的崔脆脆镇住了。

男人看着不算老，但也不是小年轻，身材中等，肚子有点大，但一副精明相。有点小聪明，但在金融街绝对出不了头，几乎在看男人第二眼的时候，崔脆脆便对这个男人下了定义。在这个行业的人光精明是不够的，要干出一番事业，还需要极大的自制力。

"我给你一笔钱，你把孩子打掉。"男人摸着孙月盈的头发，"我现在正在竞争上面的职位，不能出差错。"

孙月盈撇了撇嘴，眼睛却泛起了泪光："我不要钱。"

"行，行，行，祖宗你想要什么，我都给你，心要不要？"男人张口就来。

"才不要。"孙月盈趴在男人的身上，"只要你的位子稳定下来，我怎么样都可以。"

崔脆脆站在对面听得清清楚楚，但没什么兴趣听，两个人的这种情况，她在高思见过太多，今天唯一不同的是，那个人是她的大学室友。

崔脆脆正要装作不知道，等两个人离开时，她的手机突然响了起来，那两个人齐刷刷地看过来，孙月盈的眼睛睁得尤其大。

崔脆脆拿起手机接通，那边立刻传来范大成撕心裂肺的喊声："老板，你快来，出事了！"

范大成的声音在地下停车场里显得极为响亮，崔脆脆甚至听见了回音。

前面站着的两个人回过头，脸色都不太好，尤其是孙月盈，目光阴沉。

崔脆脆没想到他们都快要走了，临时还出意外，咳了一声，对电话那头的范大成说道："我现在就去。"说完，她将电话给挂了。

孙月盈还站在原地没有离开，崔脆脆见躲不过他们，只能硬着头皮穿过那条路。

"你刚才听到了。"在崔脆脆快要离开的时候，孙月盈以一种肯定的语气说道。

"他是我的男友，高思的经理。"孙月盈趾高气扬地说道，"我们现在还没想要孩子的打算，事业为重。"

高思的经理太多了，崔脆脆也懒得揭穿对方。她知道孙月盈的意思，但没心思理会。

崔脆脆没有停下脚步，直接大步朝出口走去。

孙月盈落在后面，脸色越来越难看，反倒是她旁边的男人露出一丝疑惑的眼神："你认识她，怎么看着眼熟？"

孙月盈冷笑了一声："你当然眼熟，她可是被高思赶出来的人。"高思每天都会解雇人，他怎么可能全认识？不过，见孙月盈脸色不好看，他也就放在心上想了想，省得给自己招来麻烦。

崔脆脆从金融中心的停车场快步赶到汉基私银，门口那些车依然停在原地。她开始没多想，结果一进门，一群人站在大厅里，每个人手上都拿着一张单子，范大成被围在中间，传出微弱的声音。

汉基私银这是要被查封啦？

"老板，您终于来了。"吴绵带着一脸敬佩的表情从某个角落里蹿出来，"大成那边快招呼不过来了。"

这时，范大成的声音也从人群中清晰地传了出来："一个一个来，别急，都有。"十足的小摊作风。

崔脆脆从人群中挤进去："范经理？"

范大成终于看到了自己的老板，脸上立刻浮起看见救星的表情，将崔脆脆拉到一旁，小声地说道："老板，快来，我顶不住了。"

在范大成的解释下，崔脆脆才知道自己那礼品单上用来填数的各种类型门票引来了这场"风波"。

"按照他们想要的送。"崔脆脆虽对这场意外感到吃惊，面上依然冷静地给人解释他们要投的基金和股票的具体信息，再给签合同。

崔脆脆来后，躁动的气氛渐渐平静，那两个业务咨询员也被安排过来给客户一一解释基金情况，整个大厅中只有柜台窗户前低声解释基金收益的声音。

"老板，有三个人要的同一种会展的门票。"吴绵像一只花蝴蝶，在后面等候的客户中飞来飞去，弄清楚他们的需求。

崔脆脆抬头看着吴绵，示意她继续说。

吴绵为难地说道："送完了，一早上来了一个客户，把那张门票拿走了。"

崔脆脆拿过吴绵手中的礼品单："哪张门票？"

吴绵点到最后一栏："这个什么电流会展？"名字读都读不转，她也不知道怎么会有人对这个会展感兴趣，还在等候区较劲，准备让他们拍卖竞争。

崔脆脆想了想说："这会展是我的一个朋友开的，我问问他还有没有票。"

吴绵目瞪口呆地看着自家老板神情自若地打电话要来四张票：这太简单了吧，做生意和卖白菜一样。

"剩下一张留着吧，我自己去。"崔脆脆挂掉电话，对愣在原地的吴绵说道。

"哦，哦！"得了保证，吴绵重新去客户等候区和客户谈笑风生。

混乱又和谐的一上午过去了，汉基私银的一干人坐在位子上，目光呆滞中夹杂着兴奋之意。

除去崔脆脆和门卫大爷、清洁大妈依然冷静，其他人的脑子里都只有一个想法：这都是什么神仙赠品？

"去吃饭吧，下午把这些客户的资料整理一下。"崔脆脆对范大成说道。她大致看了看这些客户投进来的资金，再结合这些人满脸不在乎的样子，知道他们不是小额客户，至少得是中层客户。

崔脆脆千算万算，都没想到会发生这样的事，前段时间她还在盘算以后固定小额客户后要怎么打入中层客户。

计划书需要重新做一份，不过，小额客户的目标依然不能放过。

崔脆脆在办公室里待了一下午，范大成便将资料整理了出来。

她接过资料，随便翻了翻，抬头说："资料整理得不错。"范大成不像在这里养老好几年的人，表格做得清晰明了，资料整理得十分好看，尤其是只花了一下午的时间。

"嘿嘿，我平时没事都玩玩那些办公软件。"范大成摸了摸头，最开始他们公司也是有人的，大家积极向上，不过后来就越来越颓废。

今天大概是太兴奋了，旁边还有吴绵帮忙，否则范大成也做不了这么快。

"嗯，今天是个意外，我们的目标暂时还要放在小额散户身上，另外，这次也是个契机。"崔脆脆不会过于乐观，但也不过于妄自菲薄，"今天看，我们的人还是少了点儿，你找时间再招点儿人。"

等崔脆脆回到家时，天完全黑了下来，她原本打算随便应付一下，扭头朝对面黑着的房子看了一眼，还是决定好好煮点儿东西吃。

暖了胃，崔脆脆才继续修改她的计划书。这次意想不到的机会她必须好好抓住。

只不过崔脆脆还没想好要怎么宣传的时候，圈子内已经传开了，最先联系她的是汉基第一个真正意义上的客户柯飞亚。

"我听说在你们公司投钱，就能想要什么有什么？"柯飞亚打趣地说道，"你当时怎么没问我想要什么？"

崔脆脆愣了很久才反应过来：他们公司的事在圈内传开了，还传得不像样。

"没有……"崔脆脆对柯飞亚解释事情的经过，"如果柯总在礼品单上看到喜欢的东西，可以拿去。"

柯飞亚没有什么小众的爱好，其他的东西也有钱买，他纯粹是为了唠嗑："不管怎么样，反正你这家私银公司现在在圈子里都出名了，我已经听到好几个人在谈论。"

柯飞亚这是在给她透露消息。崔脆脆精神一振，立刻坐直身体。

其实国内做得好的私银公司太多，汉基私银在倒数可能还排得上位子。崔脆脆和柯飞亚通完电话，最后将精力放在了公司的那些基金和股票上，只有产品好，才能继续吸引客户，单靠一点儿稀奇的赠品并不是长久的做法。其他大的私银公司，关系可比她多多了。这有个典型的案例，说谁谁有黑卡，女儿生病去不了演唱会，黑卡银行便直接将开演唱会的明星请到黑卡客户家中。这就是顶级的客户，对待他们，私银公司愿意用尽所有资源。

崔脆脆完全没想到之前打算循序渐进的节奏突然加快了，现在她要尽快找到更好的产品来替代，否则根本留不住闻风而来的中层客户。

"可以，那边小额客户你先开发跟进。"崔脆脆要去其他公司洽谈，便没有待在汉基私银，今天直接在家办公，"大成，招到人了吗？"

范大成在电话那边挠头："还没，我让吴绵盯着点儿。"

"吴绵是法律顾问，人事部也需要尽快建一个，不要跨岗位。"崔脆脆皱眉，对公司这混乱的人员安排也是头疼，公司突然快速发展，连过渡期都没有了。

"好。"范大成答应完便挂掉电话去开发客户。

崔脆脆对着电脑屏幕看了一天，眼睛酸痛得受不了，只能出了书房，跑到客厅休息。

这时候，她突然看见叶空青从外面走来。

他下班啦？崔脆脆下意识地看了看时间，才下午四点，以往他都在下午七点回来。

抿了抿唇，崔脆脆站起来开门朝对面走去。

"叶哥。"崔脆脆对着叶空青的背影喊道。

叶空青开门的手顿了顿，随后他过来转身："怎么不多穿点儿衣服？"说着上前将人拉进屋。

屋子里一天没有人，温度不比外面高多少，叶空青从沙发上拿了毯子给崔脆脆裹好："今天没有去公司？"

崔脆脆点头："有些事要处理，就没去。"

叶空青从进来就没停过，一边烧水，一边脱下外套："晚上想吃什么？"

崔脆脆没有说话，而是走了过去，扯住叶空青的衣袖："你今天怎么这么早回来，医院不忙？"

叶空青顿了顿，转过身来，原本深沉的眼睛带着笑意，望向崔脆脆："今天我没有手术，就早回来了。"

崔脆脆仰头看着男人依然好看的脸，慢腾腾地说道："我想吃鱼。"

叶空青轻笑出声："好，那我们今晚吃鱼。"

叶空青现在回来得勤，冰箱里还有存粮，不用出去买。

烧好热水后，他先倒了一杯给崔脆脆暖手："我去厨房。"

崔脆脆站在原地，看着叶空青离开的背影，半晌没动。

一条清蒸鱼、一盘青菜和一碟小土豆，不算丰富但家常的菜，被叶空青端上了餐桌。

"这几天手术应该不多，有空就过来一起吃饭。"叶空青擦了擦手，说道。

"好。"崔脆脆一一点头，没有问为什么他这么早就确定后面没有手术。

清蒸的鱼带了点儿甜甜的味道，吃起来清淡爽口，崔脆脆很喜欢，夹了一筷子给叶空青："这个好吃。"

两个人工作完全不同，又都是不爱聊八卦消息的人，没有共同话题，但安静中偶尔夹杂了一点儿家常话，在暖黄的灯光下有一种温馨的感觉。

外面风吹得呼呼作响，室内却是一片暖意。

叶医生和陈教授在办公室内大吵一架的事，在医院迅速传开，只是，绝大多数人不知道为什么。

"可能是手术上的问题吧？陈教授向来精益求精，待人待己都严格。"

"可是我听神经外科那边的人说叶医生的手术没出问题。"

"那就不知道叶医生做了什么事让陈教授发火了。"

诸如此类的对话在医院里此起彼伏，没有人想过真正的原因，只是想当然地归咎在叶空青身上。

毕竟陈冰是医院神经外科最权威的教授，年纪又大，很少有人会认为他有过错。

"陈教授那么提拔你，叶医生有什么事，还是向他低个头。"同科室的医生过来劝解叶空青，"陈教授可就叶医生一个弟子。"

叶空青在整理前几天的病历，闻言并未作声，有些事情不轮到自己头上，别人是不会理解的。

类似的话叶空青连着好几天都听腻了。他照样做好自己的事，没有陈冰塞过来的"练手"病例，他下班的时间提前了不少，在医院有意无意进行调配下，连加班的手术都轮不到给他了。

这时候，谁都知道陈冰和弟子叶空青闹矛盾了，医院其他人都在暗中观察事态发展，倒是叶空青每天正常下班，还能和崔脆脆一起吃饭。

"周六我朋友有一场展览会，你有空去看吗？"崔脆脆抬头望着叶空青，这票是昨天她又向朋友要的。

叶空青愣了愣，扬唇："好。"

展览会是一个私人展览，崔脆脆的朋友是个物理迷，专爱搞那些电流装置，能亲眼看见电是一件神奇的事。出于各种原因，这个展览会只是在私底下举行。

崔脆脆明显察觉到叶空青这段时间心情不太好，结合他这些天下午七点前就下班，她心底有了猜测。

崔脆脆只能用邀请他一起去看展览会的名义，让叶空青放松心情。

展览会在郊外一个废弃的仓库里举行，外面停的车并不比崔脆脆的车差，她大概扫了一眼，便见到几个眼熟的车牌，从汉基私银流出去的那几张门票，应该就在这几个车的主人的手里。

叶空青朝周围扫了几眼，让他意外的是，这种展会上中年男人居多，只有少数几个年轻人。

"展览会的资金大多数是这些人资助的。"崔脆脆站在叶空青的旁边解释，"后面资金到位了，我朋友就没再加人了。"这也是那几个人没有门票的原因。

她朋友知道门票能助益她，欣然给了门票。之前在学校，崔脆脆帮过他，是很重要的忙，因此在他看来，几张门票只是小事。

两个人一进去便是空空的仓库，左右皆是高耸的铁架，在繁华都市待久了，走进这里，总有种乱入的感觉。

两个人再往里走，便是各种钢铁装置，在红色警戒线内，那些装置不断发射出冰冷的蓝色电弧，带着绝对的力量，呈现在众人眼中。

周围人的脸上都有一种狂热的神情。

叶空青面上还算冷静，但内心也为这壮观的场景所震惊。这根本是一种人为制造的现象，壮观又冷酷。

"半个小时后他会过来讲解这些装置。"崔脆脆靠近叶空青，小声地说道，"这里面有些人会买下看中的装置。"有好些人单纯来观看这些电弧，但更多的人是要进行投资的，要将这些装置用在自己公司的设备上。

崔脆脆原本留下一张门票有两个原因：一是来捧朋友的场，她要了那么多张票不来实在说不过去；二是想趁这个机会，看能否联系上其他的客户。

不过……崔脆脆看了看旁边的叶空青，觉得还是先陪他，客户的事再说。

崔脆脆想陪叶空青解闷，缓解他心里的压力。虽然明明他和往常没什么差别，但崔脆脆就是能察觉到叶空青心情不好。

想象是美好的，事实却不容崔脆脆一直陪着叶空青。

本来展览会上的年轻人就不多，尤其崔脆脆一个女性站在这儿，极为显眼。

汉基私银那几个客户都认出了崔脆脆，他们得了票，心里也开心，便过来和崔脆脆搭话。

客户一来，崔脆脆身上的气势立刻变了，她游刃有余地回答着这几名客户的问题，还能时不时和他们说说展览会的装置，一时间氛围太好了。

叶空青将存在感降到最低，默默地望着旁边的崔脆脆。这是他第一次见到崔脆脆工作的样子，和平时完全不同。工作的她如同一把长枪，笔直傲立，却又不会主动露出锋芒，三言两语拨动千斤。叶空青发现，过来的几个人一开始漫不经心，后来变得认真，连一个字都不愿意错过。

受专业限制，叶空青不能完全听懂崔脆脆的话，但见附近不断围过来人，便明白崔脆脆在这行有着赵远志所说的天赋。

最后，崔脆脆的朋友出来了，开始给众人一一讲解这些装置，周围的人才散去。

后面展览会的主人特意走到崔脆脆面前说了几句话，参加展会的人目光又变了：这家小私银公司的执行总裁倒是和展会主人关系匪浅。

在场的人都是人精，知道怎样才能利益最大化，已经有人将崔脆脆记住了，更有人甚至开始向旁边和汉基做过投资的人交谈。

本身这些弄不到门票的人就比门票拥有者的资本差了些，来这里除了满足自己的爱好，也存了和上面的人搭上关系的意思，没想到投资汉基还有这样的意外之喜，一时间对汉基的好感大增。

崔脆脆还不知道汉基私银又将迎来一次客流高峰，正在和封流说话，也就是这个展览会的主人。

"他是你的男朋友？"封流推了推自己头上陈旧的棒球帽，直截了当地问道。

崔脆脆愣住了，下意识地去看叶空青的眼睛，在两个人目光对上后，她才缓缓点头："嗯……"

叶空青扬了扬唇，伸手牵住崔脆脆，算是对她的话做出回应。

"有空你来我的公司玩。"封流也没有对这事给出反应，除了最开始的目光，之后目光就没落在叶空青的身上。

崔脆脆的脸上露出一些诧异之色："你开了公司？"

封流再一次抬了抬棒球帽，露出额发下的黑色眼睛："有三个人一起，在西洋区。"

"挺好的。"崔脆脆真情实意地说道。

封流不属于正统的人才，不乐意受人拘束，上面有人对他伸出过橄榄枝，被他拒绝了。后面又发生了一些事，他就彻底和正式的研究所告别了，现在他自己开公司，倒也不错。

"你继续看吧，以后有票，我都会留给你。"封流说完，压下自己的棒球帽，和来时一样匆匆地离开了。

这话……叶空青明知此人的话单纯是字面上的意思，但到底心里有些不舒服，独占欲是没有理由的。

他握住崔脆脆的手，不由自主地用了力气，低低地喊了一声："脆脆。"

"嗯？"崔脆脆仰头看向叶空青。

"刚刚你说的话，我当真了。"叶空青压下眼中的深意，"我们……在交往。"

崔脆脆先是白皙的耳垂泛起一层薄红色彩，随后认真地说道："我以为我们已经交往有一段时间了。"

叶空青心口涌起的那股喜悦之情作不得假，面上却勉强维持着冷静表情，嗯了一声："我们早就在交往了。"

从展览会回来，叶空青和崔脆脆的关系明显更进了一步。晨跑依然继续，两个人的起居时间差不多，崔脆脆起得早便去找叶空青，叶空青起得早便会来找崔脆脆。

"今天中午可能不回来，那边有些客户要联系。"崔脆脆被叶空青牵着，从小区外面走进来，另一只手里捧着热乎乎的豆浆。

"好。"叶空青应了一声，"晚上几点回来？"

"还不确定。"崔脆脆想起范大成这些天忙碌的事，其实小额客户也没那么好开发，他们也喜欢去大私银公司，听着安全性更高，"如果没有新的客户，应该七八点就能回来。"

主要是上次展览会有些人想过来接触，崔脆脆自然不可能让范大成去，何况那些人摆明了要见的是自己，八成想通过她和封流联系上。

崔脆脆还没有到为了利益去损害朋友的资源的地步，到时候还是要看封流自己的意愿。

"那我下班，回来多做一个菜等你。"叶空青自然地说道，"山药羊肉汤怎么样？"

崔脆脆抿了抿唇，仰头望着叶空青，小声嘀咕："我觉得我的肚子变大了。"

每天不算大鱼大肉，但晚上菜式绝对丰富，因为两个人这些日子只有晚上才能安下心坐在一起吃饭。

叶空青朝崔脆脆平坦的肚子瞥了一眼："每天都在跑步，怎么会胖？"

崔脆脆说完，其实有些难为情，侧了侧身体："那……我先去上班。"

望着她落荒而逃的背影，叶空青的话在喉咙中化为一声轻笑，在寒冷的北风中带上了暖意。

汉基私银慢慢步入了正轨，每个人都有自己的任务。范大成成了最忙的一个人，好在已经组建了人事部，关于人手的事，他开始慢慢放手。

"老板，会客室都坐满了！"范大成一见到崔脆脆，便凑过来说道，"我觉得按照这个势头，我们还可以扩建。"

崔脆脆淡淡地瞥了一眼范大成："别想太多，这只是暂时的'繁华'景象。"

范大成嘿嘿一笑："我这不是未雨绸缪嘛，有您坐镇，我们汉基私银迟早会再扩建的。"

崔脆脆摇头，往二楼的会客室走去。范大成还没遇到难缠的客户，以后见得多了，就能见识到私银这行的难处。

好几场比较重要的手术，叶空青都没有参与，这下子医院的人又议论开了，不知道叶医生和陈教授闹了多大的矛盾。

有时候，同科室的医生欲言又止地望着叶空青，这些他只当没看见，依然做着自己的事。

"叶医生，陈教授找你。"护士过来喊了一声。

叶空青正在修改论文，听到这话后，便站起来要往陈冰的办公室走去。

"哎，叶医生。"同科室的徐医生拉住叶空青，"有什么事好好说，年轻人低头认个错，不是什么大不了的事，陈教授也是为了我们好。"

叶空青没有辩解，有些事只有自己明白。他客套地朝徐医生点了点头，往走廊走去。

陈冰的办公室不在神经外科这边，更靠近院长办公室，叶空青要横穿整个医院才能到，路上碰到了好几个和徐医生一样劝解自己的人。

"陈教授叫你？"宫寒水刚从医院外面进来，正好碰到叶空青，倒是没有劝解，反而看了看周围，走近过来，"之前陈教授干了什么？"他的语气中有三分好奇和藏不住的一分幸灾乐祸之意。

叶空青淡淡地瞥了一眼宫寒水，没想到竟然只有宫寒水不认为是他做错了什么事。

没等叶空青回话，宫寒水双手插在白大褂的口袋中："让我猜猜，因为你有女朋友的事？陈教授那么强势的人，绝对不会乐意让你现在因为谈恋爱耽误工作。"

宫寒水这段日子没怎么见过叶空青，事实上，他甚至没空去想叶空青又做了什么手术让医院得了荣誉，他被心外科主任扔了一堆手术和研讨会，根本分身乏术。

叶空青和陈教授这事闹得众人皆知，他才在吃饭间隙听人说起。

事情被宫寒水猜了个七七八八，叶空青脸上也没什么反应，他波澜不惊地说道："工作是工作，我也有自己的生活。"

还真是这个原因。宫寒水微微扬眉，仿佛第一天认识叶空青："没想到你也有今天。"真想知道叶空青的女朋友是个什么样的人。

叶空青抬步向前走去，没有再停留。

宫寒水留在原地，片刻后摇头，脸上露出几分嘲笑之色。

和上次相比，陈冰少了咄咄逼人的气势，甚至站起来给叶空青拉了椅子："坐，今天我们好好谈谈。"

叶空青心中诧异，以他的了解，陈冰的怒火只会越积越多，他在等着爆发的那一天，未料到陈冰反倒和颜悦色地找他谈话。大概是自己以小人之心度君子之腹了，导师终究是导师，只是严厉了点儿。

叶空青下意识地反省自己。

"那天是我说话重了。"陈冰坐在对面，敲了敲桌子，"以前我们这些医生，哪里有这么好的条件，都一心扑在医院里，所以我对你们严格。"

"工作的事我不会耽误。"导师给了台阶，叶空青自然要下。

陈冰顿了顿，又说："以前你从来不说'工作'二字。"叶空青说出这两个字，分明是将医院里的所有事当成了一份工作，而没有了之前的热情奉献。

叶空青没有觉察自己说话有什么不对，以前他的心里只有手术，每天睡前唯一的想法便只有如何将自己的技术再提高一点儿。这确实是带着研究的性质，还有爱好成分在其中。

现在，叶空青希望有时间和崔脆脆在一起，自然不能再将全部精力放在医院里，说"工作"也没有问题。

"是吗？"叶空青垂眼看着双手，这双手在这些年确实救过不少人，但也仅此而已，"可能是因为还没有毕业。"

他在医院待了四五年，但中间是在读博，读博期间被推上了手术台。

陈冰干皱的脸忍不住动了动，最后他笑道："什么时候带你女朋友过来我见见？我看看她到底多优秀，能让我们叶医生神魂颠倒。"

叶空青抬眼："她确实很优秀。"

这次两个人谈话还算和谐，在外面偷偷关注的医生、护士没有再听见摔东西的声音，见叶空青稳稳当当地从里面出来，都松了一口气。

两个人应该是和好了。

最高兴的其实还是神经外科的医生，现在叶空青准时下班，他们才知道平时叶空青一个人分去了多少任务。

就是一些资深的医生都忍不住和叶空青抱怨："前段时间我们每个人都被多安排了几台手术，明明你可以做，我们这群老骨头哪里熬得住？"

一台复杂的手术经常要站七八个小时，更长时间的都有，他们这些经验丰富的医生来做当然是正确的，问题是人家叶医生也能做啊，为什么不分给他？

"嗯，这些天麻烦你们了。"叶空青已经做好打算陈冰不待见他了，但现在和解了，他也开心，毕竟陈冰是带了自己好几年的导师。

几个医生被叶空青说得不好意思："哈哈哈，这怎么能算麻烦呢？都是医院的安排。"

医生们都有各自的思量。说真心话，一个医生有一个厉害的导师不一定是好事，稍微一得罪，能让人手术都没的做，太可怕了。

其他同事的想法，叶空青并不在意，他依然每天按部就班地做着自己的事，医院安排手术就做手术，工作时间到了就回去。他已经很少在医院的休息室里休息，平时再晚都要回去。哪怕崔脆脆已经熄灯睡觉，他能看上一眼，心中也能安定一些。

"最近医院的病人又多起来了吗？"崔脆脆早上揉着眼睛起来敲门。她昨天半夜还起来接了一个客户电话，后半夜没怎么睡好。

叶空青穿着长袖运动服从屋子里出来，关上门："嗯，手术多了。"

他无意和崔脆脆说医院里发生的糟心事，牵起崔脆脆的手，察觉到她的手凉凉的，便下意识地用自己的手掌心温暖着她的手指。

"天天都要凌晨回来？"崔脆脆有些担心，"早上还要起来这么早，没关系吗？"

总是没有充足的休息时间，谁都会受不了。

叶空青轻轻笑了一声："不会一直到凌晨，医院那边会安排休息的时间。"今年来的一批实习生，也能打下手了，虽然还不能上台当主刀医师，但医院每年的主刀医师都在增加，他的工作量不会这么无限制地叠加下去。

崔脆脆这才放心，仰头望着叶空青片刻，终于将一直憋在心中的话问了出来："前段时间，你是不是不开心？"

叶空青诧异了一秒，低头抬起另外一只手，碰了碰崔脆脆的脸颊："之前和导师有些分歧，现在应该解决了。"

他说得轻描淡写，崔脆脆却清楚地知道没那么简单，不过……都过去了。

叶空青的手术安排明显多了起来，陈冰还特意过来看了看他工作："G市过几个月有个研讨会，我向院长推荐你去，到时候你记得准备一下。"

叶空青应下，却没有多停留，他马上有一台手术要做。

"陈教授其实人还是很好的。"神经外科的护士看着两个人离开，小声和同事说，"之前谁说陈教授脾气差来着？"

"叶医生当初可是被陈教授以一己之力推上来的，要是没有陈教授，叶医生哪里会有现在的地位？"

护士犹豫了一会儿，说道："其实也不能将功劳全部归给陈教授吧？叶医生本来就厉害，不过是晚几年的事。"

同科室的护士点了点她的额头："晚几年性质就不一样了，谁不喜欢年轻、技术好的天才医生？晚几年，他就只是正常的医术好的医生。"

护士看着桌子上的一堆表格，最后下结论："那是他们俩互相成就，陈教授真正带出来的弟子，可就只有叶医生一个。"

护士这边说的话，叶空青不清楚，他站在手术台边，准备给一个十岁的女孩儿做手术。

上午女孩儿在学校上体育课跑步，突然晕倒了，妈妈以为是同学间打闹造成的，女孩儿醒过来却告诉妈妈自己是无缘无故倒下的。女孩儿的妈妈见女孩儿没什么大碍，和往常一样活蹦乱跳了，便要求出院，但脑部 CT 显示没那么简单。

"颞叶肿瘤？"女孩儿的妈妈一听是肿瘤，脸色便难看下来，"我家孩子一直都好好的，怎么会？"

不论孩子之前如何，查出来是肿瘤，尽快做手术是最好的。

叶空青是当天唯一有空闲的医生，自然而然地接下了这台手术。

刚才陈冰过来的时候，叶空青正在看女孩儿以往的病历，确认她没有过敏药物以及病史，才进入手术室准备手术。

医助已将小女孩儿的头发剃干净，叶空青准备在左侧进行颅骨切开术，手术进行到一半，他在右额区和左枕骨放置标记后，让麻醉师断开麻醉剂，对女孩儿进行唤醒。

"医生哥哥，我会死吗？"小女孩儿才十岁，身边又没有家人陪伴，但很坚强，没有哭闹。

"不会，待会儿就好，你就当做了一个梦。"叶空青目光落在前方的屏幕上，看见颅内的情况，轻声安慰道。

"那我下午能回学校吗？我还有作业没写完。"小女孩儿喃喃地说道，"没写完，老师会生气的。"

小孩子总是天真可爱，一旁的护士忍不住安慰："医生哥哥医术特别厉害，马上就好，你可以和妈妈回学校补作业。"

叶空青在颧骨前方做了一个切口，进入颅内，直至中线处，颅骨移除顺利。

旁边的助手刚要放松下来，女孩儿的脑部突然大出血了。

糟了！

"钳子，电凝。"叶空青沉声说道。助手连忙将东西递到叶空青手上。

叶空青拿着电凝试图止血，但颅内的血越来越多，怎么也止不住。

"别睡，待会儿就好了，妈妈还在外面等着你呢！"护士连忙半蹲下来，和小女孩儿说话，努力不让小女孩儿失去意识。

"困……"小女孩儿嘟囔了一声，努力睁着眼睛，最后眨了几下，缓缓地闭上了。

手术室内一道刺耳的声音响起，所有医生和护士都顿住了。

叶空青脑中出现一瞬间的空白画面，他不明白为什么会变成这样，明明手术快要结束了。

"让开。"叶空青推开周围的医生，试图再一次进行抢救。

手术室安静得只有仪器刺耳的声音，最后一名医生看着墙上的钟表说："记录死亡时间为下午三点十三分。"

叶空青顿住手，整个人愣在原地。

再后面的情景他有点想不起来，或许是哪个医生带着他出去，脱掉了溅满血的手术服。

听着水龙头的水声，叶空青终于回过神："我要去告知病人家属。"说话间，他垂落在大腿侧的手在抖。

"先把身上处理干净，再去见吧，"低头洗手的医生扭头劝说道，"这么去见家属不太好。"

叶空青看向对面的镜子，因为刚才抢救小女孩儿，他的脖子上都溅上了小女孩儿的血。

沉默地将身上清理干净，叶空青才走出去，告知小女孩儿的妈妈这个消息。

"叶医生。"洗手台前的医生喊住了叶空青，"整个手术，你没有出任何差错。"

叶空青脚步微顿，到出去前也没有回一声。没有人能接受上午还活蹦乱跳的小女孩儿，进一趟手术室就没了。

"医生，我……我女儿才十岁啊！"小女孩儿的妈妈迷茫地说道，"她就是身体有点不舒服，怎么……怎么就？……"

"抱歉。"叶空青脑子里不断回放出血那一瞬间的场景，就像同台手术的那位医生所说，他并没有做错任何步骤，整个手术他完全按照规定来的，放出去绝对是教科书级别的操作，但是……他止不住血。

医院内每天都有人下不了手术台，尤其是这种大型医院，或许小女孩儿年龄小，但不是没有过这样的病人，医院很快派了护士过来安慰小女孩儿的家属，并处理接下来的事。同时医院会复核手术台上的操作过程。确认主刀医师叶空青没有任何失误后，医院在下午六点又给叶空青安排了一台手术。

医院所有人都忙，叶空青甚至没有多余的时间去消化小女孩儿死亡的事，立刻接受下一台手术。

"缝合完成。"这个声音意味着又一台手术成功完成。

手术室里的几个人带着敬佩的眼光望向叶空青，叶医生的操作永远这么完美，难怪实习生都想要挤过来。

叶空青扔掉弄脏了的手术服，径直朝自己的办公室走去。

关上门后，他垂头坐在椅子上，面色苍白，目光晦涩。

叶空青做过这么多次大大小小的手术，在手术台上不是没见过死人。他们本来就在和死神赛跑，能救多少人是多少。只不过，叶空青在手术前会在心底估测手术的风险性，有些病人没有救回来完全有可能，他或许会难过，但不会对自己产生怀疑想法。今天这台手术，他在唤醒病人后，基本确认手术成功了一大半……一定是哪里出了问题。

叶空青低头伸出双手，他的手灵活修长，甚至能给生鸡蛋那层膜进行缝合，而不让蛋清流出来。之前有手术失败只是因为病人病情复杂，现代医学没有相对应的治疗方法，从来不会是因为他手术水平不够。

叶空青愣愣地将自己的手翻来覆去地看了好几遍，心中对自己的医术产生了前所未有的质疑态度。

一台失败的手术并不会影响医院的正常运行，叶空青也没有受到任何处罚，同手术室的医生、护士和手术记录都可以证明没有任何人出现差错。

才过了几天，所有人便将这件事抛之脑后，他们还有新的病人需要治疗，只能一直朝前看，不会回头。

"叶医生，你的脸色怎么不太好看？"神经外科的老护士长经过的时候，拍了拍叶空青的肩膀，"是不是没休息好？"

叶空青扯了扯唇："没有。"手术依然需要他去做，叶空青还是原来的叶医生，交给他的手术能成功完成，不出任何差错。

"叶医生，今天晚上没有你的手术，你可以早点儿下班。"值班医生过来招呼了一声，"好像是护士长说你需要休息一下，让主任把你的两台手术推掉了。"

叶空青点头，示意自己明白，低头收拾东西，准备回去。

"还在想那天的事？"值班医生正好是那台手术上的"二助"，叹了一口气，"那孩子是小，但叶医生你尽力了，以后还有更多的孩子等着叶医生去救呢！"

值班医生是打心底佩服叶医生的，那天在手术台上所有人都愣住了，事情发生得太突然，谁也不知道为什么好好的病人突然大出血。叶医生却能立刻进行止血，包括后面进行抢救。如果病人出血稍微少一点儿，慢一点儿，都能被叶医生救回来。只能说人的脑子太复杂，不知道什么时候就会出现问题，根本无法预测后面会发生什么。

叶空青不知道该说什么，想着：是自己的错才导致一个孩子逝去，但无数次在脑中复盘那台手术，叶空青找不出自己哪里出现了问题，即便重新来一次，他依然是同样的操作过程。

怪病人病情复杂？只是一个颞叶肿瘤，手术虽然复杂，需要的技术高，但不是什么疑难杂症。

唯一有一件事，叶空青可以确定，他对自己的医术水平产生了动摇之心。

脆脆："今天要加班吗？"

叶空青刚走出医院门便收到了崔脆脆的短信，眼底浮起一丝柔软的笑意，直接拨通电话过去："现在回去。"

"嗯，那你不用买菜回来，我已经做好了饭菜。"崔脆脆扯掉身上的围裙。她很久没有在自己的房子里开伙了，要么是在外面吃，要么是在叶空青家里吃。

"今天下班这么早？"叶空青抬手看了看手表，才下午七点不到。

"今天没什么事，就回来了。"崔脆脆前两天忙过了头，正好今天周六，没什么事要处理，就回来了。

汉基私银差不多步入正轨了，有点私银公司的样子了。左右下午没事，崔脆脆便在家里琢磨着也做一顿饭，总不能一直让叶空青做饭，他工作并不比自己轻松。

"好，你等我回去。"叶空青加班的事，崔脆脆很清楚，从那台手术后几天，他便没有回去过，一直待在医院里。

崔脆脆没有察觉出什么不对之处。

临近小区时，叶空青停下脚步，将脸上的表情整理好，才去敲开崔脆脆的门。

可能是因为最近工作比较顺利，崔脆脆心情不错，出来开门时脸上都带着浅浅的笑意："这周末你还要上班吗？"

"嗯，医院忙。"叶空青走进来便闻到了饭菜的香味。

"我厨艺不那么好。"崔脆脆有种班门弄斧的感觉。她以前自觉做的饭菜还能入口，但自从在叶空青那边吃习惯了，就明白自己做的饭菜有多一般了。

"很香。"叶空青转过身来，对上崔脆脆的目光，"正好饿了。"

提起这个，崔脆脆便想起自己去探望师父时，见到一个医生大汗淋漓地从手术室出来的样子，以前不觉得，现在再看叶空青，忽然间觉得有些心疼。

正常人看见血都会不适，医生不但要每天直面人的身体，还要接受死亡。

"你会觉得不舒服吗？"崔脆脆莫名其妙地开口问道。

"什么？"叶空青差点以为崔脆脆看出来了。

崔脆脆也没料到自己嘴快问了出来，低头别扭地看了看地板，最后伸手去牵住叶空青的手，似乎这样能够安心一点儿："在医院里，见到那么多生死场面，会觉得不舒服吗？"

自然不舒服，大家都是人，每天都有生命在面前消失，即便再常见，也永远不能习惯。

"所以想要尽力挽救他们的生命。"叶空青手一用力，将崔脆脆拉进怀里，头靠在她的肩上，"每救回一个病人，就会减轻一点儿负担。"反

253

之，失去病人的时候，他们肩上的压力便会成倍加重。

崔脆脆犹豫了一会儿，最终双手回抱叶空青。

"你在医院碰上什么事了吗？"崔脆脆刚才还未发现，但这会儿几乎肯定叶空青心情不好。

叶空青自小便成熟，父亲也是医生，周末放假他时常去医院待一天，写写作业，那时候他就见过医院内的生离死别场景。内敛成熟，几乎是伴随叶空青长大的代名词。

叶空青不太会向外人表达自己的情绪，尤其是负面情绪。

"嗯，心情不好。"叶空青嗅着怀里的人身上清雅好闻的味道，低声说道。

崔脆脆眼睛微睁，在叶空青怀里蹭了蹭，双手抱紧了些。

她只是凭直觉问了出来，却不知道要怎么安慰他。

"是手术出了问题？"崔脆脆干巴巴地说道，"医院好多护士都说你很厉害的，东东现在也好好的，不是所有病人可以被救回来的，你……你别难过。"

"嗯，不难过。"叶空青心中的郁气散了些，许久，他将人放开，额头抵着崔脆脆，"现在好多了。"

两个人松开后，叶空青忽然轻笑出声："总是瞒不住我们脆脆。"明明他自认掩饰得还可以。

崔脆脆认真地说道："医生压力大，你心情不好要和我说，我是你的女朋友，有义务分担的。"平时崔脆脆对这个词讳莫如深，一旦叶空青稍微亲密一些，她便手足无措，今天完全出乎意料地主动。

叶空青最后那一点儿郁气彻底消散，脸上重新带了笑意："脆脆是把男朋友当客户处理？"

崔脆脆皱眉："不是，我担心你。"

叶空青牵住她的手，往桌边走："明天有没有空，我们出去玩？"他确实需要放松一天，这种状况维持下去，保不住会影响后面的工作。

"有的。"崔脆脆立刻回道，就算没有也得抽出一天。

因为崔脆脆答应明天出去，叶空青回家后便向医院又请了一天假。

吃饭、去游乐园、看电影……叶空青和崔脆脆做了所有情侣最常做的事情，一整天两个人心情都很好，脸上的愉悦之色掩都掩盖不住。

"过年的时候，这里会放烟火。"叶空青指着餐厅下面的广场说，"或许以前我们曾经看过同一簇烟火。"

过年她都在阳县孤儿院内，从来没见过这里的烟火。崔脆脆没有说穿，只说道："以后我们可以一起看广场的烟火。"

"你们……"

崔脆脆刚说完，背后便响起熟悉的声音。

崔脆脆回头："小米？"

黄米脸上有尴尬和惊奇之色，尴尬的是旁边还站着郑朝晖，惊奇的是崔脆脆居然和叶空青一起出来吃饭，众所周知，这是一家情侣餐厅。

黄米现在也不知道是尴尬多一点儿还是惊奇多一点儿。

最后，黄米的好奇心战胜了尴尬感，目光落在桌面上两个人握着的手上："你们两个……"

崔脆脆倒没有藏着掖着："我们在交往。"

交往？S大多年的"男神"，居然被脆脆给拿下了，果然脆脆和普通人不同。

旁边的郑朝晖挑了挑眉，望着对面带笑的叶空青。他还以为叶空青要当一辈子和尚。

因为崔脆脆他们快吃完了，而黄米刚刚过来，四个人只是简单交谈几句便分开了。

黄米离开后，崔脆脆才露出疑惑的神情："小米之前说特别讨厌他。"不知道为什么两个人又一起出来吃饭，难道是家里人撮合？

叶空青牵着崔脆脆出去："郑朝晖家里比较乱，心性还算好。"

崔脆脆不清楚郑朝晖的为人，不过对郑家乱还算有所耳闻："他想利用小米？"

叶空青停下脚步，低头看着崔脆脆："你的朋友从小在那种环境下长大，不会看不出别有用心的人。"黄家也不会对这种事坐视不管。

255

崔脆脆并不觉得："小米之前在学校就被人骗过。"

叶空青抬手抚平崔脆脆皱起的眉头："她有她自己的路要走，还有家人支撑，你不用担心。"

叶空青请了一天假和崔脆脆出去散心，回到医院后，不再为难自己，认真做好自己的工作。

不过，医院开始流传他请假的事。没有其他原因，这是叶空青第一次私人请假，以往他也请过假，但都是外出开研讨会或者其他的事。

"我听到陈教授和院长谈话，好像是说因为叶医生最近谈恋爱，所以有些懈怠。"

"是嘛，我们叶医生终于下凡来走一遭了。"

"叶医生，你谈恋爱啦？"同科室的徐医生溜达过来，好奇地问道。

原本还是私底下的传言，因为叶空青这一次请假彻底摆在了台面上。

叶空青皱了皱眉，不太喜欢在工作时间谈论这事："徐医生，我先去查房。"

"哎……"

叶空青在查房的路上又碰见了宫寒水。

"前段时间手术失败，不会和叶医生过分注重恋情有关吧？"宫寒水靠在墙上，说出来的话十分刺耳。

叶空青淡淡地说道："手术期间所有操作都能查阅，宫医生有疑问，可以向院长申请调查。"

宫寒水耸了耸肩："刚才那话不是我说的，是我听来的，给你提个醒。"说完这句话，宫寒水便转身离去。

叶空青下意识地皱起了眉，无法理解那次手术为什么会和他的恋情扯上关系。

难不成医院所有人都没有家庭，没有恋人？叶空青只觉得啼笑皆非。

第九章

很甜

叶空青是在查完房碰到他的导师的。

陈冰应该在和一个病人解释病情。他年纪大，又属于返聘教授，医院预约界面上一般没有他的名字，病人只能直接到医院来找他。

"怎么心不在焉的？"陈冰和病人说完话过来，上下打量了一番叶空青，"这段时间怎么回事？我发现你精神状况不是很好，是不是还因为上次手术的事？"

叶空青确实被上次的手术影响了心境，这一点他无法反驳。

陈冰叹了一口气，拍了拍叶空青的肩膀："谁都有手术失败的时候，我年轻的时候，在手术台上也失败过，扛过来就好。"

叶空青沉下心来，对陈冰有了一丝愧疚感，无论如何，他的导师终究是一名好医生，只是对他比对其他人严厉。

"在后面的手术中更加努力，不要辜负病人。"陈冰正色道，"只有医术越来越精湛，才能成为一个问心无愧的好医生。"

叶空青点头回道："是。"

陈冰脸上露出一丝笑意："前几天院长还在和我说你的事，我说你没问题，下个月有场研讨会推荐你过去。"他完全没有再提之前叶空青的感情的事。

和导师之间的嫌隙也算解开，叶空青心情还算不错，因为晚上加班，还特意给崔脆脆打了电话。

"好，知道了。"崔脆脆也没在家，正和范大成一起出来见一个客户。

客户还没过来，范大成见崔脆脆挂掉电话，八卦地问道："老板，你……男朋友？"

崔脆脆来汉基私银这么久，脾气一直很好，范大成没按捺住，便问了出来。

"嗯！"崔脆脆似乎想起电话那头的人，脸上露出了浅浅的笑。

他们老板年纪轻轻就这么厉害不说，居然还不是单身，范大成觉得自己受到了一万点伤害。

这时，那位客户朝他们走了过来。

"赵女士？"范大成率先站了起来，朝女人伸出手，要握手。

女人四十多岁，单眼皮，挎着最新款的LV包，目光在范大成和崔脆脆身上扫过："我记得我是说，要和你们上司谈。"言下之意，找两个小年轻过来是什么意思？

范大成不慌不忙地说道："这位是我们汉基私银的崔总裁。"

崔脆脆伸手和女人握手："赵女士不妨先坐下再谈。"

虽然总裁这个名头唬人，但崔脆脆的年龄摆在这儿，女人即便坐下来，眼中还带着怀疑之色。

"我时间不多，早点儿谈完吧！"赵女士已经表现出不愿意多谈的倾向，谁都愿意和一个可靠的人做生意，这两个人……看着太年轻，不靠谱。

崔脆脆和范大成对视一眼，确实也无奈。人靠衣装，但他们汉基的人打扮好了，不像生意人，倒像明星，这看着不靠谱，也不能怪他们。

好在正事上不会有问题，不过谈了几分钟，女人彻底对两个人改观，压下眼中的惊异之色，抬起下巴问道："这笔资金是要留给我儿子的，一旦他成年了就给他。"

"赵女士，这个没有关系。"范大成笑呵呵地说道。

赵女士离开后，范大成伸了个懒腰，有些无奈："都什么时代了，居然还有人要移民出国。"居然还要带着儿子一起去。

崔脆脆淡淡地看了一眼范大成："客户的私事不要放在嘴边谈论。"有时候祸从口出，而且每个人做事都有原因，不能简单论之。

范大成摸了摸自己的后脑勺："是，老板。"

汉基经过前段时间"爆炸性"的客户流，最近终于稳定下来，客户数量虽然在减少，但总有一两个能试着开发的。更重要的是，汉基现在有了资金流。

汉基私银的人走路腰板都直了不少，每天吴绵都神采奕奕地站在大门口。

崔脆脆十分不解："你不在办公室里，站在这儿干什么？"

吴绵握着拳头说道："我在随时等待我们的客户到来。"

范大成在后面毫不留情地戳穿她："算了吧，你分明就是想晒太阳。"

到底是一起混日子过来的人，吴绵白了范大成一眼："晒晒太阳怎么啦？"

"待会儿再来晒，你先帮我看一份合同。"崔脆脆对吴绵说道，"有些地方我觉得有点问题。"

"好的，老板。"吴绵立刻进来，跟在崔脆脆身后。

宫寒水最近接收了一位病人，病情谈不上太严重，做个手术切除就好，只不过棘手的是病人患有血管性血友病。这是一种在临床上有遗传性的病，病人由于缺少血浆 vWF，出血时间长且量大。一般来说，这种病人应该避免创伤和手术，但现在病人又不得不做开胸手术。因子浓缩剂倒是能用，不过还是需要再想想有没有其他的方法。

宫寒水一边翻着病人的病历，一边喊来护士："病人家属来了没？"

护士走过来："来了，刚才还在这儿呢！"

有些药物过敏史还是要问清楚病人家属，宫寒水合上病历："你带我去看看。"

心外科不小，但家属能去的地方也就几个，宫寒水一个个找过去，路上还带着笑和其他人打招呼。

他向来如此，在手术台上也能缓解其他医生、护士的紧张情绪，出来后还能稳定病人和家属的情绪，可以说这一点比叶空青做得好太多。

宫寒水是一个合格且优秀的医生，这一点在省中心医院谁也无法否认。

只不过有了叶空青在前，很多人快忽略宫寒水了，也只有心外科的几个老医生看在眼底，但这些老医生平时都是干事不说话的人，不像陈冰，一举一动所有医院的人都知道。

"宫医生，那儿呢！"护士指着走廊右拐角处的家属说道，"那是病人的妻子。"

护士还想上前去喊病人家属，被宫寒水喊住了："你帮我个忙，去二楼的造影室拿个片子过来。"

260

护士愣了愣，很快应道："好的。"

宫寒水在护士走后，依然没有去喊那位病人的家属，而是站在墙角听病人妻子和……陈冰说话。

病人妻子异常憔悴，站在陈冰的面前："席华心脏出了问题，医院刚才打电话过来。"

陈冰应该是认识她的，叹了一口气："开胸切除就没事，主要麻烦的还是血管性血友病，到时候一旦手术，就容易大出血。"

"为什么会变成这样？"女人眼睛发红，"我是造了什么孽？"

"安心，既然知道有这种情况，心外科那边一定会有手段防止术中大出血的情况。"陈冰说了几句话，后面应该是有护士喊他，他匆匆离开了。

病人妻子站在原地发愣，过了一会儿，便转身朝宫寒水这个方向过来。

宫寒水当即转身，大步朝心外科返回。

"宫医生，我正找你呢！"刚才离开的护士看到宫寒水，眼睛一亮，"我去二楼问了，那边说没有宫医生的病人的片子。"

宫寒水目光沉沉，见状笑了笑："那是我记错了，麻烦你白走一趟。"

护士见到宫医生俊美的脸，有些恍惚脸红："没事，我应该做的。"

宫寒水看了一眼之前他放在桌子上的病历，除了他和护士，还没有家属过来翻过，刚才那位病人家属估计只是听护士讲了病人的情况。

"主刀医师就是这位宫医生。"护士看到病人家属，立刻领着她过来。

蒋月看着又一个年轻俊美的医生，一阵恍惚，脸色苍白异常。

"病人病情不算严重，主要是患有遗传血管性血友病，这个，请问您以前知道吗？"宫寒水看着女人，认真地问道。

蒋月点头："知道，席华以前手指被划伤流血，老是愈合不了，他不能受一点儿伤，一受伤就要上医院。"

宫寒水眼中闪过一抹深思之色，面色却带了安慰之意："您先在这边坐一会儿，我保证能让病人安全下手术台。"

这又是宫寒水和叶空青截然不同的一点，叶空青从来不给病人家属做保证,哪怕只是一个再简单不过的手术,他认为一切手术都有风险,从来没有百分百的把握。

不过,宫寒水不知道的是叶空青破例说过类似的话。

"血管性血友病?这有点棘手。"心外科的主任看着宫寒水拿过来的病历,"也不是没有先例,我记得我们科室前年接过一例差不多的病人,宫医生你去找找看。"

宫寒水自己有方案,不过,能找到成功的案例,把握要更大一些。

找病例,商榷手术过程,一直到下午,宫寒水才算真正走进手术室。

一走进手术室,他脑中所有的杂念瞬间消失。

在切除完病灶后,所有人的心都提起来了,最关键的一步到了,只要病人没有大出血,安全缝合,就算完成了手术。

"缝合完成,病人情况基本稳定。"

宫寒水呼了一口气,将手套和手术服扔进了旁边的垃圾桶内,走出手术室,抹了一把额头上的汗,这才去见病人家属。

"手术成功,接下来等病人清醒,再住院观察几天就行。"宫寒水说完这话,蒋月一下就站不住了。

宫寒水立刻扶住她去长椅上坐下:"病人很快就能被推回病房,您可以过去看看。"

没有像往常一样陪着病人家属,宫寒水说完这话便往自己的办公室走去。

关上门,宫寒水一下子瘫坐在椅子上。谁都无法知道这场手术对他来说压力有多大。

叶空青……宫寒水脸上勾起一丝笑,只是那笑中的复杂之意让人难以看懂。他呆坐了许久,最后抹了一把脸。

宫寒水的脑子里全是大学期间叶空青比赛第一的场景,他一个天之骄子,被叶空青压得死死的,任谁都会心理失衡。他甚至因为逃避叶空青带来的压力,选择了心外科,而不是神经外科。

其实医学生对神经外科总是充满幻想和憧憬之情的，毕竟能接触人的大脑，那个神秘的部位。

宫寒水是忌妒叶空青的，从大学一开始就有这种情绪。

两个人同样相貌出色，同样来自医学世家，宫寒水的父亲在医学界名气很大。至于叶空青的父亲，只能算是医术不错的医生，也没走到什么科技前沿上，有点人脉，但没有太大的名气。

从第一堂课起，宫寒水便有些心理失衡。不，不对，应该是从他们一进校门起。

宫寒水是坐着豪车进大学校门的，但父母没有陪他过来，这点宫寒水是不在意的，现在都流行独立，何况他和父母也不亲呢。

他第一次见到叶空青时就是在大学校门口，当时两个人还不认识，宫寒水也不知道叶空青是和他同专业、同寝室。

只不过叶空青的相貌、气势显然要比周围一干学生出色显眼，宫寒水自然而然注意到了他，同时注意到他身后跟着的一对父母。

这人都成年了，居然还要父母送，宫寒水在心中嗤笑一声。

这是两个人第一次见面，确切地说，是宫寒水第一次见到叶空青。前几天宫寒水一直在外面住，没有到寝室，也就没和叶空青见上面，直到上开学第一堂课。

老师按照惯例点了点名字，熟悉班里的人。

名字应该是按照地区分的，宫寒水和叶空青都是S市的人，自然排在一起。

"宫寒水。"老师说完，抬头看了一眼举手的宫寒水，"嗯，看样子天生是个学医的料，寒水石可是中药矿石，可清热降火，是个好东西。"

"哪位是叶空青？"老师满脸兴趣。

叶空青举手示意。

"又是以中药矿石命名，看样子我们班要出两个大医生。"老师摸着下巴，"空青石能治疗眼疾，还能解毒，极为罕见。极品空青石内部含有液体，视之滴水，在内摇则上下流动，它不光有药效，还是很多人收藏的对象。"

两个人都是以药石为名，哪个更用心，更带着家长的祝愿，不言而喻。

宫寒水想起校门口见到的那一幕场景，心中更为不舒服。后面得知和叶空青是一个寝室，宫寒水也不知道抱着什么心态住了进去。

宫寒水从小因为家庭环境喜欢掩盖情绪和不喜欢的人来往。叶空青不知道是不是看出来了，和他并没有多来往，总是用一双漆黑深沉的眼睛看过来。

宫寒水垂头坐在椅子上，盯着地板。这和他没有关系，叶空青的事，和自己有什么关系呢？说不定对方还看不起他指手画脚。

宫寒水站了起来，收拾东西，准备下班，拿起大衣就要出去。

一个东西落在地上，发出轻轻的声音。

宫寒水低头看去，是一根棒棒糖，劣质的棒棒糖，不知道值不值一元钱。

宫寒水弯腰将那根花花绿绿的棒棒糖捡了起来，拿在手里转了转，记起来了。

这是上个月一个病人在下手术台后送给他的，是一个小女孩儿，扎着两根麻花辫，和同龄人胖乎乎的脸不同，她的脸半凹陷了下去。她的父亲是县城的人，因为今年有基金救助，又得了心源，所以来省中心医院做换心手术。

手术很成功，小女孩儿笑得很甜，当时给了他一根棒棒糖，宫寒水随手接过来，扔在了办公室里。

宫寒水转着手里的这根棒棒糖，盯了许久，生涩地拆开花花绿绿的包装纸，放进嘴里——果然一股劣质糖精的味道。

叶空青一天都没怎么好好吃饭，一台又一台的手术接连开始，好在病人都得以安全下手术台。他做完最后一台手术，靠在墙边，打算歇一会儿回去。

他拿出手机和崔脆脆发了一条信息，脸上莫名其妙地带着笑意。看见她回复过来的信息，叶空青似乎重新恢复了力气，要去换衣服下班。

"叶医生。"

叶空青看去，眼底的笑意淡了一分，来人是宫寒水。

叶空青谈不上讨厌宫寒水，他几乎是同一批出来的医生里最优秀的，只是有时候叶空青不喜欢他的行事风格，尤其宫寒水喜欢话里藏针。但也仅此而已，宫寒水是个优秀的医生，叶空青一直都知道。

宫寒水手上还拿着大衣，嘴里含着那根棒棒糖，眼神带着三分挑衅，望着叶空青："叶医生还记得当初我们在入学大会上发的誓言吗？"每一个医学生都会发的誓言——希波克拉底誓言。

叶空青有些诧异地看过去，不知道宫寒水是什么意思："记得。"

有那么一瞬间，宫寒水像是得到了什么肯定，松懈地靠在墙边。

"我看过你那次手术的流程，还有监控视频。"宫寒水将嘴里的棒棒糖用舌头推到另一边，缓缓地说道。

叶空青神色未动，他手术失败被人拿出来说，没什么不对，只是不知道事情已经过去，宫寒水还要提出来是什么意思。

"你发现我操作有失误的地方？"叶空青直直看去。如果医生操作有失误的情况，是要付出代价的。真有失误，他愿意付出代价。

宫寒水摇头："你的手术操作得很正确，换成任何一个医生，也不一定有你做得好。"

一时间，走廊里有些静默。

"我刚才做了一台手术，病人有血管性血友病。"宫寒水出声，"你知道这是什么意思吧？"

叶空青不知道他说这话是何意，但仍然点头："一旦有伤口，出血量大且不易痊愈。"

"他前妻今天过来了。"宫寒水顿了顿，继续说"名字叫蒋月。"

蒋月这个名字不算稀少，但叶空青第一时间想起那天出来时见到的惨白面孔。

"你……什么意思？"叶空青心中咯噔一下，有所预感。

"他这个病很大程度上会遗传。"宫寒水盯着叶空青的表情，他当时果然不知道病人可能会大出血，"不过 VWD 类型不同，在临床表现上也有很大的差异，轻症患者往往变化不典型，所以医生需要结合病史和临床综合考虑。叶医生，你问没问病人家属的病史？"

叶空青脸色变得极为难看。他问了，但因为对方说自己是单亲母亲，便没有仔细问父方那边的情况，只是确认对方有无家族遗传病史。

"你的病人现在才被查出来患有血管性血友病？"叶空青哑声问道。

宫寒水摇头，一字一顿地说道："我接手的病人早就知道自己的病，蒋月也知道，你手术之前她没有告诉你？"

叶空青沉默良久才说道："没有，她说没有任何家族病史，其他情况都告诉了……护士。"

他想起那天自己一到医院就被护士喊了去，当时孩子被检查出脑部有肿瘤，他只需要直接进手术室，但出于职业本能，依然在看过病历后问过一遍病人家属，完全没想过还漏了父亲。

宫寒水忽然凉凉地笑了笑，眼中带了一丝怜悯之意："我手术前看见陈教授在和病人家属说话，两个人应该是认识的。"

之所以能第一时间想到某些东西，完全是因为宫寒水了解过叶空青上次手术的整个过程，以及从他来医院起所有的动向。

医院的护士平时没别的事能解压，就爱八卦消息，宫寒水又是个会讨人欢心的男人，基本上没有护士拒绝得了他。

见叶空青依然不说话，宫寒水再一次揭开话里的意思："他应该一早就知道我那个病人患有血管性血友病。"

"所以呢？"叶空青反问。

宫寒水挑眉，诧异地说道："我以为你不在乎那些师生情，只关心手术和病人能否活下来和是否痊愈。"

叶空青当然明白宫寒水在暗示什么，只不过不敢信而已。

陈教授在省中心医院意味着什么？他是神经外科的旗帜，省中心医院的神经外科就是从他这里开始壮大起来的。

叶空青想起那次手术，想起小孩儿说要回去补作业的声音。

那天手术前，叶空青是见过陈冰一面的，当时陈冰过来说推荐他去一个研讨会。

不对，叶空青在脑海中重新回忆那天所有的场景，陈冰应该是要说什么，后面不知道为什么改变了主意，只是说了研讨会的事。

"下班，再见。"宫寒水见到叶空青极难看的脸色，明白他反应过来了，便随意挥了挥手，像是斩断了什么，转身将大衣披好离开，留下叶空青站在空荡荡的走廊里。

无论如何，叶空青都无法想象陈冰会做出这种事，任何一个医生都做不到拿一条生命去开玩笑。自己手术失败对陈冰有什么好处？他……

叶空青回忆起手术失败后陈冰异常安静，不再过问他的恋情，也没有问手术失败的原因，这些情况放在以前是完全不可能出现的。

他在一片混乱中终于发现了一根线头。

"叶医生，你不是下班了，怎么还没走？"徐医生路过，见到叶空青还站在这儿，好奇地问道，"不会晚上还要留在这儿吧？"

叶空青收敛神情："现在回去，刚才有点儿事。"故意隐瞒病史，这事落在陈冰身上，事情太大，几乎能摧毁整个神经外科。叶空青如今不再只是思考自己失误的手术，以及离开的那个小孩儿。

深吸了一口气，叶空青握着手机朝家中走去，明天再去找导师谈谈，确认到底是不是有这回事。

回去的路上，叶空青想过宫寒水是否故意误导他，但很快便将这个念头挥去。宫寒水有时候喜欢用点儿心机，却不会在大事上算计他。宫寒水有他自己的骄傲。

崔脆脆今天又签了一个客户，心里高兴，本来打算晚上和叶空青说说的，没想到往窗外看时，见叶空青站在两家门的中央，一动不动。

一开始崔脆脆还以为自己看花眼了，结果等了半天，叶空青依然站在原地没动，她只好开门出去。

"你怎么了？"这应该是崔脆脆第二次这么正式问叶空青。她想起叶空青前段时间便有些不对劲，而他刚刚扫过来的眼神中，分明带着郁色和消沉之意，即便叶空青极快地掩饰过去了。

"刚才在想手术上的问题。"叶空青本能地脸上露出笑容，伸手去牵住崔脆脆的手。

崔脆脆体寒，夏天也就罢了，冬天手冷得像冰块一样，叶空青一见面必然要用手将她的手焙热。

他不愿意说，崔脆脆便不问，带着人往家里走："我熬了腊八粥。"

不知不觉中已经到了腊八，叶空青这段时间过得有些混乱，完全没注意到已经快要过年了。

崔脆脆很喜欢这个算不上太正式的节日，以往在阳县那边，每每到腊八，院长总会熬上一大锅甜甜的腊八粥，冬日里能吃上这么一碗，暖心暖胃，院里其他人也都笑得开心。

不过，崔脆脆吃在口中正合适的腊八粥，对叶空青而言过于甜了。

"很好吃。"叶空青面不改色，慢慢用勺子舀着吃，似乎碗里的腊八粥并不齁甜。

崔脆脆一下笑了起来："熬的时间过长，豆子有些软。"

一室两个人，混着甜味腊八粥的气息，淡黄的灯光在寒冬里显得格外温暖。

一大早，叶空青直接去了陈冰的办公室，想找他问个清楚。这是一条人命，不是拿来教训人的例子。

"叶医生，你找陈教授呢？"有护士见叶空青站在陈冰的办公室里，开口道，"今天陈教授不上班，没有手术安排。"和其他在职医生不同，陈冰的时间安排更自由。

叶空青压下心中的那股情绪，勉强朝护士点头，便大步朝神经外科走去。

陈冰没有手术，叶空青还有手术，不可能现在抛下工作去找他。

"叶医生，这是病人的片子。"叶空青刚到神经外科，就有护士拿着病人拍的片子过来找他。

叶空青将脑中那些事情全部清除，专心看病人，再等一天，明天陈冰到医院，他要问清楚。

叶空青心里明白，就算陈冰事先知道此事，也没有办法对陈冰造成任何影响，这事最大的责任，还是在于自己没有深究小孩儿的父亲的病史。

病人的手术一做就是一上午，叶空青出来时，不少医生、护士已经吃完饭回来。

"叶医生，你也刚做完手术？"徐医生进来洗手，见到叶空青，笑着打了一声招呼，"一起下去吃饭？"

叶空青没有拒绝，和徐医生一起坐着电梯下楼去食堂。

食堂大部分饭菜没了，不过，为了照顾个别医生，有几个窗口会留菜。

两个人过去，还得排队，今天神经外科的医生最多，有四五个。

徐医生向来健谈，是典型的外科医生，上了手术台还得开玩笑，讲些段子。

几个神经外科的医生凑在一起，没说几句话，心照不宣的笑浮在脸上。

"叶医生，你需要放松点儿。"同科室的医生摇头叹气，"不知道你带的那些医生、护士得多难过，本来上手术台就紧张，还要对着叶医生的冷脸。"

徐医生一掌拍到这位医生的背后："你管叶医生呢？前几天还有个病人投诉你在手术时讲黄段子，忘记啦？"

这事说起来也是该医生冤。

外科医生最爱讲荤段子，一是因为接触太多人体，不可避免地总有些同行才懂的笑话；二是在手术室内，只要不妨碍手术，讲话其实有助于医生护士提高兴奋度，否则几个小时手术做下来，人的大脑会处于一种麻木的状态。

可惜这位医生碰到一个自尊心强且对麻醉稍微有抵抗力的病人，当时没彻底昏过去，还有点模糊的意识，听见手术室里如同开茶话会的声音，病好一出院，转手就投诉了医生。

"我不说了，都是我的错。"同科室医生举了举勺子认输。

他们的话题都离不开医院里的事，有扯医术的，有讲最新医学设备的，什么都讲。

叶空青心里装着事，并没有说话，只是沉默地吃着饭，直到有人提到了陈冰。

"哎，陈教授怎么回事啊？"那医生说话的时候，扭头看着叶空青，"他最近状态不对。"

叶空青本来就对陈冰的事敏感，抬眼望去："什么不对？"

"上周吧！"医生捏着筷子，苦恼地说道，"他在走廊里问我一个问题，我也不是不知道，那么简单的问题，也就是为难一下刚来的实习医生。当时我一时没反应过来，结果被他劈头盖脸地骂，他说我上课不好好听讲，也不看书。我都毕业十年了！"

"你这么说，我想起来了。"徐医生慢慢直起身体，一脸严肃的表情，"今天我做手术的时候，陈教授直接进来了，打算亲自来。"

叶空青敛眉："你今天见到他啦？"

徐医生点头："这几天神经外科的手术安排我都看了，陈教授今天根本没有手术，结果他走进来，说要做手术，把我的病人当成他的病人。"

众人渐渐沉默了，陈冰的年龄摆在那儿，最容易发生的病让在座的医生瞬间联想起来。

叶空青脑中一片空白，最后他放下了筷子，直接离开。

"这事得和主任那边说一说。"许久，饭桌边才有人艰难地开口。

叶空青状态不是很好，他下午没有手术，干脆再一次请假，这回直接去了陈冰家。

陈冰家离医院不算远，但也不是特别近，开车大概半个小时。

叶空青去敲门的时候，陈冰应该还在吃饭，饭桌上还摆着一双筷子。

开门见到是他，陈冰先是竖起了眉头："怎么回事，这个点怎么没在医院上班？"

"请假了。"叶空青淡淡地回道,望着这个说话中气十足的老人。

即便不怎么上手术台,陈冰依然有着一双锐利的眼睛。叶空青根本想象不出来对方有得阿尔茨海默病的可能。

陈冰脸上果然冒出怒气:"三天两头请假,你现在是想干什么?"

叶空青语气依然没有起伏:"不想干什么,今天想过来看看您。"

"看我?好端端看我干什么?"陈冰冷冷地丢了一句,"再这么吊儿郎当下去,我的脸都要被你丢干净了。"

话是这么说,陈冰还是让开一点儿位置,让叶空青进来。

叶空青扫了一眼屋内,只见桌子上摆了两盘菜,几乎看不到人气。

"徐医生说您今天闯进他的手术室,要给他的病人做手术。"叶空青转身坐下。

陈冰脸上的肌肉狠狠地动了几下:"那是我把明天的手术记错了。"

叶空青来之前,特意去手术安排栏那边看了,明天陈冰确实有个手术,刚好在今天徐医生那个手术室。

"还有医生说您前段时间把他当成您的实习医生。"叶空青紧紧地盯着陈冰的眼睛,"导师,除了我,您有十几年没有带实习医生了。"

陈冰反应格外大,怒气冲冲地问道:"你到底想表达什么,你想说我傻啦?"

看着他急于否认的样子,叶空青那颗心终于沉了下去,心情五味杂陈:"导师,我没说过。"

陈冰看着自己的学生沉默安静的眼睛,也不再说话,心虚了。

良久,叶空青再次开口。

"导师,我会安排您去做检查。"

"做什么检查,我不做!"陈冰猛地踹了一脚桌子。

情绪易怒,行为幼稚……这些都是阿尔茨海默病的典型症状。

叶空青再不愿意相信,目光落在陈冰颤抖的手上,心中已经有了三分判断。

"导师,您认不认识蒋月?"叶空青突然问道。

陈冰还不愿看着他,站在桌子前方,不知道在想什么。

"她是我之前手术的病人的母亲，她丈夫有血管性血友病的事，您知不知道？那天手术前，您来找我，是不是要告诉我这件事？"叶空青连续问出几个问题，让陈冰一下子转过头来。

看着陈冰瞬间苍白的脸，叶空青立刻明白了。他用力闭了闭双眼，脑海中浮现出小孩儿的脸。

陈冰仿佛被揭穿的小孩儿，手忙脚乱地摸着身上的口袋，一会儿看着叶空青，一会儿双眼无神地看着窗外，过了许久，终于清醒了。

"我……"陈冰苍老的脸上只余下后悔之色。他想起自己那天干的事情，明明是要去提醒叶空青小孩儿的父亲有遗传性血管性血友病，不知道最后为什么又回到了自己的办公室里。

"这件事我会和院里反映，是我没有问清病人家属的病史，另外，孩子的母亲那边我也会重新去道歉。"叶空青望着陈冰满眼的泪水、苍白的头发，缓缓地说道，"您……别在医院辛苦了，先去做个检查。"

陈冰一辈子个性要强，早年因为工作太拼，导致家庭不和，后面妻子将儿子带去了国外，他到现在依然是孤家寡人，带的学生又没有一个受得了他的高压要求，全部离开了。

叶空青原本不在乎这些东西，心中只想着手术，指不定将来就会活成陈冰的样子。

陈冰退休的事情在医院引起了极大的轰动，要知道，省中心医院的名声几乎有两成是当年靠他一个人撑起来的。

不过，只有神经外科的医生才知道陈教授到底为什么退休。所有人都闭口不谈，这是对陈冰最大的尊重。

实际上，医院还有一件事引起了所有人的注意，那就是叶医生被处罚的事。

原来，上次叶医生手术失败是因为他没有问清病人的父亲的病史，导致病人在手术中大出血而亡。一时间，所有人都在感叹，原来叶医生也会犯错。

但也有人有不同意见。

"胡说，那天我明明听见叶医生问过病人的妈妈有没有家庭遗传病史，家属说了没有。"那天接管病人的护士和自己的小姐妹抱怨，"现在的人说话怎么半点儿依据都没有？"

"是叶医生自己亲口承认的。"旁边的护士不知内情，但叶医生承认的话，她可是听见了的。

"反正这里面一定是发生了其他的事。"护士最后总结道，"叶医生哪里会犯这种错，而且过了这么久才反应过来？"

陈冰离开那天，叶空青请了一天假。

因为陈冰的病情得到了确诊，一个人独立生活不太可能，陈冰清醒的时候也不愿意联系自己的儿子，最后叶空青只能找到本地最好的疗养院。

好在 S 市整个医疗体系都较为完善，在养老这方面有着丰富的经验和充足的人手。叶空青安顿好陈冰，神色复杂。

陈冰的病能瞒住省中心医院的大部分人，但那些和陈冰同一代的人绝对瞒不住，也不能瞒，这消息传过去时，又造成了神经外科界的震动。

那些教授想来探望陈冰，最后考虑到陈冰要强的个性，只能就此作罢。

叶空青将陈冰入院的所有手续办理好时，已经过去半个月。其间他每天还要工作，陈冰见到他，总将他当成最开始的学生，虎着脸骂他。

有时候看护的护士也看不过去，劝叶空青躲着些。

"有什么事你可以直接打电话联系我。"叶空青顿了顿，又说，"他……是个好医生。"

护士点头，从这位先生入院起，上面的领导接了好几个嘱咐的电话，要他们好好照顾这位病人。

S 市街上的摊贩少了许多，但路边喜庆的红色装饰多了起来。快要过年了。

医生们依然每天忙碌，叶空青手术不断，和他同台手术的医生、护士都在私底下说叶医生变了，但具体变在哪儿，也说不清。毕竟叶医生向来不爱在手术室内讲闲话，现在还是一样。

"准备缝合。"叶空青说完，便走出了手术室。缝合的事情基本上会让助手做，主刀医师不会什么都做。

叶空青出来时，宫寒水正站在他的办公室门前，见到他，挑眉笑了笑："我看了安排，正好下午叶医生也没有事，一起去吃午饭，如何？"

叶空青深深地看了一眼对面的人，心中多番情绪翻涌，最后点头同意。

脱去口罩和白大褂，两个男人并排走在一起的场景，几乎吸引了所有人，先不说那些排队的病人，就连来往的医生、护士都忍不住看了过来。

"什么情况，宫医生和叶医生居然走在了一块儿？"

"他们俩以前是室友，走在一起，有什么问题？"

"得了吧，谁不知道他们俩关系不好？"

宫寒水眉目间暗藏着的阴郁之气消失殆尽了，余下的只有傲然自信神色。

他和叶空青并排走在路上，忽然笑出了声："从大学开始我就一直忌妒你。"

叶空青神色未动，淡淡地应道："嗯。"

见叶空青没一点儿反应，宫寒水也不生气，甚至脸上带着释然之色："不过现在看来，你也没什么好忌妒的。"

每个人都有自己的活法，他都已经在心外科了，又何必和叶空青比。每天去忌妒人是一件很累的事。

走进餐厅，叶空青认真转过头，看了一眼宫寒水："我有女朋友，你没有。"

宫寒水这些年满脑子都是如何挫败、压倒叶空青的势头，哪里有空去交女朋友？

宫寒水的脸皮抽了抽，最后他咽下喉咙中的一口血："还没见过你的女朋友，什么时候一起吃个饭？怎么说，我们都是这么久的同窗。"

两个人这顿饭算是和解饭，宫寒水是真正放下了，从那天捡起那根棒棒糖开始，他找回了自己的初心。

汉基私银这几天在采购一些油面、春联，准备过年送给客户，因为多了，每个人都领了一些回家，崔脆脆也不例外。她将东西搬回去后，便盯着那些春联发呆。

快过小年了，今年好像有些不一样，她的人生中除了阳县的孤儿院，还有一个人如同不可撼动的光芒闯进她的世界。

"脆脆。"叶空青正好回来，看见了客厅里的一堆东西，"这是要准备过年啦？"

"公司那边分的，好像太多了。"崔脆脆没有亲戚朋友，也没有其他人可以分，自己一个人吃，不知道要吃到什么时候，拿去给院长又太少了。

想起这个，崔脆脆抬头看向叶空青："除夕的时候，我会回阳县。"当初是阳县孤儿院那边收留了她，过年她势必要回去。

叶空青上前："我陪你一起去。"

崔脆脆愣了愣："你不在家过年？"

叶空青轻笑："我父母在外地，如果父亲忙起来，可能过年的时候还要值班。"

无论何时医院里都不能少了医生，叶空青的父亲将自己奉献给了医院，他们这些年能完整凑在一起过年的次数不多。

原本叶空青打算去父母那儿过年，不过现在改变了主意，想陪崔脆脆去阳县。

"那初二我陪你去你家吧！"崔脆脆单纯想着要你来我往，没有往媳妇见公婆上想。

果然，叶空青先是愣了愣，然后笑着将人拥住："好啊，带你去见我父母。"

小年两个人是要在家过的，叶空青和崔脆脆一起去超市购置食材。

超市内的人不少，每个人的购物车内都堆得满满的。叶空青一手推着车，一手牵着崔脆脆，像再普通不过的情侣一样。偶尔间对视都带着情愫，两个人话不多，但会商量着选哪种口味的食材。

"耳耳的猫粮是不是吃完啦？"叶空青站在宠物区看了看，"鸡肉味的好像它更喜欢。"

崔脆脆点头："这几个牌子都好消化，耳耳很喜欢。"

耳耳长大了一点儿，但比起同龄猫还是要小一大圈，叶空青猜测是因为之前受伤，但没有和她说。

两个人站在一块儿挑猫粮，靠在一起研究哪种猫粮更好，旁边走来一个人。

孙月盈前段时间去医院把孩子打掉了。她虽然年轻底子好，但这种事对身体总归有极大的损伤，她的脸色也没以前好看了，完全靠妆容来弥补。

今天休息，她一个人出来买点儿东西。

孙月盈在高思过得并不轻松，那地方本来就属于高压工作环境，每个岗位都竞争得厉害。她交往的男友在高思待得久，但能照顾她的地方并不多，尤其上个月他竞争岗位失败，这些天脾气特别差，总是和她说不上几句话。

没看见崔脆脆的时候，孙月盈还没感觉到什么，觉得一个都市精英遇到挫折和压力再正常不过。她甚至有种自我佩服的感觉，直到撞见崔脆脆和其旁边的男人。

孙月盈即便在五米开外也被那个男人出色的样貌镇住了，而且她觉得男人很眼熟。

S大极少有像崔脆脆这种在校没见过叶空青的照片的人，孙月盈看了一会儿，便想起对方是医学院的优秀校友。

孙月盈脸黑得难看，尤其看见叶空青低头亲昵地碰了碰崔脆脆的额头，两个人笑着的模样，刺激得她眼睛都红了。

孙月盈甚至开始庆幸，庆幸今天只有她一个人过来，否则她的男朋友站在旁边，谁丑谁尴尬。庆幸过后，又是忌妒的心情逐渐弥漫在她的心中。

孙月盈以为崔脆脆离开高思之后，日子绝对不会好过。之前四个人吃饭之后，她看见崔脆脆开的那辆车，也没有彻底当真，谁知道是不是黄米借给崔脆脆装大头的？

"那就要这个，好不好？"崔脆脆仰头对叶空青说道。

"好。"叶空青伸手将选中的两袋猫粮放进推车内，牵起崔脆脆的手准备去其他地方。

两个人直接对上前面的孙月盈。崔脆脆见到她，犹豫了一会儿，还是朝孙月盈点头。两个人没有什么利益纠葛，也不算彻底撕破脸，到底以前是室友。

孙月盈更近距离地看清了叶空青，心中的忌妒情绪如同毒汁一样喷出来。光从相貌来讲，这个男人比自己的男朋友不知道要好上多少倍，更别提他手上戴的那块手表。

"脆脆，好久没见，你现在在哪儿高就？"孙月盈比来比去，认为自己的工作一定比崔脆脆好。

叶空青淡淡地扫了一眼前面的女人，便重新将注意力放在崔脆脆身上。他低头看着两个人紧握的手，想着要做些什么东西给她改善体虚的问题。

"我现在在汉基私银。"崔脆脆没觉得自己的工作有什么不能说的，既然孙月盈愿意和自己说话，她还是把心中的话说了出来，"高思不允许办公室恋情，你们……"

高思曾经因为办公室恋情导致损失一笔大生意，所以对这方面的事特别严格，一旦发现办公室恋情，两个人都得辞退。

孙月盈精致的妆容掩盖不了面部的扭曲，她深深地吸了一口气："汉基有私银这块业务吗？我怎么没听说过他们做这一块业务？脆脆，你别被人骗了。"

"做的，金融街一号就是汉基私银。"崔脆脆没察觉出她的话有什么问题，原先汉基私银确实没人知道。

"是吗？那下次有机会我去光顾，你可要好好招待我。"孙月盈在高思不接触私银这块，人脉也没想象中的多，并没有听说过最近"火爆"的汉基私银。

"我不一定在。"崔脆脆认真考虑了一下孙月盈的经济实力，如果她来，应该是小额客户，现在小额客户统一由范大成接手，她要忙其他的事。

叶空青站在旁边听着这两个人的话，差点笑出声，现在居然有点理解当初宫寒水的心情了。

孙月盈想爆发，但抬眼看见叶空青，又将怒气压了下来。

她撩了撩头发，稳定自己的心情："看样子脆脆现在是个大忙人了。"

"还好。"崔脆脆认真地回道。

再站在这里，不知道要浪费多少时间，叶空青低头看向崔脆脆："我们该走了。"

因为提前一天买好了所有的东西，两个人小年清晨起来做的第一件事便是扫尘。

如今春节的年味都越来越淡，对小年，年轻人更是敷衍了事。毕竟他们好不容易放假，躺在床上不好吗？叶空青其实更愿意拿小年来当一个由头，跟崔脆脆待在一起。

他房子里有扫地机器人，随便掸掸尘就算完了，随后便去敲崔脆脆的门。

崔脆脆正在厨房打扫，出来开门的时候，身上还穿着一件花围裙，手里拿着一张红色的纸。

"在做什么？"

两家距离太近，只隔了一条小道，叶空青只穿了一件套头白色毛衣、一件简单的牛仔裤就出来了，没了叶医生的距离感，反倒增添了几分少年感。

崔脆脆冲他举起手里的灶王爷像："要祭灶王。"不过，她还没来得及贴上去。她很多时候在叶空青那边吃，待会儿也是，不怎么进自己这里的厨房。

"还有一张，待会儿贴在你那儿。"崔脆脆买的时候都算好了的。

"好。"叶空青跟着她走进厨房，闻着厨房内的甜香，"这是……麦芽糖？"

崔脆脆正在找位置将灶神爷的像贴上去，闻言，回头浅笑："是灶糖。"

贴好灶王爷像后，崔脆脆转过身，将小火熬好的灶糖倒进小杯子中，用手指挑出了一点儿来。

"灶糖？"叶空青家里没有这种风俗，他看着熬好的麦芽糖，"用来干什么？"

崔脆脆也没有多想，将手指举到叶空青的面前："要抹在灶神爷的嘴巴上，小年我们要吃灶糖的，你没有吃过？很甜的。"

院里资源缺乏，小年能分到糖瓜，所有人都会特别开心。

"我尝尝。"叶空青漆黑的眼睛望着崔脆脆，低头含着崔脆脆的手指。

崔脆脆骤然睁大眼睛，白皙的脸上瞬间浮起了红晕："你……"她甚至感受到叶空青的舌尖在轻轻地舔舐她的手指。

"很甜。"叶空青松开口，扬眉说道，脸上是心满意足的表情。

因为这个，到了叶空青家，崔脆脆直接将灶神爷的像给了他，让他自己去贴，去抹灶神爷的嘴巴。

"还在生气？"叶空青抹完灶神爷的嘴巴，出来看见崔脆脆抱着耳耳，低着头不看他，在她看不见的情况下勾了勾唇，"抱歉，是我不好。"

崔脆脆皱眉，抬头看过去，目光中带着控诉之意："你……变了。"

叶医生明明是一个正直温暖的人，而不是……不是……崔脆脆像是想起了什么，才下去的红晕又从脖子开始弥漫。

叶空青走来，脸上带着压不住的笑意："我是你的男朋友，总是要想着做坏事的。"

279

崔脆脆忍不住瞪着他，怀里的耳耳却开始细细软软地叫唤起来，下半身还在她怀里，上半身已经搭上了叶空青的手臂，偏偏只用前肢钩住，后肢动也不动。被它这么一闹，什么气氛也没了。

给灶王爷抹了嘴巴，剩下的糖瓜就是吃的，崔脆脆提前买了一包，刚刚全部带了过来。

她将糖瓜倒进盘子内，一人分了一个糖瓜吃，叶空青含在嘴里："我去做饭。"

过小年自然要多做几个菜，叶空青说完，进了厨房。

崔脆脆抱着耳耳，想了想，拿出一块给它吃，讨个吉祥。

耳耳两只爪子捧着糖瓜一点点吃着，看样子很喜欢，小尾巴翘得特别厉害，可爱得紧。

"脆脆。"那边厨房里叶空青喊了一声。

"来了。"崔脆脆将耳耳放在桌子上，往厨房走去。

叶空青在切萝卜，听见声音回头，拿起一片萝卜："尝尝这个。"可能是超市进的这一批冬萝卜质量好，水分多，吃起来特别甜。

崔脆脆探头过去，咬住他手上切好的萝卜片，慢慢地嚼了几口，果然满口生津，清甜好吃。

"甜。"崔脆脆弯了弯眼睛。

时间还早，两个人在厨房切了一会儿，端了一盘冬萝卜出来。

"傍晚的时候要送灶，我带了果子过来。"崔脆脆扭头对穿着围裙，端着一盘萝卜片的叶空青说道。

"好。"叶空青第一次这么正式地过小年，什么都随着崔脆脆来。

两个人正要商量下午到晚上的事，结果一转头，便看见耳耳抱着盘子里的糖瓜吃得不亦乐乎。

等看清耳耳的模样，崔脆脆立刻笑了起来："耳耳，你在干什么？"

叶空青转头看见耳耳，也忍不住笑出了声："怎么会这么贪吃？"

耳耳抱着糖瓜吃，但是室内温度高，麦芽糖已经开始熔化，它不停地舔舐，结果粘得满脸都是。

耳耳脸上的毛被糖粘了一脸，结成了毛球。

耳耳粘得满脸都是糖，黏糊糊的。

崔脆脆将糖瓜拿开，它还恋恋不舍地舔了舔爪子，冲着她撒娇，试图再讨要一点儿。

"不可以再吃了。"崔脆脆无奈，抱起耳耳放在腿上，接过叶空青拿过来的湿巾。

湿巾只能勉强将大块粘在耳耳的毛发上的糖块清理掉，它依然满脸黏糊糊的。

"我抱它去浴室用温水洗洗。"叶空青见状，伸手从崔脆脆的腿上将耳耳抱了起来。崔脆脆跟在后面。

耳耳的胡子已经粘在了一起，变成一撮一撮的，甚至粘着旁边身上的毛。

不过，他们低估了麦芽糖的威力。温水没有用！

耳耳依然满脸毛发粘在一块儿，它似乎明白自己给自己挖了坑，趴在洗脸台内哀叫着，一声比一声可怜。

崔脆脆站在一旁心疼得要命，但又忍不住对小小一团的耳耳笑道："现在你该怎么办啊？"水根本洗不掉。

叶空青也笑出了声："没有办法，只能把胡子剪掉。"

最后，叶空青抱着耳耳从洗脸台出来，崔脆脆拿起旁边的毛巾裹住它，两个人重新回到客厅。

"我去拿剪刀。"叶空青家中别的东西不多，唯有手术刀最多，什么型号的都有。

崔脆脆捧着毛巾里那一小团身体，轻轻给它擦干净身上的毛发，没擦两下，又忍不住笑了。

耳耳现在太可怜了。耳耳娇娇地喊了一声，爪子朝崔脆脆伸过去，搭在她的手腕上不愿意动，眼睛湿漉漉的。

崔脆脆无奈地拿过旁边的吹风机："先帮你把身上吹干。"

耳耳小，刚才也用毛巾擦了一遍，用吹风机只吹了几分钟，它身上的毛发就干了，只不过该粘的地方还是粘着。

叶空青拿出一把剪刀，蹲在崔脆脆的面前："按住耳耳的四肢。"

耳耳脾气虽然好，但毕竟他手里拿着刀，万一它蹬脚被误伤就不好了。

崔脆脆闻言，立刻按住耳耳的四肢："这样可以吗？"

"嗯。"叶空青一只手抬起耳耳的脑袋，一只手握着剪刀，毫不留情地朝耳耳的胡子剪了过去。

耳耳大概也预料到自己的结局，一声比一声喊得可怜。

"不会疼。"叶空青扬了扬唇，原本放在耳耳的脑袋下的手往上一翻，抚摸它的后背。

只不过耳耳本身就不大，叶空青这么一动，直接碰到了崔脆脆按住耳耳的后肢的手，两个人愣了愣，一个抬头，一个低头，正好四目对视。

其实只有一瞬间，两个人却都有些晃神。

"耳耳要变成丑耳耳了。"崔脆脆先移开目光，垂目看着耳耳。

"很快就能重新长回来。"叶空青在心中笑了笑，手上却利落地将耳耳的胡须剪断。不只是胡子，还有脑袋旁边的一些毛发被剪了一圈。

原本可爱娇气的耳耳，被这么一剪，一边脑袋都变小了，看着十分怪异。

崔脆脆抱起耳耳看了一遍，扑哧一声笑了出来："叶医生虽然医术好，但剪头发还是不行。"

叶空青望着她笑意盈盈的眼睛，带着宠溺地应了一声："嗯。"

好好的小年，耳耳突遭"横祸"，一整天情绪都不高，趴在沙发上一动不动，眼睛耷拉着，不论是崔脆脆还是叶空青来，它都不搭理。

小年过后，崔脆脆倒是没什么事了，叶空青还要继续上班。

"脆脆，你在干吗？"黄米打电话过来，邀崔脆脆出来玩，说自己心情不好。

汉基私银现在人手刚刚合适，范大成做事极有分寸，也不知道当初为什么要到这里做"咸鱼"好几年，用吴绵的话来说，"他们是在等待"。

"没什么事。"崔脆脆听着电话对面吵闹的声音，问黄米在哪儿，说自己过去找她。

黄米给她发了一个定位，崔脆脆打开地图一看：是个酒吧！

崔脆脆没进过这种地方，没什么兴趣，开车到了之后，盯着上面的牌子看了一会儿，又抬头看了看天：青天白日的，黄米这时候在酒吧，酒吧不是晚上才营业的吗？

崔脆脆对这些事不了解，但黄米在里面，她还是走了进去。

她一进去，便发现里面瞬间变黑了，再往里走，便听见一阵喧闹的音乐声，看到五彩斑斓的光线。

崔脆脆站在门口扫了一眼，没看见黄米，只能走下去慢慢找。

正好这会儿不少人在疯狂地摇摆、甩头，崔脆脆在人群中挤着，走到了吧台前，才发现一脸冷漠表情地坐在椅子上的黄米。

崔脆脆扯了扯自己被挤乱的衣服，皱眉走到黄米的身边："小米？"

黄米听见声音，转过头来："脆脆，你来啦？陪我喝一杯。"

崔脆脆看着她的眼神，知道她明显喝大了："小米，我们先出去。"酒吧里面太吵，就是普通的酒吧，什么味道都有，崔脆脆不太喜欢这种环境，也不明白黄米为什么到这种酒吧来。

黄米看着好说话，平时脸上都带着笑，但她出身摆在那儿，比谁都讲究。好在黄米还有点意识，也没有耍酒疯，顺从地被崔脆脆拉了出去。

崔脆脆将她扣在副驾驶座上："要回去还是……？"

"不回去！"黄米突然弹起，幅度太大，又被安全带给拉了回去。

"不回去？"崔脆脆伸手给她调了调座椅，"去我家吧！"

一路上，黄米又安静异常，盯着窗外一言不发。崔脆脆还是头一回碰见她这么安静的时候，心中回想最近市场的消息，也没想起来黄家有出问题的消息。

扶着黄米回了自己家，崔脆脆将人扶在沙发上坐好，去厨房准备倒点儿热水，结果一出来，发现黄米倒在沙发上默默地掉眼泪。

这一下把崔脆脆吓得够呛。

崔脆脆见过黄米笑，见过她讽刺人，还从来没见过她哭。黄米是真正意义上的大小姐，根本没有什么烦恼，唯一烦恼的事大概是今天穿什么衣服。

"小米，你家里出了什么事？"崔脆脆在盘点自己的银行卡内还有多少钱，但黄家要是出了问题，现在十个她也不可能填上窟窿。

黄米恶狠狠地擦干净眼泪："他们能出什么事？！"

崔脆脆：就说没听过黄家有什么不好的消息出来。

崔脆脆彻底安静下来，也不问黄米，黄米反倒坐不住了，从沙发上一翻身坐了起来。

崔脆脆大概知道她要开口倾诉，安安静静地看着她，等着她说话，为了她开心，顺便把脚下的耳耳抱起来塞给她。

耳耳自从被剪了一圈毛后，陷入了"自闭"状态，即便现在在黄米手上，依然不动弹，完全不像以前动不动就朝黄米亮爪子的样子。

黄米下意识地摸了摸，觉得手感极佳，又摸了两把。

她低头一看："你怎么把耳耳弄成这样？太丑了吧！"她说这话的时候，眼角还挂着两滴欲掉未掉的泪水。

"之前出了点儿意外，不得不剪掉。"崔脆脆看着明显萎靡的耳耳，"不丑，我们家耳耳最好看。"

黄米好不容易酝酿的悲伤情绪早就烟消云散，她抱着"温驯"的耳耳揉了又捏，抱了又亲，嘟囔着："还是耳耳好，男人都是'大猪蹄子'！"

这话……崔脆脆诧异地抬眼，朝黄米看去。

"你有喜欢的人啦？"崔脆脆用词很精准，没有问黄米是不是谈恋爱了，而是有喜欢的人。

大学期间，黄米谈了好几段恋爱，不过在崔脆脆看来，他们谈恋爱完全是玩，黄米眼底根本没有东西。

黄米摸着耳耳身上的毛的手顿了顿："哼。"

崔脆脆也没有深问："把水喝了吧，待会儿要凉。"

"脆脆，你怎么一点儿好奇心都没有？"黄米还等着她问，然后顺着将这段时间发生的事说出来。

"你想说我就听。"崔脆脆自然地说道，"不想说就在我这儿休息一段时间。"

黄米感动得眼泪又冒了出来："还是你好。"

"嗯，你是喜欢郑朝晖吗？"崔脆脆轻飘飘地来了一句。

刚喝了一口水的黄米，直接呛住了："咳咳咳……"

崔脆脆担心地拍着她的后背，耳耳也吓得爬上主人的肩膀，继续
"自闭"。

"你为什么这么说？"黄米咳完，回过神来，狼狈地看着崔脆脆。

她这段时间因为喜欢上郑朝晖，一直没敢联系崔脆脆，就是觉得
丢脸。

崔脆脆目光在空中迷茫地飘了一会儿："之前我们在餐厅遇上的那回，
我以为你就喜欢上他了。"眼神都不一样了，那时候小米眼底的光格外亮。

黄米忽然脸红了，支支吾吾地说道："那时候我才没有喜欢他。"

崔脆脆立刻发现了其中的逻辑："你现在确实喜欢他。"

黄米干脆破罐子破摔："对。"

崔脆脆将肩上快要掉下来的耳耳抱进怀里："哦！"

"哦"就完啦？黄米觉得崔脆脆这个好友做得不到位，这时候崔脆脆
应该继续问下去，问他们之间的发展。崔脆脆不问，她哪里好意思主动
讲下去？

等了一会儿，崔脆脆还是没有意思问，黄米只能厚着脸皮，主动讲
她和郑朝晖那个王八蛋的事。

其实都是俗套的故事。两个人相看两相厌，但后面两家因为生意有
交集，发生了一些事，感情就有点变质。

黄米是黄家的独生女，之所以能清闲地做一个基层工作人员，而不
是进入黄家的企业，是因为黄父明白一件事：子女吃喝嫖赌会败家，不
一定会破产，但要是没有头脑，胡乱投资，破产是一定的。黄父早早为
公司找好了一支团队，等自己退休后管理公司。

"他居然说我们不适合！"黄米一脸气愤的表情，"是我不够美，还
是我不够有钱？"

郑朝晖剃了那头绿发，换了西装，整个人的气质都完全不一样了。

黄米见他收拾得有模有样的，两个人碰上，倒没有再阴阳怪气，再加上后面遇到一些其他的事，不知不觉越走越近。

就在黄米以为两个人关系能够水到渠成时，谁料郑朝晖那浑蛋根本不愿意和她在一起。

"当初他和我相亲都可以呢，现在谈恋爱都不行。"黄米坐在沙发上掉眼泪，显然是动了真情。

崔脆脆不知道怎么安慰她，想了想，说道："郑家比较乱，你现在蹚浑水不太好。"尤其是黄米背后站着黄家。

"我谈个恋爱怎么就蹚浑水了？脆脆你还是不是站在我这边的？"黄米瞪着眼睛看过去，瞅着耳耳乖乖巧巧地窝在崔脆脆的怀里，撇了撇嘴，"你现在'男神'都到手了，还有一只猫！"而她太可怜了。

崔脆脆叹着气，将耳耳递过去："它心情也不好。"

摸着蓬松柔软的毛，黄米觉得心情好了一些："算了，他不想和我有关系，那我就去找其他人，老娘也空窗很久了。"

崔脆脆也就谈过一次恋爱，还正在谈，实在没什么经验，不过她在金融业方面还是比黄米要强："郑家快要大乱了，你这段时间还是避避。"

崔脆脆已经不是当初的在校学生，这里面很多事情很复杂，会牵连很多人。

"不过郑朝晖好像有点手段。"崔脆脆回忆着郑家几年来的动作，"没有他，郑家迟早也要乱。"

黄米摸猫正上头，闻言分出一点儿心神："脆脆，我怎么觉得你话里有话？"

崔脆脆摇头："没有。"她没有说郑家现在的乱子是郑朝晖搞出来的。

因为黄米"失恋"，崔脆脆打算今天在家里做顿饭。

"你想吃糖醋排骨吗？"崔脆脆翻了翻冰箱，问黄米。

半天没听见回答，她转头一看，黄米已经在沙发上睡着了。黄米看着好像和以往一样，不在乎，其实眼底的神伤掩盖不住。

崔脆脆无奈，从旁边拿了一块毯子给黄米盖上，自己准备食材去厨房，做饭前给叶空青发了一条短信，说自己晚上不和他一起吃饭，朋友在这里。

黄米是在天黑后闻着饭菜香味醒过来的，坐起来，嗅着从厨房飘过来的香味，掀开身上的毯子走过去。

"脆脆，你做菜什么时候这么香？"黄米也吃过崔脆脆做的菜，不能说厨艺多好，只能是个家常菜，也不会特别多的花样。

崔脆脆刚刚摘下围裙，见她醒过来回道："糖醋排骨。"

黄米瞅着盘子里色香味俱全的排骨，忍不住伸手拿了一块放在嘴里："好吃……厉害了。"

崔脆脆无奈，将两盘菜端出去："你拿碗出来。"

黄米立刻将男人抛之脑后，心里只有崔脆脆的厨艺什么时候变得这么好，她还能不能继续蹭饭的想法。

"脆脆，这才短短几个月，我怎么觉得你忽然脱胎换骨了呢？"黄米巴巴地跟在后面。这话她是发自内心说的，之前有点醉她还没发现，现在清醒过来就察觉出来了，崔脆脆有不小的变化。

先不说她厨艺变得这么好，脆脆的脸常年白是白，但没有血色，不像现在白里透红，看着像吸饱了水的栀子花，纯洁无瑕又完美。

"是吗，哪里？"崔脆脆倒是没察觉出自己有什么变化，坐在桌子边，"这道菜是叶医生教我的。"

"哦——"黄米挑眉，"叶医生。"三个字说得意味深长。

崔脆脆有些不自在地去搂耳耳："嗯，他做菜很好吃。"

黄米酸酸地说道："'叶神'，谁能想到大名鼎鼎的'叶神'还会做菜呢？"

这话崔脆脆不会接。

"谁又能想到脆脆你把'叶神'搞定了呢？"黄米突然兴奋了，"脆脆，和我讲讲你和'叶神'之间的事。"

叶空青在S大基本上就是个传说，黄米可是当初和朋友一起馋了他

287

的"美貌"很久。

崔脆脆不自在地说道："没什么好说的。"就那么自然而然的事，她也不知道怎么说。

"行吧！"黄米也不为难她，换了个话题，"过年你在哪儿过？"

"我回阳县。"崔脆脆提起那边，笑了笑，今年过年有钱给院长装修了，还能买孩子们的新衣服。

"那边……脆脆你有没有想过找人接管？"黄米没去过阳县那边，只听崔脆脆讲，便知道院长不是个能管理孤儿院的人，虽然有善心。

崔脆脆沉默良久才说道："想过，以后会找时间和院长再谈谈。"

院长疼孩子是真放在心上疼，但只靠断断续续的资金资助，并不能给孩子们一个稳定的生活环境。

"我可以找我爸问问这方面有没有认识的人。"

崔脆脆摇头："不用，我有几个人选。"她还做了方案，只是考虑到院长的心情，没有完全对他说。

"过年你一直在阳县吗？"黄米夹了一块排骨在嚼，"我去找你玩啊？"

"我春节会在阳县，大年初二不在。"崔脆脆想起自己还有礼物没准备。

黄米诧异："大年初二就要回来工作？赵远志也是周扒皮啊？"

"不是，我不回 S 市。"崔脆脆有些脸红。

黄米眯了眯眼，从她的脸上看出了一些端倪：不回就不回，你脸红什么？

"脆脆，你不会……要和'叶神'去见家长吧？"

"嗯。"崔脆脆老实地点头。她也是说完不回才反应过来的。

这是什么速度，难道厉害的人连谈恋爱结婚的速度都和他们普通人不一样？

黄米倒吸一口气："你们这是准备结婚啦？"

崔脆脆愣神："没有，没有准备结婚。"这个词说起来太遥远。

黄米狐疑地看着崔脆脆："你们都要见家长啦？"

崔脆脆低头戳着碗里的饭菜。她能说是自己主动要去见长辈的吗？当时脑子一热，她就说出了这样的话，也来不及拒绝。

叶空青早就将两个人去那边的机票买好了。

"我今天在你这儿睡一晚。"吃完饭，黄米不客气地说道，"明天老娘又是美美的，再找个男人。"

"我帮你准备被子。"崔脆脆闻言，便去楼上准备客房。

将被子从衣橱中拿出来铺好后，崔脆脆正要去喊黄米上来，黄米已经走了上来："脆脆，你的电话响了。"

崔脆脆拿过手机一看，是叶空青打来的电话："叶哥。"

黄米站在旁边露出兴味的眼神，刚才对她还是"叶医生"呢，现在就变成"叶哥"了。

"嗯，小米会在我这里休息一晚。"崔脆脆一只手握着手机，另外一只手不自觉地捏了捏裤缝，"衣服？我帮你找找。"

黄米站在旁边，像竖起耳朵听八卦消息的老太婆，脸上还带着意味不明的笑。

崔脆脆没注意，和黄米做了个手势，示意自己要下去。

黄米看着崔脆脆下楼，为了得到更多八卦消息，也下楼跟着她。

崔脆脆挂掉电话，在客厅里找了一遍没看见，最后在玄关的挂衣架上找到了一件叶空青的外套。

"小米，我出去一下。"崔脆脆想着去对门把衣服还给叶空青。

"好。"黄米已经彻底把郑朝晖抛开，只想看别人甜甜的爱情，坐在"柠檬"树下吃"柠檬"。

只是崔脆脆刚打开门，便见到叶空青站在门口。

"刚才找了很久，才在挂衣架上找到。"崔脆脆以为他等急了，连忙上前将衣服递给叶空青并解释。

叶空青的目光根本不在衣服上，他抬手帮崔脆脆将肩上的毛衣扯好："没关系，我只是想找个借口见一见你。"

崔脆脆抿唇，半晌才轻轻嗯了一声。

"今天手术顺利吗？"崔脆脆拿着衣服，手指却紧了紧，明明两个人都确定关系了，但叶空青说这么一句话，她依然会觉得不好意思，心跳得极快，脸上也微微发烫。

"很顺利。"叶空青上前一步，接过崔脆脆手上的外套，然后披在她身上，"早点儿休息。"

"好，你也早点儿休息。"

明明话已经说完，两个人谁也不愿意先离开。

蹲在玄关前的黄米，流下了"感动"的泪水。瞧瞧，别人的爱情多甜，像极了偶像剧。

"进去吧！"叶空青抬手碰了碰崔脆脆的脸颊，"外面凉。"

"好。"崔脆脆仰头看了他一眼，才转身回去，正好看见玄关前的黄米："小米。"

"您请进。"黄米退后一步，让崔脆脆进来，"'叶神'都来了，怎么不让他进来坐一坐？"

崔脆脆关门回头："他来拿外套，拿了就回去。"

黄米心疼自己："外套在你身上。"

崔脆脆愣了愣，低头看了看裹在身上的外套，想起刚才叶空青说的话，脸上浮起粉色："嗯……"

太酸了，太酸了！

"他就为了看你一眼，大老远过来？"黄米叹气，"是我耽误了你们。"

"没有，他……他家就在对面。"崔脆脆下意识地解释。

黄米瞪大眼："对面？"

崔脆脆点头："叶医生家就在对面，我们隔了一个过道。"

黄米闻言，立刻转到窗户那边，果然发现叶空青在对面开门进去。

"厉害了。"黄米冲崔脆脆竖起大拇指，"近水楼台先得月。"就是不知道到底是谁先摘的月。

"不行，脆脆你还是得给我讲讲你们的事。"黄米冲过来拉住崔脆脆的手。

她这该死的无处安放的好奇心！

第十章

新年约定

崔脆脆是除夕前一天回到阳县的，院里的孩子早听院长说过她要回来，端着小板凳在院门口等着，一排"小萝卜头"坐在那儿。

院长接过崔脆脆的行李，朝耳耳看了一眼："哟，这小猫比以前好看很多了。"

崔脆脆点头笑："嗯，它正在耍小脾气呢，不理人。东东身体怎么样？"

提起东东，院长一脸如释重负的表情："当初真幸亏那位叶医生，救了东东一命，不然我真的……"

崔脆脆打断院长的话："院长，这不关你的事，正常人谁也不知道东东会有肿瘤，他还那么小。"

"话是这么说，"院长跟着笑了笑，"但要是没有叶医生，东东可能这辈子就毁了。"

两个人说着话，背后跟着一堆"小萝卜头"，时不时探头去望耳耳。

崔脆脆回头看着这群小孩儿："你们陪耳耳玩一会儿，我去看看东东弟弟。"她得到了异口同声的"好"的回答。

"东东现在能站起来走路了，县医院那边说他完全康复了，没什么大碍，以后就是个正常人。"院长说着，悄悄地擦了擦眼泪。他知道自己一辈子没什么本事，也就这点儿善心。

崔脆脆看着被养得很乖的东东，弯腰将他抱了起来："院长，我抱东东出去走走。"

"好，我去招呼琴姐准备午饭。"院长乐呵呵地走了。

院里的小孩儿都蹲在一块儿，巴巴地望着耳耳，也不乱动手，只蹲在旁边喵喵叫着，比耳耳这只真猫叫得还软。

崔脆脆看着，忍不住笑了，将东东放下来，一块儿蹲着，和这群孩子一起逗耳耳。

大家吃过午饭，孤儿院又来了一位客人。

"叶医生？"院长本来要出去看看有什么年货要补充，结果在门口看见一身黑大衣的叶空青，有点不敢相信自己的眼睛，"您是来看东东的吗？"

院长万万没想到叶医生竟然还会回访，甚至亲自从 S 市过来："您不用这么麻烦的，我们……"

叶空青手上还拉着一个行李箱："我是陪脆脆一起来的，不过医院有些事耽误了，所以才过来。"

院长愣住了，这些字他都听得懂，合在一起怎么就没明白过来呢?

"好看医生！"小女孩儿抱着怀里的洋娃娃出来，看见叶空青，眼睛一亮，扭头对后面的崔脆脆喊道："姐姐，好看医生来了！"

崔脆脆听见"医生"两个字，立刻反应过来是叶空青。

两个人目光对视，一眼万年。

"喀，脆脆啊！"院长有些明白过来，又有些不解，"那个叶医生说他是和你一起来的？"

崔脆脆回神，上前说道："嗯，之前忘记和您说了，我们……正在交往。"

院长更加不自在了，这……这怎么突然好好的，叶医生变成……变成……

"是……是吗？挺好的。"院长结结巴巴地说道，"那脆脆你先招呼着，我还要去市场买点儿东西。"

"好。"崔脆脆带着叶空青往里面走去。

叶空青第二次再来，心情完全不一样。

"我带你去看东东。"崔脆脆第一件事也是领着他去看康复的东东。

叶空青跟在后面，不着痕迹地打量着整个孤儿院。上次完全是带着任务过来的，他没有关注过这里的环境。这次不一样，这是他的心上人长大的地方，叶空青想要多了解一点儿。

其实也没有什么太值得看的地方，除了院子里有小孩儿玩乐的几个设施，其他地方空荡荡的，角落种了点儿蔬菜。

"东东，这是叶医生，上次帮你做手术的叶医生。"崔脆脆抱着笑呵呵的东东，指着叶空青说道。

东东可能天生就是个爱笑的小孩儿，弄得院长看着他笑就提心吊胆的，生怕是病情复发。

院长买了红纸。他不是阳县本地人，从北方迁过来的，会剪窗花的手艺。

崔脆脆没有上前帮忙，因为学了多年都没学会，只会浪费纸。

院里的小孩儿如同她当年一般，围在院长旁边，积极学着如何剪窗花。

"要小心手，不可以伤到自己。"院长一再嘱咐才肯让小孩儿们碰剪刀。

这些窗花是要在除夕贴的，院长特地多买了些材料回来，就为了给小孩儿们多浪费几张。

叶空青站在旁边也要帮忙。

"脆脆当初用的剪刀我还留着呢！"院长抬头说道，"我去拿给叶医生。"

崔脆脆呆住："院长，为什么要留着我用过的剪刀？"

院长带了点儿骄傲的语气说道："你的好多东西我都留着呢，让这些孩子沾沾你的本事。"

"我哪里有什么本事……"崔脆脆无奈地说道。

"院长说姐姐读书很厉害。"剪纸的小男孩儿头也不抬地说道。

"院长说姐姐算术很厉害。"旁边的小女孩儿也不甘示弱地举手说道。

院子里响起了小孩子的一片呼声。

"哈哈哈。"院长笑着去把剪刀拿了过来，"我一直都在上油，剪刀还锋利得很。"

叶空青接过剪刀时，回望了一眼崔脆脆。

崔脆脆被他眼底的神色烫了一下，有些不自在地低头看着地面。

"先把红纸对折，跟着我。"院长拿起一张红纸做示范，"要对折几次，开始在短边下剪。窗花多是以花的造型为主，但又有很大的自主性，所以可以随性而剪。"

第一次剪窗花，叶空青完全跟着院长来，成果不错。

"叶医生不愧是拿手术刀的人。"院长惊讶地拿起叶空青剪的窗花看了看，和他的几乎没太大的差别。

叶空青的手指的灵活度是出了名的。

"以前经常练习缝合，手比较稳。"叶空青笑了笑，看着院长多剪几次，差不多明白了套路，他又是学过画画的人，一点就通。

院长朝崔脆脆看了一眼："挺好的，脆脆就干不来这种活。"

剪好的窗花全部被贴在小孩子的门上、窗户上，甚至床头上，全是"杰作"。

院长没想到今年会多一个人，房间只有一间空的，到了晚上，崔脆脆只能和叶空青睡一间房。

院长回自己房间的时候，还和妻子说了说这件事。

"是我们大意了，没料到脆脆会带着叶医生回来。"院长虽这么说，眼底却是满满的笑意。因为东东的事，院长对叶空青的印象极好，现在叶空青和崔脆脆在一起，简直再好不过。

崔脆脆的房间其实也不大，床也是单人床，两个人躺上去，勉勉强强。

叶空青进来看了一遍："这是你小时候的房间？"

崔脆脆摇头："不是，上大学的时候，院长把这里翻新重建，等我回来的时候，院长给我留了这间房子。"以前她是和几个女生一起睡的。

现在的房子状况都不太好，叶空青很难想象重建前崔脆脆住什么地方。

他拉着人坐在床边，递给崔脆脆一个东西："送给你。"

崔脆脆看见手里的一片红色东西："这是……"窗花？

话未说完，她已经展开，并不是窗花。

"之前偷偷剪的。"叶空青笑得温柔，"我觉得是我剪得最好的作品。"

崔脆脆盯着手心里那个人像，耳垂渐渐爬上红晕，但依然诚实地说

295

道:"嗯,很好看。"

那不是一个窗花,可以很清楚地看出是崔脆脆轮廓的人像画,崔脆脆根本想象不出叶空青是怎么剪出来的,还是在众人的眼皮子底下剪的。

除夕和大年初一,两个人待在阳县,大年初二一起飞去了叶空青的父母所在的城市。

中午下了飞机,崔脆脆忽然发现准备的礼物落在了阳县,只能临时在当地选礼物。

"你先过去,我……我可能要挑很久。"崔脆脆在机场就要和叶空青分开。

叶空青皱眉:"你对这边不熟,我陪你一起。"

崔脆脆不同意:"刚才上飞机前,你和伯父伯母说好中午回去的。"

叶空青未料到临时两个人要分开:"那就不用买礼物,他们不在乎这些事。"

崔脆脆依然要分开:"我想自己去买。"其实她更想借此机会冷静一下,两个人发展速度太快,她没有太多和家长相处的时光,现在要去叶家,总是不自在的。

叶空青盯着她看了许久,心中软了软,最后勉强同意:"买好了打电话给我,我来接你回家。"

"好。"崔脆脆抿了抿唇,最后踮起脚,亲了亲他的下唇,"待会儿见。"

叶空青到父母家时,情绪不太高,心思全在崔脆脆身上。

叶母在厨房里忙碌着,只是在叶空青进来时探头出来看了看,又进去炒菜。

叶父倒是端详了叶空青片刻:"没瘦。"

叶空青将行李放好,问了问崔脆脆在哪儿,又被叶父拉去讨论学术问题。

"老叶,快来端菜。"不一会儿,叶母在厨房里喊。

"来了。"叶父进去端菜。

叶空青跟着进去，一起把菜端过来。

"我听说陈教授他……"叶父放下菜，坐在饭桌边和叶空青说话，"他身体怎么样？"

叶空青抬眼看向父亲："来之前我去疗养院看了，身体还行，只是记忆力越来越差。"

叶父叹了一下气："陈教授这么多年也不容易，幸好我有你妈陪着，不然我估计也和陈教授差不多。"

叶母端着最后一盘菜出来："胡说八道什么？也不是谁都会得这病。"

叶父被自己妻子瞪了一眼，孩子气地笑了笑："就是随口这么一说。"

叶母坐下来，一家三口算是聚齐。

"等过年得空，我们回Ｓ市探望探望陈教授，怎么说他也是空青的导师。"叶母对叶父说道。

"行啊！"叶父点头，又看向叶空青，"我听说最近好像有对应的药出来啦？"

"嗯，我们国家这边在处理上市的手续。"叶空青不是这方面的专家，不过医生不分家，大消息都知道一些。

"到时候可以试试药效。"叶父向来乐观，"陈教授应该会好起来的。"

一家人坐在一起，尤其是叶母叶父大半年没有见到叶空青，话自然而然就多了起来。

"哎呀，不对。"叶母忽然想起一件事，"儿子，你不是说你带了远志一起过来吗，人呢？"

"远志？"叶空青皱眉，"我什么时候说过？"他明明……

叶母看着儿子："你上飞机前问你爸，我可是开了免提的，我们都听得清清楚楚。"

叶父嗯了一声："是没说远志的名字，但你朋友不就是远志吗？"

儿子生性不算孤僻，但这么多年能过年一起吃饭的朋友，也就远志那孩子一个。

"我说的是我和女朋友一起过来看你们。"叶空青着重读了"女"字。

"啊？"叶母和叶父面面相觑，半天没反应过来。

"女朋友？！"叶父呀了一声，"儿子，你没发烧吧？"

他们夫妻俩都做好自家儿子要孤独终老的思想觉悟了，之前听那通电话的时候，下意识地将"女"字屏蔽了，自动修正，以为自己听错了。

叶母反应更快："那她人呢？"天哪！这可能是她未来的儿媳妇，人呢？

"之前准备的礼物，我们落下没带来，她去重新挑礼物了。"叶空青淡淡地说道。

叶父一听这话，忍不住扭头用一种匪夷所思的目光看向儿子："你让她一个人去？在一座陌生的城市？儿子，你的脑子需要去看看。"

叶母显然也赞同叶父的话。

叶空青自然不好说，崔脆脆的真实想法是想冷静一会儿。他默认了父母的看法。

"你这样也能交到女朋友？"叶父摇头说道，"就是我追你妈，也是拿出时间认真追了好一段时间，儿子，你不能仗着一张脸就骗人家姑娘。"

叶母虽然不满意叶父拿他俩来举例，但还是说道："你马上去把人接回来，这都什么事？大年初二把人家姑娘丢在外面。不行，我跟你一起去。"

"妈，我去接脆脆回来。"叶空青无奈，"您先别去，不然她更紧张。"

"哎，我跟着一起去，保证特别和善，不能亏待人家姑娘。"叶母露出一个特别善意的微笑。

叶空青摇头："她家庭情况比较特殊，没怎么和长辈相处过，还是我去接她回来。"

叶空青提前回来和父母打好招呼，省得到时候父母问起崔脆脆的家庭情况，他其实心思也一直系在崔脆脆的身上，只不过愿意放手让她安静一会儿。

"好吧，你去把人家姑娘接回来，我再出去买点儿东西。"叶母也有点紧张，谁知道儿子带回来的是未来媳妇，她得再准备点儿东西。

叶空青走出门，拿了他爸的车钥匙，去接崔脆脆回家。

崔脆脆在市中心转了许久，最后挑了一条项链给叶母，给叶父则买了茶叶。

在叶空青来之前，她坐在商场的长椅上发呆，其实也没有想什么，就是脑子一片空白而已。

"脆脆。"叶空青赶过来时便看见她坐在椅子上，低着头不知道在想些什么，旁边还有一堆东西。

"你来了。"崔脆脆听见声音，脸上露出笑，站起来，"礼物买好了。"

叶空青将东西提在手里，另一只手自然地牵着崔脆脆："嗯，我带你回家。"

另一边，叶父和叶母也手忙脚乱的，未来儿媳妇突然从天而降，换谁都紧张啊！

"儿子只是说女朋友，还没到媳妇的程度吧！"叶父在客厅里捏着一个抱枕，对叶母的话单纯表示怀疑。

"都带回家了，你儿子的个性，你不知道？"叶母瞪了叶父一眼，"早上儿子的电话，我在摆果盘没听清楚，为什么你也没听清楚？"

叶父面上还是一派镇定的样子，但只有不停绕着客厅的沙发走，才能掩盖抖动的大腿："当时我在看资料呢，我以为听错了。"

叶母懒得再和他争论，人都要到家了。

她把茶几上的果盘换了一遍："不知道是个什么样的女孩子，儿子谈恋爱，怎么没和我们说呢？"

叶父撇嘴："就儿子那个锯嘴葫芦，这种事他会主动说？平时联系的时候，我们就应该主动问的。"

叶母整理完桌上的东西，直起身，对着客厅的橱窗玻璃照了照："老叶，我这身衣服是不是有点显胖？"

"不胖。"叶父摇头说完，下意识地看了看自己，一件灰色套头毛衣，外面穿了一件黑色外套，"我是不是要换一身衣服？"

叶母回头看："快点回房，你是要换掉，前几天我给你买了新衣服，拿出来穿。"

　

崔脆脆和叶空青到达时，叶父和叶母正襟危坐于沙发上，听见开门声，两个人齐刷刷地回头看过来，将还站在玄关的叶空青和崔脆脆吓了一跳。

"爸，妈，我们回来了。"叶空青将东西放下，牵着崔脆脆过来。

叶父紧张得一直手搓裤腿缝，跟着叶母站起来："快，快，这边坐，外边冷吧？！"

崔脆脆喊了一声"伯父、伯母"，脸有些发热，微微垂下头，她还认得叶母。

叶母戴了一条花围巾，越看崔脆脆越觉得眼熟，人心里一有事，反应就不太快，叶父连着使了好几个眼色她都没有看见。

叶空青算是几个人当中最为冷静的，脱下大衣："爸，妈，坐下一起吃饭吧！"

叶父连连点头："好，好。"他眼神又是满意，又是紧张。

他对崔脆脆十万个满意，觉得这孩子长得好，眼睛干净，很紧张她对自己的看法，万一坏了自己儿子的感情，就不好了。

四个人陆续落座，叶母在坐下前终于想起为什么崔脆脆看着这么眼熟。

她眼睛睁得大大的："你不就是之前喊我妈的那个姑娘吗？"

妈？！叶父坐不住了，什么情况就喊了妈，敢情就他一个人被蒙在鼓里？

"嗯……"崔脆脆的脸腾地红了，"那次是个误会，希望您见谅。"

叶母直接转过身，将椅子拉到崔脆脆的旁边，嘴快地说："没事，没事，迟早要喊妈的。"

叶空青："……"

叶父："……"

崔脆脆恨不得消失在人前，当初那事，其实她忘得差不多了，现在重新看见叶母，又想起那天晚上自己敲开叶空青家的门，对着叶母喊妈。

"妈。"叶空青喊了一声，"我有点饿了，先吃饭吧！"

"哎，好，好，好。"叶母立刻端正姿态，拿起筷子给崔脆脆介绍自己做的菜。

听着叶母滔滔不绝地讲着菜式，崔脆脆便明白叶空青做菜的天赋来源于何处了。

叶父坐在另一边咬筷子，有点忌妒，怎么自己就和人家姑娘搭不上话呢？而且叶母居然已经见过，全家人只有他是第一次见人家姑娘。

"脆脆，其实我也会做菜，明天我给你露一手。"叶父笑眯眯地说道。

"得了，就你那厨艺，还是省省吧！"叶母摇头，"好好趁着空闲休息。"

崔脆脆埋头吃饭，碗里的菜都冒尖了，不吃就要掉出来了。

今天叶父和叶母都有种诡异的兴奋感，叶父在客厅四处转悠，时不时看一眼崔脆脆。

叶母倒是光明正大地拉着崔脆脆坐在沙发上，看电视，说说话，吃吃东西。

叶空青站在旁边，离崔脆脆不远，和她一起听叶母说话。

"脆脆，明天我带你们去集市上逛逛，现在人多，可热闹了。"叶母眉眼带笑，"空青我都没带他去过。"

叶父从书房里把自己的茶叶拿出来，假装从玻璃茶几上拿茶杯："脆脆，要不要喝茶？这茶是当地摘的早春茶，特别香。"

叶母哪里看不出他的心思，他不就是想搭上话？她抿嘴偷偷地笑了笑，难得见到叶父这样。

"空青，你去烧壶热水。"叶母朝叶空青说道，"你爸难得喝一次这罐茶叶。"

叶空青手指碰了碰崔脆脆，两个人对视一眼。

"我去厨房烧水。"叶空青说完，便站了起来。

叶父见崔脆脆旁边的位子空了出来，磨磨蹭蹭地坐了过去："这茶也是很有讲究的，喝茶对人的身体也有好处……"

关于茶对人体的好处，叶父可以说一天，边说边得意地朝叶母看去：瞧瞧人家姑娘听得多认真，是个好孩子。

崔脆脆彻彻底底地感受到了叶父和叶母的热情，人也放松了不少，只是叶空青不在客厅，她还是有些许不自在。

吃完饭，闲聊了许久，叶母带崔脆脆进了为叶空青准备的房间："你们……晚上住这儿行吗？"

叶母其实不知道两个人走到了哪一步，所以这话说出来有些试探的意味。

房间不小，床占据了五分之二，因为知道叶空青要过来，叶母提前一天进行了通风晾晒。

"我……"崔脆脆抿唇，最后点头，"好。"

叶母登时喜笑颜开："脆脆，待会儿让空青帮你把行李拿过来，你呀，先熟悉熟悉房间。"

叶母可开心了。未来儿媳妇都有了，她可以憧憬一下其他的事了。

在叶母离开后，崔脆脆坐在床上，环顾四周。

其实这房子不算旧，她能看出来不经常住人，但桌子上还留了几本书，书架上也有书，都是叶空青留下的痕迹。

叶空青应该在外面和父母说话，崔脆脆无聊地打开朋友圈，其实也没什么好看的，主要是想看看那些客户的新动向，有时候从他们的生活态度中也能看出很多东西。

滑到黄米那条朋友圈的时候，她顿住了。

那是一条视频，时间是跨年零点整，背景就在市中心的广场上，黄米只发了一个微笑的表情。现在的微笑代表了太多意思，崔脆脆联想起前段时间的事，想到市中心广场跨年的一些意义，便点开了那条视频。

视频里没有黄米，只有一个男人的背影以及夜空中绚丽的烟火，整个视频不到五秒。如果不熟悉那个男人的背影的人，一定会以为黄米是在拍烟火。

不过，崔脆脆认出了视频中的男人——郑朝晖。

他们在一起跨年是什么意思？崔脆脆有些疑惑，再看黄米那个微笑的表情，更加觉得扑朔迷离，总感觉不是高兴的意思。

"脆脆。"叶空青走进房间便见到崔脆脆盯着手机发呆，"怎么啦？"

崔脆脆抬头将手机收了起来："没事，在看小米发的朋友圈。"

叶空青没加过黄米的微信，也没有多问，坐在崔脆脆的旁边："明天有庙会，很热闹。"

"庙会？"崔脆脆有些不解，"明天不是去集市吗？"

叶空青笑了笑："不去集市，明天大家都去看庙会了。"

刚才在客厅他被叶母拉住，叶母说刚才一激动说错话了，明明是要去看庙会，说成了去集市。

"好，明天去庙会。"崔脆脆点头答应，犹豫了一会儿，问，"那边……是怎么样的？"她只在书上看过庙会。

"庙会上有舞狮，还有吹糖人，好像还有踩高跷。"叶空青努力回忆以前的庙会。

早上七点，叶父和叶母收拾妥当，等着叶空青和崔脆脆一起去庙会。

"脆脆，昨天晚上睡得还习惯吗？"叶母笑呵呵地说道，"空青的房间有点小。"

"不小。"崔脆脆摇头，"这样已经很好了。"

再挤的房间她也睡过，并不觉得现在的房间有什么不好，何况还有自己……喜欢的人一起陪着。

叶父站在旁边嘴拙，想要和崔脆脆搭话，偏偏不知道该说什么，眼看着叶母和崔脆脆越来越亲热，只能挫败地瞪了一眼自己的儿子。

叶空青：“……"

除去叶空青和崔脆脆，叶父和叶母的颜值也不低，四个人走在一起，简直太显眼了，回头率百分之百。

路上，叶父碰见了自己的病人和家属，对方对着他弯腰鞠躬，惹得周围人看过来。

叶父平常见到这种场面都表示小意思，不过，今天未来儿媳妇在旁边，他居然脸红了，甚至悄悄挺了挺背，表现了一下自己。

但很快，叶父想起儿子估计碰上这样的场面也不会少，估计未来儿媳妇早见识过。

想罢，叶父又瞪了一眼叶空青。

叶空青："……"他完全不知道他爸为什么要这么看自己。

庙会在前些日子就开始准备了，两边道路给商贩规划好了，是各种卖东西的摊子。

今天不知是巧合还是什么，叶父碰上的病人不止一个，走一段路他就被拦下说些感谢的话。

叶母见状，便对叶空青说道："你先带脆脆去玩，待会儿我和你爸再去找你们。"

"好。"叶空青扭头看向崔脆脆："我们先往前走。"

"伯母再见。"崔脆脆一边被叶空青牵着，一边回头朝叶母说道。

庙会上人太多，摩肩接踵。叶空青牵着崔脆脆的手，时不时看一看她，伸出另一只手替她挡住别人。

两个人好不容易从人群中挤出来，找到一个空位，才发现他们站在一个摆满陶瓷玩具的地摊旁。

崔脆脆被叶空青半抱在怀里，微微挣脱出来，对地摊老板手上的套圈起了兴趣。

她扭头看向叶空青，还未开口，叶空青便含笑问道："要玩这个？"

旁边站了几个穿着厚厚的棉袄的小孩儿，拿着套圈在玩。崔脆脆有些不好意思，但的确刚才动了心思，所以依然点了点头。

叶空青走到摊主的面前，拿了十个圈过来，递给崔脆脆。

旁边的人越来越多，崔脆脆和叶空青不像是会玩这种东西的样子，周围人的目光频频朝这里看来，崔脆脆握着竹子套圈，脸不由自主地发热。

她轻轻吐出一口气，仔细看了看地上的各种陶瓷娃娃，看中了最远处那一个莲藕造型的娃娃，只是距离太远，崔脆脆连续扔了两个套圈都没有套中。

崔脆脆放弃了，决定选一个最近的，只是三次过后，依然套不准。

"太远了。"崔脆脆下意识地对叶空青说道，语气中带了些不易察觉的娇气。

叶空青刚才一直在旁边看着，闻言，上前接过她手里的套圈，指了指最开始崔脆脆想要套的那个娃娃："喜欢那个？"

崔脆脆有些犹豫地摇头："都可以。"她觉得要套中那个娃娃太难了，距离远不说，套圈还小。

叶空青依然选择套最远处的那个陶瓷娃娃。他站在崔脆脆那个位置，在摊主画好的那条线外，手轻飘飘一扔，完美套中！

崔脆脆先是怔了怔，看着被套中的娃娃，再扭头看了看叶空青，眼中登时露出惊喜之色："套中了！"

原先站在旁边气定神闲地看着的摊主，过去将被套中的娃娃拿过来："小伙子还挺厉害的。"

行家一出手，就知道有没有。摊主有些敬畏地看着叶空青，将娃娃给了叶空青，手臂悄悄快速地背在身后。他的上面全是竹子套圈，要是待会儿叶空青再买，可怎么好？

叶空青拿着手上剩下的四个套圈，问崔脆脆："还想要哪个？"

崔脆脆这次没有隐瞒，站在线外，仔仔细细地挑了许久，将自己喜欢的娃娃全部指了出来。

"还差一个。"叶空青没有先出手，等着她说完第四个。

崔脆脆摇头："没有了，你喜欢哪一个？"

叶空青目光落在地上，随手扔出一个套圈，套在了刚才被套中的娃娃旁边的一个身上："这个。"

旁边有不少小孩子眼巴巴地站着，他们好不容易有点零花钱出来套这个，半天也没套中，结果人家已经是第二个了。

"哇！"小孩子们越靠越近，在旁边鼓掌。

果不其然，后面三个叶空青也没有失手。摊主每送一个娃娃过来，心都在跳，生怕这两位顾客还要买他的套圈，那他今天生意别做了。

好在女顾客抱着五个陶瓷娃娃后就没了兴趣，男顾客也没有再买套圈的意思。在摊主送瘟神的目光下，两个人抱着娃娃离开。

"你好厉害啊！"崔脆脆原本对套圈活动的兴趣转到了叶空青的身上，"为什么那么准，是医生都可以做到吗？"

自然不是。不过，看着崔脆脆钦佩的眼神，叶空青心情大好："以前练过一段时间射击。"

人总有一段叛逆期，叶空青也不例外，只不过他自小不显露情绪，高中那段时间常常在Ｓ市一家射击俱乐部待着，有时候一待就是一整天。

"那也很厉害。"崔脆脆低头看着手上的陶瓷娃娃，"你一个，我一个，伯父和伯母一人一个。"这像极了小孩子分糖。

叶空青挑眉："还多了一个。"

崔脆脆犹豫地问道："那怎么办？"

两个人似乎智商突然下线，围绕着剩下的陶瓷娃娃进行了一系列讨论，最后因为手滑，一个女娃娃掉在地上摔破了。

崔脆脆被陶瓷破碎的声音惊醒了。

叶空青轻轻地咳了一声："正好可以分了。"

"分什么？"叶母和叶父从后面赶过来。

"伯父、伯母，这两个给你们。"崔脆脆将手上的陶瓷娃娃递给他们。

叶母接过来就对着陶瓷娃娃一顿夸，似乎这不是陶瓷娃娃，而是金子娃娃。

叶父在旁边看着眼红，磕磕巴巴地说道："这陶瓷娃娃长得俊俏，一看就结实。"

才摔碎一个陶瓷娃娃的崔脆脆默默地点头。

两旁有商贩，还有舞狮队、杂技团在表演，热闹至极。

几个人凑近人群，便见到有两支舞狮队在争球，旁边的人看得津津有味。

叶父在旁边买了两大份热乎的糕点，给了叶母一份，然后递给崔脆脆一份："尝尝这个。"

叶父单纯想在未来儿媳妇面前露脸，送完糕点便回来和叶母说话，结果叶母瞪了他一眼，将他拉过来："你让他们俩待一起，我们别凑上去，给他们年轻人留出空间来。"

叶父很委屈。他就是买了糕点而已，但是只能听妻子的话。

那边崔脆脆和叶空青被人群越挤越往前走。

"这个很好吃。"崔脆脆用牙签挑了一块糕点，递到叶空青的嘴边。

叶空青低头咬住："很甜。"

崔脆脆笑弯了眼："我第一次吃这个。"

两个人说话间，前面的人往后退，导致她跌进了叶空青的怀里，靠近他的侧脸。

叶空青揽住她，往后面快速退了几步，防止她被人踩脚，本身叶空青要高出周围人一个头，观察周围情况要更容易一些。

"等会儿前面还有其他的糕点。"叶空青带着她往旁边走了走，在叶父和叶母有意分开的情况下，越走越远。

今年的庙会请来的舞狮队似乎不一般，随着人群移动，道路中间的桩子露了出来，两支舞狮队踩了上去，在上面翻滚。

他们在将近一米高的桩子上不停翻滚跳跃，看得底下的群众心跳加速，欢呼声一阵一阵地响起。

崔脆脆也不例外，一只手紧紧地握着叶空青，眼睛盯着半空中腾飞的狮子，像极了好奇的小孩子。

叶空青对这些表演没有太大的兴趣，只是时不时注意崔脆脆周围要撞上来的人。

"这里好热闹。"崔脆脆在阳县只是待在院子里或照顾小孩儿。

她扭头问叶空青："S市跨年的时候，也会这么热闹吗，还是只有烟火？"

周围太喧闹，叶空青不得不低头，将耳朵靠近崔脆脆，才能听清楚她的话。

他听清楚后，抬手碰了碰崔脆脆，深沉的眼底带着清浅的笑意："明年我们一起去看看。"

以后的每年，他们都能在一起看。

第十一章
只要我们在一起

省中心医院有两个顶级"院草"，一个神经外科的医生，已经交了女朋友，另一个在心外科，好像还是个单身汉。

不少未婚、未恋，刚来省中心医院的女护士、女医生，总会对心外科的宫医生有点幻想，毕竟宫医生人帅，医术好。

"什么宫医生？不知道。"陶林玉烦躁地合上病历。她只想上手术台开刀，结果一天有好几个小时花在写病历上，写不好还要被主任骂。

"宫医生去国外交流了，本来你就是被分给他带的，好像他今天回来了。"护士来了快一年，性格开朗，心外科的医生和她都相处得好，她捧着脸花痴地说，"人特别温柔，说话又好听，长得又帅。"

陶林玉狂躁地抓了抓头："你语文怎么样？能不能帮我看看我的措辞哪里有问题？你帮我看病历，我帮你去看那个宫医生。"

护士："你想得美！"

不帮就算了，陶林玉将护士的脸拨开，坐下："别打扰我写病历。"

外科医生不做手术，一天到晚挖空心思写病历，陶林玉觉得这是对她的侮辱。

大学一开始，她知道省中心医院有二十几岁就能当主刀医师、唯才是举的措施后，就立志要来这里工作，谁知道她"倒"在了写病历上。

苦大仇深地盯着电脑，陶林玉开始写今天的病历。

病程记录：患者张中，男性，四十七岁，汉族，已婚……该患者目前神志清醒，能吃能喝，切口长势喜人……

写病程记录太难了，需要咬文嚼字，她是个粗人，只爱拿"刀"，不爱文墨。

"陶医生，你出来一下。"主任在外面喊着。

陶林玉立刻蹿了出来："主任，有手术了吗？！"

主任平复了一下心情，冷冷地说道："没有，你实习期都还没过，就想当主刀医师，你咋不上天？"

"但是，我听说叶医生……"陶林玉不服气地说道。

主任打断她的话："叶医生是叶医生，你是你，好好给我把实习期安安分分地度过。宫医生回来了，你被分到他那边去当实习生，别再来气我。你下午两点三十分去他的办公室报到一下，互相熟悉熟悉。"

没有手术可做，陶林玉失望地返回，继续和病程记录做斗争。

现在是下午一点二十三分，一个小时后，陶林玉勉强将病程记录写完，自我感觉良好。

宫寒水刚从国外回来，结束了一个月的学术交流活动，一回来就被主任给分了两个实习生。

"一个挺好的，认真培养，将来是个好医生。"主任说完这句话迟迟没有说另外一个实习生的情况。

宫寒水半天没听到下一句话，便抬眼看去，主动问道："主任，另一个实习生呢？"

主任冷哼了一声："另一个？你好好看着，别让她出什么幺蛾子，是个刺儿头。"

这话意味丰富，让宫寒水对另一个实习生产生了一点兴趣。

"叫什么？"

主任留下两份简历，放在宫寒水的桌上："你先看看，待会儿他们就过来。"

宫寒水拿起两份简历翻了翻，都能堪称好简历，在校荣誉和奖金拿了不少。出于本能，他又仔细看了看男实习生，暂时还没发现哪里像刺儿头。

他坐在办公桌后，拿起手机，在心外科大群里将两个实习生找到，分别加了他们好友。

两个实习生都是过了好一会儿才通过好友申请，宫寒水给他们发了同一条短信："记得带病程记录过来。"

他想看看他出国这段时间，这两个人都做了什么。

陶林玉看到消息的时候，将自己刚才做完的病程记录拿着，自信满满地朝宫寒水的办公室走去，这可是她花了大力气写的，生动形象，小学语文老师见了都要流泪。

宫寒水听到敲门声，抬头说了声"进来"，是男实习生孙早。

不到一分钟，又有敲门声响起。

宫寒水抬手看了看手表，刚好是下午两点三十分。

"进来。"

陶林玉推门进来，手里拿着病程记录，看见坐在办公桌后的男人，弯了弯腰，恭恭敬敬地喊了声："宫医生好，我叫陶林玉。"

两个实习生看着都挺谦虚听话，不知道主任为什么说有一个是刺儿头。

"把你们写的病程记录拿过来。"宫寒水打量着两个人，并未发现谁有问题。

那个陶林玉看着也有定力，不像其他女医生见他总有束手束脚的感觉。

因为孙早先来，宫寒水先翻开他的病程记录。

实习医生虽然不能当主刀医师，但还是要上手术台的，跟进病情，这些都是要练习的，孙早做得还算不错，有个别问题都是实习生容易犯的。

"有两个病史记录有问题，回去再仔细琢磨。"宫寒水将病程记录递还给孙早，心下对这个实习生还算满意，之后教起来应该不会太麻烦。

直到他翻开陶林玉的病程记录。

病史记录写得很好，专业度一点也不像实习医生，只是到了病程记录完全大变样。

20××年×月×日，患者稍显苍老的头上点缀着丝丝银发……

20××年×月×日，今天天气暖洋洋的，我随主任去查房，主任问病人怎么样，病人说好，主任笑了，病人也笑了。

20××年×月×日，今天病人状况良好，赵主任查房，哼了一声走了。

20××年×月×日，今天赵主任查房，什么也没说就走了。

20××年×月×日，今天我跟赵主任查房，走进病房，主任站在病床左边，我站在右边，主任一言不发，我也一言不发。

20×× 年 × 月 × 日，今天病人想喝面条，喝了一碗又一碗。

…………

宫寒水拿着病程记录的手明显不稳，他终于明白为什么主任说有个刺儿头。这是刺儿头？这是二愣子！

宫寒水面上还是冷静，抬手翻了一页，目光落在交班报告上。上面只有一句话——今夜，病房静悄悄。

"你……"宫寒水看着这位叫陶林玉的实习医生，几次平复自己的呼吸，最后压制自己把病程记录从窗户丢下去的冲动，"文采斐然。"

陶林玉眼睛一亮，大有找到知己的感觉："我也觉得我这份病程记录写得很好，花费我好多时间。"难怪都说宫医生年轻有为，就这份鉴赏能力在其他同行中实在少见。

这份？那他就不怕伤女孩子的自尊心了。

"面条用'喝'，你小学语文老师这么教你的？"说话间，宫寒水走到窗户前，"再写一份。"

手上的记录直接从窗户扔到楼下花丛中。

"……"孙早在旁边不忍目睹，两个人被分给同一个医生带，之前宫医生不在，主任暂时先带着他们。短短一个月内，主任已经扔了陶林玉的七八次病程记录。

陶林玉一时间没反应过来："你！"

宫寒水转身挑眉："我怎么了？"

陶林玉被孙早在背后扯了扯衣服，她还要继续在这家医院待下去，最起码得混到能独立手术为止。思罢，陶林玉面露微笑："扔得好！"

自己居然还真碰见个厚脸皮的实习生。

宫寒水淡淡地瞥了一眼陶林玉："都回去，好好把病程记录修改一遍。"

陶林玉和孙早出来后，在外面交流了几句。

"你的病程记录让我看看。"陶林玉眼神落在孙早手上的本子上，"就

313

看一会儿。"

这一个月足以让孙早了解陶林玉，他抱紧了自己的病程记录，警惕地看着她："主任说过，如果他发现你抄我的，他就把我赶出去。"

"抄什么抄？！"陶林玉一脸正直的表情，"医生之间那叫抄吗？那是交流。"

孙早连连往后退："我突然想起我还要去看病人，先走一步。"

他抱着病程记录就是一个百米冲刺。

看着孙早落荒而逃的背影，陶林玉不甘心地下楼去捡自己的病程记录。

这些医生怎么这么顽固不化，病史写得清清楚楚、明明白白不就可以了？她又不是小学生，非得写日志。

愁！

陶林玉坚决不承认，她是以为省中心医院不在乎这些形式，不用检查病程记录才来的。

无论陶林玉怎么想，病程记录一定要过关，不然她即将成为史上第一个因为写不好病程记录被医院拒之门外的医生。

她陶林玉可是立志要成为心外史上顶尖的医生的！

"这么晚你待在这儿干什么？"宫寒水这周值班，凌晨两点有个病人出现并发症，宫寒水解决完后出来突然发现他手底下的实习生站在角落里，眼神发亮。

陶林玉被他发现也不慌，大摇大摆地走出来："我……四处逛逛。"

宫寒水皱眉，这批实习生都是刚毕业没多久的学生，有些人家庭情况不好，住的地方便宜但远，所以经常会有人申请当住院实习医生，只是名额有限，不是谁都能申请上。

宫寒水上下打量自己的这位实习生，发现她的衣服还是昨天的，上身的蓝色衣服甚至洗得有些发白。

她没钱租房，所以想蹭医院的空间休息？

宫寒水自小含着金汤匙出生，换作以前很难想象这种事情，不过这些年下来在医院也见惯了各种阶层的人，倒也能明白一些。

"你过来。"宫寒水淡淡地说道。

陶林玉心中一突，难道她的心思被发现了？

亦步亦趋地跟在宫寒水后面，陶林玉脑子不停转动，想着要怎么和他解释。她可明白宫医生一点都不和善，不过医术好像还不错，是她要超过的目标。

宫寒水推开自己的休息室的门，朝陶林玉看去："你在里面睡一会儿，我去看看病人。"

陶林玉看看里面的上下床，又看了看宫医生，片刻后激动地点头："谢谢宫医生！"

啧。

宫寒水转身离开，却在思考提醒医院该好好关注一下这些实习生的家庭背景，该补贴的补贴，否则时间一长，容易出问题。

陶林玉听着脚步声越来越远，才悄悄打开门出来。

幸好。

要是宫医生发现她整晚待在医院，就为了蹭手术，蹭病人，估计要像主任一样大发脾气。

叶医生要结婚，这事不知道是从哪里传出来的，反正整个省中心医院的人都知道了。

"结婚啊，这谈恋爱才多久？"一群护士围在一起伤心地讨论着。他们医院的门面就这么无声无息地被挖走了一块。

"快一年了吧，我听说女方好像在金融街中心工作，还是个总裁呢！"

"总裁？"

"也就人家女总裁能够让我们叶医生动心吧！"

这年头，在金融街中心当总裁的可都是极优秀的人，而且女总裁比男总裁硬件要好太多，长得普遍好看，身材高挑，一双"恨天高"一步一步地踏在男人的心上。

当然，以上都是护士们从一个称呼上联想出来的。

"哎，当初我记得有个护士帮叶医生的女朋友拆过石膏吧，她肯定见过真人。"

护士们正得闲，立刻找到了那位帮叶医生的女友拆过石膏的护士，将她拉了过来："你之前见过叶医生的女朋友，怎么样，是不是特别冷艳？"

"呃……不冷艳吧！"女护士犹豫了一会儿，回忆道，"不过，人长得很好看。"

围观的护士一阵感叹："说到底还是我们长得丑。"

不论护士说些什么，叶医生这婚是结定了。

"婚假三天，但空青应该算晚婚假，有十五天。"叶母掰着手指算了算，最后看着叶空青，"你们有两周时间出去度蜜月，过年都没有这么多假放。"

叶父在旁边不咸不淡地来了一句："这么说晚婚还是有好处的。"

"要你多说。"叶母瞪了一眼叶父。

"我已经向主任请了假，应该能批下来。"叶空青下意识地碰了碰口袋里的戒指，这是两个月前他在珠宝中心订好的，上周拿了回来。他的口袋里的是男戒。

叶母看着儿子站在那边发呆，有些不确定地问道："儿子，你确定你求婚成功啦？"

叶空青闻言，看了过来："脆脆已经答应了，我们今天去民政局。"所以他才打电话让叶父和叶母过来。

叶家这边的亲戚不多，更别说崔脆脆那边，所以婚礼两个人都不建议大操大办。

"好，好，好。"叶母满意地笑出了声，谁能想到这才不到一年，儿

316

子就把另外一半找到了？亏得她去年去找叶父的时候，路上还感伤了好一段时间。

另一边，崔脆脆上班前，包的带子断了，户口本和身份证全掉了出来。

"老板，你怎么还随身带着户口本？"范大成帮忙捡起东西后，好奇地问道。

崔脆脆低头将掉的东西重新放回去："嗯，因为今天要去办结婚证。"

整个大厅突然安静下来，好几个窗口的人员听见这话，都下意识地看了过来，在崔脆脆抬头前又快速地收回目光。

范大成也蒙了："老板，您……您就结婚啊？"

崔脆脆没有觉得有什么问题，理所当然地说道："嗯，我们约好下午两点去办结婚证。"

"恭喜老板！"范大成当机立断地表示祝贺，"您什么时候办婚礼呢？"

崔脆脆摇头："还不确定，应该这段时间吧，请柬都没有准备。"

吴绵凑过来："老板，我要去。"

"好，到时候给你们请柬。"崔脆脆也没有多少人要请，确定好的人就是师父和院长夫妻，还有黄米。

"那我也要去。"范大成连忙说道，"老板，我可以当司仪，您知道的，我可以。"

崔脆脆仔细想想，觉得可以。范大成的口才是一等一的，说出来的话鬼都能让他给骗住。

"那好，到时候你来当司仪。"

等崔脆脆上楼后，吴绵和范大成在底下嘀咕："为什么老板一点儿都没有新婚之人的迹象，看着也没多高兴哪？"该上班还是上班，没有什么不一样。

"我想看老板的另一半长什么样儿。"吴绵若有所思。

范大成啧了一声："你们女孩子就知道看皮相，我们男生结婚从来不看重这些。"

"呵，你们是找保姆呗，当然不在乎脸。"吴绵白了范大成一眼。

"话不能这么说，结婚得看内在，皮相都是浮云。"范大成还拿自己举例，"你看我长得还行吧？但我绝对不是一个结婚的好对象。"

吴绵上上下下看了范大成好几遍："你居然还有这个自知之明？不过，男的要是长得好看，我和他相处，肯定迁就他，现在的男孩子就得宠着点儿。"

范大成汗毛竖起："我怎么觉得你这话怪怪的？"

吴绵双手抱臂："男孩子就应该保持'娘刚'之道，姐姐我才喜欢。"

范大成："……"

因为本月有好几个报表要处理，范大成和崔脆脆中午都留下加班，倒是吴绵没事，也不愿意回出租房，就待在大厅里冒充前台人员，和大爷侃，侃完了去和大妈侃。

"老板……"范大成犹犹豫豫地从一堆数据报表中抬头，"现在已经下午了，您……还要去结婚呢！"

这么大的日子，老板居然还要在这里加班，范大成佩服得五体投地。

崔脆脆拿起手机看了看："没事，先把这个算完，还早。"她中午前和叶空青说了，他会过来接她去民政局，所以并不着急。

下午一点十三分，楼下的吴绵见到了她这辈子见过的最好看的男人。

"您有什么需要办理的吗？"吴绵积极地上前询问，像极了推销人员。

叶空青第一次来这里，扫视一遍大厅，没有见到崔脆脆。

"请问脆……崔脆脆在这里吗？"叶空青稍微拉开两个人之间的距离，将手机拿了出来。

一听见这个名字，吴绵忽然清醒过来。她咳嗽了一声，瞬间变得正经，让叶空青都诧异了一秒。

"老板在上面工作，您是……？"

318

"我来接她。"叶空青没有多说。

吴绵可不认为这个男人是司机，联系今天老板说的话，只能想到一种可能——这人是老板的另一半。

"老板在上面，我带您上去。"吴绵立刻换了一副脸孔，"他们手上的活应该快完了。"老板不愧是老板，另一半居然长得这么帅，老板简直是人生赢家。

就在他们要上楼时，崔脆脆和范大成刚好下楼。

崔脆脆一眼便发现了叶空青，连着两级阶梯快步走下来。

叶空青看得直皱眉，朝她伸出手："慢一点儿，不急。"

明明刚才还能有条不紊地完成工作，见到叶空青的这一刻，崔脆脆的心忽然跳得极快：他们今天的关系就要发生改变了，不论是名称上，还是法律意义上。

范大成站在上一级的楼梯上，看见叶空青的长相，忍不住张大了嘴，一副呆滞的样子。

"我们先走了。"崔脆脆扭头对背后的员工挥了挥手。

"刚才那个人……"范大成刚还被数据折磨的脑子一下清醒过来，"这也太好看了，腿那么长，明星吗？"

吴绵忽然叹气："我也想结婚。"

范大成白了她一眼："算了吧，你能找到这么帅的男人？"

一上车，叶空青便把自己的户口本递给了崔脆脆。

崔脆脆接了过来，她的包的带子断了，待会儿就不带出去了，所以她将自己的户口本、身份证和叶空青的一起拿在手上。

叶空青启动车子之前，笑了一声："户口本给你，以后，我就是你的人了。"

崔脆脆怔了怔，也笑了起来："嗯！"

民政局永远不缺人，虽然他们去的时候工作人员还没上班，但前面已经有人开始排队。

两个人一站过去，立刻吸引了周围一干人的注意，无论是来结婚，还是来离婚的人，毕竟在生活中能见到相貌出色的男女一起来结婚，太少。这种注目，一直到两个人领了结婚证出来才结束。

　　工作人员好歹也算是见过大场面的人，毕竟好几对明星夫妻也来这儿领的证。不过，明星是明星，常人是常人，当常人比明星还好看，比明星还要耀眼时，工作人员的心脏也受不了。

　　两本鲜艳的本子拿在手里，崔脆脆觉得掌心有些发烫，这意味着今后她有了一份责任，再也不是孑然一身。

　　"很好看。"叶空青站在民政局门口打开结婚证，看着两个人的合照，认真地说道。

　　崔脆脆没有打开自己手里的结婚证，而是和叶空青一起看他手里的照片。

　　"嗯，你很好看。"崔脆脆说出自己的心里话。

　　叶空青难得感到不自在，在崔脆脆发现之前，牵着她的手离开。

　　因为结婚证到手，叶父和叶母彻底松了一口气，安心帮助他们准备婚礼的事。

　　"师父要请，院长他们已经订好车票了。"晚上，崔脆脆坐在桌子旁，看叶空青写请柬，"还有金奶奶，当初是她帮我租下了对面的房子。"

　　叶空青挑眉："确实要邀请。"

　　两个人一个一个地想着要邀请谁过来，崔脆脆这边没太多人，十根手指头就能数完，倒是叶空青那边麻烦一些。

　　"等婚礼结束，我们出去玩两周。"叶空青拿出旁边的一个本子，上面已经做好未来两周的计划，"你看看喜欢去哪里？"

　　崔脆脆翻了翻便合上本子："都好，只要我们俩在一起。"

番外一

婚后

崔脆脆早上七点起床，餐桌上已经摆好了早餐，三份，整整齐齐，旁边还放了一张小字条。

"医院临时有事，可能要下午才回来，把牛奶喝干净，什么也不许剩下。"

崔脆脆看着那张字条，为难地皱眉。她嗜甜，对牛奶实在喜欢不起来。

她身体早年有损，后来生了孩子，更是不太好，倒不是有病，只是肉眼可见地体虚，牛奶是那时候叶空青开始强制她喝的。

看着桌子上的三杯牛奶，崔脆脆叹了一口气，转身去房间。

房间内的窗帘大概昨晚拉开了一点儿，阳光从外面斜斜地照射进来，落在床上的两个小孩儿脸上，让细小的茸毛都清晰可见。

崔脆脆心中柔软一片，坐在床边，将人拉了起来："大宝、小宝起床了。"

大宝是哥哥，小宝是妹妹，两个人是龙凤胎，现在开始上小班了。

他们各自有独立的房间，但晚上总是要偷偷跑到一张床上睡觉。

小宝先揉了揉眼睛，坐起来："妈妈，昨天晚上是哥哥说要一起睡的，他怕黑。"

明明这是大宝的房间，他也在旁边，小宝也能睁着眼睛说瞎话，也不知道是遗传了谁。

大宝迷迷瞪瞪地坐了起来，揉了揉自己的妹妹的头："嗯，哥哥怕黑。"

崔脆脆被这两个人逗乐了："下次出来记得开灯，不要摸着黑出来，不然会摔跤。"

小宝得意地笑了笑，跨过哥哥，趴在自己的妈妈的身上："好。"

帮两个小孩儿刷完牙、洗完脸，崔脆脆一手牵着一个，让他们坐好。

小宝坐在椅子上晃着小腿："爸爸又不见了。"

大宝端正坐好，认真地说道："爸爸在医院救人。"

崔脆脆摸了摸他们的小脑袋："对，爸爸去医院救人了，你们赶快吃饭。"

小宝遗传了崔脆脆的口味喜好，也不喜欢牛奶，不过依然喝得欢快。因为她觉得自己比妈妈还要厉害。

"妈妈，爸爸前几天和我说了，要我监督你喝牛奶，首先我要以身作则。"小宝说完，两只小胖手就捧起牛奶杯喝了起来。

崔脆脆一脸复杂的表情："小宝你说这么长的话，不累吗？"

他们才三岁，平时说话都费劲，也不知道她怎么可以说出这么长的话。

大宝看了一眼小宝："妹妹练了好久。"

小宝哼了一声："反正妈妈要喝完。"

崔脆脆看小宝的牛奶杯都空了一半，也只能认命地将牛奶喝完。

"把盘子里的东西吃完，妈妈送你们去幼儿园。"比起叶空青，崔脆脆的工作时间更加有弹性，尤其是去年汉基私银被单独分出来后，赵远志只在里面占据一半的股份，其他事并不管。

"好。"大宝和小宝齐声应道。

两个小孩儿都很听话，这让叶空青和崔脆脆省事不少。

"昨天老师在我的作业本上印了小红花。"小宝坐在后面和大宝嘀咕，"特别好看。"

"真的吗？让我看看。"大宝似乎完全忘记自己的作业本上也有，十分捧场地露出羡慕的表情。

小宝果然得意，从小书包里掏出作业本："喏，哥哥你也要好好加油。"

崔脆脆透过后视镜看着两个小人努力互相打气的场景，忍不住笑了。

当初分班的时候，他们没有特意和老师说两个小孩儿要在一起，所以后面大宝和小宝的班级分开了，平时课程进度也有点不一样。

送两个人到了幼儿园门口，崔脆脆蹲下来，亲了亲大宝和小宝："你们在学校好好听话，要是有什么地方不舒服，记得打电话给妈妈。"

"好。"大宝点头，搂着崔脆脆又亲了一口，"妈妈也要好好工作，注意身体。"

崔脆脆揉了揉大宝，都不知道他这一套一套的话从哪儿学来的。

小宝站在旁边，搓了搓衣角："妈妈……我能带小哥哥回家吗？"

崔脆脆半天没有反应过来，最后犹豫地问道："什么小哥哥？"她女儿这都是在哪儿学来的"虎狼之词"？

连旁边的大宝都好奇地看了过来，显然不知道自己的妹妹什么时候多了个小哥哥。

小宝居然还红了脸，支支吾吾地说道："我认识大班的一个小哥哥，我和他已经结婚了，可以把他带回家了。"

崔脆脆稍微往后仰了仰，才不至于让自己的脸色暴露在两个小孩儿的面前。

她快速地平复自己的心情，哄道："过家家的事情不可以当真哟，还有……你那个小哥哥也要愿意和你一起回家才可以。"

小宝若有所思："妈妈……你同意啦？"

崔脆脆咳了一声："小宝，快要上课了。"崔脆脆认为小孩子忘性大，只是随口一说，敷衍着他们见到老师，没把这事放在心上。

中午的时候，叶空青打电话来，崔脆脆还将这事当玩笑话说给他听。

"妈说小宝像她。"叶空青中间从手术室出来一趟，靠在走廊边的墙上休息，低头看着地面笑道。

崔脆脆靠在窗户边上："大宝最近学东西好像特别快，老师说小班的东西不适合他。"

叶空青倒也不惊讶，他小时候学东西也快，何况崔脆脆也不差。

"下午我和你一起去接他们。"叶空青连续几天没有送大宝和小宝上学，今天本来休息，结果医院打电话过来，临时加了两台手术。

"好。"崔脆脆刚把电话挂掉，黄米那边又打电话过来。

"脆脆。"黄米在电话那头喊，"我烦死他们了。"

"郑先生又怎么了吗？"崔脆脆对黄米这种电话实在驾轻就熟，自从黄米结婚后，崔脆脆时常听到类似的话。

"天天在我面前秀恩爱，我一抱就哭。"黄米委屈巴巴地说，"我生出来的儿子一点儿也不亲我，十月怀胎，他居然成天对着他那个'二百五爹'笑。"

崔脆脆摇头："谁带的时间长，小孩子就亲近谁，这也是正常的。"

黄米有点心虚："可是他老哭，我哄不来。"

不知道是不是因为结婚的波折，后面怀孕的时候也差点出了事，所以黄米对郑朝晖凶神恶煞的。

孩子现在才不到一岁，郑朝晖疼得紧，崔脆脆甚至在一次聚会上见到他西装革履，抱着小孩儿在喂奶。

"你多亲近他就好了，小孩子对大人的气味好像很敏感。"崔脆脆虽然有两个小孩儿，但当时有叶母帮忙，还有叶空青在旁边照顾，其实她就那么迷迷糊糊地过来了，好在小孩儿一直很亲她。

黄米心有余悸地说道："可是他那么小一只，我怕弄伤了他。"

一个母亲连自己的孩子都怕抱，估计也就她一个了，偏偏郑朝晖也愿意让她放手，一个大老板成天换尿布、喂奶。

"真羡慕你，小孩儿都能走能说话了。"黄米叹气。

她自小就被捧在手心里长大，算是过着公主般的生活，把小孩儿生下来，是黄米这辈子受过的最大的痛苦。

只不过郑朝晖和她都不太满意请来的月嫂和保姆，他们自己都舍不得碰疼孩子，看着月嫂动手，心一直都是提起来的，所以郑朝晖决定亲自带孩子。

"时间会过得很快。"崔脆脆下意识地朝办公桌看了一眼，上面有一个相框，里面是他们一家四口的照片。

"大概吧！"黄米一边打着电话，一边盯着摇篮床里小小一只的孩子。也不知道他是怎么睡的，居然能够撅起屁股睡觉。神奇！

黄米挂掉电话，小心翼翼地上前，伸出一根手指头，戳在他软绵绵的屁股上。嗯，手感极佳！

她眯了眯眼睛。儿子虽然醒的时候不亲自己，但睡觉的时候还不是

325

任她揉搓？黄米伸手又摸了一把她儿子的屁股，才心满意足地收回手。

中午大宝和小宝都是在学校午休、吃饭的，到了下午四点，崔脆脆和叶空青才会去接他们。

叶空青下午三点结束了手术，先是去金融街接了崔脆脆，再和她一起去幼儿园接孩子。

还未放学，幼儿园外面已经停满了各种车，崔脆脆和叶空青一下车便吸引了所有人的目光，毕竟一起来接小孩儿的父母不多，尤其是像他们这样长相出色的。

"爸爸、妈妈！"大宝先跟着老师出来，看到他们，眼睛一亮，迈着小步伐跑过来。

叶空青蹲下，抱起大宝："今天开心吗？"

"开心。"大宝用脸蹭了蹭叶空青。

老师站在旁边，笑看着这家人："叶爸爸、叶妈妈，之前我说的事……"

"妈妈！"小宝突然出现，打断了他们的对话，手上还牵着一个漂亮精致的小男孩儿，表情骄傲地对崔脆脆说道，"我把我们家媳妇带回来啦！"

"……"

小男孩儿白皙干净的脸泛粉，怯生生地看着大人们，完全不知道自己被打上了叶家的"烙印"。

番外二

唯一

众所周知，医生"桃花"多，尤其是外科医生。

外科医生往往能在短时间内救回病人，这和内科完全不同，因此也为外科医生这一职业增添了极大的神秘魅力，自然而然吸引各种桃花。

更不用提像叶空青这种相貌极俊美的外科医生，不管是病人还是医院的医生、护士，总有想搭上他的。

当然，叶空青从不理会这些事。他工作时向来冷漠，不会多和人说话，尽量避免一切给人遐想的空间。

不过最近医院内来了一位新的神经外科女医生，履历十分优秀，因为几台手术，在界内也有了一些名气。院长专门带着她过来，希望这段时间叶空青能带她尽快熟悉医院。

这算是医院的传统了，是为了帮助新加入的医生快速融入集体。

只是叶空青平时手术极多，百忙之中才抽出空见对方一面，带着她在神经外科走了一圈，大致介绍完整体情况，又去赶下一场手术。

过去了大半个月，对方在叶空青心中也只有一个名字而已，即便他能想起对方长什么样，也只是记得而已。

不过新医生在这大半个月里一直在观摩叶空青手术，算是正式下手术室前观摩学习。

——没人不会被手术中的叶空青的魅力所折服。

短短一段时间，汪黎语便深深被叶空青吸引，很轻易地便从周围护士口中听到关于他的所有消息，连叶医生的女朋友叫什么名字都知道了。

不像新来的护士们哀号叶医生名花有主，汪黎语并不觉得叶空青和他女朋友能长远。

她见过太多因为现实问题而分手的案例了。

医生的恋情基本不会长久，这个职业，不同科室的恋人就算是"异地恋"了，更何况叶医生的女朋友既不是医生也不是护士。

叶空青这么忙，又这么优秀，和那个所谓的女朋友不会长久的。

倒是她，同样是神经外科医生，以后就是同事，可以朝夕相处，徐徐图之不是问题。

最关键的是，他们俩会有许多共同语言。

汪黎语在脑中稍稍转了转，便没有将护士们口中的那位叶医生的女朋友放在心上，等叶空青有时间，她准备去请教对方神经外科方面的问题，拉近两个人之间的关系。

她对自己的实力很有信心。

或许比不上叶空青那么厉害，但汪黎语在同龄神经外科医生中，已经是佼佼者了。

这一点她是自傲的。

叶空青并不知道新来的医生内心在想什么。今天的手术复杂，从凌晨到下午共十六个小时，他放下手术刀出来的瞬间，所有疲惫感席卷而来。

他走到自己的办公室坐下，缓了几分钟，拉开旁边的抽屉，从里面拿出一颗糖，慢慢剥开糖纸，将糖含在口中，算是暂时补充能量。

叶空青修长白皙的手指轻轻抚平糖纸，熟练地将它折成一颗星星，随后他又重新将其放回抽屉。

这层抽屉里的东西泾渭分明，左边是两盒糖，右边则是堆在一起的糖纸星星。

原本从手术室内刚出来，叶空青的目光中还惯性带着冷漠之意，但等到落在抽屉里的糖盒上时，又逐渐变得温和。

他拿出手机，点开微信，看着置顶的头像，点开给对方发了一条消息。

那边的人很快回复过来，叶空青指腹轻轻蹭了蹭对方的头像，随后又发了一条消息过去："晚上一起回去。"

那边的人回了"好"，便再也没有动静。

叶空青在办公室内坐了快一个小时，垂头翻着两个人的聊天记录，眼中时不时泛起浅浅的笑意，到了六点多才往楼下食堂走去。

同台手术的几个医生已经吃好饭，每个人手中拿着瓶饮料往外走。

"叶医生，你怎么才下来？"一个医生诧异地问道。

那么长的手术时间，一下手术台，几位医生脚都打摆，但还是坚持着下楼吃饭，不为别的，太累太饿了，他们需要快速补充能量。

"有点事。"叶空青朝几个人淡淡地点了点头。

他身体质比其他医生强，做十几个小时手术虽然累，但不至于完全撑不住，相比之下，坐在办公室里，和崔脆脆发几条消息，更能消除他的心理疲惫感。

"那叶医生你赶紧去吃饭，菜都快被打完了。"另一名医生连忙说道。

即便是在医院，食堂也是定时定点供应东西的，过了时间，虽然有夜宵，但饭菜就没有那么好吃又实惠了。

虽然叶医生应该也不在乎。

双方告别，叶空青抬步过去，随手拿了盘子走到窗口前。

果然大多数荤菜没了，剩下的素菜也多是青菜。

叶空青口腹之欲不重，他并不在乎菜的好坏，况且晚上回家，现在吃点东西纯粹是为了稍微饱腹。

他要了青菜，配上一碗饭，坐下准备用餐。

这时候，汪黎语突然端着餐盘坐在了叶空青对面："叶医生，介不介意我坐这里？"

她从叶空青一进来就注意到了他，等了一会儿才起身移了过来。

叶空青自然不会介意汪黎语坐在对面，这餐桌是公用的，并不是他的。

"叶医生，最近有篇新发表的论文……"汪黎语挑了一篇论文和叶空青讨论，作为神经外科的医生，需要随时关注国内外文献动态，有些理论极有可能成为救命的手段。

虽然对新医生不熟悉，但同事要讨论医学问题，叶空青从不拒绝，花了十几分钟简单利落地和对方说清楚。

"不愧是叶医生。"汪黎语笑道，随后她看向叶空青面前的餐盘，才恍然"记起"，"抱歉，耽误你用餐了。"

"没有多长时间。"叶空青见多了谈论起来不顾周围一切的医生，这点不算什么。

大概是两个人之间谈话氛围恰到好处，汪黎语的胆子大了起来，她从自己的盘中夹了一只鸡腿，笑着就要往叶空青的餐盘里放："你刚下手术台，吃这个。"

她的动作随意，语调轻松。

然而叶空青反应极快地将自己的餐盘往后一扯，头也再度抬了起来，漆黑冷淡的双眸看向汪黎语，像是看穿了她的一切算盘。

"我还没有碰过，你介意吗？"汪黎语怔了怔，又笑道，"下次叶医生再还我如何？"

"介意。"叶空青忽然放下筷子，径直端着盘子换到远处的一张桌子边坐下。

汪黎语彻底愣住了。她没想到叶空青会这么直白地拒绝她，还表现得如此抗拒。

"汪医生，我们叶医生有洁癖。"旁边桌的一名心外科女医生慢悠悠地说道，"你最好也别动什么心思，叶医生有女朋友了。"

但凡在医院内工作过几年的医生和护士都知道叶空青是什么样的人，也不是没有人假借讨论请教问题，借此靠近他。

只要被叶空青看出来，他一律拒绝再单独与对方说话，沟通工作就医院内网上说，或者在会议上研讨。

用护士们的话说就是，从来没有见过像叶医生这么敏锐又决绝的人。

当然，这一切对叶医生那位女朋友例外。

"结婚了都有可能离婚，何况只是女朋友。"汪黎语很快收敛情绪，似笑非笑地看向对面的女医生，"你又是站在什么立场说话？"

女医生吃饱抹嘴："我没什么立场，只是提前好心告诉你一声，别去惹叶空青。"

他们的院草压根不好惹。汪黎语如果能听对方劝说，就不是汪黎语了。

虽然遭到叶空青冷待，但她很快又打起精神，准备借学习观摩的机会接近他。

然而，神经外科突然空闲了下来，不是没有手术，而是没什么大手术安排给叶空青，大多交给了其他医生。

汪黎语的计划落空了。

这天，汪黎语走出电梯，准备去停车场开车回去，一抬头便见到叶空青站在他的车旁，长身玉立，侧脸极俊美清贵。

这样一个男人，碰见了不牢牢抓住，汪黎语都觉得对不起自己。

过了会儿，她目光往下一扫，这才发现叶空青的车的前轮胎破了。

天在助她。

汪黎语踩着下班后换上的高跟鞋就要走过去，已经想好了几个借口，邀请叶空青坐自己的车，只是才走到一半，有辆黑色的车打着灯光转了过来。

那辆车停在叶空青的车旁边，不等汪黎语反应，她便见到原本低头冷漠地站在车旁的叶空青抬头，俊美清贵的脸上忽然露出一丝笑，如同冰山融开。

这是汪黎语从未见过的叶空青，一时间她不由得停住脚步，怔在原地。

等她回过神来时，那辆黑色的车内已经走出一个人，那人长得不错，只是打扮算不得精致，套着简单的黑色大衣，头发有点乱，但下一秒叶空青便大步迎了上去。

隔了一段距离，汪黎语听不清他们说什么，但两个人举止间透着的亲昵感，即便隔着这么远的距离她都能感受到。

叶空青自然而然地牵起那个女人的手，脸上的笑一直没有落下。不知道他们说了什么，汪黎语便见到向来冷漠、仿佛与人类情绪隔绝的叶医生忽然低头亲了亲对面的女人。只这一吻，汪黎语便看出叶空青对那个女人有多珍视。

没过多久，那女人便绕过车头，回到了驾驶座上。

就在汪黎语还沉浸在自己的思绪中时，对面拉开副驾驶座车门的叶空青忽然朝汪黎语这个方向看来，原本还带着温情笑意的漆黑双眼退去所有情绪，只剩下冷漠之色。

汪黎语和叶空青对上眼神的那一瞬间，呼吸一室，她莫名其妙地感受到了对方的警告之意。

那一瞬间，汪黎语忽然想起食堂里那位心外科女医生的话，有点信了。

——别去招惹叶空青。

自那天之后，汪黎语突然端正了自己的态度，没有再特意靠近叶空青。